ARCHANGE

DU MÊME AUTEUR

Fatherland, Julliard, 1993.
Enigma, Plon, 1996.

Robert Harris

ARCHANGE

roman

Traduit de l'anglais
par
Natalie Zimmermann

Plon

Titre original :
Archangel

ISBN : 2-259-18293-3
ISBN original : 0.09.1779243, Hutchinson, Londres.

A la mémoire de
Dennis Harris
1923 - 1996

et pour
Matilda

PROLOGUE

Le récit de Rapava

« La mort résout tous les problèmes :
pas d'homme, pas de problème. »

I. V. Staline, 1918

Il y a très longtemps — tu n'étais même pas né, mon garçon — un garde du corps fumait, à une heure avancée de la nuit, une cigarette sur la terrasse côté jardin d'une grande maison de Moscou. Il faisait très froid cette nuit-là, il n'y avait ni lune ni étoiles, et l'homme fumait surtout pour se réchauffer, ses grandes mains de garçon de ferme enroulées autour du tube de carton incandescent de la *papirossa* géorgienne.

Le garde du corps s'appelait Papou Guerassimovitch Rapava. Il avait vingt-cinq ans et était originaire de Mingrélie, sur la côte nord-est de la mer Noire. Quant à la maison en question, le terme de « forteresse » lui aurait mieux convenu. Il s'agissait d'une demeure tsariste qui occupait la moitié d'un pâté de maisons dans le quartier diplomatique, non loin de la Moskova. Quelque part dans l'obscurité glacée, au fond du jardin cerné de murs, il y avait une cerisaie, puis, au-delà, une rue large — Sadovaïa-Koudrinskaïa — et, encore au-delà, le zoo de Moscou.

Il n'y avait pas de circulation. Quand tout était calme, comme maintenant, et que le vent soufflait dans la bonne direction, on entendait les loups encagés hurler dans le lointain.

La fille avait cessé de crier depuis un moment déjà, ce qui était un vrai soulagement car il n'en pouvait plus. Elle ne devait pas avoir plus de quinze ans, guère plus que sa propre petite sœur en tout cas, et, quand il l'avait amenée ici, elle lui avait lancé un regard... un regard dont, pour être franc, il préférait ne pas parler même aujourd'hui, près de cinquante ans plus tard.

Quoi qu'il en soit, la fille avait fini par la fermer et il profitait de sa cigarette lorsque le téléphone s'était mis à sonner. Il devait être deux heures du matin. Il ne l'oublierait jamais. Deux heures du matin, le 2 mars 1953. Dans le silence glacé de la nuit, cette sonnerie résonnait aussi fort qu'une alarme d'incendie.

Bon, en temps normal, il faut bien comprendre qu'il y avait quatre gardes en faction pendant la nuit : deux dans la maison et deux dans la rue. Mais quand il y avait une fille, le patron préférait réduire ses effectifs au minimum, du moins à l'intérieur, aussi Rapava se trouvait-il tout seul cette nuit-là. Il jeta sa cigarette, traversa la salle de garde au pas de course, puis la cuisine, et entra dans le hall. Le téléphone était un vieil appareil d'avant-guerre fixé au mur — Sainte Mère, il faisait un de ces raffuts ! — et Rapava le décrocha au milieu d'une sonnerie.

Une voix d'homme demanda : « Lavrenti Pavlovitch ?

— Il n'est pas ici, camarade.

— Va le chercher. C'est Malenkov. »

L'affolement donnait des accents rauques à cette voix généralement pondérée.

« Camarade...

— Va le chercher. Dis-lui qu'il est arrivé quelque chose. Il s'est passé quelque chose à Blijni. »

* * *

« Tu sais ce que j'entends par Blijni, mon garçon ? » demanda le vieil homme.

Ils étaient deux dans la toute petite chambre au vingt-troisième étage de l'hôtel Oukraïna, coincés dans des fauteuils en Skaï bon marché, si près l'un de l'autre que leurs genoux se touchaient presque. Une lampe de chevet projetait leurs ombres diffuses sur les rideaux : un profil osseux, décharné par le temps, et un autre plus rond, qui trahissait la quarantaine.

« Oui, fit le quadragénaire, qui s'appelait Fluke Kelso. Oui, je sais ce que Blijni veut dire. » (Evidemment que je le sais ! avait-il envie de dire. J'ai quand même enseigné cette putain d'histoire de l'Union soviétique à Oxford pendant dix ans...)

Blijni, cela signifie « proche » en russe. Et « proche », au

Kremlin dans les années quarante et cinquante, c'était un raccourci pour « la datcha toute proche ». La datcha en question se trouvait à Kountsévo, dans la proche banlieue de Moscou — avec double périmètre de clôture, trois cents hommes des troupes spéciales du NKVD et huit canons antiaériens de trente millimètres, le tout dissimulé dans la forêt de bouleaux afin de protéger son vieux résident solitaire.

Kelso attendit que le vieillard reprenne son récit, mais Rapava parut soudain préoccupé et essaya d'allumer une cigarette à l'aide d'une pochette d'allumettes. Il n'y parvint pas. Ses doigts n'arrivaient pas à saisir les bâtonnets trop minces. Il n'avait pas d'ongles.

« Qu'avez-vous fait alors ? » Kelso se pencha pour allumer la cigarette de Rapava, espérant que le geste masquerait la question, essayant d'empêcher l'excitation de percer dans sa voix. A un moment où il pensait que Rapava ne regardait pas, il avait dissimulé un enregistreur miniature sur la petite table qui les séparait, parmi les bouteilles vides, les verres sales, le cendrier et les paquets de Marlboro froissés. Le vieux tira goulûment sur sa cigarette et en contempla l'extrémité avec gratitude. Il jeta les allumettes par terre.

« Tu sais ce que c'est que Blijni ? lâcha-t-il enfin en se carrant à nouveau dans son fauteuil. Alors tu sais ce que j'ai fait. »

Trente secondes après avoir répondu au téléphone, le jeune Papou Rapava frappait à la porte de Beria.

* * *

L'éminent membre du Politburo Lavrenti Pavlovitch Beria, revêtu d'un kimono de soie rouge qui laissait entrevoir son ventre pendant comme un gros sac de sable blanc, traita en mingrélien Rapava de « sale con » et lui donna sur la poitrine une bourrade qui l'envoya valdinguer dans le couloir. Puis il passa devant lui pour gagner l'escalier, ses pieds blancs et moites laissant des traces humides sur le plancher.

Rapava put voir la chambre par la porte ouverte — le grand lit de bois, une grosse lampe sur pied en cuivre en forme de dragon, les draps écarlates, les membres blancs de la fille, écartelée comme pour un sacrifice. Elle avait les yeux grands ouverts, sombres et vides. Elle n'essaya même pas de se couvrir.

Il y avait sur la table de nuit un pichet d'eau et tout un assortiment de médicaments. Un flacon de grosses pilules blanches s'était renversé sur le tapis d'Aubusson jaune pâle.

Il ne se rappelait rien d'autre, ni combien de temps exactement il était resté là avant que Beria ne remonte en soufflant l'escalier, énervé par sa conversation avec Malenkov, pour crier à la fille de se tirer (« Tire-toi ! ») et ordonner à Rapava d'amener la voiture.

Rapava demanda qui il voulait pour l'accompagner. (Il pensait à Nadaria, chef des gardes du corps, qui suivait généralement le patron partout. Et peut-être à Sarsikov, qui était en train de cuver sa vodka et ronflait dans le corps de garde, sur le côté de la maison.) Beria, qui lui tournait le dos et commençait à retirer son peignoir, s'interrompit et regarda par-dessus son épaule charnue. Il réfléchissait, réfléchissait ; on pouvait voir ses petits yeux briller derrière ses lorgnons.

« Non, dit-il enfin. Toi seulement. »

La voiture était de marque américaine — une Packard, douze cylindres, carrosserie vert sombre, avec des marchepieds larges d'au moins cinquante centimètres —, une vraie merveille. Rapava la fit sortir à reculons du garage et lui fit prendre la rue Vspolnii afin de la garer juste devant l'entrée principale. Il laissa tourner le moteur pour essayer de garder un peu de chauffage, sortit d'un bond et prit, près de la portière arrière, la position d'école du NKVD : la main gauche sur la hanche, le manteau et la veste entrouverts découvrant le baudrier, la main droite sur la crosse de son Makarov ; il vérifia que la rue était sûre des deux côtés. Besso Doumbadzé, autre jeune garde mingrélien, arriva en courant par-derrière pour voir ce qui se passait au moment même où le patron sortait de la maison.

* * *

« Comment était-il habillé ?

— Bon Dieu, mon gars, comme veux-tu que je sache comment il était habillé ? fit le vieil homme avec irritation. Qu'est-ce qu'on en a à foutre de savoir comment il était habillé ? »

* * *

En fait, maintenant qu'il y réfléchissait, le patron était en gris — manteau gris, costume gris, pull-over gris, pas de cravate — et ressemblait comme ça, avec ses lorgnons, ses épaules tombantes et sa grosse tête conique, à une espèce de hibou — un vieux hibou gris et malveillant. Rapava ouvrit la portière et Beria monta à l'arrière pendant que Doumbadzé, resté à une dizaine de mètres, lui adressait un petit mouvement de mains signifiant « merde, qu'est-ce que je fais ? » auquel Rapava répondit par un haussement d'épaules : il n'en savait foutrement rien. Il gagna en courant le siège du conducteur, se glissa derrière le volant, passa la première et démarra.

Il avait déjà parcouru une dizaine de fois la vingtaine de kilomètres jusqu'à Kountsévo, toujours de nuit et toujours au milieu d'un convoi du secrétaire général — et ça, mon gars, permets-moi de te dire que ça valait le coup d'œil. Quinze voitures avec des rideaux aux vitres arrière, la moitié du Politburo — Beria, Malenkov, Molotov, Boulganine, Khrouchtchev —, plus les gardes du corps : on partait du Kremlin, on passait par la porte Borovitskii et on fonçait dans la descente, à 120 km/h, la milice bloquant la circulation à tous les carrefours et deux mille hommes du NKVD en civil se répartissant tout au long de la route. On ne savait jamais dans quelle voiture se trouvait le *Guensec* avant la dernière minute, quand on quittait la grand-route pour s'enfoncer dans les bois et qu'une des grosses Zil sortait alors du rang pour venir se placer en tête, les autres ralentissant pour laisser le digne héritier de Lénine prendre la place qui lui était due.

Mais il n'y avait rien de semblable cette nuit-là. La vaste route était déserte et, dès qu'ils eurent traversé la Moskova, Rapava put lâcher la bride à la grosse voiture américaine, la vitesse frôlant le 140 km/h tandis que Beria demeurait aussi immobile qu'un roc sur la banquette arrière. Dix minutes plus tard, ils avaient laissé la ville derrière eux. Au bout d'un quart d'heure, arrivés au niveau de Poklonnaïa Gora, ils ralentirent pour prendre le chemin dérobé. Les longs traits blancs des bouleaux défilaient à la lueur des phares.

Que la forêt était tranquille, qu'elle était sombre et infinie... pareille à une mer au bruissement léger. Rapava avait l'impression qu'elle devait s'étendre jusqu'en Ukraine. Huit kilomètres de piste les conduisirent à la première clôture, où une perche rayée de rouge et de blanc barrait horizontalement la route. Deux hommes du NKVD en pèlerine et casquette réglementaires, armés de mitraillettes, sortirent du poste de garde, reconnurent le visage de marbre de Beria, firent un salut bref et levèrent la barrière. La route s'incurvait encore sur une centaine de mètres et s'enfonçait dans l'ombre ramassée de gros taillis, lorsque les phares puissants de la Packard révélèrent une nouvelle clôture : un mur de quatre mètres cinquante équipé de meurtrières. Les portes de fer s'ouvrirent de l'intérieur grâce à des mains invisibles.

Puis vint la datcha.

Rapava s'était attendu à quelque chose d'inhabituel — sans trop savoir quoi —, des voitures, du monde, des uniformes, le brouhaha des moments de crise. Mais la maison à un étage se trouvait plongée dans l'obscurité, à l'exception d'une lanterne jaune qui brillait au-dessus de la porte d'entrée. Une silhouette attendait dans cette lumière : l'inimitable forme brune et replète du président adjoint du Conseil des ministres, Gueorgui Maximilianovitch Malenkov. Et là, mon gars, il y avait une chose curieuse : il avait retiré ses reluisants souliers neufs et les tenait coincés sous son bras boursouflé.

Beria descendit de la voiture pratiquement avant qu'elle ne s'arrête et se retrouva aussitôt auprès de Malenkov, le tenant par le coude pour l'écouter en hochant la tête et discuter à voix basse, sans cesser de regarder autour de lui. Rapava l'entendit dire : « Vous l'avez bougé ? Est-ce que vous l'avez bougé ? » Puis Beria claqua des doigts dans sa direction, lui intimant, Rapava le comprit soudain, de les suivre à l'intérieur.

Jusqu'à présent, lors de ses visites à la datcha, il était toujours resté dans la voiture ou bien était allé boire un verre et fumer une cigarette avec les autres chauffeurs, au poste de garde. Il faut bien comprendre que *à l'intérieur* correspondait à un territoire interdit. Personne, à l'exception des hommes du *Guensec* et des invités, ne pénétrait jamais *à l'intérieur.* Maintenant, alors qu'il entrait dans le hall, Rapava se sentit brusquement suffoqué par la panique ; il étouffait physiquement, comme si quelqu'un lui serrait effectivement le cou.

Malenkov allait devant, en chaussettes, et le patron lui-même marchait sur la pointe des pieds, aussi Rapava s'efforça-t-il de les imiter en ne produisant aucun bruit. On ne voyait personne. La maison semblait déserte. Ils remontèrent tous trois un couloir, dépassèrent un piano droit et entrèrent dans une salle à manger avec des sièges pour huit. La lumière était allumée. Les rideaux étaient tirés. Il y avait des papiers sur la table, et un râtelier de pipes Dunhill. Un vieux gramophone trônait dans un coin. Une photo en noir et blanc dans un simple cadre en bois était posée sur la cheminée : par une journée ensoleillée, le *Guensec*, encore jeune, assis dans un jardin avec le camarade Lénine. Au fond de la pièce, il y avait une porte. Malenkov se tourna vers eux et posa un doigt boudiné sur ses lèvres avant de l'ouvrir très lentement.

* * *

Le vieil homme ferma les yeux et tendit son verre vide. Il poussa un soupir.

« Tu sais, mon gars, on critique Staline, mais il faut tout de même lui reconnaître une chose : il vivait comme un ouvrier. Pas comme Beria — lui se prenait pour un prince. Mais la chambre du camarade Staline était une chambre d'homme ordinaire. Il faut reconnaître ça à Staline. Il a toujours été l'un des nôtres. »

* * *

Le courant d'air que provoqua la porte en s'ouvrant fit vaciller la flamme de la bougie rouge qui brûlait dans un coin, sous une petite icône de Lénine. La seule autre source de lumière était une lampe de chevet tamisée, posée sur un bureau. Au milieu de la pièce, un grand sofa avait été dressé comme un lit. Une grossière couverture brune de l'armée en tombait, jusqu'à une carpette en peau de tigre. Sur la carpette, couché sur le dos, respirant profondément et visiblement endormi, gisait un petit homme plus très jeune, gras et rubicond, vêtu d'un maillot de corps blanc malpropre et d'un long caleçon de laine. Il s'était sali. La chambre surchauffée empestait les déjections.

Malenkov porta sa main replète à sa bouche et resta près de la porte. Beria se dirigea vivement vers la carpette, déboutonna son pardessus et s'agenouilla. Il posa les mains sur le front de Staline et ouvrit ses deux paupières avec les pouces, découvrant des globes aveugles, injectés de sang.

« Iossif Vissarionovitch, appela-t-il doucement. C'est Lavrenti Pavlovitch. Mon cher camarade, si tu peux m'entendre, ouvre les yeux. Camarade ? »

Puis, à l'intention de Malenkov, mais sans quitter Staline des yeux : « Et tu dis qu'il est peut-être comme ça depuis *vingt heures* ? »

Malenkov émit un son étouffé derrière sa paume. Des larmes coulaient sur ses joues lisses.

« Cher camarade, remue les yeux... Les yeux, cher camarade... Camarade ? Ah, merde. » Beria retira ses mains et se leva, s'essuyant les doigts sur son manteau. « C'est de toute évidence une attaque. Il ne réagit plus. Où sont Starostine et les garçons ? Et Boutoussova ? »

Malenkov sanglotait à présent, et Beria dut se placer entre lui et le corps — lui bouchant littéralement la vue — pour obtenir son attention. Il saisit Malenkov par les épaules et se mit à lui parler très vite et à voix très basse, comme on l'eût fait avec un enfant, lui disant d'oublier Staline, que Staline appartenait à l'histoire, que Staline n'était plus qu'un légume, que le plus important était de savoir ce qu'ils allaient faire et qu'ils devaient rester ensemble. Et maintenant : où étaient passés les garçons ? Se trouvaient-ils toujours dans la salle de garde ?

Malenkov fit oui de la tête et s'essuya le nez sur sa manche.

« D'accord, fit Beria, voilà ce que tu vas faire. »

Malenkov devait remettre ses chaussures et dire aux gardes que le camarade Staline dormait, qu'il avait bu et qu'on se demandait bien pourquoi lui-même et le camarade Beria avaient été tirés de leur lit pour rien. Il devait leur dire de ne pas toucher au téléphone et de ne pas appeler de médecin. (Tu entends, Gueorgui ?) Surtout pas de médecin, parce que le *Guensec* considérait tous les médecins comme des empoisonneurs juifs, tu te souviens ? Bon, quelle heure est-il ? Trois heures ? Parfait. A huit heures, non, mieux, à sept heures et demie, Malenkov devait commencer à appeler les dirigeants. Il devait dire que lui et Beria voulaient une réunion de tout le

Politburo ici, à Blijni, à neuf heures. Il devait dire qu'ils s'inquiétaient pour la santé de Iossif Vissarionovitch et qu'une décision collective concernant le traitement s'imposait.

Beria se frotta les mains. « Bon, ça devrait déjà leur donner de quoi faire dans leur froc. Maintenant, il faudrait le mettre sur le sofa. Toi, là, dit-il à Rapava, prends-le par les jambes. »

* * *

Pendant qu'il racontait, le vieillard s'était enfoncé plus profondément dans son fauteuil, pieds écartés, yeux fermés, la voix monocorde. Il laissa soudain échapper un long soupir et se redressa. Il jeta sur la chambre d'hôtel un regard affolé. « Il faut que j'aille pisser, mon garçon. J'ai besoin de pisser.

— C'est là. »

Il se leva avec la dignité précautionneuse d'un ivrogne. Kelso entendit à travers la cloison trop mince le son de l'urine se déversant au fond de la cuvette. Normal, pensa-t-il. Il y avait beaucoup à vider. Cela faisait près de quatre heures qu'il lubrifiait la mémoire de Rapava : d'abord à la bière Baltika au bar de l'Oukraïna, puis à la Zoubrovka dans un café de l'autre côté de la rue, et enfin au scotch pur malt ici, dans l'intimité étriquée de cette chambre. C'était comme de ferrer un poisson : ferrer un poisson dans une rivière d'alcool.

Il remarqua la pochette d'allumettes par terre, là où Rapava l'avait lancée, et se pencha pour la ramasser. Il y avait au dos le nom d'un bar, ou d'une boîte de nuit — ROBOTNIK —, et une adresse, près du stade Dinamo. La chasse d'eau se fit entendre, et Kelso glissa rapidement les allumettes dans sa poche. Puis Rapava réapparut, s'appuyant contre le chambranle de la porte pour refermer sa braguette.

« Quelle heure est-il, mon garçon ?

— Près d'une heure.

— Faut que j'y aille. On va croire que je baise avec toi. »

Rapava fit de la main un geste obscène.

Kelso feignit de rire. Bien sûr, il allait appeler un taxi dans un instant. Bien sûr. Mais pourquoi ne pas finir la bouteille d'abord ? Il attrapa le scotch et en profita pour vérifier subrepticement que l'enregistreur tournait toujours. Terminez la bouteille, camarade, *et terminez votre histoire.*

Le vieux fronça les sourcils et contempla le plancher. Son histoire était déjà terminée ; il n'y avait rien à ajouter. Ils avaient allongé Staline sur le sofa... bon, et alors ? Malenkov alla parler aux gardes et Rapava reconduisit Beria chez lui. Tout le monde connaît la suite. Un jour ou deux plus tard, Staline était mort. Beria mourut peu après. Malenkov... bon, Malenkov parvint à tenir pas mal d'années après sa disgrâce (Rapava l'aperçut une fois, dans les années soixante-dix, traînant la patte dans Arbat) mais lui aussi était mort à présent. Nadaraïa, Sarsikov, Doumbadzé, Starostine, Boutoussova... morts, tous morts. Le Parti était mort. Tout ce foutu pays était mort, si on y réfléchissait.

« Mais votre histoire ne s'arrête pas là, insista Kelso. Je vous en prie, Papou Guerassimovitch, asseyez-vous et terminons la bouteille. »

Kelso s'exprimait sur un ton poli, presque hésitant, car il sentait que l'effet anesthésiant de l'alcool, et la forfanterie qui allait avec, commençaient peut-être à se dissiper, et il craignait qu'en recouvrant sa lucidité Rapava s'aperçoive qu'il parlait beaucoup trop. Il éprouva une nouvelle bouffée d'irritation. Bon sang, qu'il était toujours difficile de traiter avec ces vieux schnoques du NKVD — difficile, et peut-être même dangereux. Kelso était un historien d'environ quarante-cinq ans, soit trente ans de moins que Papou Rapava. Mais il n'était pas vraiment en forme en ce moment — pour être honnête, il n'avait jamais été vraiment en forme — et il n'aurait pas parié sur lui-même si jamais le vieux venait à s'énerver. Rapava était tout de même un survivant des camps sibériens. Il n'avait certainement pas oublié comment faire mal — faire mal très vite, supposa Kelso, et probablement très vicieusement.

Il remplit le verre de Rapava, se resservit aussi et se força à continuer de parler.

« Enfin, vous vous retrouvez quand même, à vingt-cinq ans, dans la chambre du secrétaire général. Vous ne pouviez pas être plus proche du cœur même du pouvoir... C'était un véritable sanctuaire, c'était sacré. Alors qu'est-ce que Beria avait derrière la tête en vous faisant venir comme ça ?

— Tu es bouché ou quoi, mon garçon ? Il avait besoin de moi pour bouger le corps.

— Mais pourquoi vous ? Pourquoi pas l'un des gardes habituels de Staline ? C'est eux qui l'avaient trouvé comme ça, tout de même, et qui avaient alerté Malenkov. Ou pourquoi Beria n'a-t-il pas choisi d'emmener un de ses gardes plus expérimentés à Blijni ? Pourquoi vous a-t-il choisi vous, en particulier ? »

Rapava oscillait, les yeux maintenant rivés sur la bouteille de scotch, et Kelso se dit par la suite que le reste de la nuit n'avait tenu qu'à ce détail : Rapava avait besoin d'un autre verre, il en avait besoin tout de suite, et cette combinaison était à ce moment plus forte que son besoin de partir. Il revint donc et s'assit lourdement, vida son verre d'un seul trait puis le tendit pour être resservi.

« Papou Rapava, reprit Kelso en lui versant à nouveau trois doigts de scotch, neveu d'Avksenti Rapava, l'un des plus anciens de la bande du NKVD géorgien. Plus jeune que tous les autres membres du personnel. Tout nouveau dans la ville. Peut-être un peu plus naïf que les autres ? Je me trompe ? Exactement le genre de petit jeune empressé dont le patron a pu se dire : oui, il va pouvoir m'être utile, le gamin de Rapava va pouvoir me servir, il saura garder un secret. »

Le silence se prolongea et s'intensifia au point de devenir presque tangible, comme si quelqu'un était venu les rejoindre dans la pièce. La tête de Rapava se mit à rouler d'un côté puis de l'autre, jusqu'au moment où il se pencha en avant et mit les mains sur son cou décharné, les yeux fixés sur la moquette élimée. Ses cheveux gris étaient coupés en brosse courte. Une vieille cicatrice toute plissée lui descendait du sommet du crâne presque jusqu'à la tempe. On aurait dit qu'il avait été recousu par un aveugle avec de la ficelle. Et ses doigts : les extrémités jaunes et noircies, et pas un ongle sur aucune d'elles.

« Eteins ton appareil, mon garçon », fit-il tranquillement. Il désigna la table d'un signe de tête. « Eteins-le. Maintenant, retire la bande... voilà... et pose-le à un endroit où je peux le voir. »

* * *

Le camarade Staline était plutôt petit, un mètre soixante-trois, mais il était lourd. (Sainte Mère, qu'il était lourd !) On aurait dit qu'il n'était pas fait de chair et d'os mais d'une substance plus dense. Ils le traînèrent sur le plancher de bois, sa tête ballottant et butant contre les lames poncées, puis ils durent le soulever, jambes les premières. Rapava remarqua — ne put s'empêcher de remarquer dans la mesure où il les avait presque dans le nez — que le *Guensec* avait l'index et le majeur du pied gauche inversés — la marque du diable — et il se signa dès que les autres regardèrent ailleurs.

« Maintenant, mon jeune camarade, lui dit Beria lorsque Malenkov fut parti, tu préfères rester debout sur la terre ou être enterré six pieds dessous ? »

Rapava crut tout d'abord qu'il n'avait pas bien entendu. C'est alors qu'il comprit que sa vie ne serait plus jamais la même et qu'il aurait de la chance s'il réussissait à passer la nuit. Il murmura : « Je préfère rester debout dessus, patron.

— C'est bien. » Beria fit un geste avec le pouce et l'index. « Nous devons trouver une clé. Grosse comme ça à peu près. Le genre de clé qu'il faudrait pour remonter une horloge. Il la garde à un anneau de cuivre, attachée avec un bout de ficelle. Regarde dans ses poches. »

La tunique grise familière pendait au dossier d'une chaise. Un pantalon gris était soigneusement plié par-dessus. Une paire de hautes bottes de cavalerie noires, au talon rehaussé de deux bons centimètres, se trouvait à côté. Rapava avait l'impression de ne plus contrôler ses mouvements. Qu'est-ce que c'était que ce rêve à la noix ? Le Père et Maître du Peuple soviétique, l'Inspirateur et Organisateur de la Victoire du Communisme, le Chef de toute l'Humanité progressiste gisant, sali, sur le sofa, la moitié de son cerveau d'acier anéanti, pendant qu'on fouillait sa chambre comme une paire de voleurs ? Il fit néanmoins ce qu'on lui ordonnait de faire et commença par la tunique tandis que Beria s'attaquait au bureau avec un savoir-faire de vieux tchékiste — sortir les tiroirs, les renverser, fouiller leur contenu, remettre ce dont on ne veut pas dedans puis replacer les tiroirs.

Il n'y avait rien dans la tunique et rien dans le pantalon non plus sinon un mouchoir sale, raidi par les humeurs séchées.

Les yeux de Rapava s'étaient à présent accoutumés à la pénombre, et il parvenait à mieux distinguer ce qui l'entourait. Il y avait sur un mur une grande affiche chinoise représentant un tigre. Sur un autre — et cela lui parut extrêmement curieux — Staline avait collé des photos d'enfants. Principalement des petits d'un à trois ans. Il ne s'agissait pas de photos personnelles, mais de pages arrachées à des magazines ou des quotidiens. Il y en avait plus d'une vingtaine.

« Tu trouves ?

— Non, patron.

— Essaie le sofa. »

Ils avaient couché Staline sur le dos, les mains croisées sur le ventre, et l'on aurait pu croire que le vieillard dormait. Il avait le souffle lourd et ronflait presque. De près, il ne ressemblait pas vraiment aux photos qu'on voyait de lui. Il avait le visage tavelé de rouge et bouffi, creusé de petites cicatrices. Sa moustache et ses sourcils étaient d'un gris presque blanc, et ses cheveux se faisaient si rares qu'ils laissaient voir le crâne. Rapava se pencha au-dessus de lui — Ah ! l'odeur : on aurait dit qu'il pourrissait déjà — et glissa la main dans l'interstice entre les coussins et le dossier. Ses doigts parcoururent toute la longueur du sofa, ce qui le força à se pencher vers la gauche, en direction des pieds du *Guensec*, puis refirent tout le chemin en sens inverse, vers la tête, jusqu'à ce que le bout de son index touchât enfin quelque chose de dur, le contraignant à s'étirer pour l'attraper, le bras doucement appuyé contre la poitrine de Staline.

Il se passa alors quelque chose d'affreux, de vraiment affreux. Au moment où il saisissait la clé et appelait le patron à voix basse, le *Guensec* poussa un grognement et ouvrit brusquement les yeux, des yeux jaunes d'animal, remplis de peur et de rage. Beria lui-même tressaillit en les voyant. Aucune autre partie du corps ne remua, mais une sorte de grondement continu jaillit de la gorge. Beria s'approcha avec hésitation pour l'examiner, puis passa la main devant les yeux de Staline. Cela parut alors lui donner une idée. Il prit la clé des mains de Rapava et la fit tourner au bout de sa cordelette à quelques centimètres du visage de Staline. Aussitôt les yeux jaunes se rivèrent dessus pour ne plus la lâcher, la suivant à tous les points de sa révolution. Beria, qui souriait à présent, la laissa tourner lentement pendant au moins trente secondes, puis la fit sauter d'une secousse brusque dans la paume de sa main. Il referma alors les doigts dessus et montra son poing serré à l'adresse de Staline.

Seigneur, quel bruit ! Plus animal qu'humain ! Il poursuivit

Rapava hors de la chambre, dans le couloir et tout au long des années qui séparaient cette nuit-là de celle-ci.

* * *

La bouteille de scotch était vide et Kelso se tenait maintenant agenouillé devant le mini-bar tel un prêtre devant son autel. Il se demanda comment ses hôtes du symposium d'histoire allaient réagir en recevant la facture du bar, mais cela était pour le moment beaucoup moins important que de continuer à donner au vieil homme son carburant pour qu'il poursuive son récit. Il sortit une poignée de mignonnettes — de la vodka, du scotch encore, du gin, du brandy et un alcool de cerise allemand — et les porta, serrées contre lui, jusqu'à la table. Lorsqu'il s'assit et les y déposa, deux petits flacons tombèrent à terre, mais Rapava ne leur prêta aucune attention. Il n'était plus un vieillard dans l'hôtel Oukraïna ; il était revenu en 1953, il avait vingt-cinq ans et s'accrochait, effrayé, au volant d'une Packard vert sombre, la route de Moscou s'étirant devant lui, toute blanche dans la lumière des phares, tandis que Lavrenti Beria se tenait tel un roc à l'arrière.

* * *

La grosse voiture remonta à toute vitesse la Koutouzovskii Prospekt puis l'étendue silencieuse des banlieues ouest. Elle franchit la Moskova à trois heures trente au pont Borodinskii puis fonça vers le Kremlin, y pénétrant par la porte sud-ouest, de l'autre côté de la place Rouge.

Lorsqu'on leur eut fait signe de passer, Beria se pencha en avant et donna ses instructions à Rapava : à gauche après le palais des Armures puis tout de suite à droite, par une entrée étroite, dans une cour intérieure. Il n'y avait pas de fenêtres, juste une douzaine de petites portes. Dans l'obscurité, les pavés gelés avaient pris une teinte écarlate, pareille à du sang frais. Rapava leva la tête et s'aperçut qu'ils se tenaient sous un néon géant en forme d'étoile.

Beria avait déjà franchi une porte, et Rapava dut se dépêcher de le suivre. Un petit couloir dallé les conduisit à une cage d'ascenseur visiblement antérieure à la Révolution. Le fracas du métal et le ronronnement d'un moteur accompagnèrent leur lente ascension des étages sombres et silencieux. Ils s'immobilisèrent avec un sursaut et Beria repoussa la grille. Puis il se remit en mouvement et, d'un pas rapide, descendit un couloir en faisant tourner la clé au bout de sa cordelette.

Ne me demande pas où nous sommes allés, mon garçon, parce que je serais bien incapable de te le dire. Il y avait un long couloir avec un tapis et de drôles de bustes sur des socles de marbre, puis on a dû descendre un escalier de fer en colimaçon et on est arrivés dans une immense salle de bal, grande comme un paquebot, avec des miroirs de dix mètres de haut sur les murs et des chaises dorées disposées sur tout le pourtour. Enfin, pas très loin de la salle de bal, on a pris un couloir assez large avec des murs d'un vert brillant, un plancher qui sentait la cire et une grosse porte que Beria a ouverte avec une clé qu'il avait à un trousseau, au bout d'une chaîne.

Rapava le suivit. La porte, équipée de vieux gonds pneumatiques de l'époque impériale, se referma lentement derrière eux. Ce n'était pas un bureau très impressionnant. Pas plus de huit mètres sur six. Il n'aurait pas détonné pour un directeur d'usine du fin fond de Vologda ou de Magnitogorsk : un bureau avec deux téléphones, un tapis par terre, une table et quelques chaises, des rideaux épais à la fenêtre. Il y avait sur le mur une de ces lourdes cartes d'URSS, roses, qu'on déroule — c'était au temps où l'URSS existait encore — et, à côté de la carte, une autre porte, plus petite, vers laquelle Beria se dirigea immédiatement. Une fois de plus, il possédait la clé. La porte donnait sur une sorte de grand placard où se trouvait un vieux samovar noirci, une bouteille de brandy arménien et de quoi faire de la tisane. Il y avait aussi un coffre-fort mural avec une façade en cuivre massive portant la marque de son fabricant — pas en caractères cyrilliques mais dans une langue occidentale. Il ne s'agissait pas d'un très grand coffre : une trentaine de centimètres d'un bord à l'autre, tout au plus. Carré. Belle facture. Poignée droite, en cuivre elle aussi.

Beria remarqua que Rapava examinait le coffre, et lui ordonna sans ménagement de sortir.

Près d'une heure s'écoula.

Resté dans le couloir, Rapava s'entraînait, pour ne pas s'endormir, à dégainer son pistolet en s'imaginant que chaque craquement du grand bâtiment était un bruit de pas, chaque gémissement du vent une voix. Il essaya de se représenter le *Guensec* chaussé de ses bottes de cavalerie en train de descendre le grand couloir ciré, puis il chercha à faire correspondre cette image avec la silhouette altérée qui gisait, prisonnière de sa propre chair décomposée, à Blijni.

Et tu sais quoi, mon gars ? J'ai pleuré. J'ai peut-être bien pleuré un peu sur mon sort aussi — je ne le nie pas, j'avais peur à en avoir mal au bide —, mais j'ai vraiment pleuré sur le camarade Staline. J'ai plus pleuré pour Staline qu'à la mort de mon propre père. Et ça a été pareil pour la plupart des gars que je connaissais.

Une cloche lointaine sonna quatre heures.

Vers la demie, Beria apparut enfin. Il portait une petite serviette de cuir pleine à craquer, de papiers certainement, mais il pouvait aussi y avoir autre chose : Rapava n'en savait rien. Le contenu provenait probablement du coffre, et la serviette aussi. Ou bien du bureau. Ou encore — Rapava n'aurait pu le jurer, mais c'était possible — Beria l'avait-il peut-être déjà avec lui en descendant de voiture. Quoi qu'il en soit, il avait ce qu'il voulait, et il souriait.

« Il souriait ?

— Comme je te le dis, mon garçon. Oui... il souriait. Pas un sourire de plaisir, remarque bien. Plutôt une sorte de...

— Sourire triste ?

— C'est ça, une sorte de sourire triste. Le sourire de quelqu'un qui n'en revient pas. Comme s'il venait de se faire battre aux cartes. »

Ils repartirent par où ils étaient venus, seulement, cette fois, dans le corridor bordé de bustes, ils tombèrent sur un gardien. Celui-ci tomba pratiquement à genoux en reconnaissant le patron. Mais Beria se contenta de lui lancer un regard mort et poursuivit son chemin ; on ne peut pas imaginer de cambriolage plus tranquille. Dans la voiture, il ordonna : « Rue Vspolnii. »

Il était près de cinq heures et il faisait encore nuit, mais les trams avaient commencé à circuler et il y avait des gens dans la rue, surtout des babouchki qui, après avoir fait le ménage des bureaux du gouvernement sous le tsar et sous Lénine, continueraient de le faire quoi qu'il arrive. Devant la bibliothèque Lénine, un immense portrait de Staline en noir, blanc et rouge contemplait les travailleurs qui faisaient déjà la queue devant la station de métro. Beria avait ouvert la serviette sur ses genoux. Il avait la tête penchée au-dessus. La veilleuse de la voiture allumée, il lisait quelque chose, martelant le cuir du bout des doigts avec anxiété.

« Y a-t-il une pelle dans le coffre ? » demanda-t-il soudain.

Rapava lui répondit que oui, pour déblayer la neige.

« Et une boîte à outils ?

— Oui, patron, une grosse : cric, clé anglaise, serre-écrou, manivelle, bougies... »

Beria émit un grognement et se replongea dans sa lecture.

Dans le jardin, la surface du sol était dure comme du diamant, piquée de petites pointes de glace luisante et impossible à creuser à la pelle. Rapava dut donc aller chercher un pic au fond du jardin. Il ôta son manteau et mania le pic comme il le faisait lorsqu'il travaillait le lopin de terre de son père, en Géorgie, l'abattant en un grand arc souple au-dessus de sa tête, laissant le poids et la vitesse de l'outil fournir l'effort, le bord de la lame s'enfonçant dans la terre gelée presque jusqu'au manche. Il lui fallait alors forcer d'avant en arrière pour libérer la lame, relever l'outil puis l'abattre à nouveau.

Il travaillait dans la petite cerisaie, à la lumière d'une lampe tempête accrochée à une branche, et il creusait avec frénésie, conscient que dans l'obscurité, derrière lui, invisible hors du champ de lumière, Beria le regardait, assis sur un banc de pierre. Bientôt, malgré le froid de ce mois de mars, Rapava transpirait tellement qu'il dut s'interrompre pour retirer sa veste et rouler ses manches. Sa chemise lui collait au dos et il se rappela involontairement des hommes qui creusaient ainsi pendant qu'il les surveillait, son fusil à la main — c'était par une journée bien plus chaude que celle-ci, en pleine forêt, et les hommes s'étaient ensuite couchés complaisamment, face contre terre. Il se souvint de l'odeur de la terre humide, du silence et de la chaleur soporifique des bois, et il se demanda s'il trouverait cela très froid de se coucher par terre maintenant, quand Beria le lui ordonnerait.

Une voix retentit dans l'obscurité : « Ne le fais pas aussi grand. Ce n'est pas une tombe. Tu te fatigues pour rien. »

Au bout d'un moment, il commença à passer alternativement du pic à la pelle pour retirer les mottes de terre, puis il sauta dans le trou pour pouvoir mieux creuser. Au début, la terre lui arrivait aux genoux, puis il s'enfonça jusqu'à la taille et finit par être enfoui jusqu'à la poitrine. La face de lune de Beria apparut alors au-dessus de lui pour lui dire de s'arrêter, qu'il avait bien travaillé et que cela suffisait. Le patron souriait et lui tendit la main pour l'aider à sortir du trou. En saisissant la paume molle, Rapava se sentit alors submergé par un véritable amour... un élan de gratitude et de dévotion qu'il n'éprouverait plus jamais dans son existence.

C'est en camarades, du moins dans le souvenir de Rapava, qu'ils saisirent chacun par un bout la longue boîte à outils métallique pour la placer au fond du trou. Ils rebouchèrent ensuite la fosse et piétinèrent la terre, puis Rapava finit d'aplatir le monticule avec le dos de la pelle et répandit des feuilles mortes par-dessus. Lorsqu'ils retraversèrent enfin le jardin vers la maison, les premières lueurs grisâtres commençaient à s'immiscer dans le ciel d'Orient.

* * *

A eux deux, Kelso et Rapava avaient éclusé les mignonnettes, et ils étaient passés à une sorte de vodka poivrée artisanale que le vieux conservait dans un flacon de fer-blanc tout cabossé. Dieu seul savait avec quoi il l'avait faite. Avec du shampoing peut-être. Il la renifla, éternua, cligna des yeux et en servit un verre plein à ras bord à Kelso. Le liquide, un peu gras, était d'une couleur gorge-de-pigeon, et Kelso sentit la nausée l'envahir :

« Alors, Staline est mort », dit-il, essayant d'échapper à la gorgée qui l'attendait. Les mots lui semblaient impossibles à articuler. Il avait la mâchoire engourdie.

« Staline est mort. » Rapava secoua la tête d'un air désolé. Il se pencha soudain en avant pour trinquer. « Au camarade Staline !

— Au camarade Staline. »

Ils burent.

* * *

Staline mourut donc. Tout le monde paraissait fou de chagrin. Tout le monde, sauf le camarade Beria, qui lut son éloge du défunt, devant les milliers d'orphelins hystériques présents sur la place Rouge, comme une annonce de chef de gare, et que cela fit bien rire ensuite avec les garçons.

Cela se sut.

Remarque que Beria était quelqu'un d'intelligent, de beaucoup plus intelligent que toi, mon garçon — il t'aurait avalé tout cru dès le petit déjeuner. Mais les gens intelligents font tous la même erreur. Ils prennent tous les autres pour des imbéciles. Et il n'y a pas que des imbéciles. La plupart sont juste un peu plus lents, c'est tout.

Le patron s'est vu au pouvoir pour vingt ans. Il n'a pas duré trois mois.

C'était au mois de juin, la matinée touchait à sa fin et Rapava était de garde avec l'équipe habituelle — Nadaraïa, Sarsikov, Doumbadzé — lorsqu'on annonça une réunion spéciale du Praesidium dans le bureau de Malenkov, au Kremlin. Et comme cela se passait justement chez Malenkov, le patron ne s'est pas méfié. Qui était le gros Malenkov ? Le gros Malenkov n'était rien. Ce n'était qu'un gros ours brun pas très fin. Le patron tenait Malenkov au bout d'une laisse.

Ainsi, quand il se rendit à la voiture pour aller à la réunion, il ne portait même pas de cravate, juste une chemise à col ouvert et un vieux complet usé. Pourquoi aurait-il porté une cravate ? Il faisait chaud, Staline était mort, Moscou regorgeait de filles et il allait rester au pouvoir pendant vingt ans.

La cerisaie du fond du jardin venait seulement de perdre ses fleurs.

Ils arrivèrent devant les bureaux de Malenkov et le patron monta le voir pendant que le reste de la troupe prenait place dans l'antichambre, près de l'entrée. Alors les gros bonnets arrivèrent un à un, tous les camarades dont Beria avait pris l'habitude de se moquer derrière leur dos : ce vieux « cul serré » de Molotov, ce gros paysan de Khrouchtchev, cette chochotte de Vorochilov et enfin le maréchal Joukov, véritable paon faisant la roue avec sa collection de rubans et de médailles en fer-blanc. Ils montèrent tous et Nadaraïa se frotta les mains avant de lancer à Rapava : « Eh bien, Papou Guerassimovitch, qu'est-ce que tu dirais d'aller nous chercher un peu de café à la cantine maintenant ? »

La journée s'écoula. Nadaraïa montait de temps en temps voir ce qui se passait, mais redescendait toujours avec le même message : réunion toujours en cours. Une fois encore ; et alors ? Il n'était pas rare que le Praesidium se réunisse pendant des heures. Cependant, à huit heures, le chef des gardes du corps prit un air soucieux, et, à dix heures, alors que la nuit estivale commençait à tomber, il leur dit à tous de le suivre en haut.

Ils forcèrent le barrage des secrétaires de Malenkov et pénétrèrent dans la grande salle. Elle était vide. Sarsikov essaya les téléphones : ils étaient coupés. Une chaise avait été renversée et par terre, à côté, ils trouvèrent des bouts de papier, chacun d'eux portant, à l'encre rouge, et de la main de Beria, la simple mention : « Alerte ! »

Ils auraient peut-être dû se battre, mais à quoi cela aurait-il servi ? Ce n'était rien de moins qu'une embuscade, une opération de l'Armée rouge. Joukov avait même fait venir des chars, il avait fait poster une vingtaine de T34 derrière la maison du patron (comme Rapava l'apprit plus tard). Il y avait des voitures blindées à l'intérieur du Kremlin. C'était sans espoir. Ils n'auraient pas tenu cinq minutes.

Les garçons furent séparés sur-le-champ. On conduisit Rapava dans une prison militaire de la banlieue nord où l'on s'arrangea pour lui faire connaître une bonne dizaine de tabassages différents ; on l'accusa de procurer des petites filles au patron, on lui montra des témoignages écrits et des photographies des victimes et on lui donna enfin une liste de trente noms que Sarsikov (le grand Sarsikov toujours prêt à rouler des mécaniques... tu parles d'un dur !) avait crachée par écrit dès le deuxième jour.

Rapava ne dit rien. Tout ça le rendait malade.

Puis, une nuit, une dizaine de jours après le coup d'Etat — car Rapava voyait toujours cela comme un coup d'Etat —, on le rafistola, on le nettoya, on lui donna un uniforme propre de la prison et on le conduisit, menottes aux poignets, au bureau du directeur où il devait voir un grand ponte du ministère de la Sécurité d'Etat. C'était visiblement un cador, un vrai salaud qui devait avoir entre trente et quarante ans, se disait ministre délégué et annonça qu'il voulait parler des papiers personnels du camarade Staline.

Rapava fut attaché à la chaise par ses menottes, et l'on fit sortir les gardiens de la pièce. Le ministre délégué prit place derrière le bureau du directeur. Il y avait un portrait de Staline sur le mur, derrière lui.

« Il semble, commença le ministre délégué après avoir dévisagé Rapava pendant quelques minutes, qu'au cours de ces dernières années le camarade Staline ait pris l'habitude, pour s'aider dans son travail considérable, de prendre des notes. Ces notes étaient parfois consignées sur des feuilles de papier à lettres ordinaire, et parfois dans un cahier d'exercices à couverture de toile cirée noire. Seuls certains membres du Praesidium, ainsi que le camarade Poskrebichev, secrétaire de longue date du camarade Staline que le traître Beria a fait emprisonner sous des accusations mensongères, connaissaient l'existence de ces notes. Tous les témoins assurent que le camarade Staline conservait ces papiers dans son bureau personnel, à l'intérieur d'un coffre dont lui seul avait la clé. »

Le ministre délégué se pencha en avant. Ses yeux sombres scrutèrent le visage de Rapava.

« Après la mort tragique du camarade Staline, on a essayé de retrouver cette clé. En vain. Le Praesidium a donc décidé de faire forcer le coffre, en présence de la totalité de ses membres, afin de voir si le camarade Staline n'aurait pas laissé des documents pouvant revêtir une valeur historique, ou qui pourraient aider le Comité central à désigner le successeur du camarade Staline, ce qui représente une responsabilité terrible. »

Le coffre fut donc forcé sous l'œil attentif des membres du Praesidium, et trouvé vide, mis à part quelques objets mineurs comme la carte du Parti du camarade Staline.

« Et maintenant, annonça le ministre délégué en se levant lentement, nous touchons au cœur du problème. »

Il fit le tour du bureau et s'assit sur le bord, juste devant Rapava. (Oh, c'était un sacré gaillard, je te le dis, mon garçon, une vraie baraque.)

« Nous savons, reprit-il, par le camarade Malenkov, qu'au petit matin du 2 mars tu t'es rendu à la datcha de Kountsévo en compagnie du traître Beria, et que vous êtes restés tous les deux seuls avec le camarade Staline pendant quelques minutes. Avez-vous pris quelque chose dans la chambre ?

— Non, camarade.

— Rien du tout ?

— Non, camarade.

— Et où êtes-vous allés après avoir quitté Kountsévo ?

— J'ai reconduit le camarade Beria chez lui, camarade.

— Directement ?

— Oui, camarade.

— Tu mens.

— Non, camarade.

— Tu mens. Nous avons un témoin qui vous a vus à l'intérieur du Kremlin juste avant l'aube. Une sentinelle qui vous a croisés dans le couloir.

— Oui, camarade, je me souviens maintenant. Le camarade Beria a dit qu'il devait récupérer quelque chose dans son bureau.

— Dans le bureau du camarade Staline, plutôt !

— Non, camarade.

— Tu mens ! Tu es un traître ! L'espion anglais Beria et toi-même, vous avez pénétré dans le bureau de Staline et vous avez volé ses papiers ! Où sont-ils ?

— Non, camarade...

— Traître ! Voleur ! Espion ! »

Chaque mot s'accompagnait d'un coup au visage.

Et ainsi de suite.

Je vais te dire quelque chose, mon garçon. Personne ne sait exactement ce qui est arrivé au patron, même aujourd'hui, même maintenant que Gorbatchev et Eltsine ont bradé tout notre putain de patrimoine aux capitalistes et laissé la CIA se servir dans nos dossiers. Ce qui concerne le patron est toujours inaccessible. On lui a fait quitter le Kremlin roulé dans un tapis, sur le plancher d'une voiture, et certains disent que Joukov l'a tué le soir même. D'autres disent qu'on l'a abattu la semaine suivante. La plupart prétendent qu'on l'a gardé en vie pendant cinq mois — cinq mois ! — séquestré dans un bunker souterrain du secteur militaire de Moscou, et qu'on l'a exécuté après un procès secret.

En tout cas, il a été exécuté. Il était mort à Noël.

Et voilà ce qu'ils m'ont fait.

Rapava présenta ses doigts mutilés et les fit bouger. Puis il déboutonna maladroitement sa chemise, la sortit de la ceinture de son pantalon et fit pivoter son torse décharné pour montrer son dos. Il avait les vertèbres entrecroisées de fragments de peau cicatrisée, luisante et plissée, lucarnes translucides sur les chairs au-dessous. Son ventre et sa poitrine étaient couverts de tatouages d'un bleu noir.

Kelso ne dit rien. Rapava se rassit sans fermer sa chemise. Ses cicatrices et ses tatouages étaient les médailles de son existence et il en était fier.

Pas un mot, mon garçon, tu entends ? Ils n'ont rien tiré de moi. Pas... un seul... mot.

Pendant tout ce temps, il ne savait pas si le patron était encore en vie, ou s'il avait parlé. Mais cela importait peu : au moins Papou Guerassimovitch Rapava aurait-il gardé le silence.

Pourquoi ? Etait-ce de la loyauté ? Un peu, peut-être, en souvenir de cette main magnanime. Mais il n'était pas innocent au point de ne pas se rendre compte que le silence était son seul espoir. (Combien de temps crois-tu qu'on m'aurait laissé en vie après que je les aurais conduits où ils voulaient ?) C'était son assurance-vie qu'il avait enterrée sous cet arbre. Alors, doucement, tout doucement : pas un mot.

Lorsque l'hiver arriva, il resta couché, tremblant, à même le sol de sa cellule glaciale, la tête remplie de cerisiers aux feuilles mortes qui tombaient maintenant, de branches qui se découpaient, très sombres contre le ciel, de hurlements de loups.

Puis, vers Noël, comme des enfants lassés, ils semblèrent soudain se désintéresser de toute l'histoire. Les tabassages continuèrent quelque temps — il faut bien comprendre que c'était devenu une question d'honneur des deux côtés —, mais les questions s'arrêtèrent et, finalement, après une séance prolongée et fort imaginative, les coups cessèrent eux aussi. Le ministre délégué ne revint plus jamais et Rapava devina que Beria devait être mort. Il devina aussi que quelqu'un avait décidé qu'en fin de compte les papiers de Staline, s'ils existaient, étaient peut-être mieux là où ils étaient.

Rapava s'attendait à recevoir ses sept grammes de plomb à tout moment. Il ne lui vint jamais à l'idée qu'il pût y échapper, surtout après l'exécution de Beria. Il ne se rappelait donc rien du trajet, en pleine tempête de neige, jusqu'à l'immeuble de l'Armée rouge de la rue du Kommissariat, ni du tribunal de fortune avec ses hautes fenêtres à barreaux et sa troïka de juges. Il fit le vide dans sa tête grâce aux flocons de neige. Il les regarda tomber par la fenêtre, remonter la Moskova et ses rives par rafales, ternissant les lumières de l'après-midi de l'autre côté du fleuve, hautes colonnes de neige blanche venues de l'est pour semer la mort. Les voix ronronnaient autour de lui. Plus tard, lorsque la nuit fut tombée et qu'on le poussa dehors, il supposa qu'on allait l'exécuter et demanda à s'arrêter un instant pour plonger les mains dans les congères. Un garde lui demanda pourquoi, et Rapava lui répondit : « Pour sentir une dernière fois la neige entre mes doigts, camarade. »

Cela les fit beaucoup rire. Mais quand ils s'aperçurent qu'il ne plaisantait pas, ils rirent plus fort encore. « S'il y a une chose dont tu ne manqueras jamais, Géorgien, lui assurèrent-ils en le poussant à l'arrière du fourgon, c'est bien de neige. » C'est ainsi qu'il apprit qu'il venait d'être condamné à quinze ans de travaux forcés dans la région de la Kolyma.

En 1956, Khrouchtchev amnistia tout un groupe de prisonniers du Goulag, mais personne n'amnistia Papou Rapava. On oublia Papou Rapava. Papou Rapava creva de chaud et gela dans les forêts sibériennes pendant une décennie et demie — il creva de chaud durant les étés brefs, travaillant comme les autres dans son propre nuage de moustiques porteurs de fièvres, et il gela durant les hivers interminables qui transformaient les marécages en pierre.

On dit que les survivants des camps se ressemblent tous parce que, une fois que le squelette s'est montré, on peut bien le recouvrir ensuite de toutes les chairs possibles ou l'habiller avec le plus grand soin, les os réapparaîtront toujours. Kelso s'était déjà entretenu avec suffisamment d'anciens prisonniers du Goulag pour savoir reconnaître, même maintenant, le squelette des camps sur le visage de Rapava tandis qu'il parlait, dans ses orbites creusées et les jointures de ses mâchoires. Il le voyait aux articulations de ses poignets et de ses chevilles, et à la lame plate de son sternum.

Il n'avait pas été amnistié, expliquait Rapava, parce qu'il avait tué un homme, un Tchétchène, qui avait essayé de le sodomiser ; il l'avait éventré avec une arme qu'il s'était confectionnée à partir d'un fragment de scie.

« Et qu'est-il arrivé à votre tête ? » demanda Kelso.

Rapava toucha la cicatrice du bout des doigts. Il ne s'en souvenait plus. Parfois, quand il faisait particulièrement froid, cette cicatrice lui faisait mal et lui donnait de mauvais rêves.

« Quel genre de rêves ? »

Rapava montra l'éclat sombre de sa bouche. Il ne le dirait pas.

Quinze ans...

On le ramena à Moscou en été 1969, le jour où les Américains débarquèrent un homme sur la lune. Rapava quitta l'hôtel des anciens prisonniers et déambula dans les rues chaudes et bondées sans rien comprendre. Où était passé Staline ? Ce fut ce qui l'étonna le plus. Où étaient passés les statues et les portraits ? Qu'était devenu le respect ? Les garçons ressemblaient tous à des filles et les filles ressemblaient toutes à des putes. De toute évidence, le pays était déjà bien dans la merde. Pourtant, il faut bien le dire, à cette époque-là, il y avait au moins du travail pour tout le monde, même pour les vieux *zeki*[1] comme lui. On l'envoya travailler comme ouvrier aux ateliers de la gare de Leningrad. Il n'avait que quarante et un ans et était fort comme un ours. Tout ce qu'il possédait au monde tenait dans une valise en carton.

Finit-il par se marier ?

Rapava haussa les épaules. Bien sûr qu'il s'était marié. C'est comme ça qu'on obtenait un appartement. Il s'était marié et s'était installé.

Et que s'était-il passé ? Qu'était-elle devenue ?

Elle était morte. (C'était pas mal comme quartier, à l'époque, mon gars, avant qu'il y ait toute cette drogue et cette criminalité.)

Où habitait-il ?

Saloperies de criminels...

Des enfants ?

Un fils. Il était mort, lui aussi. En Afghanistan. Et une fille.

1. *Zek* : forçat du Goulag.

Sa fille était morte aussi ?

Non. Elle était prostituée.

Et les papiers de Staline ?

Ivre comme il l'était, Kelso ne pouvait rendre cette question-là banale, et le vieux lui adressa un regard rusé ; un regard de paysan.

« Vas-y, mon gars, dis-le, fit Rapava à mi-voix. Les papiers de Staline ? Quoi, les papiers de Staline ? »

Kelso hésita.

« C'est seulement que, s'ils existaient encore... s'il y avait une chance... une possibilité...

— Tu voudrais les voir ?

— Bien sûr. »

Rapava se mit à rire.

« Et pourquoi faudrait-il que je t'aide, mon gars ? Quinze années de Kolyma, et pour quoi ? Pour t'aider à concocter de nouveaux mensonges ? Par amour ?

— Non, pas par amour. Pour l'histoire.

— Pour l'histoire ? Je t'en prie, mon gars !

— Bon, d'accord... pour l'argent alors.

— Quoi ?

— Pour l'argent. Une part des bénéfices. Beaucoup d'argent. »

Le paysan Rapava se frotta l'aile du nez.

« Combien d'argent ?

— Beaucoup. Si c'est vrai. Si nous arrivons à les retrouver. Croyez-moi : beaucoup d'argent. »

Le silence momentané fut brisé par un bruit de voix dans le couloir, de voix parlant anglais, et Kelso devina de qui il devait s'agir : ses confrères historiens — Adelman, Duberstein et les autres — revenant d'un dîner tardif et se demandant où il avait bien pu passer. Il lui parut soudain terriblement important que personne d'autre — et surtout pas ses confrères — ne connaisse l'existence de Papou Rapava.

Quelqu'un frappa doucement à la porte, et il fit signe au vieillard de garder le silence. Sans faire de bruit, il tendit le bras pour éteindre la lampe de chevet.

Ils écoutèrent ensemble les chuchotements, amplifiés par l'obscurité mais encore étouffés et indistincts. Il y eut un autre coup, puis un éclat de rire que les autres firent taire. Peut-être avaient-ils vu la lumière s'éteindre. Peut-être le croyaient-ils avec une femme — telle était sa réputation.

Quelques secondes plus tard, les voix s'évanouirent et le couloir replongea dans le silence. Kelso ralluma la lumière. Il sourit et montra son cœur. Le visage du vieillard n'était plus qu'un masque, puis il finit par sourire et se mit à chanter ; il avait une voix vibrante et étonnamment mélodieuse...

Kolyma, Kolyma,
Quel endroit enchanté !
Douze mois d'hiver
Et le reste d'été...

Après sa libération, il ne fut plus que Papou Rapava, cheminot qui avait passé un bout de temps dans les camps, et si quelqu'un voulait en savoir plus (Eh bien ? Oui ? Viens-y donc, camarade !), il l'attendait toujours avec ses poings ou un poinçon en fer.

Dès le début, il fut surveillé par deux hommes. Antipine, qui était contremaître à l'atelier Lénine n° 1, et un handicapé qui habitait l'appartement au-dessous de chez lui et s'appelait Senka. C'était la plus belle paire de cafards qui existât au monde. C'est tout juste si on ne les entendait pas ramper jusqu'au KGB avant même qu'on soit sorti de la pièce. Les autres allaient et venaient — les fileurs à pied, les mecs qui attendaient dans des voitures garées, ceux qui posaient des « questions de routine, camarade » —, mais Antipine et Senka restaient les surveillants fidèles. Ils n'ont jamais rien obtenu, ni l'un ni l'autre. Rapava avait enfoui son passé dans un trou bien plus profond que celui qu'il avait creusé pour Beria.

Senka était mort cinq ans plus tôt. Il ne savait pas ce qu'était devenu Antipine. L'atelier Lénine n° 1 appartenait désormais à un collectif privé qui s'occupait d'importation de vin français.

« Les papiers de Staline, mon gars ? Qui ça intéresse ? » Plus rien ne lui faisait peur maintenant.

« Beaucoup d'argent, tu disais ? Bien, bien... »

Il se pencha en avant pour cracher dans le cendrier puis parut s'assoupir. Au bout d'un moment, il marmonna : « Mon garçon est mort, je te l'ai dit ?

— Oui.

— Il est mort dans une embuscade de nuit, sur la route de Mazar-i-Sharif. Envoyé parmi les derniers. Tué par une bande de barbares préhistoriques avec du noir sur la figure et des missiles américains. Est-ce qu'on imaginerait Staline laisser des sauvages pareils humilier notre pays ? Réfléchissez un peu ! Il les aurait réduits en poussière et il aurait envoyé la poudre voler jusqu'en Sibérie ! »

Après la mort de son fils, Rapava s'était mis à marcher. De longues balades qui pouvaient durer un jour et une nuit. Il traversait la ville dans tous les sens, de Perovo aux lacs, du parc Bittsevskii à la tour de la Télévision. Alors, au cours d'une de ces balades — ce devait être il y a six ou sept ans, vers l'époque du chambardement —, il s'était retrouvé en train de marcher dans ses propres rêves. Il n'avait pas compris tout de suite pourquoi. Puis il s'était aperçu qu'il se trouvait rue Vspolnii. Il en était reparti dare-dare. Son petit gars était radio dans une unité de blindés. Il aimait bien tripoter les radios. C'était pas un combattant.

« Et la maison ? demanda Kelso. Tenait-elle encore debout ?

— Il avait dix-neuf ans.

— Et la maison ? Qu'était devenue la maison ? »

La tête de Rapava retomba.

La maison, camarade...

Il y avait une lune en faucille rouge, et une seule étoile rouge. Et l'endroit était gardé par des barbares avec du noir sur la figure... »

Kelso ne put plus rien tirer de lui après cela. Le vieillard battit des paupières et s'endormit. Ses mâchoires se relâchèrent et une salive jaune se mit à couler sur sa joue.

Kelso le contempla pendant une minute ou deux, sentant son estomac se révulser peu à peu. Puis il se leva brusquement et se dirigea le plus vite possible vers les toilettes, où il vomit copieusement et violemment. Il appuya son front brûlant contre l'émail de la cuvette et s'humecta les lèvres. Sa langue lui parut énorme, et amère, comme un gros fruit noir. Il avait quelque chose de coincé dans la gorge et s'efforça de l'évacuer en toussant, mais sans résultat. Alors il essaya d'avaler, mais cela le fit vomir à nouveau. Quand il redressa la tête, tous les objets de la salle de bains semblaient s'être détachés de leurs supports et effectuaient autour de lui une lente danse tribale. Un trait de mucosités argentées formait un arc entre son nez et le siège des toilettes.

Tiens bon, se répéta-t-il. Cela aussi, ça va passer.

Il s'accrocha encore à la cuvette blanche et fraîche, comme un noyé, tandis que l'horizon s'inclinait et que la pièce sombrait dans le noir, glissait...

Un frôlement dans l'obscurité de ses rêves. Une paire d'yeux jaunes.

« Qui êtes-vous, demandait Staline, pour me voler mes papiers personnels ? »

Il bondissait de son divan comme un loup.

Kelso se réveilla dans un sursaut et se cogna la tête contre le rebord de la baignoire. Il poussa un gémissement et roula sur le dos, se tâtant le crâne pour trouver une trace de sang. Il était certain de sentir un liquide visqueux, mais lorsqu'il porta les doigts devant ses yeux et loucha dessus, ils étaient propres.

Comme toujours, même maintenant, même étalé par terre, sur le sol d'une salle de bains moscovite, il y avait une part de lui-même qui demeurait impitoyablement sobre, comme le capitaine blessé qui réclame tranquillement, au milieu des fumées de la bataille, sur le pont de son navire touché, une estimation des dommages. C'est cette part de lui-même qui conclut que, aussi mal qu'il pût se sentir, il avait — oui, c'était possible — connu pire. C'est aussi la partie de lui-même qui entendit, au-delà du pénible martèlement de son pouls, le crissement d'un pas puis le déclic d'une porte qu'on referme doucement.

Kelso serra la mâchoire et passa, par la seule force de sa volonté, par tous les stades de l'évolution, de la fange du sol à une position sur les mains et les genoux puis à une sorte d'accroupissement agité et simiesque, pour s'élancer dans la chambre vide. Une lumière grisâtre filtrait à travers les minces rideaux orange et éclairait les reliefs de la nuit. La puanteur aigre de l'alcool répandu ajoutée à l'odeur de fumée froide lui retourna le cœur. Pourtant... et il y avait autant d'héroïsme que de désespoir dans son geste, il se dirigea vers la porte.

« Papou Guerassimovitch ! Attendez ! »

Le couloir était sombre et désert. Tout au fond, après l'angle, retentit le bruit métallique de l'ascenseur qui s'immobilisait. Clignant des yeux, Kelso se dirigea en boitillant dans cette direction et arriva juste à temps pour voir les portes se refermer. Il essaya de les ouvrir avec ses doigts, criant par l'interstice à Rapava de revenir. Il frappa à plusieurs reprises le bouton d'appel avec sa paume, mais comme rien ne réagissait, il prit l'escalier. Il descendit jusqu'au vingt et unième étage avant de se rendre à l'évidence. Il s'arrêta alors sur le palier, appela l'ascenseur express et l'attendit, appuyé contre le mur, à bout de souffle, nauséeux, avec comme un couteau derrière les yeux. La cabine mit longtemps à arriver et, quand elle se fut enfin arrêtée à sa hauteur, elle lui fit aussitôt remonter les deux étages qu'il venait de dévaler. Les portes s'ouvrirent alors en un mouvement moqueur sur le couloir désert.

Lorsque Kelso atteignit enfin le rez-de-chaussée, les oreilles bourdonnantes à cause de la vitesse, Rapava avait disparu. Sous la voûte de marbre de la réception de l'Oukraïna, il n'y avait personne d'autre qu'une babouchka qui passait l'aspirateur sur le tapis rouge et une pute blond platine en étole de fausse zibeline qui se disputait avec un agent de sécurité. Il fonça vers l'entrée, conscient que tous trois s'étaient arrêtés pour le regarder. Il porta la main à son front et le trouva trempé de sueur.

Il faisait froid dehors, et le jour se levait tout juste. Un rigoureux matin d'octobre. Une humidité glacée s'élevait du fleuve. Mais la circulation des heures de pointe en provenance du pont Kalinine commençait déjà à s'amasser sur la Koutouzovskii Prospekt. Kelso, en manches de chemise, fit quelques pas vers la route, où il resta un moment, grelottant de froid. Il n'y avait aucune trace de Rapava. A sa droite, sur le trottoir, un vieux chien gris, grand et à moitié mort de faim, passait d'un pas traînant devant les grands immeubles, se dirigeant vers l'est, vers la ville qui s'éveillait.

PREMIÈRE PARTIE

Moscou

« Choisir ses victimes, préparer minutieusement son plan, exercer une vengeance implacable, et puis aller se coucher... il n'y a rien de plus doux au monde. »

I. V. Staline,
au cours d'une conversation
avec Kamenev et Dzerjinski

CHAPITRE 1

Brandissant un parapluie automatique rose, Olga Komarova, du service des Archives d'Etat russes — Rossarkhiv — poussait vigoureusement ses distingués protégés à travers le hall de l'hôtel Oukraïna, en direction de la porte à tambour. C'était une porte ancienne, en bois et en verre, trop étroite pour laisser sortir plus d'une personne à la fois, aussi les universitaires se rangèrent-ils en ligne dans la pénombre du hall, semblables à des parachutistes au-dessus de la zone cible. Olga les touchait doucement à l'épaule avec son parapluie dès qu'ils passaient devant elle pour les compter un par un avant qu'ils ne soient propulsés dans l'air glacial de Moscou.

Franklin Adelman, de Yale, passa en premier, comme il seyait à son âge et à son statut, puis vinrent Moldenhauer, de la Bundesarchiv de Coblence, avec son double titre absurde — Docteur Docteur Karl-Machin Moldenhauer —, les néo-marxistes Enrico Banfi, de Milan, et Eric Chamber, de la London School of Economics, le grand spécialiste de la guerre froide Phil Duberstein, de la New York University, Yvon Godelier, de l'Ecole normale supérieure, le sombre Dave Richards, de Saint-Anthony, Oxford (autre soviétologue dont le monde s'était effondré), Velma Byrd, des Archives nationales américaines, Alastair Findlay, du Département d'études de guerre d'Edimbourg, qui croyait toujours que rien n'éclipsait à ce jour le cul du camarade Staline, puis Arthur Saunders, de Stanford, et enfin celui par la faute de qui ils avaient dû attendre cinq minutes de plus dans le hall, le docteur C. R. A. Kelso, plus connu sous le surnom de Fluke.

La porte lui cogna violemment les talons. Dehors, le temps

avait empiré. La neige s'efforçait de tomber. De minuscules flocons durs comme de la glace fouettaient la grande étendue grise, maculant le visage et les cheveux de Kelso. Au bas de l'escalier, frémissant dans son nuage blanc de fumée, un car tout cabossé les attendait pour les conduire au symposium. Kelso s'arrêta pour allumer une cigarette.

« Nom de Dieu, Fluke, lui lança joyeusement Adelman, tu as une mine épouvantable. »

Kelso lui répondit par un petit signe de main. Il remarqua un groupe de chauffeurs de taxi en veste matelassée qui tapaient du pied pour lutter contre le froid. Des ouvriers s'échinaient à décharger un rouleau métallique à l'arrière d'un camion. Un homme d'affaires coréen en chapka photographiait un groupe d'une vingtaine de ses congénères, tous vêtus comme lui. Mais de Papou Rapava, aucune trace.

« Docteur Kelso, s'il vous plaît, nous attendons encore. »

Le parapluie l'accusait, pointé sur lui. Il coinça sa cigarette au coin de sa bouche, mit son sac sur l'épaule et se dirigea vers le car.

« Un Byron défait », voilà comment un journal du dimanche l'avait décrit quand il avait abandonné ses conférences à Oxford pour aller à New York. Ce n'était pas mal vu : cheveux noirs et bouclés, trop longs et trop épais pour être nets, une bouche humide et expressive, des joues pâles et l'aura d'une certaine réputation — si Byron, au lieu de mourir à Missolonghi, avait passé les dix années suivantes à boire du whisky, à fumer et à rester confiné à l'intérieur en évitant soigneusement tout exercice, il en serait certainement venu à ressembler un peu à Fluke Kelso.

Il portait toujours la même tenue, à savoir une grosse chemise de coton bleu sombre délavée dont il gardait le bouton de col ouvert, une cravate sombre vaguement tachée au nœud desserré, un pantalon en velours côtelé noir avec une ceinture de cuir noir sur laquelle son ventre débordait légèrement, un mouchoir de coton rouge dans sa pochette, des bottines de daim brunes élimées et un vieil imperméable bleu. C'était l'uniforme de Kelso, immuable depuis vingt ans.

Rapava l'avait appelé « mon gars », et cela semblait à la fois absurde pour un homme de son âge et pourtant curieusement approprié. Un *gars*.

Le chauffage était poussé au maximum. Personne ne parlait beaucoup. Il s'installa tout seul au fond du car et frotta la vitre humide tandis qu'ils s'élançaient en cahotant à l'assaut de la chaussée pour s'immiscer dans la circulation du pont. De l'autre côté de l'allée, Saunders se mit à chasser avec ostentation la fumée de cigarette de Kelso. Au-dessous d'eux, sur les eaux sales de la Moskova, un dragueur dont le pont arrière était équipé d'une grue remontait paresseusement le courant.

Le plus drôle, c'est qu'il avait failli ne pas venir en Russie. Il savait bien ce qui l'attendait : la mauvaise nourriture, les conversations rances, l'ennui de la routine universitaire — de plus en plus de paroles pour un contenu de moins en moins riche — ; c'était précisément pour cela qu'il avait lâché Oxford et s'était installé à New York. Cependant, les livres qu'il était censé écrire ne s'étaient pas complètement matérialisés. Et puis il n'avait jamais pu résister à l'appel de Moscou. Même maintenant, installé dans ce car puant, par un mercredi matin en pleine heure de pointe, il ressentait la charge de l'histoire derrière les vitres boueuses : dans les rues sombres et rebaptisées, les grands immeubles d'habitation, les statues renversées. C'était plus fort ici que dans tous les endroits qu'il connaissait ; plus fort même qu'à Berlin. C'est ce qui l'avait toujours attiré à Moscou, cette façon qu'avait l'histoire d'y rester en suspens dans l'air, entre les immeubles noircis, comme le soufre après la foudre.

« Tu crois tout savoir sur le camarade Staline, pas vrai, mon gars ? Eh bien, laisse-moi te dire que t'y connais que dalle. »

La veille, en fin de journée, Kelso avait donné sa conférence sur Staline et les archives : il l'avait fait suivant son style, sans notes, une main dans sa poche, disert, provocant. Ses hôtes russes avaient eu un regard fuyant des plus réjouissants. Deux personnes étaient même sorties. Il considérait donc cela comme un triomphe.

Ensuite, se retrouvant, comme prévu, assez isolé, il avait décidé de rentrer à pied à l'Oukraïna. Cela faisait une longue marche et la nuit tombait, mais il avait besoin d'air. A un moment — il ne se rappelait plus vraiment où : dans l'une des petites rues situées derrière l'institut peut-être, à moins que cela ne fût plus loin, dans Novy Arbat —, il s'était aperçu qu'on le suivait. Ce n'était rien de tangible, juste une impression fuyante trop souvent éprouvée — un manteau entrevu, ou la forme d'une tête —, mais Kelso avait suffisamment pratiqué Moscou au sale vieux temps pour savoir qu'on se trompait rarement sur ces choses-là. On sait toujours quand un film n'est pas synchrone, même imperceptiblement ; on sait toujours quand on plaît à quelqu'un, même si cela paraît improbable ; et on sait toujours quand on est suivi.

Il venait de pénétrer dans sa chambre d'hôtel et envisageait une investigation préliminaire du mini-bar quand la réception l'avait appelé pour lui annoncer qu'il y avait un homme dans le hall qui voulait le voir. Qui ? Il ne voulait pas donner son nom. Mais il insistait beaucoup et refusait de partir. Kelso était donc descendu, à contrecœur, et avait trouvé Papou Rapava installé sur l'un des sofas en similicuir de l'Oukraïna, les yeux fixés droit devant lui, en complet bleu gris, les chevilles et les poignets saillant comme des manches à balai.

« Tu crois tout savoir sur le camarade Staline, pas vrai, mon gars ?... » avaient été ses mots d'introduction.

Et c'est à cet instant que Kelso s'était rappelé où il avait déjà vu le vieillard : au symposium, dans les premiers rangs des places destinées au public, concentré sur la traduction simultanée de ses écouteurs, marmonnant son désaccord à chaque mention hostile de I. V. Staline.

Qui êtes-vous ? pensa Kelso en regardant par la vitre sale. Un mythomane ? Un escroc ? La réponse à une prière ?

* * *

Le symposium ne devait plus durer qu'une seule journée, ce qui était, du point de vue de Kelso, un grand soulagement. Il se tenait à l'Institut du marxisme-léninisme, temple orthodoxe de béton gris consacré, du temps de Brejnev, à Marx, Lénine et Engels par un immense bas-relief couronnant les piliers de son entrée. Le rez-de-chaussée avait ensuite été loué à une banque privée, qui avait fait faillite entre-temps, ce qui ajoutait encore à l'impression d'abandon.

De l'autre côté de la rue, sous l'œil las de deux miliciens, se déroulait une petite manifestation : une centaine de personnes, principalement des gens âgés, mais avec quelques jeunes en béret et veste de cuir noirs. C'était le mélange habituel de fanatiques et de laissés-pour-compte vindicatifs — marxistes, nationalistes, antisémites. Des drapeaux rouges frappés du marteau et de la faucille flottaient auprès de drapeaux noirs brodés de l'aigle tsariste. Une vieille dame brandissait un portrait de Staline ; une autre vendait des cassettes de marches SS. Un vieillard tenant un parapluie au-dessus de lui haranguait la foule avec un haut-parleur qui donnait à sa voix déformée des accents métalliques. Des garçons distribuaient gratuitement un journal intitulé *Aurora.*

« Ne faites pas attention », recommanda Olga Komarova en se levant à côté du chauffeur. Elle se tapota la tempe. « Ils sont complètement fous. Des fascistes rouges. »

« Qu'est-ce qu'il dit ? » demanda Duberstein, qui était considéré comme une autorité mondiale pour tout ce qui touchait au communisme soviétique bien qu'il n'eût jamais pris le temps d'apprendre le russe.

« Il explique que l'Institution Hoover a essayé d'acheter les archives du Parti pour cinq millions de dollars, répondit Adelman. Il dit que nous essayons de leur voler leur histoire. »

Duberstein ricana. « Qui ça intéresserait de piquer leur putain d'histoire ? » Il frappa la vitre avec sa chevalière. « Dites, ça ne serait pas une équipe de télé ? »

La vue de la caméra suscita un mouvement naturel d'excitation parmi les universitaires.

« Je crois que... »

« Comme c'est flatteur... »

« Comment s'appelle, demanda Adelman, le type qui dirige *Aurora* ? C'est toujours le même ? » Il se retourna sur son siège pour lancer : « Eh, Fluke... tu dois savoir ça, toi ! Comment il s'appelle ? Un ancien du KGB...

— Mamantov », répondit Kelso. Le chauffeur freina brutalement et il dut déglutir pour ravaler un haut-le-cœur. « Vladimir Mamantov. »

« Ce sont des fous, répéta Olga en s'accrochant pour résister à l'arrêt du car. Je vous présente des excuses de la part de Rossarkhiv. Ils ne sont pas représentatifs. Suivez-moi, je vous prie. Ne faites pas attention à eux. »

Ils descendirent du car en file indienne et, filmés par la caméra de télévision, traversèrent sous les huées l'espace goudronné, passant devant deux sapins argentés languissants.

Fluke Kelso se laissa précautionneusement glisser à l'arrière de la file pour ménager sa migraine, évitant de remuer la tête, comme s'il devait tenir en équilibre un pichet rempli d'eau. Un garçon boutonneux à lunettes cerclées de métal lui lança un exemplaire d'*Aurora*, et Kelso eut le temps d'en entrevoir la une — une caricature de conspirateurs sionistes et un symbole cabalistique bizarre figurant un compromis entre un svastika et une croix rouge — avant de le renvoyer à la poitrine du jeune homme. Les manifestants le conspuèrent.

Un thermomètre mural extérieur annonçait – 1 °C à l'entrée du bâtiment. L'ancienne plaque avait été retirée et on en avait fixé une nouvelle à la place, mais comme celle-ci ne s'adaptait pas parfaitement, on voyait bien que l'immeuble avait été rebaptisé. Il annonçait à présent : « Centre russe pour la conservation et l'étude des documents relatifs à l'histoire moderne ».

Une fois encore, Kelso s'attarda alors que les autres étaient déjà entrés. Il scruta les visages haineux rassemblés de l'autre côté de la rue. Il y avait beaucoup d'hommes de la génération de Rapava, les joues creuses et rougies par le froid, mais il ne se trouvait pas parmi eux. Kelso se détourna et pénétra dans le hall sombre où il remit son manteau et son sac au vestiaire avant de passer sous la statue familière de Lénine pour gagner la salle de conférences.

Une nouvelle journée commençait.

Le symposium rassemblait quatre-vingt-onze délégués, et presque tous semblaient se presser dans le petit vestibule où l'on servait du café. Kelso prit sa tasse et alluma une autre cigarette.

« Qui commence ? » fit une voix dans son dos. C'était Adelman.

« Askenov, je crois. Sur le projet de microfilms. »

Adelman poussa un grognement. C'était un Bostonien d'environ soixante-dix ans, arrivé à un stade de sa carrière où on avait l'impression qu'il passait sa vie dans des avions ou des hôtels étrangers : symposiums, conférences, diplômes honoraires — Duberstein soutenait qu'Adelman avait renoncé à l'histoire pour collectionner les kilomètres de vol. Mais Kelso ne lui reprochait pas ces honneurs. Il était fort. Et courageux. Il avait fallu du courage pour écrire les livres qu'il avait écrits, trente ans plus tôt, sur la famine et la terreur, alors que tous les crétins en vue de l'université recherchaient à tout prix la détente.

« Ecoute, Frank, dit-il. Je suis désolé, pour le dîner.

— Ce n'est rien. Tu as trouvé mieux ?

— Si on veut. »

La salle des rafraîchissements se trouvait à l'arrière de l'institut et donnait sur une cour intérieure au centre de laquelle on découvrait, couchées sur le côté parmi les herbes folles, deux statues de Marx et d'Engels, petit couple de *gentlemen* victoriens interrompant la longue marche de l'histoire pour un somme matinal.

« Ça ne les dérange pas de casser ces deux-là, commenta Adelman. C'est facile, ils sont étrangers et il y a même un juif. C'est quand ils déboulonnent Lénine... qu'on s'aperçoit que les choses ont vraiment changé. »

Kelso prit une nouvelle gorgée de café. « Un homme est venu me voir, hier soir.

— Un homme ? Je suis déçu.

— Je peux te demander conseil, Frank ? »

Adelman haussa les épaules. « Vas-y.

— En privé ? »

Adelman se caressa le menton. « Tu as son nom, à ce type ?

— Bien sûr que j'ai son nom.

— Son vrai nom ?

— Comment veux-tu que je le sache ?

— Son adresse alors ? Tu as son adresse ?

— Non, Frank, je n'ai pas son adresse. Mais il a laissé ça. »

Adelman retira ses lunettes et examina soigneusement la pochette d'allumettes. « C'est un coup monté, dit-il enfin en la lui rendant. Je n'y toucherais pas. Et puis, qui a jamais entendu parler d'un bar qui s'appellerait le Robotnik ? L'« ouvrier » ? Ça me paraît bizarre.

— Mais si c'est un coup monté, fit Kelso en soupesant la pochette d'allumettes dans sa paume, pourquoi s'est-il enfui ?

— De toute évidence parce qu'il ne veut pas que ça ait *l'air* d'un coup monté. Il veut te faire bosser un peu, que tu le retrouves, que tu le persuades de t'aider. C'est toute l'astuce d'une escroquerie bien montée : les victimes doivent se donner tellement de mal qu'elles finissent par *vouloir* croire que c'est vrai. Rappelle-toi les carnets d'Hitler. Soit c'est ça, soit tu as affaire à un cinglé.

— Il était très convaincant.

— Les cinglés le sont souvent. Ou c'est une plaisanterie. Quelqu'un veut te faire passer pour un imbécile. Tu as pensé à ça ? Tu n'es pas exactement le gosse le plus populaire de l'école. »

Kelso jeta un coup d'œil dans le couloir en direction de la salle de conférences. Ce n'était pas une mauvaise théorie. Ils étaient beaucoup là-dedans à ne pas l'aimer. Il était apparu dans trop d'émissions de télé, avait défrayé trop de chroniques de journaux, avait critiqué trop de leurs livres inutiles. Saunders attendait dans un coin, feignant de discuter avec Moldenhauer, mais tous deux s'efforçaient visiblement de saisir sa conversation avec Adelman. (Saunders s'était plaint amèrement de l'article de Kelso sur sa « subjectivité » : « Pourquoi a-t-il été invité, c'est ce que l'on voudrait bien savoir. On nous avait laissés entendre qu'il s'agissait d'un symposium de spécialistes *sérieux*... »)

« Ils n'ont pas assez d'esprit », dit-il. Il leur adressa un petit signe et eut le plaisir de les voir disparaître. « Ni assez d'imagination.

— C'est sûr que tu as le don de te faire des ennemis.

— Bof. Tu sais ce qu'on dit : plus d'ennemis, plus d'honneur. »

Adelman sourit et ouvrit la bouche pour dire quelque chose, mais parut se raviser. « Peut-on oser demander comment va Margaret ?

— Qui ? Oh, tu veux dire *cette pauvre Margaret* ? Elle va bien, merci. Elle va bien et râle toujours. D'après les avocats.

— Les garçons ?

— Ils arrivent à l'orée de leur adolescence.

— Et le livre ? Ça fait un moment. Tu en es où de ton nouveau bouquin ?

— Je suis en plein dedans.

— Deux cents feuillets ? Cent ?

— Qu'est-ce que ça veut dire, Frank ?

— Combien de feuillets as-tu écrits ?

— Je ne sais pas. » Kelso passa la langue sur ses lèvres sèches. Aussi incroyable que cela pût paraître, il s'aperçut qu'il aurait bien pris un verre. « Une centaine peut-être. » Il eut la vision de son écran désespérément gris, un curseur palpitant faiblement, comme un pouls sur un appareil d'assistance médicale suppliant qu'on l'éteigne. Il n'avait pas écrit un mot.

« Ecoute, Frank, il pourrait y avoir quelque chose là-dedans, non ? N'oublie pas que Staline était du genre conservateur. Khrouchtchev n'a-t-il pas retrouvé une lettre dans un compartiment secret du bureau du vieux après sa mort ? » Kelso frotta son front douloureux. « Cette lettre de Lénine se plaignant de la façon dont Staline traitait sa femme... Et puis il y a eu cette liste du Politburo, avec des croix devant les noms de tous ceux qu'il projetait d'éliminer. Et sa bibliothèque, tu te souviens de sa bibliothèque ? Il y avait des notes dans presque tous les livres.

— Qu'est-ce que tu veux dire ?

— Je dis juste que c'est possible, c'est tout. Que Staline n'était pas Hitler, et qu'il prenait des notes, lui.

— *Quod volimus credimus libenter*, psalmodia Adelman. Ce qui veut dire...

— Je sais ce que ça veut dire...

— ... ce qui *veut dire*, mon cher Fluke, que nous croyons toujours ce que nous voulons croire. »

Adelman tapota le bras de Kelso. « Tu n'as pas envie d'entendre ça, hein ? Pardonne-moi. Je vais mentir, si tu préfères. Je vais te dire qu'il est le premier sur un million à présenter une histoire pareille qui ne soit pas un tissu de conneries. Je te dirai qu'il te conduira tout droit aux mémoires non publiés de Staline et que tu vas pouvoir réécrire l'histoire et toucher des millions de dollars, que les femmes se coucheront à tes pieds, que Duberstein et Saunders formeront un chœur pour chanter tes louanges au beau milieu de Harvard...

— C'est bon, Frank. » Kelso appuya la face postérieure de son crâne contre le mur. « J'ai compris. Je n'en sais rien. C'est juste que... il aurait peut-être fallu que tu sois là, avec lui... » Il insistait, peu enclin à admettre sa défaite.

« C'est juste que j'ai comme une impression familière. Et toi, ça ne t'évoque rien ?

— Oh, que si : moi aussi j'ai une impression familière. J'ai l'impression que c'est l'heure d'y aller. » Adelman sortit une vieille montre de gousset. « On devrait y retourner, tu ne crois pas ? Olga va être dans tous ses états. » Il passa le bras autour des épaules de Kelso et l'entraîna dans le couloir.

« Quoi qu'il en soit, tu ne peux rien y faire. Nous reprenons l'avion pour New York demain. Il faudra qu'on parle quand on sera rentrés. Qu'on voie s'il n'y a pas quelque chose pour toi à la faculté. Tu étais un très bon professeur.

— J'étais un prof nul.

— Tu étais un très bon professeur jusqu'à ce que tu te laisses détourner des chemins de l'université par les sirènes clinquantes du journalisme et de la célébrité. Salut, Olga.

— Ah, vous voilà ! La séance allait commencer. Oh, docteur Kelso, non, non, ça ce n'est pas bien, interdiction de fumer, merci. » Elle se pencha et lui retira la cigarette des lèvres.

Elle avait un visage brillant aux sourcils épilés, avec une belle moustache décolorée. Elle laissa tomber le mégot dans le fond de café de Kelso puis emporta sa tasse.

« Olga, Olga, pourquoi tant de lumière ? » grogna Kelso en portant la main à son front. La salle de conférences crachait un éclat de tungstène.

« La télévision, répondit Olga avec fierté. Ils font une émission sur nous.

— Télé locale ? (Adelman rajusta son nœud papillon) ou câble ?

— Satellite, professeur. *Internationale.*

— Bon, maintenant, où sont nos places ? » chuchota Adelman en se protégeant les yeux des projecteurs.

« Docteur Kelso ? On pourrait avoir un mot, s'il vous plaît ? » Un accent américain. Kelso se retourna et découvrit un grand jeune homme qu'il crut vaguement reconnaître.

« Pardon ?

— R. J. O'Brian, répondit le jeune homme en tendant la main. Correspondant à Moscou pour le Satellite News System. Nous faisons une émission spéciale sur la controverse...

— Je ne pense pas, répliqua Kelso. Mais le professeur Adelman, que voici, sera certainement ravi... »

A la perspective d'une interview télévisée, Adelman parut enfler physiquement, comme une poupée gonflable. « Eh bien, tant que ce n'est pas à titre *officiel*... »

O'Brian ne lui prêta aucune attention. « Vous êtes sûr que je ne peux pas vous convaincre ? demanda-t-il à Kelso. Vous n'avez rien à dire au monde ? J'ai lu votre livre sur la chute du communisme. C'était quand déjà ? Il y a trois ans ?

— Quatre, corrigea Kelso.

— En fait, je crois que c'était plutôt cinq », intervint Adelman.

En fait, songea Kelso, c'était plus près de six ans. Mon Dieu, mais où passaient donc les années ? « Non, dit-il. Merci quand même, mais je préfère éviter la télévision en ce moment. » Il regarda Adelman. « Il semble que ce ne soit qu'une sirène clinquante de plus.

— Plus tard, je vous en prie, siffla Olga. Les interviews sont pour plus tard. Le directeur parle. S'il vous plaît. » Kelso sentit son parapluie s'enfoncer à nouveau dans son dos pour le pousser dans la salle. « S'il vous plaît. *S'il vous plaît...* »

Une fois les délégués russes installés, plus quelques observateurs diplomatiques, la presse et une cinquantaine de spectateurs, la salle fut pleine à craquer. Kelso se laissa tomber lourdement sur son siège, au deuxième rang. Debout sur l'estrade, le professeur Valentin Askenov, des Archives d'Etat russes, s'était lancé dans une longue explication de l'enregistrement sur microfilms des dossiers du Parti. Le cadreur de O'Brian reculait le long de l'allée centrale pour filmer le public. La voix sonore d'Askenov, encore amplifiée par le micro, semblait crever un compartiment douloureux dans l'oreille interne de Kelso. Déjà, une sorte de torpeur métallique couleur de néon s'était abattue sur la salle. La journée s'annonçait longue. Il enfouit son visage dans ses mains.

Vingt-cinq millions de pages... récitait Askenov. *Vingt-cinq mille rouleaux de microfilms... Sept millions de dollars...*

Kelso fit glisser ses mains le long de ses joues jusqu'à ce que ses doigts recouvrent sa bouche. *Escrocs* ! avait-il envie de hurler. *Menteurs* ! Pourquoi restaient-ils tous tranquillement à leur place ? Ils savaient aussi bien que lui que les neuf dixièmes des documents les plus intéressants étaient toujours inaccessibles, et que pour en voir un peu plus il fallait donner des pots-de-vin. Il avait entendu dire que le cours actuel pour un dossier de nazi capturé était de mille dollars plus une bouteille de scotch.

Il murmura à l'adresse d'Adelman : « Il faut que je sorte.

— Tu ne peux pas faire ça.

— Pourquoi pas ?

— C'est discourtois. Bon Dieu, mais reste là et fais semblant d'être intéressé, comme tout le monde. »

Adelman avait prononçé tout cela du coin des lèvres, sans quitter l'estrade des yeux. Kelso rongea son frein pendant encore trente secondes.

« Tu leur diras que je suis malade.

— Certainement pas.

— Laisse-moi passer, Frank. J'ai mal au cœur.

— Nom de Dieu... »

Adelman rejeta ses jambes de côté et se plaqua contre le dossier de son siège. Courbé en deux dans un effort bien inutile pour paraître moins voyant, Kelso commença à marcher sur les pieds de ses collègues, cognant au passage le mollet élégant de Velma Byrd.

« Aïe, merde, Kelso », fit Velma.

Le professeur Askenov leva les yeux de ses notes et s'interrompit au milieu de son ronronnement. Kelso prit conscience d'un silence pesant, bourdonnant, et d'une sorte de mouvement collectif dans le public, comme une grosse bête qui se serait retournée dans sa cage pour l'observer. Cela parut durer longtemps, du moins tout le temps qu'il lui fallut pour gagner le fond de la salle. Le ronronnement ne reprit que lorsqu'il fut passé devant le regard de marbre de Lénine et sorti dans le couloir désert.

Kelso s'assit derrière la porte verrouillée des toilettes, au rez-de-chaussée de l'ancien Institut du marxisme-léninisme, et ouvrit son sac de toile. Il y avait là tous les outils de sa profession : un bloc-notes jaune réglementaire, des crayons, une gomme et un petit couteau de l'armée suisse, cadeau de bienvenue offert par les organisateurs du symposium, un dictionnaire, un plan de Moscou, son magnétophone à cassettes et un Filofax qui constituait un palimpseste d'anciens numéros, de connaissances perdues, d'anciennes petites amies et de vies révolues.

Il y *avait* quelque chose dans l'histoire du vieux qui lui était familier, mais il n'arrivait pas à se rappeler ce que c'était. Il prit le magnétophone, appuya sur la touche ARRIÈRE de rembobinage et laissa la cassette défiler un moment avant d'appuyer sur

MARCHE. Il porta alors l'appareil à son oreille et écouta le spectre minuscule de la voix de Rapava.

« ... *La chambre du camarade Staline était une chambre d'homme ordinaire. Il faut reconnaître ça à Staline. Il a toujours été l'un des nôtres.* »

ARRIÈRE. MARCHE.

« *Et là, mon gars, il y avait une chose curieuse : il avait retiré ses souliers neufs reluisants et les tenait coincés sous son bras boursouflé.* »

ARRIÈRE. MARCHE.

« *Tu sais ce que j'entends par Blijni, mon garçon ?* »

« ... *par Blijni, mon garçon ?...* »

« ... *par Blijni ...* »

CHAPITRE 2

L'air moscovite sentait l'Asie — la poussière, la suie et les épices orientales, l'essence bon marché, le tabac noir et la sueur.

Kelso sortit de l'institut et remonta le col de son imperméable. Il traversa l'allée pleine d'ornières, évitant les flaques gelées et résistant à la tentation de faire signe à la foule morne — cela aurait été perçu comme une « provocation occidentale ».

La rue descendait en direction du sud, vers le centre-ville. De nombreux immeubles disparaissaient sous les échafaudages et, tout près de lui, des débris dévalèrent une rampe métallique pour exploser en une fontaine de poussière. Kelso dépassa un casino anonyme, annoncé par sa seule enseigne représentant deux dés. Une boutique de fourrures. Une boutique ne vendant que des chaussures italiennes. Une seule paire de mocassins faits main coûtait là l'équivalent d'un mois de salaire des vendeurs qui y travaillaient, et Kelso éprouva un fugitif sentiment de sympathie. Il se rappela une phrase d'Evelyn Waugh qu'il avait déjà citée à propos de la Russie : « La fondation d'un empire est souvent cause d'infortune ; son démembrement, toujours. »

Au bas de la côte, il prit à droite, dans la tourmente. La neige s'était arrêtée de tomber, mais le vent froid soufflait sans relâche. De l'autre côté de la route, au pied de l'enceinte en pierre rouge du Kremlin, il apercevait des silhouettes minuscules courbées sous l'effort tandis que les dômes dorés des églises s'élevaient au-dessus du parapet tels les globes de quelque immense instrument météorologique.

Il allait juste en face. Comme l'Institut du marxisme-léninisme, la bibliothèque Lénine avait été rebaptisée. Elle s'appelait maintenant « Bibliothèque centrale de la Fédération russe », mais tout le monde l'appelait encore « la Lénine ».

Il franchit la triple porte familière, donna sa sacoche et son manteau à la babouchka du vestiaire, puis présenta sa vieille carte de lecteur à un gardien armé dans une cabine vitrée.

Il signa le registre et indiqua l'heure de son arrivée. Il était dix heures onze minutes.

La Lénine était encore loin d'être informatisée, ce qui signifiait que quarante millions de titres se trouvaient toujours sur fiches cartonnées. En haut d'un vaste escalier de pierre, sous le plafond voûté, se trouvait toute une flotte de fichiers en bois que Kelso sillonna comme il l'avait déjà fait tant de fois des années auparavant, ouvrant un tiroir après l'autre, parcourant les titres connus. Il lui faudrait Radzinski, et puis le deuxième tome de Volkogonov, et Khrouchtchev, et Allilouieva aussi. Les fiches de ces deux derniers ouvrages portaient le symbole ¢, ce qui signifiait qu'ils étaient restés dans le fichier secret jusqu'en 1991. Combien de titres avait-il le droit de prendre ? Cinq, c'était bien cela ? Il se décida enfin pour une série d'entretiens que Tchouiev avait eus avec le vieux Molotov. Puis il porta ses formulaires de demande au bureau des retraits et regarda la bibliothécaire les glisser à l'intérieur d'une boîte métallique qu'elle plongea dans le tube pneumatique qui s'enfonçait dans les profondeurs de la Lénine.

« L'attente est de combien aujourd'hui ? »

L'employée haussa les épaules. Comment pouvait-elle le savoir ?

« Une heure ? »

Nouveau haussement d'épaules.

Rien ne change, pensa-t-il.

Il traversa le palier d'un pas nonchalant pour gagner la salle de lecture n° 3 puis remonta silencieusement le chemin de tapis vert élimé qui conduisait à son ancienne place. Rien n'avait changé ici non plus, ni le ton brun et chaud des lambris et des galeries, ni l'odeur sèche qui s'en dégageait, ni le silence religieux qui y régnait. Une statue de Lénine lisant un livre occupait une extrémité de la salle, une horloge astronomique occupait l'autre. Il y avait environ deux cents personnes courbées sur leurs bureaux. Par la fenêtre qui se trouvait à sa gauche, Kelso apercevait le dôme et la flèche de Saint-Nicolas. Il aurait pu ne jamais être parti ; ces dix-huit dernières années n'avaient peut-être été qu'un rêve.

Il s'assit, disposa ses affaires et se retrouva aussitôt étudiant de vingt-six ans, locataire d'une chambre du corpus V de l'université de Moscou, payant deux cent soixante roubles par mois un bureau, un lit, une chaise et un placard, prenant ses repas dans la cantine en sous-sol envahie par les cafards, passant ses journées à la Lénine et ses nuits avec une petite amie, Nadia, Katia, Margarita ou Irina. Irina. Ça, c'était une femme. Il passa la main sur la surface griffée de la table et se demanda ce qu'Irina était devenue. Peut-être aurait-il dû rester avec elle — Irina, si belle et si sérieuse avec ses *samizdat* et ses réunions dans les caves. Irina qui faisait l'amour au son d'un duplicateur poussif et qui jurait ensuite qu'ils seraient différents, qu'ils allaient changer le monde.

Irina. Il se demanda ce qu'elle pensait de la nouvelle Russie. La dernière fois qu'il avait entendu parler d'elle, elle était assistante dentaire dans le sud du pays de Galles.

Il parcourut la salle de lecture du regard puis ferma les yeux pour essayer de retenir le passé une minute encore, lui, l'historien en pantalon de velours côtelé noir, plus si jeune, plus si mince, et terrassé par la gueule de bois.

Ses livres arrivèrent sur la pile des retraits juste après onze heures, enfin, quatre d'entre eux seulement : on lui avait remis le premier tome de Volkogonov au lieu du deuxième, et il dut le renvoyer. Mais cela suffisait pour le moment. Il porta les ouvrages à son bureau et se laissa peu à peu absorber par sa tâche, lisant, prenant des notes et comparant les divers témoignages sur la mort de Staline. Il éprouva, comme chaque fois, un plaisir esthétique à mener son enquête. Il écarta d'office sources de deuxième main et hypothèses. Seuls les gens qui s'étaient effectivement trouvés dans la même pièce que le *Guensec* et qui avaient laissé un récit des événements susceptible d'être comparé à celui de Rapava l'intéressaient.

D'après ses suppositions, ils devaient être au nombre de sept : Khrouchtchev et Molotov, membres du Politburo, Svetlana Allilouieva, la fille de Staline ; deux gardes du corps de Staline,

Rybine et Lozgatchev ; et deux membres du personnel médical : le médecin Miasnikov et une réanimatrice, une certaine Tchestnokova. Tous les autres témoins oculaires soit s'étaient suicidés (comme le garde du corps Khroustalev, qui s'était saoulé à mort après avoir assisté à l'autopsie), soit avaient trouvé la mort peu après, ou bien encore avaient disparu.

Les témoignages différaient dans le détail, mais racontaient en gros la même chose. Le 1er mars 1953, Staline avait été victime d'une terrible hémorragie de l'hémisphère cérébral gauche à un moment où il se trouvait seul dans sa chambre, entre quatre heures et dix heures du matin. Le médecin légiste Vinogradov, qui avait examiné le cerveau après la mort, avait découvert un durcissement des artères cérébrales suggérant que Staline n'avait probablement plus toutes ses facultés mentales depuis longtemps, sept ans peut-être. Personne ne pouvait dire avec exactitude à quelle heure l'attaque s'était produite. Sa porte était restée fermée toute la journée et personne n'avait osé pénétrer dans sa chambre. Le garde du corps Lozgatchev raconta par la suite à l'écrivain Radzinski qu'il avait été le premier à rassembler assez de courage :

> J'ai ouvert la porte... et le patron était là, couché par terre, la main droite levée, comme ça. J'étais pétrifié. Mes mains et mes jambes ne voulaient plus m'obéir. Il n'avait probablement pas encore perdu conscience, mais il ne pouvait plus parler. Il avait une bonne oreille ; il m'avait visiblement entendu entrer et avait sans doute levé sa main pour appeler à l'aide. Je me suis précipité sur lui et je lui ai demandé : « Camarade Staline, qu'est-ce qui ne va pas ? » Il s'était... vous savez... souillé pendant qu'il était couché là, et il essayait de tirer sur quelque chose avec sa main gauche. Je lui ai dit : « Je devrais peut-être appeler le docteur ? » Mais il a répondu par des sons incohérents... un genre de « Dz... dz... » Il ne pouvait rien faire d'autre que continuer ses « dz, dz ».

C'est aussitôt après que les gardes avaient appelé Malenkov. Malenkov avait appelé Beria. Et Beria, se rendant ainsi coupable de non-assistance à personne en danger, avait déclaré que Staline était ivre et donné l'ordre de le laisser dormir.

Kelso examina attentivement ce passage. Rien ici ne contredisait le récit de Rapava. Cela ne prouvait pas que Rapava lui eût dit la vérité, bien sûr : il avait très bien pu tomber lui aussi sur le témoignage de Lozgatchev et s'arranger pour que son histoire corresponde. Mais cela ne prouvait pas qu'il eût menti non plus, et nombre de détails concordaient : les heures données, l'ordre de ne pas prévenir les médecins, le fait que Staline s'était souillé, la façon dont il avait repris conscience, mais sans pouvoir parler. Cela se reproduisit au moins deux fois au cours des trois jours que dura l'agonie de Staline. Une première fois, d'après Khrouchtchev, alors que les médecins enfin convoqués par le Politburo s'efforçaient de le nourrir à la cuiller de potage et de thé léger, il avait levé la main et désigné l'une des photos d'enfants sur le mur. Puis il avait repris connaissance une seconde fois juste avant la fin, ce qui avait été relevé par tous, en particulier par sa fille, Svetlana :

> A ce qui semblait être le tout dernier moment, il ouvrit brusquement les yeux et regarda toutes les personnes présentes dans la pièce. C'était un regard terrible, dément ou peut-être furieux, qui trahissait la peur de la mort et des visages inconnus des médecins penchés sur lui. En un instant, il avait dévisagé tout le monde. Puis il se produisit quelque chose d'incompréhensible et d'effrayant qu'aujourd'hui encore je ne puis ni oublier ni comprendre. Il leva soudain la main gauche comme s'il désignait quelque chose qui se trouvait au-dessus de nous et voulait faire peser sur nous tous une malédiction. Ce geste semblait incompréhensible et lourd de menace, et personne ne pouvait dire à qui, ou à quoi, il s'adressait. L'instant suivant, après un ultime effort, l'esprit se libéra enfin de la chair.

Ceci avait été écrit en 1967. Après l'arrêt cardiaque, les médecins avaient ordonné à la réanimatrice, Tchestnokova — une jeune femme musclée —, d'appuyer sur la poitrine de Staline et de pratiquer le bouche-à-bouche. Puis Khrouchtchev avait entendu les côtes du vieillard céder et avait dit à la jeune femme d'arrêter. « ... Personne ne pouvait dire à qui, ou à quoi, il s'adressait. » Kelso souligna légèrement la phrase au crayon. Si Rapava disait la vérité, on devinait aisément qui Staline voulait maudire : celui qui lui avait volé la clé de son coffre, à savoir Lavrenti Beria. La raison pour laquelle il avait désigné une photo d'enfant était moins claire.

Kelso tapota son crayon contre ses dents. Tout cela était très sujet à caution. Il imaginait sans peine la réaction d'Adelman s'il essayait de le convaincre avec ces seules preuves. Le fait de penser à Adelman lui fit regarder sa montre. En partant maintenant, il pourrait sans problème être de retour au symposium pour le déjeuner, et il y aurait une bonne chance pour qu'il n'ait eu le temps de manquer à personne. Il ramassa les livres et les reporta au bureau des retraits, où le deuxième tome du Volkogonov venait d'arriver.

« Alors, fit la bibliothécaire, ses lèvres fines pincées par l'irritation, vous le voulez ou pas ? »

Kelso hésita, faillit dire non, puis décida qu'il ferait bien de finir ce qu'il avait commencé. Il rendit donc les autres livres et retourna avec le Volkogonov dans la salle de lecture.

L'ouvrage reposait devant lui sur la table comme une brique d'un brun terne. *Trioumph i Traguedia : polititcheskii portret I. V. Stalina*, éditions Novosti, Moscou, 1989. Il l'avait lu à sa sortie mais n'avait jamais éprouvé le besoin d'y jeter un coup d'œil depuis. Il le contempla à présent sans enthousiasme, puis l'ouvrit d'un doigt. Volkogonov était un général trois étoiles de l'Armée rouge qui avait de solides contacts au Kremlin et des accès privilégiés aux archives sous Gorbatchev et Eltsine, ce qui lui avait permis de produire un trio de biographies dithyrambiques — Staline, Trotski et Lénine — toutes plus révisionnistes les unes que les autres. Kelso prit l'ouvrage et passa directement à l'index, où il chercha toutes les entrées se rapportant à la mort de Staline. Et, un instant plus tard, ça y était : il avait retrouvé le souvenir qui le titillait depuis que Papou Rapava avait disparu dans l'aube moscovite :

> A. A. Iepichev, qui fut pendant une période ministre délégué de la Sécurité d'Etat, m'a confié que Staline conservait un cahier d'exercices à couverture de toile cirée noire dans lequel il consignait des notes, et aussi qu'à une époque Staline gardait des lettres de Zinoviev, Kamenev, Boukharine et même de Trotski. Toutes les recherches

> entreprises pour retrouver le cahier et les lettres ont échoué, et Iepichev a refusé de divulguer ses sources.

Iepichev refusait de divulguer ses sources, mais, d'après Volkogonov, il avait une théorie. Il pensait que c'était Lavrenti Beria qui avait pris tous les papiers personnels de Staline dans son coffre-fort du Kremlin pendant que le secrétaire général agonisait, paralysé par son attaque.

> Beria se précipita au Kremlin, où l'on peut raisonnablement supposer qu'il vida le coffre, prenant les papiers personnels du patron et, avec eux sans doute, le cahier noir... Une fois le cahier de Staline détruit, en admettant qu'il se soit réellement trouvé là, Beria pensait avoir déblayé le chemin du pouvoir. Peut-être ne connaîtra-t-on jamais la vérité, mais Iepichev était convaincu que Beria avait vidé le coffre avant l'arrivée des autres.

Calme-toi et ne commence pas à te faire des idées, parce que cela ne prouve rien, tu comprends ? Rien du tout.

Mais ça rend les choses mille fois plus vraisemblables.

Ressorti de la salle de lecture, Kelso ouvrit d'une secousse l'étroit tiroir de bois et parcourut rapidement les fiches jusqu'à ce qu'il trouve celle de Iepichev, A. A. (1908-1985). Le vieux avait écrit quantité de livres, tous mornes et laborieux : *L'Histoire nous enseigne : les leçons du vingtième anniversaire de la Victoire pendant la Grande Guerre patriotique* (1965), *Guerre idéologique et problèmes militaires* (1974), *Nous sommes fidèles aux Idées du Parti* (1981)...

La migraine de Kelso avait disparu, remplacée par cette phase familière d'euphorie postalcoolique — depuis toujours chez lui la période de la journée la plus productive — qui justifiait à elle seule le fait de se saouler. Il dévala l'escalier et parcourut le couloir large et sombre qui conduisait à la section militaire de la Lénine. Il s'agissait d'un petit secteur confiné, éclairé au néon, et qui exhalait une atmosphère de souterrain. Un jeune homme en pull-over gris se tenait appuyé contre le comptoir, en train de lire une BD d'un Mad des années soixante-dix.

« Qu'est-ce que vous avez sur un militaire dénommé Iepichev ? s'enquit Kelso. A. A. Iepichev.

— C'est pour qui ? »

Kelso tendit sa carte de lecteur, et le jeune homme l'étudia avec intérêt.

« Eh, vous seriez pas le Kelso qui a écrit ce bouquin, il y a quelques années, sur la fin du Parti ? «

Kelso hésita — ceci pouvait être à double tranchant — mais finit par admettre que c'était bien lui. Le jeune homme posa sa bande dessinée et lui serra la main. « Andreï Efanov. Super livre. Vous les avez vraiment enfoncés, ces salauds. Je vais voir ce qu'on a. »

Il y avait deux ouvrages de référence où Iepichev avait droit à un article : l'*Encyclopédie militaire de l'URSS* et le *Répertoire des héros de l'Union soviétique.* Et tous deux racontaient en gros la même chose pour qui savait lire entre les lignes, à savoir qu'Alexeï Alexeïevitch Iepichev avait été un stalinien pur et dur, un routier de la vieille école : instructeur au Komsomol et au Parti dans les années vingt et trente ; académie militaire de l'Armée rouge en 1938 ; commissaire à l'usine du Komintern de Kharkov en 1942 ; conseiller militaire de la 38e armée sur le premier front ukrainien en 1943 ; commissaire du Peuple adjoint pour la construction de machines de taille moyenne en 1943 également...

« Qu'est-ce que c'est qu'une "machine de taille moyenne" ? » demanda Efanov, qui regardait par-dessus l'épaule de Kelso. Il se trouvait qu'Efanov avait fait, sous le communisme, son service militaire en Lituanie — deux ans d'enfer — et qu'il s'était vu ensuite refuser l'entrée à l'université de Moscou pour l'unique raison qu'il était juif. Remuer les cendres de la carrière de Iepichev lui procurait donc à présent un immense plaisir.

« C'est une couverture pour le programme soviétique de la bombe atomique, répondit Kelso. Et c'était l'enfant chéri de Beria. » *Beria.* Il nota.

... Secrétaire du Comité central du Parti communiste ukrainien en 1946...

« C'est l'époque où il y a eu des purges de collaborateurs en Ukraine, après la guerre, intervint Efanov. Plutôt sanglant. »

... Premier secrétaire du Comité du Parti régional d'Odessa, 1950 ; ministre délégué de la Sécurité d'Etat, 1951...

Ministre délégué...

Les deux articles étaient illustrés de la même photo officielle de Iepichev. Kelso examina attentivement la mâchoire carrée, les sourcils épais, le visage austère au-dessus du cou de boxeur.

« Oh, c'était un sacré gaillard, je te le dis mon garçon, une vraie baraque. »

« Bingo », marmonna Kelso pour lui-même.

Après la mort de Staline, la carrière de Iepichev avait quelque peu décliné. Il avait d'abord été renvoyé à Odessa, puis il avait été nommé à l'étranger. Ambassadeur en Roumanie, 1955-1961. Ambassadeur en Yougoslavie, 1961-1962. Et puis était enfin venue la nomination tant attendue à Moscou, au poste de chef du Département politique central des forces armées soviétiques — c'est-à-dire commissaire politique —, qu'il occupa pendant les vingt-trois années suivantes. Et qui fut alors son adjoint ? Nul autre que Dimitri Volkogonov, général trois étoiles et futur biographe de Joseph Staline.

Il fallut, pour recueillir ces petites miettes d'information, filtrer une dose massive de clichés et de langue de bois où l'on louait « le rôle important » de Iepichev qui avait « contribué à façonner les attitudes politiques nécessaires, consolidé l'orthodoxie marxiste-léniniste dans l'armée, renforcé la discipline militaire et forgé un véritable empressement idéologique ». Il était mort à soixante-dix-sept ans. Kelso savait déjà que Volkogonov était mort dix ans plus tard.

La liste des honneurs et décorations de Iepichev occupait le reste de l'article : Héros de l'Union soviétique, lauréat du prix Lénine, titulaire de quatre ordres de Lénine, de l'ordre de la révolution d'Octobre, cité quatre fois à l'ordre du Drapeau rouge, membre de deux ordres de la Grande Guerre patriotique (1re classe), des trois ordres de l'Etoile rouge, de l'ordre du Service de la Patrie...

« C'est un miracle qu'il ait pu tenir debout.

— Et je vous parie qu'il n'a jamais tiré sur personne, sauf sur ceux de son camp, commenta Efanov avec mépris. Alors, qu'est-ce qu'il a de si intéressant, ce Iepichev, si je peux me permettre cette question ?

— Qu'est-ce que c'est que ça ? » s'exclama soudain Kelso. Il désignait une ligne au bas de la colonne : « V. P. Mamantov.

— C'est juste l'auteur de l'article.

— C'est Mamantov qui aurait écrit l'article sur Iepichev ? *Vladimir* Mamantov ? Celui du KGB ?

— C'est bien lui. Et alors ? Les articles sont généralement écrits par des amis. Pourquoi ? Vous le connaissez ?

— Je ne le *connais* pas. Mais je l'ai *rencontré.* » Il fronça les sourcils. « Ses copains manifestaient... ce matin...

— Oh, ceux-là ? Ils manifestent tout le temps. Quand avez-vous rencontré Mamantov ? »

Kelso prit son calepin et se mit à le feuilleter. « Il y a environ cinq ans. Quand je faisais des recherches pour mon livre sur le Parti. »

Vladimir Mamantov. Seigneur, il n'avait plus repensé à ce Vladimir Mamantov depuis plus de cinq ans et voilà que celui-ci croisait son chemin deux fois en une matinée. Les années défilaient entre ses doigts — 1995, 1994... Certains détails de leur rencontre commençaient à lui revenir : un matin de fin de printemps en banlieue, la neige qui fondait, laissant un cadavre de chien apparaître près des grands ensembles d'habitation, une gorgone pour épouse. Mamantov venait de passer quatorze mois à Lefortovo pour avoir participé au coup d'Etat manqué contre Gorbatchev, et Kelso avait été le premier à l'interviewer après sa sortie de prison. Il avait fallu un temps infini pour fixer le rendez-vous, et la rencontre s'était révélée décevante, comme souvent dans ce genre d'occasion. Mamantov avait purement et simplement refusé de parler de lui, ou du coup d'Etat, et s'était contenté de débiter des slogans du Parti tout droit sortis de la *Pravda.*

Il retrouva le numéro personnel de Mamantov en 1991, à côté de l'adresse du bureau d'un petit fonctionnaire du Parti, Guennadi Ziouganov.

« Vous allez essayer de le voir ? demanda Efanov avec inquiétude. Vous savez qu'il déteste les Occidentaux ? Presque autant qu'il déteste les juifs.

— Vous avez raison », commenta Kelso en contemplant les sept chiffres.

Mamantov s'était révélé un personnage impressionnant même dans la défaite, alors que son uniforme soviétique flottait sur ses larges épaules, que la pâleur grisâtre de la prison décolorait encore ses joues et que le meurtre animait ses yeux. Le livre de Kelso ne s'était guère montré flatteur pour Vladimir

Mamantov, et ce n'était pas un euphémisme. Et comme il avait été traduit en russe, Mamantov devait l'avoir lu.

« Vous avez raison, répéta-t-il, il serait stupide ne serait-ce que d'essayer. »

* * *

Fluke Kelso sortit de la bibliothèque Lénine un peu après quatorze heures, ne s'arrêtant qu'un instant dans un des box du hall pour acheter deux petits pains et une bouteille d'eau minérale tiède et salée.

Il se rappelait être passé devant une rangée de cabines téléphoniques en face du Kremlin, près du bureau d'Intourist, et il prit son déjeuner en route, en s'enfonçant d'abord dans la pénombre d'une station de métro pour acheter quelques jetons de téléphone en plastique, puis en remontant la rue Mokhavaïa vers la haute muraille rouge et les dômes dorés.

Il lui semblait n'être plus seul à présent. Celui qu'il était autrefois l'accompagnait, le cheveu trop long, fumant cigarette sur cigarette, toujours pressé, toujours optimiste, un écrivain en pleine ascension. (« Le professeur Kelso apporte à l'étude de l'histoire soviétique contemporaine le talent d'un universitaire de premier plan et l'énergie d'un grand reporter » — le *New York Times.*) Ce Kelso plus jeune n'aurait pas hésité à appeler Vladimir Mamantov, c'était certain — Bon Dieu, il n'aurait même pas hésité à enfoncer sa porte, en cas de nécessité.

Réfléchissons un peu : si Iepichev avait parlé à Volkogonov du cahier de Staline, ne pouvait-il pas en avoir parlé aussi à Mamantov ? N'avait-il pas pu laisser des papiers derrière lui ? N'avait-il pas de famille ?

Cela devait valoir la peine d'essayer.

Il s'essuya la bouche et les doigts sur la petite serviette en papier puis décrocha le combiné et inséra les jetons dans la fente en éprouvant un petit serrement d'estomac familier, et comme un léger ramollissement au niveau du cœur. Etait-ce bien raisonnable ? Non, mais qui s'en préoccupait ? Adelman... lui était raisonnable. Et Saunders — lui était *particulièrement* raisonnable.

Vas-y.

Il composa le numéro.

Ce premier appel le ramena sur terre. Les Mamantov avaient déménagé, et celui qui habitait à présent à leur ancienne adresse hésitait à lui communiquer leur nouveau numéro. Ce ne fut qu'après un rapide conciliabule chuchoté avec une tierce personne qu'il finit par le donner. Kelso raccrocha puis composa le nouveau numéro. La sonnerie retentit longtemps cette fois-ci avant que quelqu'un ne décroche. Le jeton descendit et une vieille femme demanda d'une voix chevrotante : « Qui est-ce ? »

Il donna son nom. « Pourrais-je parler au camarade Mamantov ? » Il prit bien soin d'employer le terme *camarade* : *monsieur* ne passerait pas.

« Oui ? Qui est-ce ? »

Kelso s'arma de patience. « Comme je vous l'ai dit, mon nom est Kelso. Je suis dans une cabine. C'est urgent.

— Oui, mais qui est-ce ? »

Il s'apprêtait à répéter son nom pour la troisième fois quand il entendit comme une sorte de bousculade à l'autre bout du fil. Puis une voix âpre et masculine prit la parole : « Bon, ici Mamantov. Qui êtes-vous ?

— Kelso. (Il y eut un silence.) Professeur Kelso. Vous vous souvenez peut-être de moi ?

— Je me souviens de vous. Qu'est-ce que vous voulez ?

— Vous voir.

— Pourquoi voudrais-je vous voir après les conneries que vous avez écrites ?

— Je voudrais vous poser certaines questions.

— A quel sujet ?

— Au sujet d'un petit cahier à couverture de toile cirée noire qui appartenait à Iossif Staline.

— La ferme, coupa Mamantov.

— Quoi ? » Kelso plissa le front en regardant le combiné.

« Je vous ai dit de la fermer. Je réfléchis. Où êtes-vous ?

— Près de l'immeuble d'Intourist, dans la rue Mokhavaïa. »

Il y eut un nouveau silence.

« Vous êtes tout près », remarqua Mamantov.

Puis il ajouta : « Vous n'avez qu'à venir. »

Il lui donna l'adresse. La ligne fut coupée.

* * *

La ligne fut coupée, et le commandant Felix Souvorine, des Services des renseignements russes, le SVR, assis dans son bureau de la banlieue sud-est de Iassenevo, retira soigneusement ses écouteurs et essuya ses oreilles roses bien nettes avec un mouchoir d'un blanc immaculé. Sur le calepin posé devant lui, il avait noté : « Un petit cahier à couverture de toile cirée noire qui appartenait à Iossif Staline... »

CHAPITRE 3

« CONFRONTER LE PASSÉ »
Symposium international sur les archives de la Fédération de Russie

Mardi 27 octobre, après-midi
Dernière séance

Professeur KELSO :

Mesdames et messieurs, chaque fois que je pense à Iossif Staline, je revois une image bien particulière. C'est Staline vieux qui m'apparaît, debout près de son gramophone.

Il travaillait tard, généralement jusqu'à neuf ou dix heures du soir, puis il allait regarder un film dans la salle de projection du Kremlin. Il s'agissait souvent d'un Tarzan — on ne sait pas pourquoi, mais cette idée d'un jeune homme qui aurait grandi et vivrait parmi les bêtes sauvages plaisait énormément à Staline.

Ensuite, ses copains du Politburo et lui allaient tous dîner à sa datcha de Kountsévo, et, après dîner, il mettait un disque sur son gramophone. Son morceau préféré, d'après Milovan Djilas, était une chanson où l'on avait remplacé les voix humaines par des hurlements de chiens. Staline faisait alors danser tout le Politburo.

Certains dansaient fort bien. Mikoyan, par exemple, était un excellent danseur. Boulganine n'était pas mauvais non plus ; il arrivait à suivre une cadence. Khrouchtchev, lui, dansait très mal — « comme une vache sur la glace » —, de même que Malenkov et Kaganovitch.

Quoi qu'il en soit, un soir, sans doute attirée par le bruit bien particulier que pouvaient faire des hommes d'âge mûr en train de danser au son de hurlements de chiens, la fille de Staline, Svetlana, a passé la tête par la porte, et Staline lui a demandé de danser aussi. Au bout d'un moment, elle a commencé à fatiguer. Ses pieds bougeaient de moins en moins et Staline s'est fâché. Il s'est mis à crier : « Danse ! » Alors, elle lui a répondu : « Mais j'ai déjà dansé, papa. Je suis fatiguée. » Là-dessus, Staline — et je cite ici la description de Khrouchtchev — « l'a attrapée comme ça, par les cheveux, une pleine poignée, juste au-dessus du front en fait, et il a tiré, vous comprenez, très fort... il a tiré, et puis secoué, secoué ».

Gardez maintenant cette image à l'esprit un instant, et penchons-nous sur le destin de la famille de Staline. Sa première femme est morte prématurément. Son fils aîné, Iakov, a essayé de se tuer à l'âge de vingt et un ans, mais n'a réussi qu'à s'infliger de graves blessures. (D'après Svetlana, quand Staline l'a vu, il s'est contenté de rire en faisant : « Ah ! Raté ! Tu ne sais même pas tirer ! ») Iakov a été capturé par les Allemands pendant la guerre et, après que Staline eut refusé tout échange de prisonniers, il a fait une nouvelle tentative de suicide, réussie cette fois, en se jetant contre la clôture électrifiée du camp de prisonniers.

Staline avait un autre enfant, un fils, Vassili, complètement alcoolique et qui est mort à l'âge de quarante et un ans.

La deuxième femme de Staline, Nadejda, a refusé de donner d'autres enfants à son mari — d'après Svetlana, elle s'est fait avorter deux fois — et, tard, une nuit, à l'âge de trente et un ans, elle s'est tiré une balle dans le cœur. (Ou peut-être serait-il plus exact de dire qu'on lui a tiré une balle dans le cœur : on n'a jamais trouvé la moindre lettre d'explication.)

Nadejda était issue d'une famille de quatre enfants. Son frère aîné, Pavel, a été assassiné par Staline pendant les purges. Le certificat de décès indique un arrêt cardiaque. Son petit frère, Fiodor, est devenu fou quand un ami de Staline, un cambrioleur de banque arménien nommé Kamo, lui a mis entre les mains un cœur humain encore palpitant. Sa sœur, Anna, a été arrêtée sur ordre de Staline et condamnée à dix ans d'isolement. Lorsqu'elle en est sortie, elle n'était même plus capable de reconnaître ses propres enfants. Voici donc ce qu'il en est de cette partie de la famille de Staline.

Que dire de l'autre partie ? Eh bien il y avait Alexandre Svanidzé, frère de la première femme de Staline... il a été arrêté en 1937 et fusillé en 1941. Puis il y avait la femme de Svanidzé, Maria, qui a été elle aussi arrêtée ; elle a été fusillée en 1942. Le seul de leurs enfants qui avait survécu, Ivan — neveu, donc, de Staline —, a été exilé dans un épouvantable orphelinat d'Etat destiné aux enfants des « ennemis de l'Etat », et lorsqu'il en est sorti, près de vingt ans plus tard, il se trouvait psychologiquement très perturbé. Et puis il y avait enfin la belle-sœur de Staline, Maria, qui a été elle aussi arrêtée en 1937 et qui est morte mystérieusement en prison.

Revenons maintenant sur cette image de Svetlana. Sa mère est morte. Son demi-frère est mort. Son autre frère est alcoolique. Deux de ses oncles sont morts et le dernier est fou. Deux de ses tantes sont mortes et la troisième est en prison. On la tire par les cheveux, son père la tire par les cheveux, devant une assemblée constituée des personnages les plus puissants d'URSS, qui sont eux aussi obligés de danser, avec vraisemblablement des hurlements de chiens pour toute musique.

Chers collègues, chaque fois que je m'installe devant des archives ou, plus rarement ces derniers temps, que j'assiste à un symposium comme celui-ci, je tâche toujours d'avoir cette scène à l'esprit, parce qu'elle me rappelle de prendre garde à ne pas faire entrer le passé dans une structure trop rationnelle. Il n'y a rien dans les archives qui se trouvent ici pour nous montrer que l'adjoint du président du Conseil des ministres ou le commissaire aux Affaires étrangères étaient, lorsqu'ils prenaient leurs décisions, abrutis par l'épuisement et, très probablement, par la terreur... qu'ils étaient restés debout jusqu'à trois heures du matin, à danser pour sauver leur peau, et qu'ils allaient sans doute devoir recommencer le soir même.

Je ne suis pas en train de dire que Staline était fou. Au contraire. On pourrait même prétendre que l'homme qui faisait fonctionner le gramophone était la personne la plus sensée de la pièce. Quand Svetlana lui a demandé pourquoi sa tante Anna était détenue en isolement, il lui a répondu : « Parce qu'elle parle trop. » Avec Staline, il y avait généralement une logique derrière toute action. Il n'avait pas besoin d'un philosophe anglais du XVIe siècle pour savoir que « le savoir est pouvoir ». Cette notion est l'essence même du stalinisme. Elle explique entre autres pourquoi Staline a assassiné tant de ses proches parents et collègues : il voulait détruire quiconque le connaissait trop.

Et force nous est de constater que cette politique s'est révélée remarquablement efficace. Nous voici maintenant, quarante-cinq ans après la mort de Staline, rassemblés à Moscou pour discuter des archives nouvellement ouvertes de l'ère soviétique. Il y a au-dessus de nos têtes, dans des chambres fortes à l'épreuve du feu maintenues à une température constante de 18 °C avec un taux de 60 % d'humidité, un million et demi de dossiers : les archives complètes du Comité central du Parti communiste d'Union soviétique.

Et cependant, qu'est-ce que ces archives nous disent vraiment de Staline ? Que pouvons-nous voir aujourd'hui que nous ne pouvions pas voir quand les communistes étaient au pouvoir ? Les lettres de Staline à Molotov... nous pouvons les lire, et elles ne sont pas dépourvues d'intérêt. Mais elles ont été de toute évidence largement censurées. Et non seulement cela, mais elles s'arrêtent en 1936, précisément à l'époque où la grande tuerie a commencé.

Nous pouvons aussi consulter les listes d'exécutions signées par Staline. Et nous avons également ses agendas. Nous savons donc que le 8 décembre 1938 Staline a signé trente listes d'exécutions, soit un total de cinq mille arrêts de mort, beaucoup de ces noms étant ceux de prétendus amis à lui. Et nous savons aussi, grâce à son agenda, que ce même soir il s'est rendu dans la salle de projection du Kremlin pour regarder, pas un Tarzan *cette fois-ci, mais une comédie intitulée* Happy Guys.

Mais entre ces deux événements, entre les arrêts de mort et le rire, qui y a-t-il eu ? Ou quoi ? Nous ne le savons pas. Pourquoi ? Parce que Staline a fait en sorte d'assassiner pratiquement tous ceux qui auraient été en position de nous dire à quoi il ressemblait vraiment...

CHAPITRE 4

La nouvelle adresse de Mamantov se trouvait juste de l'autre côté de la Moskova, dans le grand complexe résidentiel de la rue Serafimovitch, connu sous le nom de « La Maison sur le Quai ». Il s'agissait en fait de l'immeuble où le camarade Staline, avec la générosité qui le caractérisait, avait insisté pour que les hauts dignitaires du Parti aillent vivre avec leur famille. Il y avait dix étages et vingt-cinq entrées distinctes au rez-de-chaussée ; devant chacune d'elles, le *Guensec* avait eu l'attention de poster un garde du NKVD — simplement pour votre sécurité, camarades.

A la fin des purges, six cents des locataires de l'immeuble avaient été liquidés. Les appartements étaient aujourd'hui privatisés, et les plus beaux, ceux qui donnaient sur la Moskova et le Kremlin, se vendaient plus d'un demi-million de dollars. Kelso se demanda comment Mamantov pouvait se payer ça.

Il descendit les marches du pont et traversa la route. Devant l'entrée de l'escalier de Mamantov, une grosse Lada blanche était garée, vitres baissées, avec deux hommes à l'intérieur qui mâchaient du chewing-gum. L'un d'eux avait une vilaine cicatrice blanchâtre qui courait presque du coin de l'œil jusqu'au bord de la bouche. Ils regardèrent Kelso passer devant eux avec un intérêt non dissimulé.

A l'intérieur de l'immeuble, près de l'ascenseur, quelqu'un avait écrit en anglais, soigneusement, en majuscules et minuscules : *Fuck Off*, « Allez vous faire foutre ». Hommage au système scolaire russe, songea Kelso. Il sifflota nerveusement un air inventé. L'ascenseur s'éleva sans à-coups pour s'arrêter au neuvième étage, où Kelso fut accueilli par le martèlement distant d'une musique rock occidentale.

L'appartement de Mamantov était équipé d'une porte blindée, et un svastika rouge avait été peint à la bombe sur le métal. La peinture en était déjà vieille et passée, mais on n'avait visiblement jamais essayé de le faire disparaître. Une petite caméra de télévision isolée se trouvait fixée au mur, au-dessus de la porte.

Tout cela ne plaisait guère à Kelso — le dispositif de sécurité, les types qui attendaient dans la voiture —, et il crut un moment pouvoir sentir la terreur qui avait régné ici soixante ans plus tôt, comme si la sueur s'était infiltrée dans les murs de brique, les bruits de pas aussi, les coups à la porte, les adieux précipités, les sanglots, le silence. Il leva la main vers la sonnette. Quelle idée de s'installer ici.

Il appuya sur le bouton.

Après une longue attente, une vieille femme vint ouvrir la porte. Mme Mamantov était telle qu'il se la rappelait : grande et forte, pas grosse mais solidement bâtie. Elle portait une blouse à fleurs informe et l'on aurait dit qu'elle venait de pleurer. Ses yeux rouges se posèrent sur lui brièvement, distraitement, mais elle s'écarta avant qu'il puisse ouvrir la bouche, laissant soudain apparaître Vladimir Mamantov dans le couloir obscur, vêtu comme s'il allait toujours au bureau — chemise blanche, cravate bleue, costume noir avec une petite étoile rouge épinglée au revers de la veste.

Il ne dit rien, mais tendit la main. Il avait une poignée de main à vous broyer les doigts, forgée, disait-on, en pétrissant des balles de caoutchouc pendant les réunions du KGB. (On disait beaucoup de choses sur Mamantov : par exemple — et Kelso le répétait dans son livre — que lors de la fameuse réunion à la Loubianka, le soir du 20 août 1991, lorsque les instigateurs du coup d'Etat avaient pris conscience que c'était fichu, Mamantov avait proposé de se rendre en avion à la datcha que Gorbatchev avait à Foros, sur la mer Noire, pour tuer lui-même le président soviétique ; Mamantov avait nié, protestant que cette histoire n'était qu'une « provocation ».)

Un jeune homme en chemise noire portant un étui à pistolet en bandoulière apparut dans la pénombre, derrière Mamantov, qui, sans même se retourner, lui dit : « Ça va, Viktor. Je me charge de la situation. »

Mamantov avait un visage de bureaucrate : des cheveux gris acier, des lunettes cerclées de fer et des joues tombantes évoquant celles d'un chien méfiant. Dans la rue, on aurait pu passer cent fois devant lui sans le remarquer. Mais il avait des yeux brillants, des yeux de fanatique, pensa Kelso : il imaginait très bien Eichmann ou quelque autre assassin bureaucrate nazi ayant ces yeux-là.

La vieille femme s'était mise à émettre une curieuse plainte de l'autre côté de l'appartement, et Mamantov pria Viktor de s'occuper d'elle.

« Vous faites donc partie de cette bande de voleurs, lança-t-il à Kelso.

— Quoi ?

— Le symposium. La *Pravda* a publié la liste des historiens étrangers invités à s'exprimer. Votre nom y était.

— Les historiens ne sont guère des voleurs, camarade Mamantov. Même les historiens étrangers.

— Vraiment ? Il n'y a rien de plus important pour une nation que son histoire. C'est la terre qui porte toute société. Et la nôtre nous a été volée, abîmée et salie par les calomnies de nos ennemis, au point que notre peuple ne sait plus où il en est. »

Kelso sourit. Mamantov n'avait pas changé du tout. « Vous ne pouvez pas prétendre cela sérieusement.

— Vous n'êtes pas russe. Imaginez que votre pays propose de vendre ses archives nationales à une puissance étrangère pour quelques misérables millions de dollars.

— Mais vous ne vendez pas vos archives. Il s'agit seulement de mettre les dossiers sur microfilms pour que les spécialistes puissent les consulter.

— Les spécialistes de *Californie*, répliqua Mamantov, comme si cela devait clore le sujet. C'est très ennuyeux. Mais j'ai un rendez-vous urgent. (Il consulta sa montre.) Je vous donne cinq minutes pour en venir aux faits. Qu'est-ce que c'est que cette histoire de cahier de Staline ?

— Ça fait partie de mes recherches.

— Des recherches ? Des recherches sur quoi ? »

Kelso hésita. « Les événements qui entourent la mort de Staline.

— Continuez.

— Si je pouvais juste vous poser deux ou trois questions, je pourrais peut-être vous expliquer la relation...

— Non, coupa Mamantov. On va faire l'inverse. Vous me parlez d'abord du cahier, et puis je répondrai peut-être à vos questions.

— Vous répondrez *peut-être* à mes questions ? »

Mamantov consulta à nouveau sa montre. « Quatre minutes.

— Bon, d'accord, fit vivement Kelso. Vous vous souvenez de la biographie officielle de Staline par Dimitri Volkogonov ?

— Le traître Volkogonov ? Vous me faites perdre mon temps. Ce bouquin n'est qu'un ramassis de conneries.

— Vous l'avez lu ?

— Bien sûr que non. Il y a assez de saloperies comme ça dans le monde sans que j'aille sauter dedans à pieds joints.

— Volkogonov assure que Staline conservait des papiers — des papiers d'ordre privé, dont un cahier d'écolier à couverture de toile cirée noire — dans son coffre-fort du Kremlin, et que ces papiers ont été dérobés par Beria. Il tient cette histoire d'un homme que vous devez connaître, je pense. Alexeï Alexeïevitch Iepichev. »

Il y eut un mouvement presque imperceptible — un frémissement, pas plus — dans les yeux gris et durs de Mamantov. Il en a déjà entendu parler, pensa Kelso. Il connaît l'existence du cahier...

« Et ?

— Et je me demandais si vous n'aviez rien vu là-dessus quand vous écriviez votre article sur Iepichev pour le répertoire biographique. C'était un ami à vous, il me semble ?

— Qu'est-ce que ça peut vous faire ? » Mamantov jeta un coup d'œil sur le sac de Kelso. « Vous avez trouvé ce cahier ?

— Non.

— Mais vous connaissez quelqu'un qui sait peut-être où il se trouve ?

— Quelqu'un est venu me voir », commença Kelso, puis il s'interrompit. Le silence régnait à présent dans l'appartement. La vieille femme avait fini de gémir, mais le garde du corps n'était pas revenu. Un exemplaire d'*Aurora* traînait sur la table de l'entrée.

Il prit soudain conscience que personne à Moscou ne savait où il était. Il ne figurait plus nulle part.

« Je vous retarde, dit-il. Je pourrais peut-être revenir quand j'aurai...

— Ce n'est pas nécessaire », assura Mamantov, se radoucissant.

Il jaugeait Kelso de ses yeux vifs, passant du visage aux mains, évaluant la puissance potentielle des bras et de la poitrine avant de remonter vers le visage. Kelso se dit que sa technique de conversation relevait du pur léninisme : *Enfonce la baïonnette. Si ça tombe sur du gras, enfonce encore. Si ça tombe sur du fer, retire et attends un autre jour.*

« Je vais vous dire, professeur Kelso, dit Mamantov. Je vais vous montrer quelque chose. Cela va vous intéresser. Et puis je vous dirai quelque chose. Et puis vous me direz quelque chose. » Il fit avec les doigts un mouvement de va-et-vient entre eux deux. « Nous allons faire un échange. Ça marche comme ça ? »

Kelso essaya ensuite de dresser une liste, mais il ne parvint pas à tout se remémorer : l'immense peinture à l'huile de Guerassimov représentant Staline sur les remparts du Kremlin et la vitrine éclairée au néon remplie de miniatures de Staline — ses plats à l'effigie de Staline et ses boîtes à l'effigie de Staline, ses timbres Staline et ses médailles Staline —, la bibliothèque de livres de Staline et de livres sur Staline, les photographies de Staline, signées et non signées, et le fragment de l'écriture de Staline — crayon bleu, papier à lignes, format in-quarto et encadré — accroché au-dessus du buste de Staline sculpté par Voutchetitch (« ... N'épargnez pas les individus, quelle que soit la position qu'ils occupent, n'épargnez que la cause, les intérêts de la cause... »).

Il évolua parmi la collection sous le regard attentif de Mamantov.

« Ce manuscrit, là, fit Kelso... celui-là... c'était une note pour un discours, n'est-ce pas ? — Correct, répondit Mamantov. Octobre 1920, devant l'Inspection des paysans-ouvriers. — Et le Guerassimov ? N'est-il pas identique à l'étude qu'il avait faite en 1938 de Staline et Vorochilov sur le mur du Kremlin ? » Mamantov acquiesça à nouveau d'un hochement de tête, visiblement content de partager ce moment avec un connaisseur : oui, le *Guensec* avait commandé à Guerassimov une seconde version du tableau laissant Vorochilov de côté — c'était sa façon de rappeler à Vorochilov qu'on pouvait toujours (comment dire ?) *s'arranger* pour que la vie imite l'art. Un collectionneur du Maryland et un autre de Dusseldorf lui en avaient proposé cent mille dollars, mais Mamantov se refusait absolument à laisser cette œuvre quitter le sol russe. Jamais. Il espérait un jour pouvoir l'exposer à Moscou, avec le reste de sa collection — « quand la situation politique serait plus favorable ».

« Et vous pensez que la situation sera plus favorable un jour ?

— Oh, oui. Objectivement, l'histoire finira par admettre que Staline avait raison. C'est ainsi qu'il faut voir les choses avec Staline. D'un point de vue subjectif, il peut paraître cruel, et même mauvais. Mais c'est dans la perspective objective que l'on découvre la dimension de cet homme. Là, il devient une figure de proue. Je suis intimement persuadé que dès que l'on aura retrouvé la perspective adéquate, on érigera à nouveau des statues à la gloire de Staline.

— Goering disait la même chose d'Hitler au procès de Nuremberg. Et je ne vois pas la moindre statue...

— Hitler a perdu.

— Mais Staline a perdu lui aussi, non ? A la fin ? Si l'on prend la “perspective objective” ?

— Staline a hérité d'une nation qui en était encore aux charrues de bois et nous a légué un empire doté de l'arme atomique. Comment pouvez-vous dire qu'il a perdu ? Ceux qui sont venus après lui, ceux-là ont perdu. Pas Staline. Staline prévoyait ce qui allait arriver, bien sûr. Khrouchtchev, Molotov, Beria, Malenkov... ils se prenaient pour des durs, mais lui, il y voyait clair. “Quand je serai parti, les capitalistes vous attireront comme des chatons aveugles.” Son analyse était juste, comme toujours.

— Vous pensez donc que si Staline avait vécu...

— ... nous serions toujours une grande puissance ? Absolument. Mais il n'est donné à un pays d'avoir un homme du génie de Staline qu'une fois par siècle, tout au plus. Et Staline lui-même n'a pas pu trouver de stratagème pour déjouer la mort. Dites-moi, avez-vous lu le sondage d'opinions effectué pour le quarante-cinquième anniversaire de sa disparition ?

— Oui.

— Et qu'en avez-vous pensé ?

— J'ai trouvé les résultats... (Kelso chercha un terme neutre)... remarquables. »

(Remarquables ? Bon Dieu. Ils étaient redoutables. Un tiers des Russes déclaraient voir en Staline un grand chef de guerre. Un Russe sur six trouvait qu'il avait été le plus grand dirigeant que leur pays eût jamais connu. Staline était sept fois plus populaire que Boris Eltsine, alors que le pauvre vieux Gorbatchev n'avait même pas enregistré assez de voix pour être cité. Ce sondage avait eu lieu en mars. Kelso avait été tellement épouvanté qu'il avait essayé de vendre un commentaire au *New York Times*, mais cela ne les avait pas intéressés.)

« Remarquables, approuva Mamantov. Je devrais même dire époustouflants, vu la calomnie pratiquée par les soi-disant "historiens". »

Un silence gêné s'ensuivit.

« Quelle collection ! commenta Kelso. Il a dû vous falloir des années pour rassembler tout cela. » Et il a dû vous en coûter une fortune, faillit-il ajouter.

« J'ai encore quelques intérêts dans les affaires, fit évasivement Mamantov. Et énormément de temps libre depuis que je suis à la retraite. » Il leva la main pour toucher un buste, puis hésita et se ravisa. « La difficulté, bien sûr, pour tous les collectionneurs, c'est qu'il a laissé si peu de biens personnels derrière lui. La propriété privée ne l'intéressait pas, contrairement à ces porcs corrompus que nous avons au Kremlin actuellement. Quelques meubles fournis par le gouvernement, c'est tout ce qu'il avait. Ça et les vêtements qu'il avait sur le dos. Et son cahier, bien sûr. » Il adressa à Kelso un regard rusé. « Oui, ça, ce serait quelque chose. Un truc — comment dit-on chez vous ? — *à se tuer* ?

— Vous en aviez donc déjà entendu parler ? »

Mamantov sourit — du jamais vu —, un sourire mince, fugitif et étriqué, comme une fissure soudaine dans la glace. « Iepichev vous intéresse ?

— Tout ce que vous pouvez m'en dire. »

Mamantov se dirigea vers la bibliothèque où il prit un grand album à reliure de cuir. Sur un rayon en hauteur, Kelso aperçut les deux volumes de Volkogonov : Mamantov les avait lus, évidemment.

« La première fois que j'ai rencontré Alexei Alexeïevitch, dit-il, c'était en 1957, alors que j'étais ambassadeur à Bucarest. Je rentrais de Hongrie, où nous avions dû régler certaines choses. Neuf mois de travail ininterrompu. J'avais vraiment besoin de repos, je peux vous le dire. Nous allions chasser ensemble dans la région d'Azouga. »

Il repoussa soigneusement une feuille de papier cristal et tendit le gros album à Kelso. Il était ouvert sur une petite photographie prise avec un appareil d'amateur, et Kelso dut l'examiner attentivement pour arriver à déterminer ce qu'elle représentait. Une forêt se dressait en arrière-plan. Au premier plan, deux hommes en casquette de chasseur en cuir et veste de peau retournée souriaient, armés d'un fusil, des oiseaux morts entassés devant leurs pieds bottés. Iepichev se trouvait à gauche, Mamantov près de lui — toujours le même visage dur, mais le corps plus mince à l'époque, une vraie caricature d'agent du KGB au temps de la guerre froide.

« Et il y en a une autre quelque part. » Mamantov se pencha par-dessus l'épaule de Kelso et tourna quelques pages. De près, il sentait le vieux, la naphtaline et l'eau phéniquée. Il était mal rasé, comme le sont souvent les vieillards, avec de petites touffes grises subsistant à l'ombre du nez ou dans le creux de son large menton. « Là. »

Il s'agissait d'une photo bien plus grande, de type officiel, montrant peut-être deux cents hommes alignés sur quatre rangs, comme pour une photo scolaire. Certains étaient en uniforme, d'autres en civil. Une légende indiquait en bas : « Sverdlovsk, 1980 ».

« C'était un séminaire idéologique organisé par le Secrétariat du Comité central. Le dernier jour, le camarade Souslov lui-même s'est adressé à nous. Là, c'est moi. » Il désigna un visage austère au troisième rang, puis fit glisser son doigt vers le premier rang, jusqu'à une silhouette en uniforme, détendue, assise par terre, jambes croisées. « Et là — le croiriez-vous ? — c'est Volkogonov. Et là encore, c'est Alexeï Alexeïevitch. »

Kelso avait l'impression de regarder une photo d'officiers impériaux de l'époque tsariste : une telle assurance, un tel ordre, une si mâle arrogance ! Il ne faudrait cependant pas dix ans pour que ce monde fût atomisé : Iepichev était mort ; Volkogonov avait renoncé au Parti et Mamantov allait se retrouver en prison.

D'après Mamantov, Iepichev était mort en 1985. Il avait succombé à l'époque où Gorbatchev avait accédé au pouvoir. Mamantov trouvait que c'était un bon moment pour mourir, pour un communiste qui se respectait : Alexei Alexeïevitch avait été *épargné.* C'était un homme dont toute la vie avait été consacrée au marxisme-léninisme, qui avait contribué à échafauder un plan pour soutenir fraternellement la Tchécoslovaquie et l'Afghanistan. Quel bienheureux, de n'avoir pas vécu assez longtemps pour voir tout s'écrouler. Ecrire l'article sur Iepichev pour le *Répertoire des héros* avait été un honneur, et si plus personne ne le lisait aujourd'hui... eh bien c'était exactement ce qu'il voulait dire. Le pays avait été dépouillé de son histoire.

« Iepichev vous a-t-il raconté la même chose qu'à Volkogonov au sujet des papiers de Staline ?

— Oui. Il parlait plus librement, à la fin. Il était souvent malade. J'allais le voir à la clinique des dirigeants. Brejnev et lui étaient soignés ensemble par le médecin parapsychologue Davitachvili.

— Je suppose qu'il n'a pas laissé de documents derrière lui.

— Des documents ? Non. Les hommes comme Iepichev ne gardent pas de documents.

— Des parents ?

— Pas à ma connaissance. Nous ne parlions jamais *famille.* » Mamantov prononça le mot comme une absurdité. « Saviez-vous qu'Alexeï avait, entre autres, eu à interroger Beria ? Nuit après nuit. Vous imaginez ce que cela a pu donner ? Mais Beria n'a jamais craqué, pas une fois en près de six mois, jusqu'à la toute fin, après le procès, au moment où ils l'ont attaché à la planche pour le fusiller. Il n'avait pas cru qu'ils oseraient aller jusque-là.

— Comment cela, il a craqué ?

— Il a gueulé comme un porc — enfin, c'est ce qu'a raconté Iepichev. Il a crié quelque chose au sujet de Staline et d'un archange. Vous imaginez ça ? Beria, entre tous, en train de virer dévot ! Mais alors on lui a mis une écharpe dans la bouche et on l'a fusillé. Je ne sais rien de plus. » Mamantov referma tendrement ses albums et les replaça sur l'étagère. « Donc, fit-il en se retournant vers Kelso avec un air d'innocence menaçante, quelqu'un est venu vous voir. Quand était-ce ? »

Kelso fut aussitôt sur ses gardes. « Je préfère ne pas vous le dire.

— Et il vous a parlé des papiers de Staline ? C'était bien un homme, je suppose ? Un témoin oculaire, de cette époque ? »

Kelso hésita.

« Son nom ? »

Kelso sourit et secoua la tête. Mamantov semblait se croire revenu à la Loubianka.

« Sa profession, alors ?

— Je ne peux pas vous le dire non plus.

— Sait-il où se trouvent les papiers ?

— Peut-être.

— Il a proposé de vous montrer l'endroit ?

— Non.

— Mais vous lui avez *demandé* de vous le montrer ?

— Non plus.

— Vous êtes très décevant comme historien, professeur Kelso. Je vous croyais connu pour votre efficacité...

— Il a disparu avant que je puisse faire quoi que ce soit, si vous voulez le savoir. »

Il regretta ses paroles au moment même où il les prononçait.

« Qu'entendez-vous par "Il a disparu" ?

— Nous étions en train de boire, marmonna Kelso. Je l'ai laissé pendant quelques minutes. Et quand je suis revenu, il s'était enfui. »

Cela paraissait incroyable, même à ses propres oreilles.

« Enfui ? » Mamantov avait les yeux d'un gris hivernal. « Je ne vous crois pas.

— Vladimir Pavlovitch, fit Kelso en croisant son regard puis en le soutenant, je peux vous assurer que c'est la vérité.

— Vous mentez. Pourquoi ? *Pourquoi* ? » Mamantov se frotta le menton. « Je pense que ce doit être parce que vous avez le cahier.

— Si j'avais le cahier, pensez-vous vraiment que je serais ici ? N'aurais-je pas pris le premier vol pour New York ? N'est-ce pas ce que les voleurs sont censés faire ? »

Mamantov le dévisagea pendant encore quelques secondes, puis détourna les yeux. « De toute évidence, nous devons retrouver cet homme. »

Nous...

« Je ne pense pas qu'il ait envie d'être retrouvé.

— Il reprendra contact avec vous.

— J'en doute. »

Kelso n'avait qu'une envie à présent : sortir d'ici au plus vite. Il se sentait d'une certaine façon compromis, complice.

« Et puis je rentre aux Etats-Unis demain. D'ailleurs, maintenant que j'y pense, il faut vraiment que je... »

Il esquissa un mouvement vers la porte, mais Mamantov s'interposa. « Cela ne vous excite-t-il pas, professeur Kelso ? Ne ressentez-vous pas la puissance du camarade Staline, même du fond de sa tombe ? »

Kelso émit un rire sans joie. « Je ne crois pas partager tout à fait votre... obsession.

— Ne me racontez pas de conneries ! J'ai lu vos livres. Ça vous surprend ? Je ne dirai rien sur la qualité de votre travail. Mais je peux vous certifier que vous êtes aussi obsédé que moi.

— Peut-être. Mais de façon différente.

— Le pouvoir, fit Mamantov en savourant le mot comme une gorgée de vin. La maîtrise et la compréhension absolues du *pouvoir.* Personne ne lui est jamais arrivé à la cheville dans ce domaine. Faites ceci, faites cela. Pensez ceci, pensez cela. A moi de décider quand vous vivrez, à moi de décider quand vous mourrez, et tout ce que vous avez le droit de dire c'est : “Merci de votre bonté, camarade Staline.” Elle est *là,* l'obsession.

— Oui, mais il y a une différence de taille, si vous me permettez : vous, vous voudriez le voir revenir.

— Alors que vous, vous aimez juste regarder, c'est ça ? Moi, j'aime baiser, et vous, vous préférez la pornographie ? » Mamantov désigna la pièce d'un signe du pouce. « Vous auriez dû vous voir, tout à l'heure. “Ce ne serait pas une note pour un discours ?” “Ce ne serait pas la copie d'un tableau antérieur ?” Les yeux écarquillés, la langue pendante : tout du libéral occidental qui prend son pied sans risque. Bien sûr, *il* avait compris ça aussi. Et vous me dites que vous n'allez même pas essayer de retrouver son cahier personnel, que vous allez vous contenter de rentrer en Amérique ?

— Je peux passer ? »

Kelso fit un pas vers la gauche, mais Mamantov lui bloqua aussitôt adroitement le passage.

« Ce serait l'une des plus grandes découvertes historiques de cette époque. Et vous voulez fuir ? Il *faut* le retrouver. Nous devons le retrouver *ensemble.* Et vous pourrez ensuite le présenter au monde. Je ne réclamerai aucun crédit, je vous le promets : je préfère l'ombre, les honneurs vous reviendront tous.

— Eh bien, qu'est-ce que ça veut dire, camarade Mamantov ? demanda Kelso avec une gaieté forcée. Je suis prisonnier ici, ou quoi ? »

Entre lui et le monde extérieur, il y avait, évalua-t-il, un ancien agent du KGB en bonne forme physique mais visiblement dérangé, un garde du corps armé et deux portes, dont une blindée. Il crut réellement un instant que Mamantov avait l'intention de le retenir : que, comme il gardait tout ce qui se rapportait à Staline, pourquoi ne pas ajouter à la collection un historien du stalinisme, conservé dans le formol à l'intérieur d'une boîte de verre, comme V. I. Lénine ?

Mais alors, Mme Mamantova se mit à crier dans le couloir (« Qu'est-ce qui se passe, ici ? ») et le sortilège fut rompu.

« Rien du tout, lança Mamantov. Arrête d'écouter. Retourne dans ta chambre. Viktor !

— Mais qui est-ce ? pleurnicha la femme. C'est ça que je veux savoir. Et pourquoi fait-il toujours aussi sombre ? »

Elle se mit à pleurer. Ils entendirent ses pieds traîner sur le sol, puis une porte se fermer.

« Je suis désolé, dit Kelso.

— Gardez votre pitié », répliqua Mamantov. Il s'écarta. « Allez-y. Sortez donc. Partez. »

Mais alors que Kelso en était à la moitié du couloir, il lui lança encore : « Nous en reparlerons. D'une façon ou d'une autre. »

* * *

Il y avait trois hommes dans la voiture garée en bas, mais Kelso était trop préoccupé pour leur prêter attention. Il s'immobilisa sous le portique obscur de la Maison sur le Quai afin de rajuster sa sacoche de toile sur son épaule, puis se dirigea vers le pont Bolchoï Kamennii.

« C'est lui, commandant », fit l'homme à la cicatrice, et Felix Souvorine se pencha en avant pour mieux regarder.

Souvorine semblait bien jeune pour être commandant au SVR — il était encore dans la trentaine —, avec sa silhouette impeccable, ses cheveux blonds et ses yeux couleur de bleuet.

De plus, il se mettait de la lotion après-rasage occidentale, ce qui était l'autre détail le plus remarquable en cet instant, car la petite auto semblait tout entière parfumée à l'*Eau Sauvage*.

« Est-ce qu'il avait cette sacoche avec lui en entrant ?

— Oui, mon commandant. »

Souvorine leva les yeux vers l'appartement de Mamantov, au neuvième étage. Il leur fallait absolument une meilleure couverture ici. Le SVR avait réussi à introduire un micro dans l'appartement, au début des opérations, mais il n'avait pu y rester plus de trois heures avant que les hommes de Mamantov ne le trouvent et le débranchent.

Kelso avait commencé à gravir l'escalier du pont.

« Vas-y, Bounine, dit Souvorine en donnant une petite tape sur l'épaule de l'homme assis devant lui. Un peu de discrétion, s'il te plaît. Essaye juste de ne pas le perdre de vue. Nous ne voulons pas d'incident diplomatique. »

Marmonnant dans sa barbe, Bounine descendit de voiture.

Kelso s'éloignait rapidement et avait déjà presque atteint le niveau de la route, aussi le Russe dut-il prendre le pas de course pour atteindre les marches et réduire une partie de l'écart.

Bien, bien, songea Souvorine, il a l'air drôlement pressé de se rendre quelque part. A moins qu'il ne soit pressé de s'éloigner d'ici ?

Il regarda les visages roses et flous des deux hommes s'éloigner vers le nord au-dessus du parapet de pierre, s'enfonçant peu à peu dans l'après-midi gris pour se perdre de l'autre côté de la Moskova.

CHAPITRE 5

Kelso régla ses deux roubles au guichet de la station de métro Borovitskaïa, prit son jeton de plastique et s'enfonça avec reconnaissance sous la terre de Moscou. A l'entrée du quai, quelque chose le poussa à regarder l'escalator derrière lui pour vérifier que Mamantov ne le suivait pas, mais il n'en vit pas trace parmi les rangées de visages épuisés.

C'était stupide ; il essaya de sourire de sa paranoïa, et se retourna vers la pénombre accueillante et les bouffées tièdes d'essence et d'électricité. Presque aussitôt, une lumière jaune esquissa un virage dans le tunnel et il se sentit aspiré par le souffle de la rame. Kelso se laissa porter par la foule à l'intérieur de la voiture. Il y avait quelque chose de curieusement réconfortant dans cette multitude silencieuse et mal fagotée. Il s'accrocha à la rampe métallique et suivit le mouvement général tandis que le métro s'enfonçait à nouveau dans le tunnel en direction du nord.

Ils n'étaient pas allés bien loin quand la rame ralentit soudain puis s'immobilisa — une alerte à la bombe, apprendraient-ils à la station suivante : la milice devait vérifier —, les laissant assis dans la pénombre, sans que personne ne parle, le silence brisé par une toux occasionnelle et la tension montant imperceptiblement.

Kelso contempla son reflet dans la vitre assombrie. Il se sentait nerveux, autant l'admettre. Il ne pouvait s'empêcher de penser qu'il s'était jeté dans la gueule du loup, qu'il avait commis une erreur grossière en parlant du cahier à Mamantov. Comment le Russe avait-il appelé cela, déjà ? Un truc *à se tuer* ?

Kelso ne se détendit que lorsque la lumière revint et que la rame repartit avec une secousse. Le rythme apaisant de la normalité reprit.

Lorsque Kelso réapparut enfin à la surface, il était plus de seize heures. Très bas, à l'ouest, rasant à peine la cime des arbres sombres qui bordaient le parc zoologique, une fissure citronnée trouait les nuages. Le coucher de soleil hivernal serait là dans une heure. Il devait se dépêcher. Il replia son plan en un petit carré et le plaça de sorte que la station de métro se trouve à sa droite. L'entrée du zoo se trouvait de l'autre côté de la rue — des rochers rougeâtres, une chute d'eau, une tour de conte de fées —, et il y avait un peu plus loin une buvette fermée hors saison, avec ses tables de plastique empilées et ses parasols à rayures repliés, agités par le vent. Il entendait le bruit de la circulation sur la Ceinture des Jardins, deux cents mètres plus loin. Là, il fallait traverser, et puis prendre à gauche et enfin à droite, et ce devait être là. Il fourra le plan dans sa poche, ramassa sa sacoche et entreprit de gravir la côte pavée qui conduisait au grand carrefour.

Dix voies de circulation formaient un fleuve immense de lumière et d'acier. Il le traversa par sections et se retrouva soudain dans le quartier diplomatique de Moscou : rues larges, demeures imposantes, vieux bouleaux pleurant leurs feuilles mortes sur des voitures noires et luisantes. L'endroit n'était pas très animé. Il croisa un homme aux cheveux argentés qui promenait un caniche et une femme en bottes de caoutchouc vert qui dépassaient de façon incongrue de sa robe musulmane. Derrière le voile épais des rideaux qui masquaient les fenêtres, Kelso distinguait parfois la constellation jaune d'un lustre. Il s'arrêta à l'angle de la rue Vspolnii avant de s'y engager. Une voiture de la milice se dirigeait lentement vers lui puis disparut vers la droite. La voie était libre.

Il repéra la maison tout de suite, mais préféra prendre ses marques et vérifier qu'il n'était pas suivi. Il dépassa donc l'édifice et alla jusqu'au bout de la rue avant de revenir par le trottoir d'en face. « Il y avait une lune en faucille rouge, et une seule étoile rouge. Et l'endroit était gardé par des barbares avec du noir sur la figure... » Il comprit soudain ce que le vieillard avait voulu dire. Une lune en faucille rouge et une seule étoile rouge : il devait s'agir d'un drapeau, un drapeau musulman. Et les figures noircies ? Il devait s'agir d'une ambassade — le bâtiment était trop grand pour un autre usage —, l'ambassade d'un pays musulman, d'Afrique du Nord peut-être. Il était certain d'avoir raison. C'était une grande bâtisse, assurément, laide et sinistre, construite en pierre couleur de sable qui lui donnait l'allure d'un bunker. Elle courait sur une bonne quarantaine de mètres le long du trottoir ouest de la rue. Il compta treize fenêtres. Au-dessus de l'entrée imposante, il y avait un balcon métallique sur lequel donnait une double porte. Il n'y avait plus ni plaque ni drapeau à présent. S'il s'était agi d'une ambassade, elle était abandonnée ; l'endroit semblait désert.

Il traversa la rue et s'approcha de la maison, touchant la pierre rugueuse avec sa paume. Il se dressa sur la pointe des pieds et essaya de regarder par les fenêtres. Mais elles étaient trop hautes et de toute façon obstruées par l'omniprésent tulle grisâtre. Il y renonça et longea la façade jusqu'au coin de la rue. La maison donnait sur cette rue-là aussi. Treize fenêtres encore, pas de porte, trente ou quarante mètres de maçonnerie lourde : immense, imprenable. Au bout de ce côté de la maison s'élevait un mur de la même pierre, d'environ trois mètres de haut et doté d'une porte en bois cloutée et verrouillée. Le mur continuait le long de la rue, bordait ensuite la Ceinture des Jardins et remontait enfin la ruelle étroite qui formait le quatrième côté de la propriété.

Kelso en fit le tour et comprit pourquoi Beria avait choisi de vivre là, et pourquoi ses rivaux avaient décidé de le capturer au Kremlin plutôt qu'ici. Retranché dans cette forteresse, il aurait pu soutenir un siège.

Les lumières se faisaient plus vives dans les maisons avoisinantes à mesure que le soir tombait. Mais la maison de Beria restait résolument obscure. Elle semblait concentrer toutes les ombres alentour.

Kelso entendit une portière de voiture claquer et retourna vers l'angle de la rue Vspolnii. Pendant qu'il se trouvait à l'arrière de la propriété, une petite camionnette s'était garée devant.

Il hésita, puis se dirigea vers le véhicule.

Il s'agissait d'un modèle russe, blanc, sans inscription ni personne à l'intérieur. On venait juste de couper le moteur et il émettait encore un petit cliquetis en refroidissant.

Lorsqu'il arriva à sa hauteur, Kelso regarda vers la porte de la maison et s'aperçut qu'elle était entrouverte. Une fois encore, il hésita et jeta un coup d'œil des deux côtés de la rue tranquille. Il s'approcha alors de l'entrée, passa la tête dans l'entrebâillement de la porte et appela.

Ses mots résonnèrent dans le hall désert. Une faible lueur bleutée filtrait à l'intérieur, mais il n'eut pas besoin de s'avancer pour voir que le sol formait un carrelage noir et blanc. Un grand escalier partait sur la gauche. Il émanait de la maison une forte odeur de poussière aigre et de vieux tapis ; l'immobilité ambiante donnait l'impression qu'elle était fermée depuis des mois. Kelso poussa la porte grande ouverte et fit un pas à l'intérieur.

Il appela de nouveau.

Il se trouvait à présent devant une alternative : rester près de la porte ou pénétrer plus avant dans la maison. Il choisit d'avancer et, tel un rat de laboratoire dans un labyrinthe, se retrouva aussitôt confronté à plusieurs options. Il pouvait rester où il était, ou bien prendre la porte de gauche, ou l'escalier, ou encore le couloir qui s'enfonçait dans l'obscurité au-delà de l'escalier, ou bien l'une des trois portes qui s'ouvraient à sa droite. La difficulté de choisir le paralysa un instant. Mais l'escalier se trouvait juste en face de lui et lui parut donc un choix évident ; et peut-être, inconsciemment, se sentait-il attiré par l'avantage de la hauteur, par l'idée de dominer ceux qui se trouveraient au rez-de chaussée, ou du moins d'être à égalité avec eux si jamais il les rencontrait là-haut.

C'était un escalier de pierre. Kelso portait des bottines de daim marron à semelle de cuir qu'il avait achetées à Oxford des années plus tôt, et il avait beau faire tout son possible pour marcher sans bruit, chaque pas semblait résonner comme un coup de feu. Mais cela n'avait pas d'importance. Il n'était pas un voleur, aussi, pour souligner ce fait, décida-t-il d'appeler à nouveau : *Priviet ! Kto tam* ? Salut ! Il y a quelqu'un ?

L'escalier tournait vers la droite, lui donnant une bonne vision du puits sombre et bleuté de l'entrée, troué par un trait de bleu plus clair jaillissant de la porte ouverte. Il atteignit le palier, soit un vaste couloir partant à droite et à gauche pour se fondre des deux côtés dans une pénombre digne de Rembrandt. Une porte se trouvait juste en face. Il essaya de se repérer. Elle devait donner sur la pièce qui se trouvait juste au-dessus de l'entrée, celle au balcon métallique. Qu'est-ce que c'était ? Une salle de bal ? La chambre principale ? Il y avait du parquet dans le couloir, et Kelso se rappela Rapava décrivant l'empreinte humide des pieds de Beria sur le bois ciré lorsqu'il s'était dépêché d'aller répondre au coup de fil de Malenkov.

Kelso ouvrit la lourde porte, et l'air vicié le heurta comme un mur. Il dut plaquer une main contre sa bouche et son nez pour réprimer un haut-le-cœur. L'odeur qui imprégnait toute la maison semblait trouver sa source ici. C'était une grande pièce nue, éclairée au fond par trois grandes fenêtres voilées de rideaux, hauts rectangles d'un gris translucide. Il s'avança vers eux. Le sol semblait jonché d'amas de minuscules coques noires. Il comptait écarter un rideau pour faire entrer un peu de lumière et voir sur quoi il marchait. Mais à peine eut-il touché le voilage de nylon rêche que l'étoffe parut se fendre et dégringoler, déversant une pluie de granulés noirs sur ses mains et sa nuque. Il tira à nouveau sur le rideau, et la pluie devint cascade, torrent de cadavres d'insectes ailés. Des millions d'entre eux avaient dû naître et mourir dans cette chambre pendant l'été, prisonniers de cette pièce sans air. Ils exhalaient une odeur acide de papier. Kelso en avait dans les cheveux. Il les sentait crisser sous ses pieds. Il recula en se frottant furieusement et en secouant la tête.

En bas, dans l'entrée, un homme lança : *Kto idiot ?* « Qui va là ? »

Kelso savait qu'il aurait dû répondre. Quelle meilleure preuve de sa bonne foi — de son innocence — aurait-il pu donner que de sortir aussitôt sur le palier, se présenter et s'excuser. Il était désolé. La porte était ouverte et il s'agissait d'une vieille demeure fort intéressante. Il était historien. La curiosité avait eu raison de lui. En outre, de toute évidence, il n'y avait rien à voler ici. Il était vraiment désolé...

Voilà ce que Kelso avait imaginé de dire. Mais il ne dit rien. Il ne *choisit* pas de ne rien dire. Il se contenta de ne rien faire, ce qui revenait à une sorte de choix. Il demeura planté dans la vieille chambre de Lavrenti Beria, figé, légèrement incliné, comme si le craquement de ses os pouvait le trahir, et il écouta. Chaque seconde qui passait réduisait ses chances de pouvoir s'expliquer. L'homme commença à monter l'escalier. Il gravit sept marches — Kelso les compta — puis s'arrêta et resta immobile pendant peut-être une minute. Puis il redescendit, traversa le hall et ferma la porte d'entrée.

Kelso bougea. Il retourna à la fenêtre. Sans toucher le rideau, il s'aperçut qu'il était possible, en pressant la joue contre le mur, de couler un regard derrière le voile de nylon poussiéreux pour regarder dans la rue. De cet angle oblique, il put voir un homme en uniforme noir debout sur le trottoir à côté de la camionnette, une torche à la main. L'homme descendit dans le caniveau et leva les yeux vers la maison. Il était trapu et simiesque. Ses bras paraissaient trop longs pour son torse épais. Soudain, il tourna son visage brutal et obtus précisément dans la direction de Kelso, et celui-ci recula. Lorsqu'il osa à nouveau s'approcher de la vitre, l'homme se penchait pour ouvrir la portière côté conducteur. Il jeta la torche dans le véhicule et monta dedans. Le moteur ronronna et la camionnette démarra.

Kelso attendit trente secondes pour se précipiter en bas. Il était enfermé. Il n'arrivait pas à y croire. L'absurdité de sa situation le fit presque sourire. Il se retrouvait coincé dans la maison de Beria ! La porte d'entrée était immense, avec une énorme poignée de fer ronde et une serrure grosse comme un annuaire téléphonique. Il essaya sans succès de l'ouvrir puis regarda autour de lui. Et si jamais il y avait une alarme antivol ? Il ne distinguait rien sur les murs dans la pénombre, mais il pouvait s'agir d'un vieux système — ce serait plus vraisemblable, de toute façon —, une sirène qui se déclenchait au contact et non par le franchissement de rayons. Cette éventualité le pétrifia.

Mais l'obscurité qui s'intensifiait, et la prise de conscience que s'il ne trouvait pas de sortie maintenant le noir risquait de le piéger ici toute la nuit, le forcèrent à bouger. Il y avait un commutateur près de la porte, mais il n'osa pas y toucher : le garde se méfiait visiblement et pouvait très bien repasser devant la bâtisse pour vérifier. De toute façon, le silence qui régnait à l'intérieur et l'immobilité totale du lieu ne lui laissaient guère de doute : toutes les installations avaient dû être coupées et on laissait simplement la maison pourrir. Il essaya de se remémorer la manière dont Rapava lui avait décrit les lieux en racontant comment il était allé répondre au coup de fil de Malenkov. Il avait parlé d'une terrasse, puis d'avoir traversé un corps de garde et une cuisine avant de pénétrer dans le hall.

Il plongea dans l'obscurité du couloir, derrière l'escalier, suivant à tâtons son chemin contre le mur gauche. Le plâtre était lisse et frais sous sa main. La première porte qu'il rencontra était verrouillée. La deuxième ne l'était pas ; il perçut un courant d'air, mais sentit aussi comme un vide, une cave sans doute, et la referma aussitôt. La troisième porte s'ouvrit sur l'éclat morne et bleuâtre de surfaces métalliques, agrémenté d'un léger relent de vieille nourriture. La quatrième se trouvait au bout, juste en face de lui, et révélait la pièce où, certainement, les gardes de Beria s'étaient autrefois installés.

Contrairement au reste de la maison, qui semblait avoir été entièrement vidé, il subsistait ici deux ou trois meubles : une table de bois toute simple et une chaise, un vieux buffet, et divers signes de vie : un exemplaire de la *Pravda* — il parvenait tout juste à distinguer le titre familier —, un couteau de cuisine, un cendrier. Il toucha le plateau de la table et sentit des miettes sous ses doigts. Une faible lumière filtrait par deux petites fenêtres. Une porte s'intercalait entre les deux. Elle était fermée à clé, mais il n'y avait pas de clé.

Kelso examina à nouveau les fenêtres. Elles étaient trop étroites pour qu'il puisse passer par là. Il prit sa respiration. Certaines coutumes étaient internationales, non ? Il passa les doigts sur le chambranle, à droite de la porte. La clé se trouvait bien là et tournait sans problème dans la serrure.

Lorsqu'il eut ouvert la porte, il sortit la clé et — le fin du fin, songea-t-il alors — la remit sur le chambranle.

Il se retrouva sur une petite terrasse large d'à peine deux mètres, au plancher usé par le temps et à la rambarde brisée. Il entendait la circulation au bout du jardin, et le sifflement laborieux d'un grand avion qui descendait vers l'aéroport de Cheremetievo. L'air était froid et sentait le feu de bois. Une dernière lueur de jour persistait encore dans le ciel hivernal.

Kelso supposa que le jardin avait dû être abandonné en même temps que la maison. Il y avait des mois que personne n'y avait touché. A gauche, une serre ouvragée ornée d'une cheminée métallique disparaissait à moitié sous le lierre. A droite subsistait un bosquet mal entretenu de buissons vert sombre. Au fond, il y avait des arbres.

Kelso descendit de la terrasse pour marcher sur le tapis de

feuilles mortes qui recouvrait la pelouse. Le vent en souleva quelques-unes puis les envoya rouler vers la maison. Kelso fendit les monticules de feuilles à grandes enjambées pour se diriger vers le verger — qui était, comme il s'en aperçut en se rapprochant, une cerisaie : une bonne centaine de vieux arbres d'au moins six mètres de haut, un vrai décor à la Tchekhov. Il s'immobilisa brusquement. Le sol, sous les arbres, semblait plat et régulier, sauf en un endroit. Au pied d'un arbre, près d'un banc de pierre, il y avait comme un carré en filigrane, plus sombre encore que les ombres environnantes. Kelso plissa le front. Il se faisait des idées, ou quoi ?

Il s'approcha de l'endroit en question, s'agenouilla et plongea lentement la main dans les feuilles. Elles étaient sèches en surface mais formaient un amas mouillé en dessous. Il les écarta, libérant un riche parfum de terreau humide — la terre noire et odorante de la Mère Russie.

« Ne le fais pas aussi grand. Ce n'est pas une tombe. Tu te fatigues pour rien... »

Il dégagea les feuilles sur une surface d'environ un mètre carré et, bien que la visibilité ne fût plus très bonne, elle l'était juste assez, et puis il suffisait de toucher. On avait retiré l'herbe à cet endroit, et l'on avait creusé. Ensuite on avait rebouché le trou en essayant de remettre les mottes dans leur position initiale. Mais certains morceaux s'étaient effrités et d'autres chevauchaient le bord de la fosse, ce qui donnait un beau fouillis, comme un puzzle tout cassé et boueux. Kelso se dit qu'on avait agi dans la précipitation, et que cela s'était fait tout récemment, peut-être même aujourd'hui. Il se releva et brossa les feuilles mouillées de son imperméable.

« Ne ressentez-vous pas la puissance du camarade Staline, même du fond de sa tombe ? »

Derrière le haut mur, il entendait le bruit de la circulation sur la voie rapide. La normalité semblait à portée de main. Il remit un tapis de feuilles sur la terre fraîchement retournée en les poussant du revers du pied, ramassa sa sacoche et partit en trébuchant vers le bout du jardin, vers les bruits de la vie. Il fallait qu'il sorte maintenant. Autant l'admettre, il était ébranlé. Les cerisiers s'étendaient presque jusqu'au mur qui se dressait, raide et nu devant lui, pareil au périmètre d'une prison victorienne. Il n'y avait aucun moyen de l'escalader.

Un étroit sentier bétonné longeait le mur d'enceinte. Kelso prit vers la gauche. Le sentier suivait l'angle et le ramena vers la maison. A mi-chemin, il remarqua un rectangle plus sombre : la porte de jardin qu'il avait vue de la rue. Celle-ci aussi disparaissait presque sous la végétation et il lui fallut casser les branches folles d'un taillis pour l'atteindre. Elle était verrouillée, ou peut-être seulement coincée par la rouille. Le gros anneau de fer qui servait de poignée refusait de tourner. Kelso alluma son briquet et l'en approcha pour mieux voir. La porte était solide, mais le chambranle paraissait plus faible. Il recula et lança un grand coup de pied dedans, sans que rien ne se passe. Il essaya encore, mais en vain.

Il reprit le sentier. Il se trouvait maintenant à une trentaine de mètres de la maison. Son toit bas se découpait nettement contre le ciel. Kelso distinguait une antenne râteau et la masse d'une haute cheminée à laquelle se trouvait fixée une antenne parabolique. Elle était trop grosse pour être une simple antenne de télévision.

C'est alors qu'il contemplait distraitement l'antenne parabolique que son œil saisit l'éclat d'une lumière par une fenêtre de l'étage. Elle s'évanouit si rapidement qu'il crut avoir rêvé et se répéta de rester calme, de trouver simplement un outil pour sortir de là. Mais alors la lumière réapparut, comme la lumière d'un phare — pâle, puis lumineuse, puis pâle à nouveau —, comme si quelqu'un braquait alternativement une torche puissante sur la fenêtre puis sur l'obscurité de la pièce en tournant dans le sens contraire des aiguilles d'une montre.

Le gardien soupçonneux était revenu.

« Bon Dieu. » Kelso avait les lèvres si serrées qu'il put à peine émettre ces deux syllabes. « Bon Dieu de bon Dieu de bon Dieu. »

Il remonta en courant le sentier jusqu'à la serre. Une porte délabrée s'ouvrit juste assez pour lui livrer un passage. Les plantes grimpantes en assombrissaient l'intérieur. Des tables à tréteaux, un vieux cageot, des plateaux vides pour la germination, des pots de fleurs... rien, rien.

Il s'engagea précipitamment dans une allée étroite. Des feuilles de quelque chose lui caressèrent le visage, puis il se cogna dans un immense objet métallique. Un énorme poêle en fonte. Et, juste à côté, un tas de vieux ustensiles, une pelle, un seau à charbon, une pince, un tisonnier. *Un tisonnier.*

Il retourna sur le sentier, son trophée à la main, puis il s'empressa d'introduire le bout du tisonnier dans l'espace entre la porte du jardin et le chambranle, juste au-dessus de la serrure. Il souleva et entendit un craquement. Le tisonnier avait maintenant du jeu. Il le renfonça dans la fente et tira encore. Nouveau craquement. Kelso répéta l'opération un peu plus bas. Le chambranle cédait.

Il recula de quelques pas et se précipita sur la porte pour l'enfoncer avec l'épaule. Une force qui lui parut bien supérieure à ses capacités physiques — comme la somme de sa volonté, de sa peur et de ses fantasmes — le propulsa alors de l'autre côté de la porte, hors de ce jardin, dans la rue calme et déserte.

CHAPITRE 6

A six heures ce soir-là, le commandant Felix Souvorine, accompagné de son adjoint, le lieutenant Vissari Netto, présenta un rapport sur les événements de la journée à leur supérieur immédiat, le colonel Iouri Arseniev, chef de la RT de la Première Direction générale.

L'atmosphère était, comme d'habitude, décontractée. L'air endormi, Arseniev se tenait vautré derrière son bureau, sur lequel on avait placé un plan de Moscou et un lecteur de cassettes. Souvorine fumait sa pipe, confortablement installé sur le canapé, près de la fenêtre. Netto réglait le lecteur de cassettes.

« La première voix que vous allez entendre, mon colonel, est celle de Mme Mamantova. »

Il appuya sur la touche MARCHE.

« Qui est-ce ?

— Christopher Kelso. Pourrais-je parler au camarade Mamantov ?

— Oui ? Qui est-ce ?

— Comme je vous l'ai dit, mon nom est Kelso. Je suis dans une cabine. C'est urgent.

— Oui, mais qui est-ce ? »

Netto appuya sur PAUSE.

« Pauvre Ludmilla Fedorova, commenta tristement Arseniev. Vous l'avez connue, Felix ? Je l'ai rencontrée quand elle était à la Loubianka. Une sacrée bonne femme ! Un corps de déesse, un esprit acéré comme une lame et une langue qui allait avec.

— Ce n'est plus le cas, plus en ce qui concerne l'esprit du moins.

— L'autre voix vous sera encore plus familière, colonel », annonça Netto.

MARCHE.

« Bon, ici Mamantov. Qui êtes-vous ?

— Kelso. Professeur Kelso. Vous vous souvenez peut-être de moi ?

— Je me souviens de vous. Qu'est-ce que vous voulez ?

— Vous voir.

— Pourquoi voudrais-je vous voir après les conneries que vous avez écrites ?

— Je voudrais vous poser certaines questions.

— A quel sujet ?

— Au sujet d'un petit cahier à couverture de toile cirée noire qui appartenait à Iossif Staline.

— La ferme.

— Quoi ?

— Je vous ai dit de la fermer. Je réfléchis. Où êtes-vous ?

— Près de l'immeuble d'Intourist, dans la rue Mokhavaïa.

— Vous êtes tout près. Vous n'avez qu'à venir. »

ARRÊT.

« Repassez-moi ça, demanda Arseniev. Pas Ludmilla, juste la suite. »

Par la vitre blindée qui se trouvait derrière Arseniev, Souvorine voyait les vaguelettes des lumières allumées dans les bureaux se refléter dans le plan d'eau ornemental de Iassenievo, puis la grosse tête de Lénine illuminée et, au-delà, presque invisible déjà, la ligne sombre de la forêt qui formait comme des dents de scie contre le ciel du soir. Des phares clignotèrent entre les arbres, puis disparurent. Une patrouille de surveillance, pensa Souvorine en réprimant un bâillement. Il était content que Netto puisse se charger du commentaire. Il fallait donner sa chance à ce garçon.

« Un petit cahier à couverture de toile cirée noire qui appartenait à Iossif Staline... »

« Bordel de merde, souffla Arseniev, et son visage flasque parut se tendre.

— L'appel a été donné cet après-midi, à quatorze heures quatorze, par cet homme, poursuivit Netto en lui tendant deux minces chemises beiges. Christopher Richard Andrew Kelso, surnommé généralement “Fluke”.

— Tiens, c'est joli ça », fit Souvorine, qui n'avait pas encore vu la photo. Elle sortait tout juste de la chambre noire et puait l'hyposulfite de soude. « Ça vient d'où ?

— Troisième étage, cour intérieure, face à l'entrée de l'escalier de Mamantov.

— Depuis quand pouvons-nous nous permettre un appartement dans la Maison sur le Quai ? grommela Arseniev.

— C'est vide. Ça ne nous coûte pas un kopeck.

— Combien de temps y est-il resté ?

— Arrivé à quatorze heures trente-deux, mon colonel. Reparti à quinze heures sept. Un de nos agents, le lieutenant Bounine, a alors été chargé de le filer. Kelso a pris le métro à Borovitskaïa, ici, a changé une fois et est sorti à Krasnopresnenskaïa pour se rendre à une maison ici... (Netto posa à nouveau un doigt sur le plan)... rue Vspolnii. Une propriété abandonnée. Il y est entré illégalement et a passé approximativement quarante minutes à l'intérieur. Au dernier rapport, il était ici, se dirigeant à pied vers la Ceinture des Jardins. C'était il y a dix minutes.

— Qu'est-ce que ça veut dire exactement ? Fluke ?

— Verni, mon colonel, répondit aussitôt Netto. Coup de pot.

— Sergo ? Il arrive, ce putain de café ? »

Arseniev, absolument énorme, avait l'habitude de s'endormir s'il n'avait pas sa dose de caféine toutes les heures.

« Ça vient, Iouri Simonovitch », fit une voix dans l'interphone.

« Les parents de Kelso avaient tous deux plus de quarante ans à sa naissance, mon colonel. »

Arseniev tourna ses petits yeux étonnés vers Vissari Netto. « Qu'est-ce qu'on en a à faire, de ses parents ?

— Eh bien... » Le jeune homme perdit contenance, se bloqua et adressa à Souvorine un regard suppliant.

« Kelso est un coup de pot, expliqua Souvorine. La blague. C'est une blague.

— Et c'est drôle ? »

Ils furent sauvés par l'arrivée du café, apporté par le secrétaire d'Arseniev. La tasse bleue portait l'inscription I LOVE NEW YORK, et Arseniev la leva dans leur direction, comme pour boire à leur santé. « Alors, fit-il en plissant les yeux par-dessus le bord de sa tasse fumante, parlez-moi de ce monsieur Fluke.

— Né à Wimbledon, en Angleterre, en 1944 », lut Netto dans

son dossier. (Souvorine trouva remarquable qu'il ait pu rassembler tout cela en un après-midi ; ce garçon était efficace, et ne manquait certainement pas d'ambition.) « Le père, petit bourgeois typique, employé dans un cabinet juridique, trois sœurs, toutes plus âgées ; éducation classique ; obtient en 1973 une bourse pour étudier l'histoire à la faculté de Saint-John, à Cambridge ; passe ses diplômes avec les honneurs et, en 1976... »

Souvorine avait déjà parcouru tout cela — le dossier personnel exhumé des Registres, les quelques coupures de presse, l'article du *Who's Who* — et il s'efforçait maintenant de faire correspondre la biographie avec ce cliché, pris à la sauvette, d'une silhouette en imperméable en train de quitter un appartement. Le grain de la photo évoquait plaisamment les années cinquante : l'homme, qui regardait de l'autre côté de la rue, une cigarette aux lèvres, ressemblait à ces acteurs français un peu miteux qui jouaient en leur temps les flics roublards. Fluke. Un surnom vous colle-t-il à la peau parce qu'il vous va bien ou est-ce que c'est vous qui évoluez inconsciemment pour mieux lui correspondre ? Fluke, l'adolescent gâté et flemmard, couvé par toutes les femmes de sa famille, qui surprend ses professeurs en décrochant cette bourse à Cambridge — la première de l'histoire de ce petit lycée. Fluke, l'étudiant fêtard qui, sans effort apparent, sort trois ans plus tard premier de sa promotion. Fluke qui se retrouve justement sur le palier d'un des types les plus dangereux de Moscou — quoiqu'il ait dû, en tant qu'étranger, se sentir invulnérable. Oui, mieux valait se méfier avec ce verni de Fluke...

« ... Bourse à Harvard en 1968 ; admis à l'université de Moscou dans le cadre du programme “Etudiants pour la Paix” en 1980 ; contacts avec des dissidents (voir annexe A) conduisant à une recatégorisation de “bourgeois libéral” en “conservateur et réactionnaire” ; thèse de doctorat publiée en 1984, *Le Pouvoir dans les campagnes : les paysans de la région de la Volga, 1917-1922* ; maître de conférences en histoire moderne à l'université d'Oxford de 1983 à 1994 ; habite maintenant New York ; auteur de *Oxford. Histoire de l'Europe de l'Est, 1945-1987 ; Vortex. La Chute de l'empire soviétique*, publié en 1993 ; de nombreux articles...

— Très bien, Netto, fit Arseniev en levant la main. Il se fait tard. Est-ce qu'on lui a déjà fait des avances ? » La question s'adressait à Souvorine.

« Deux fois, répondit celui-ci. Une fois à l'université, évidemment, en 1980. Et puis une autre fois à Moscou, en 1991, quand on a essayé de le brancher sur la démocratie et la Russie nouvelle.

— Et ?

— Et ? En lisant les rapports ? Je dirais qu'il nous a ri au nez.

— Est-ce qu'on pense que ce serait un agent occidental ?

— Peu vraisemblable. Il a écrit un article dans le *New Yorker* — c'est dans le dossier — pour décrire comment la CIA et le SIS ont essayé tous deux de le recruter. Plutôt amusant, en fait. »

Arseniev se rembrunit. Il n'aimait guère la publicité, de quelque côté que ce fût. « Une femme ? Des enfants ? »

Netto se remit aussitôt en selle. « Marié trois fois. » Il adressa un regard à Souvorine, qui lui fit de la main signe de continuer : il préférait rester en retrait. « Epouse d'abord, encore étudiant, Katherine Jane Owen, divorce en 1979. Epouse ensuite Irina Mikhaïlovna Pougatcheva, en 1981...

— Il a épousé une Russe ?

— Une Ukrainienne. Presque certainement un mariage arrangé. Elle était expulsée de l'université pour activités contre l'Etat. C'est le début des relations de Kelso avec des dissidents. Elle a obtenu un visa en 1984.

— On l'a retenue ici pendant trois ans ?

— Non, mon colonel. Ce sont les Anglais qui bloquaient. Quand ils l'ont enfin laissée entrer sur leur territoire, Kelso vivait déjà avec une de ses étudiantes, une Américaine boursière à Oxford. Le mariage avec Pougatcheva est dissous en 1985. Elle est maintenant remariée à un orthodontiste de Glamorgan. Il y a un dossier, mais je crains de ne pas avoir...

— Aucune importance, fit Arseniev. On va se noyer sous la paperasse. Et le troisième mariage ? » Il adressa un clin d'œil à Souvorine. « Un vrai Roméo !

— Margaret Madeline Lodge, une étudiante américaine...

— La boursière d'Oxford ?

— Non, une autre boursière à Oxford. Il épouse celle-ci en 1986. Divorce l'année dernière.

— Des gosses ?

— Deux fils. Qui habitent avec leur mère à New York.

— On ne peut s'empêcher d'admirer ce type », commenta Arseniev qui, malgré sa corpulence, avait une maîtresse au Service technique. Il contempla la photographie, les coins de la bouche baissés en une mimique admirative. « Qu'est-ce qu'il fait à Moscou ?

— Rossarkhiv a organisé une conférence pour les spécialistes étrangers, dit Netto.

— Felix ? »

Le commandant Souvorine était assis la jambe droite repliée, la cheville posée sur le genou gauche, les coudes tranquillement appuyés sur le dossier du canapé, son veston déboutonné... décontracté, sûr de lui, à l'américaine : conforme à son image. Il tira une bouffée de sa pipe avant de répondre.

« Les paroles prononcées au téléphone sont ambiguës, de toute évidence. On pourrait comprendre que Mamantov détient le cahier, et que l'historien voudrait le voir. Ou que c'est l'historien qui a le cahier, ou qui en a entendu parler, et qui voudrait vérifier certains détails auprès de Mamantov. Quoi qu'il en soit, Mamantov est clairement au courant de notre surveillance, ce qui explique pourquoi il a coupé court à la conversation. Quand Kelso doit-il quitter la Fédération, Vissari, est-ce que nous le savons ?

— Demain midi, répondit Netto. Un vol Delta pour JFK qui part de Cheremetievo-2 à treize heures trente. La place est réservée et confirmée.

— Je recommande qu'on s'arrange pour faire fouiller Kelso, conseilla Souvorine. Une fouille au corps, ça vaudrait mieux — retardez le vol si nécessaire. Motif : possibilité d'exportation de matériel d'intérêt culturel et historique. Comme ça, s'il a pris quelque chose dans la maison de la rue Vspolnii, on pourra le récupérer. Entre-temps, on continue la surveillance de Mamantov. »

Une sonnerie retentit sur le bureau d'Arseniev ; la voix de Sergo se fit entendre.

« Un appel pour Vissari Petrovitch.

— Très bien, Netto, fit Arseniev. Prenez-le dans l'entrée. »

Quand la porte se fut refermée, il fronça les sourcils en regardant Souvorine. « Efficace, le petit saligaud, non ?

— Il n'est pas méchant, Iouri. Juste zélé. »

Arseniev poussa un grognement, prit deux longues pulvérisations d'un inhalateur et desserra sa ceinture d'un cran pour laisser sa chair pendre vers son bureau. La graisse du colonel lui servait en quelque sorte de camouflage : c'était comme un filet adipeux et plissé jeté sur un esprit vif, ce qui expliquait que là où tant d'autres, plus minces, étaient tombés, Arseniev avait tranquillement poursuivi son chemin, traversant la guerre froide (chef du KGB résidant à Canberra puis Ottawa), la glasnost, le coup d'Etat manqué, le démantèlement de ses services et ainsi de suite, sous la coquille douce et protectrice de sa chair, jusqu'à aujourd'hui où, enfin, il parcourait le dernier tronçon : la retraite dans un an, une datcha, une maîtresse, une pension, et le reste du monde pourrait aller se faire foutre collectivement. Souvorine l'aimait bien.

« D'accord, Felix. Qu'est-ce que tu en penses ?

— Le but de l'opération Mamantov, rappela prudemment Souvorine, est de découvrir comment on a pu détourner cinq millions de roubles des caisses du KGB, où Mamantov les a planqués et comment ces fonds servent à soutenir l'opposition antidémocratique. Nous savons déjà qu'il finance ce torchon fasciste rouge...

— *Aurora*...

— ... *Aurora*. Et s'il s'avère qu'il achète aussi des armes, ça m'intéresse. S'il achète des souvenirs de Staline, ou, en l'occurrence, s'il en vend... eh bien, c'est malsain, mais...

— Il ne s'agit pas d'un simple *souvenir*, Felix. C'est... c'est énorme... il y a un dossier sur ce cahier ; c'était même l'une des “légendes de la Loubianka”. »

La première réaction de Souvorine fut de rire. Le vieux se moquait de lui, très certainement ? Le cahier de Staline ? Mais il remarqua alors l'expression qu'affichait le visage d'Arseniev, et dissimula rapidement son rire en quinte de toux. « Pardon, Iouri Simonovitch, pardonnez-moi, si vous prenez cela au sérieux, alors bien sûr, moi aussi.

— Tu veux bien être assez gentil pour repasser la bande, Felix. Je n'ai jamais su faire marcher ces fichues machines. »

Il poussa l'appareil de l'autre côté de la table à l'aide d'un doigt poilu et replet. Souvorine laissa le canapé et vint écouter la cassette. Arseniev avait le souffle court et tiraillait la chair épaisse de son gros cou, signe certain qu'il pressentait des ennuis.

« ... Un petit cahier à couverture de toile cirée noire qui appartenait à Iossif Staline. »

Ils étaient toujours penchés au-dessus de la cassette quand Netto revint dans la pièce, son teint de trois tons plus pâle que d'habitude, pour annoncer qu'il avait de mauvaises nouvelles.

* * *

Felix Stepanovitch Souvorine retournait à son bureau, la mine sombre et Netto sur les talons. Il y avait un bon bout de chemin entre l'aile des dirigeants, à l'ouest du bâtiment, et le bloc opérationnel, à l'est, aussi une douzaine de personnes au moins purent-elles saluer leur chouchou, leur commandant plein d'avenir, d'un mouvement de tête ou d'un sourire dans les couloirs de style finnois en bois clair et carreaux blancs de Iassenievo. Souvorine parlait anglais avec un accent américain, était abonné aux grands journaux américains et possédait toute une collection de jazz américain récent qu'il écoutait avec sa femme, fille d'un des conseillers économiques les plus libéraux du président. Souvorine allait même jusqu'à porter des vêtements américains — la chemise boutonnée, la cravate rayée, le veston brun — qu'il avait rapportés comme autant de trophées de ses années passées comme représentant du KGB à Washington.

Regardez Felix Stepanovitch ! pouvait-on les entendre penser alors qu'ils enfilaient leur gros manteau d'hiver et se dépêchaient de sortir pour ne pas rater le bus. Nommé numéro deux de ce gros dinosaure d'Arseniev, il était promis à prendre la tête de toute une direction à l'âge de trente-huit ans. Et pas n'importe quelle direction non plus, mais la RT — l'une des plus secrètes de toutes ! —, chargée de diriger des opérations de renseignement sur le territoire russe. Regardez-le, notre homme plein d'avenir, qui se dépêche de retourner travailler dans son bureau pendant que nous, on rentre chez nous...

« Bonsoir, Felix Stepanovitch ! »

« Salut Felix. Bon courage ! »

« Alors, on travaille encore tard à ce que je vois, mon commandant ! »

Un demi-sourire aux lèvres, Souvorine, préoccupé, hochait la tête et esquissait un geste vague avec sa pipe.

Les détails qui lui avait transmis Netto étaient rares, mais éloquents. Fluke Kelso avait quitté l'appartement de Mamantov à quinze heures sept. Souvorine avait lui-même quitté les lieux quelques minutes plus tard. A quinze heures vingt-deux, on avait vu Ludmilla Fedorova Mamantova quitter l'appartement en compagnie du garde du corps, Viktor Boubka, pour sa promenade journalière au parc Bolotnaïa (à cause de son état mental, il fallait toujours qu'elle soit accompagnée). Comme il n'y avait plus qu'un seul homme en faction, ils n'avaient pas été suivis.

Ils n'étaient pas revenus.

Peu après dix-sept heures, le voisin occupant l'appartement au-dessous de celui des Mamantov s'était plaint d'avoir entendu des cris hystériques et prolongés. On avait fait venir le concierge, on avait ouvert (non sans difficultés) la porte et l'on avait découvert Mme Mamantova seule, en sous-vêtements, enfermée dans un placard dont elle avait néanmoins réussi à trouer la porte à l'aide de ses pieds nus. On l'avait conduite à la Polyclinique diplomatique dans un état de détresse extrême. Elle avait les deux chevilles brisées.

« Cela doit correspondre à un plan de fuite en cas d'urgence, déclara Souvorine au moment où ils arrivaient à son bureau. Il avait visiblement préparé son coup depuis longtemps, en allant jusqu'à créer cette sortie quotidienne de sa femme. La question reste de savoir de quelle urgence il s'agit. »

Il appuya sur le commutateur. Les néons s'allumèrent en crachotant. L'aile des dirigeants donnait sur le lac et les arbres tandis que le bureau de Souvorine était orienté plein nord, vers le périphérique de Moscou et une cité de grands ensembles surpeuplés.

Souvorine se jeta dans son fauteuil, prit sa blague à tabac et projeta ses pieds sur le rebord de la fenêtre. Il vit le reflet de Netto entrer et fermer la porte. Arseniev l'avait allumé, ce qui n'était pas très juste. S'il y avait des reproches à faire à quelqu'un, c'était à Souvorine, pour avoir confié à Bounine la filature de Kelso.

« Combien d'hommes avons-nous à l'appartement de Mamantov pour le moment ?

— Deux, mon commandant.

— Sépare-les. Un à la polyclinique pour surveiller la femme. L'autre reste sur place. Que Bounine continue à suivre Kelso. Il est à quel hôtel ?

— L'Oukraïna.

— Bien. S'il descend la Ceinture des Jardins, c'est sans doute qu'il y retourne. Appelle Gromov à la Seizième et dis-lui que nous voulons une interception complète des communications de Kelso. Il te dira qu'il n'a pas les moyens. Renvoie-le à Arseniev. Apporte-moi les autorisations sur mon bureau dans un quart d'heure.

— Oui, mon commandant.

— Tu me laisses la Dixième.

— La Dixième, commandant ? » La Dixième Section était celle des archives.

« D'après le colonel, il devrait y avoir un dossier sur ce cahier de Staline. » (Légende de la Loubianka, tu parles !) « Je vais devoir inventer une excuse pour le consulter. Renseigne-toi sur cet endroit, rue Vspolnii : qu'est-ce que c'est exactement ? Bon Dieu, il nous faudrait du monde ! » De frustration, Souvorine donna un coup sur son bureau. « Où est Kolossov ?

— Il est parti en Suisse hier.

— Qui y a-t-il d'autre ? Barsoukov ?

— Barsoukov est à Ivanovo avec ses Allemands. »

Souvorine poussa un grognement. Cette opération fonctionnait à la bougie et à l'air pur, voilà le problème. Elle ne disposait ni d'un nom ni d'un budget. D'un point de vue technique, ce n'était même pas légal.

Netto écrivait rapidement. « Qu'est-ce que vous voulez faire de Kelso ?

— Continuez simplement de le surveiller.

— On ne l'arrête pas ?

— L'arrêter pour quel motif exactement ? Et où l'emmènerions-nous ? Nous n'avons pas de cellule. Nous n'avons pas de base légale pour procéder à des arrestations. Depuis combien de temps Mamantov est-il perdu dans la nature ?

— Trois heures, mon commandant. Je suis désolé, je... » Netto semblait au bord des larmes.

« Ne t'en fais pas, Vissi. Ce n'est pas ta faute. (Il sourit au reflet du jeune homme.) Mamantov faisait déjà ce genre de coups quand nous étions encore dans le ventre de notre mère. Nous le retrouverons, ajouta-t-il avec une confiance qu'il n'éprouvait guère, tôt ou tard. Vas-y maintenant. Il faut que j'appelle ma femme. »

Après le départ de Netto, Souvorine prit la photo de Kelso dans le dossier et la punaisa au panneau d'affichage, à côté de son bureau. Et voilà, alors qu'il avait tant à faire pour résoudre des problèmes autrement plus importants — espionnage économique, biotechnologies, fibres optiques —, qu'il se retrouvait à devoir chercher pourquoi Vladimir Mamantov s'intéressait tant au cahier de Staline. C'était absurde. C'était même pire qu'absurde. C'était honteux. Qu'est-ce que c'était que ce pays ? Il bourra lentement sa pipe de tabac et l'alluma. Puis il resta là pendant toute une minute, les mains serrées derrière le dos, la pipe coincée entre les dents, en train d'examiner l'historien avec une expression de pure aversion.

CHAPITRE 7

Fluke Kelso était allongé sur le dos, sur son lit, dans sa chambre au vingt-troisième étage de l'hôtel Oukraïna, en train de fumer une cigarette et de contempler le plafond, les doigts de la main gauche serrés autour de la forme familière et réconfortante d'une flasque de whisky.

Il n'avait pas pris la peine d'ôter son imperméable ni d'allumer la lampe de chevet. Non qu'il en eût réellement besoin, les puissants projecteurs qui éclairaient le gratte-ciel gothique stalinien inondaient sa chambre d'une lumière fiévreuse. Il entendait par la fenêtre fermée le bruit de la circulation de cette fin d'après-midi sur la chaussée mouillée, tout en bas.

Il trouvait toujours cette heure mélancolique pour un étranger dans une ville étrangère : la tombée de la nuit, les lumières vives, la température qui chutait, les employés de bureau qui se dépêchaient de rentrer chez eux, les hommes d'affaires qui essayaient d'avoir l'air enjoué dans les bars d'hôtel.

Il prit une nouvelle gorgée de scotch puis tendit le bras pour trouver le cendrier et le posa sur sa poitrine pour y secouer sa cigarette. Le récipient n'avait pas été bien vidé, et il subsistait au fond, tel un petit œuf vert dans son nid de cendre grise, une glaire de Papou Rapava.

Il n'avait fallu à Kelso que quelques minutes — le temps d'une courte visite à la galerie commerciale de l'Oukraïna et celui de feuilleter un annuaire téléphonique moscovite — pour établir que la propriété de la rue Vspolnii avait effectivement été une ambassade d'Afrique du Nord. Elle était enregistrée au nom de la république de Tunisie.

Et il lui avait fallu à peine plus longtemps pour obtenir le reste des informations dont il avait besoin ; assis au bord de son lit dur et étroit, en grande conversation téléphonique avec l'ambassade tunisienne, il avait feint un immense intérêt pour l'essor du marché immobilier moscovite et le dessin précis du drapeau tunisien.

D'après l'attaché de presse, c'était le gouvernement soviétique qui avait proposé aux Tunisiens la propriété de la rue Vspolnii en 1956, pour un bail à court terme renouvelable tous les sept ans. Au mois de janvier, au moment des renégociations habituelles, l'ambassadeur avait été informé que le bail ne serait pas renouvelé, et ils avaient déménagé en août. Mais en vérité, il n'avait pas trop regretté de partir, non vraiment pas, après cette malheureuse histoire de 1993, quand des ouvriers avaient déterré douze squelettes humains, des victimes de la répression stalinienne ensevelies sous le dallage, dehors. On n'avait donné aucune explication à ce congé soudain, mais, comme tout le monde le savait, de grandes zones de propriétés publiques étaient à cette époque privatisées dans le centre de Moscou, et vendues à des investisseurs étrangers ; certains réalisaient des fortunes.

Et le drapeau ? Le drapeau de la République tunisienne, cher monsieur, était composé d'un croissant rouge et d'une étoile rouge dans un rond blanc, le tout sur fond rouge.

« *Il y avait une lune en faucille rouge, et une seule étoile rouge...* »

Le ruban bleuté de fumée de cigarette fit une boucle et se brisa contre le plâtre poussiéreux.

Oh, pensa-t-il, comme tout cela se tenait parfaitement, l'histoire de Rapava, le récit de Iepichev, la demeure de Beria commodément désertée, la terre fraîchement retournée et le bar Robotnik.

Il finit son scotch, écrasa sa cigarette et resta un moment allongé, tournant et retournant la pochette d'allumettes entre ses doigts.

Ne sachant toujours pas très bien ce qu'il convenait de faire, Kelso descendit à la réception et convertit ce qui lui restait de travellers chèques en roubles. Quoi qu'il arrive, il aurait besoin de liquide. Il lui fallait absolument de l'argent disponible, et il ne pouvait pas trop se fier à sa carte de crédit, semblait-il —

témoin le malheureux incident qui s'était produit à la boutique de l'hôtel, quand il avait voulu payer sa bouteille de scotch par ce moyen.

Il crut voir quelqu'un qu'il reconnaissait — du symposium, probablement — et il leva la main, mais la personne s'était déjà détournée.

Sur le comptoir de la réception, une pancarte indiquait : *Les clients qui demandent une communication internationale doivent SVP laisser un dépôt en liquide.* Kelso ressentit en la lisant un nouveau pincement de nostalgie. Tant de choses dans sa vie et personne à qui les raconter. Cédant à une impulsion, il laissa cinquante dollars et fendit le hall bondé en direction des ascenseurs.

Trois mariages. Il songeait à cet exploit en filant vers le ciel. Trois divorces par ordre ascendant d'amertume.

Kate... bon, Kate ne comptait guère. Ils étaient étudiants tous les deux et leur union était vouée à l'échec depuis le début. Kate avait même continué de lui envoyer des cartes de vœux jusqu'à son départ pour New York. Irina... elle avait au moins fini par obtenir son passeport, ce qui, soupçonnait-il, avait été l'objet principal de toute l'entreprise. Mais Margaret — la *pauvre Margaret* — était enceinte quand il l'avait épousée, c'était d'ailleurs pour cela qu'il l'avait épousée, et elle avait attendu leur second enfant sitôt après la venue du premier. Ils s'étaient donc soudain retrouvés dans un quatre pièces étriqué non loin de Woodstock Road, le prof d'histoire et l'étudiante en histoire, qui n'avaient pourtant aucune histoire entre eux. Cela avait duré douze ans — « aussi longtemps que le IIIe Reich », avait répondu Fluke, ivre, à un journaliste le jour où la demande de divorce de Margaret avait été publiée. On ne le lui avait jamais pardonné.

Mais elle n'en restait pas moins la mère de ses enfants. Maggie. Margaret. Il allait appeler *cette pauvre Margaret.*

Dès que l'opérateur l'eut branché sur le circuit international, la ligne rendit un son bizarre, et la première réaction de Kelso fut : *Ces téléphones russes !* Alors il secoua vivement le combiné tandis que la sonnerie retentissait à New York.

« Allô. » La voix familière lui parut curieusement vive.

« C'est moi.

— Oh. » Voix plate soudain ; morte. Pas même hostile.

« Désolé de gâcher ta journée. » Il avait voulu faire une

plaisanterie, mais celle-ci sortit mal, avec une nuance d'amertume et d'apitoiement. Il essaya encore. « J'appelle de Moscou.

— Pourquoi ?

— Pourquoi j'appelle, ou pourquoi j'appelle de Moscou ?

— Tu as bu ? »

Il contempla le flacon vide. Il avait oublié qu'elle était capable de sentir une haleine à six mille kilomètres. « Comment vont les enfants ? Je peux leur parler ?

— On est mardi matin, onze heures. Où crois-tu donc qu'ils peuvent bien être ?

— A l'école ?

— Bravo, *papa.* » Elle rit malgré elle.

« Ecoute, fit-il. Excuse-moi.

— De quoi en particulier ?

— De ne pas avoir versé l'argent du mois dernier.

— Des trois derniers mois !

— Il y a eu un schmilblik à la banque.

— Trouve un boulot, Fluke.

— Comme toi, tu veux dire ?

— Va te faire foutre.

— D'accord. Je retire. » Il fit une nouvelle tentative. « J'ai parlé à Adelman ce matin. Il a peut-être quelque chose pour moi.

— Parce que ça ne peut pas continuer comme ça, tu sais ?

— Je sais. Ecoute. Je suis peut-être sur quelque chose ici...

— Qu'est-ce qu'Adelman te propose ?

— Adelman ? Oh, de l'enseignement. Mais ce n'est pas à ça que je pense. Je suis sur un coup ici, à Moscou. Ce ne sera peut-être rien. Mais ce sera peut-être énorme.

— Qu'est-ce que c'est ? »

Cette ligne était vraiment bizarre. Kelso entendait sa propre voix repasser dans son oreille, mais avec un décalage trop grand pour être un écho. *« Mais ce sera peut-être énorme »*, s'entendit-il dire.

« Je ne veux pas en parler au téléphone.

— Tu ne veux pas en parler au téléphone... »

« Je ne veux pas en parler au téléphone. »

« ... Non, évidemment. Et tu sais pourquoi ? Parce que ce sont toujours les mêmes foutaises...

— Attends, Maggie. Entends-tu ma voix deux fois ?

— Adelman te propose un boulot convenable, mais évidemment, tu ne veux pas en entendre parler, parce que ça voudrait dire affronter... »

« *Entends-tu ma voix deux fois ?* »

« ... tes responsabilités... »

Tout doucement, Kelso reposa le combiné. Il l'examina un instant et se mordit la lèvre, puis il se rallongea sur le lit et alluma une nouvelle cigarette.

* * *

Staline, comme vous le savez, méprisait les femmes.

En fait, il voyait en la notion même de femme intelligente un pur oxymoron : il les appelait « des boucles d'oreilles avec des idées ». De la femme de Lénine, Nadejda Kroupskaïa, il a fait un jour remarquer à Molotov : « Elle se sert peut-être des mêmes toilettes que Lénine, mais ça ne veut pas dire qu'elle sache quoi que ce soit du léninisme. » Après la mort de Lénine, Kroupskaïa croyait que son statut de veuve du grand homme la protégerait des purges, mais Staline n'a pas tardé à la détromper. « Si tu ne la fermes pas, lui a-t-il dit, on va donner au Parti une nouvelle veuve de Lénine. »

Quoi qu'il en soit, ce n'est pas là toute l'histoire. Et nous arrivons maintenant à l'un de ces étranges retournements des vérités établies qui rendent notre profession si intéressante. En effet, si l'on considérait comme admis que Staline ne s'intéressait guère aux femmes — cas classique du politicien qui recentre tous ses appétits charnels sur la quête du pouvoir —, la vérité semble bien avoir été à l'opposé. Staline était en fait un homme à femmes.

*Cette facette de son caractère n'a été reconnue que récemment. C'est Molotov qui, en 1988, déclarait timidement à Tchouïev (*Sto sorok béced c Molotovym, *Moscou) que Staline avait « toujours été séduisant pour les femmes ». En 1990, avec la publication posthume de ses derniers entretiens (*The Glasnost Tapes, *Boston), Khrouchtchev soulevait un peu plus le coin du voile. Aujourd'hui, les archives apportent de nouveaux détails précieux.*

Qui étaient ces femmes, des faveurs desquelles Staline a profité avant et après le suicide de sa seconde épouse ? Nous en connaissons certaines. Il y avait l'épouse de A. I. Iegorov, premier adjoint du commissaire à la Défense, qui était connue au Parti pour ses nombreuses aventures. Puis il y avait la femme d'un autre militaire, Goussev, dame qui se trouvait, dit-on, au lit avec Staline la nuit où Nadejda s'est tuée. Il y eut encore Rosa Kaganovna, que Staline, une fois veuf, a envisagé un temps d'épouser. Plus intéressant encore, semble-t-il, il y a eu Genia Alliloulëva, épouse du beau-frère de Staline, Pavel. Sa liaison avec Staline est décrite dans le journal intime que tenait la belle-sœur de celui-ci, Maria. Le journal a été saisi lors de l'arrestation de Maria, et n'est consultable que depuis très peu de temps (F45 O1 D1).

Il ne s'agit là, bien entendu, que des femmes dont nous savons quelque chose. Les autres ne sont que des ombres de l'histoire, comme la jeune servante Valetchka Istomina, qui est entrée au service de Staline en 1935 (« Qu'elle fût ou non la femme de Staline ne regarde personne », a déclaré Molotov à Tchouïev), ou la « belle jeune femme à la peau sombre » que Khrouchtchev a vue un jour à la datcha de Staline. « On m'a dit par la suite qu'elle était répétitrice auprès des enfants de Staline, a-t-il raconté, mais elle n'y est pas restée longtemps. Ensuite, elle a disparu. Elle avait été recommandée par Beria. Beria savait choisir les répétitrices... »

« Ensuite, elle a disparu... »

Une fois de plus, on retrouve le schéma familier : mieux valait éviter d'en savoir trop sur la vie privée du camarade Staline. L'un des hommes qu'il avait fait cocu, Iegorov, a été fusillé ; un autre, Pavel Alliloulëv, a été empoisonné. Genia elle-même, sa maîtresse et belle-sœur par alliance — « la rose des champs de Novgorod » —, a été arrêtée sur ordre de Staline et a passé tant de temps en isolement que, lorsqu'elle a été enfin relâchée, après la mort de Staline, elle était incapable de parler : ses cordes vocales s'étaient atrophiées...

* * *

Il avait dû s'endormir, parce qu'il ne se souvint de rien d'autre que de la sonnerie du téléphone.

La chambre était plongée dans une semi-pénombre. Il alluma la lumière et regarda sa montre. Près de huit heures.

Il rejeta les jambes hors du lit et traversa la chambre d'un pas raide jusqu'au petit bureau situé près de la fenêtre.

Il hésita, puis décrocha le combiné.

Ce n'était qu'Adelman, qui voulait savoir s'il descendait pour dîner.

« Dîner ?

— Mon cher ami, c'est le grand dîner d'adieu du symposium, à ne pas manquer. Olga va même sortir d'un gâteau.

— Ciel. Est-ce que j'ai le choix ?

— Non. Au fait, la version officielle est que tu avais une gueule de bois si monumentale que tu as dû rentrer à l'hôtel pour cuver ça.

— Oh, c'est charmant, Frank. Merci. »

Adelman se tut un instant. Puis : « Alors, qu'est-ce qui s'est passé ? Tu as trouvé ton homme ?

— Non, bien sûr que non.

— C'était un bateau ?

— Complètement. Rien à garder.

— C'est que... tu sais... tu es parti toute la journée...

— Je suis passé voir un vieil ami.

— Oh, je saisis, fit Adelman en insistant lourdement sur le mot. Ce vieux Fluke, toujours le même. Dis donc, tu regardes par la fenêtre ? »

Un paysage de nuit rutilant s'étendait aux pieds de Kelso, des enseignes au néon hissées par toute la ville comme autant d'étendards d'une armée conquérante : Philips, Marlboro, Sony, Mercedes-Benz...

Il fut un temps où Moscou se retrouvait après le coucher du soleil aussi obscure que n'importe quelle ville africaine. Plus maintenant.

Il n'y avait pas un seul nom russe en vue.

« Je ne pensais pas que je verrais ça un jour, pas toi ? crachota la voix d'Adelman dans le récepteur. C'est la victoire que nous contemplons, l'ami. Est-ce que tu te rends compte ? La victoire totale.

— Tu crois vraiment, Frank ? Pour moi, c'st juste beaucoup de lumière.

— Oh non. C'est beaucoup plus que ça, crois-moi. Ils ne reviendront pas là-dessus.

— Bientôt, tu vas me dire qu'on en est à la "fin de l'histoire".

— Peut-être bien. Mais pas des historiens, Dieu soit loué. »

Adelman se mit à rire. « D'accord, je te vois dans le hall. Disons, dans vingt minutes ? » Il raccrocha.

Le projecteur situé de l'autre côté de la Moskova, à côté de la Maison Blanche, éclairait la chambre avec ardeur. Kelso tendit la main pour ouvrir le cadre de bois de la fenêtre intérieure, puis la fenêtre extérieure, laissant entrer une bouffée bien reconnaissable de brume jaunâtre et le son blanc de la circulation lointaine. Quelques flocons de neige franchirent le rebord de la fenêtre et fondirent.

La fin de l'histoire, mon cul ! pensa-t-il. C'était la ville même de l'histoire. C'était le putain de pays de l'histoire.

Il sortit la tête dans le froid et se pencha pour voir ce qui lui apparaissait de la ville de l'autre côté de la Moskova, avant qu'elle se perde dans l'horizon nocturne.

Si un Russe sur six voyait en Staline leur plus grand dirigeant, cela signifiait qu'il avait une vingtaine de millions de partisans (le Lénine sanctifié en avait eu, évidemment, bien plus). Et même si l'on réduisait ce nombre de moitié, ne serait-ce que pour aller à l'essentiel, cela en faisait encore dix millions. Dix millions de staliniens dans la Fédération russe, après quarante ans de dénigrement ?

Mamantov avait raison. C'était un nombre renversant. Bon Dieu, si un Allemand sur six avait déclaré voir en Hitler le plus grand dirigeant qu'ils eussent jamais eu, le *New York Times* aurait alors voulu bien plus qu'un simple commentaire : cela aurait fait la une.

Il ferma la double fenêtre et entreprit de rassembler ce qui lui serait nécessaire pour la soirée : ses deux derniers paquets de cigarettes détaxés, son passeport et son visa (pour le cas où il se ferait arrêter), son briquet, son portefeuille bien renflé, la pochette d'allumettes portant le nom du Robotnik.

Inutile de prétendre que toute cette affaire le réjouissait, surtout après cette histoire à l'ambassade, et s'il n'y avait pas eu Mamantov, il aurait pu être tenté de laisser les choses en l'état, d'assurer ses arrières, à la manière d'Adelman, et de revenir chercher Rapava dans une semaine ou deux, après, peut-être, avoir soutiré une avance à un éditeur compréhensif de New York (à supposer qu'une créature aussi mythique existât encore).

Mais si Mamantov s'était mis en chasse, il ne pouvait se permettre d'attendre. C'était sa conclusion. Mamantov avait à sa disposition des ressources que Kelso ne pouvait espérer ne fût-ce qu'égaler. Mamantov était un collectionneur, un fanatique. Et c'est la pensée de ce que Mamantov pourrait faire de ce cahier s'il le trouvait le premier qui commençait à le préoccuper. Parce que plus Kelso tournait et retournait cette question dans sa tête, plus il lui paraissait évident que ce que Staline avait écrit dans ce cahier était important. Il ne pouvait s'agir d'une simple collection de notes séniles, pas si Beria le voulait assez pour le voler, puis, l'ayant volé, avait pris le risque de le cacher plutôt que de le détruire.

« Il a gueulé comme un porc... Il a crié quelque chose au sujet de Staline et d'un archange... Mais alors on lui a mis une écharpe dans la bouche et on l'a fusillé. »

Kelso embrassa une dernière fois la chambre du regard, puis éteignit la lumière.

Ce n'est qu'en arrivant au restaurant qu'il se rendit compte à quel point il avait faim. Cela faisait une journée et demie qu'il n'avait pas avalé un vrai repas. Il mangea de la soupe aux choux, puis du poisson au vinaigre, puis du mouton dans une sauce à la crème et au fromage, le tout arrosé de vin géorgien, du moukouzani, et d'eau minérale sulfureuse Narzan. Le vin était riche et lourd, et, au bout de deux verres, qui s'ajoutaient au whisky déjà ingurgité, Kelso se sentit dangereusement détendu. Il y avait plus d'une centaine de convives répartis sur quatre grandes tables, et le bruit des conversations ajouté au cliquetis des couverts et des verres devenait soporifique. Des haut-parleurs déversaient de la musique folklorique ukrainienne. Kelso se mit à diluer son vin.

Quelqu'un — un historien japonais dont il ne savait pas le nom — se pencha vers lui et lui demanda si c'était là la boisson préférée de Staline, et Kelso lui répondit que non, que Staline préférait les vins géorgiens plus liquoreux, le kindzmarauli et le hvantchkara. Staline aimait les vins liquoreux, les alcools sirupeux, les tisanes sucrées et le tabac fort...

« Et les films de *Tarzan*..., ajouta quelqu'un.

— Et les hurlements de chiens... »

Kelso se joignit à l'éclat de rire général. Que faire d'autre ? Il trinqua avec le Japonais assis en face de lui, s'inclina et se rassit pour boire son vin coupé.

« Qui paie pour tout ça ? demanda quelqu'un.

— Le sponsor qui a financé le symposium, je suppose.

— Et c'est qui ?

— Une société américaine ?

— Suisse, d'après ce que j'ai entendu... »

La conversation reprit autour de lui. Au bout d'une heure environ, quand il pensa que personne ne regardait, il plia sa serviette et repoussa sa chaise.

Adelman leva les yeux et protesta : « Pas encore ? Tu ne vas tout de même pas nous fausser encore compagnie ?

— Un besoin naturel », fit Kelso, puis, lorsqu'il passa derrière Adelman, il se baissa pour lui glisser à l'oreille : « Quel est l'ordre du jour pour demain ?

— Le car part à l'aéroport juste après le petit déjeuner, répondit Adelman. Enregistrement à Cheremetievo à onze heures et quart. » Il attrapa Kelso par le bras. « Je croyais que c'était un bateau ?

— Oui, mais je veux découvrir quel genre de bateau exactement. »

Adelman secoua la tête. « Mais là, ce n'est pas de l'histoire, Fluke... »

Kelso désigna l'ensemble de la salle d'un geste. « Et ça, c'en est ? »

Soudain, le tintement d'un couteau contre un verre retentit et Askenov se leva lourdement. Des mains frappèrent les tables en signe d'approbation.

« Chers confrères », commença Askenov.

« Je ferais mieux de saisir ma chance, Frank. A plus tard. »

Il se dégagea doucement de l'étreinte d'Adelman et se dirigea vers la sortie.

Le vestiaire se trouvait près des toilettes, juste à côté de la salle à manger. Il tendit son jeton, déposa un pourboire et prit son manteau. Il finissait juste de l'enfiler quand il remarqua un homme au bout du couloir conduisant au hall de l'hôtel. L'homme ne regardait pas dans sa direction. Il faisait les cent pas en travers du couloir et parlait dans un téléphone portable. Si Kelso l'avait vu de face, sans doute ne l'aurait-il pas reconnu et tout aurait tourné différemment. Mais, de profil, la cicatrice qui lui barrait le côté du visage était bien reconnaissable. Il s'agissait d'un des hommes qui attendaient dans la voiture, devant l'immeuble de Mamantov.

Kelso entendit des rires et des applaudissements à travers la porte refermée derrière lui. Il recula jusqu'à ce qu'il sente la poignée sous ses doigts, sans quitter un instant l'homme des yeux, puis il se retourna et pénétra vivement dans la salle de restaurant.

Askenov était toujours debout, en plein discours. Il s'interrompit en voyant Kelso. « Le docteur Kelso, remarqua-t-il, semble avoir une profonde aversion pour le son de ma voix.

— Il a une aversion pour la voix de tout le monde, sauf la sienne », intervint Saunders.

Il y eut quelques rires. Kelso continua son chemin.

Passé les portes battantes, la cuisine était un véritable pandémonium. Il se sentit submergé par la chaleur, la vapeur, le bruit, la puanteur chaude et entêtante du chou et du poisson bouillis. Les garçons se mettaient en rang avec des plateaux chargés de tasses et de cafetières, sous les cris d'un homme à la figure rouge et au smoking taché.

Personne ne prêta la moindre attention à Kelso. Il traversa rapidement l'immense salle jusqu'au bout, où une femme en tablier vert déchargeait les plateaux de vaisselle sale d'un chariot.

« La sortie ? demanda-t-il.

— *Tam* », répondit-elle avec un mouvement du menton. *Tam*, « là-bas ».

La porte avait été entrouverte pour laisser passer un peu d'air frais. Il descendit l'escalier de béton obscur et se retrouva dehors, dans la neige sale, traversant une cour remplie de poubelles trop pleines et de sacs en plastique éventrés. Il lui fallut d'abord une bonne minute pour trouver la sortie, qui donnait en fait sur la grande cour fermée à l'arrière de l'hôtel. Des murs sombres percés de fenêtres éclairées s'élevaient autour de lui sur trois côtés. Les nuages bas qui s'accumulaient au-dessus de sa tête semblaient un bouillonnement jaune grisâtre emprisonné dans le faisceau d'un projecteur.

Kelso émergea dans une petite rue débouchant sur la Koutouzovskii Prospekt, et il marcha dans la neige fondue, au bord de la chaussée encombrée, pour trouver un taxi. Une Volga boueuse et anonyme franchit deux files de voitures et le chauffeur essaya de le persuader de monter. Mais Kelso le repoussa d'un geste et continua de marcher jusqu'à ce qu'il arrive à la station de taxis, en face de l'hôtel. Il ne voulait pas avoir à marchander. Il monta à l'arrière du premier taxi jaune de la file et demanda au chauffeur de rouler, vite.

CHAPITRE 8

Il y avait un grand match de football au stade Dinamo, un match international, Russie contre Un tel ou Une telle, deux partout, prolongations. Le chauffeur de taxi écoutait le commentateur de la radio et, à mesure qu'ils se rapprochaient du stade, les clameurs qui sortaient du petit haut-parleur de plastique se fondaient dans le rugissement des quatre-vingt mille Moscovites, à moins de deux cents mètres de là. Les rafales de neige gonflaient et se soulevaient comme des voiles dans les projecteurs au-dessus des gradins.

Ils durent remonter la Leningradskii Prospekt, faire demi-tour et revenir de l'autre côté pour atteindre le stade des Jeunes-Pionniers. Le taxi, une vieille Jigouli qui empestait la sueur, tourna à droite et franchit un grand portail de fer, descendit en bringuebalant une allée défoncée et pénétra sur le terrain. Quelques voitures se trouvaient enlisées dans la neige, en face de la tribune d'honneur, et il y avait la queue, constituée en majorité de filles, devant une porte de fer percée d'un judas optique. Une pancarte au-dessus de l'entrée affichait « Robotnik ».

Kelso régla cent roubles — une fortune, le prix pour n'avoir pas marchandé avant le début de la course — au chauffeur puis regarda avec un certain désarroi les feux arrière rouges sautiller sur la surface accidentée, puis tourner et disparaître. Un bruit immense, pareil au fracas des vagues, provenait du ciel phosphorescent au-dessus des arbres et roulait sur la zone blanche de l'aire de jeu. « 3-2 », fit un homme avec un accent australien. « C'est fini. » Il retira un petit écouteur noir de son oreille et le fourra dans sa poche.

Kelso demanda à la personne la plus proche, une fille, à quelle heure ça ouvrait, et elle se retourna pour lui répondre. Elle était étonnamment belle : d'immenses yeux sombres et des pommettes saillantes. Elle devait avoir dans les vingt ans. La neige parsemait ses cheveux noirs.

« Dix heures, dit-elle en glissant son bras sous le sien, pressant sa poitrine contre son coude. Je pourrais avoir une cigarette ? »

Il lui en donna une avant d'en prendre une lui-même, et leurs têtes se frôlèrent lorsqu'ils se penchèrent pour partager la flamme de son briquet. Il inhala son parfum avec la fumée. Ils se redressèrent. « Dans une minute », dit-il en souriant avant de s'écarter. Elle lui rendit son sourire et lui fit un signe avec sa cigarette. Il marcha au bord du terrain en fumant et en examinant les filles. Etaient-elles toutes des putes ? Elles n'en avaient pas l'air. Mais qu'étaient-elles alors ? La majorité des hommes étaient étrangers. Les Russes semblaient riches. Les voitures étaient pour la plupart de grosses automobiles allemandes, à l'exception d'une Bentley et d'une Rolls. Il apercevait des hommes à l'arrière. Dans la Bentley, une tache rouge grosse comme un charbon ardent brillait puis faiblissait : quelqu'un fumait un cigare énorme.

A dix heures cinq, la porte s'ouvrit — une lumière jaune, la silhouette des filles, la vapeur lumineuse de leur souffle parfumé — et Kelso trouva cette vision réjouissante.

L'argent maintenant descendait des voitures. On s'en apercevait au poids des manteaux et des bijoux, à la démarche de leurs propriétaires qui se dirigeaient directement vers la tête de la file et à la quantité de gardes qu'ils laissaient à l'entrée. Visiblement, les seules armes admises à l'intérieur de la boîte étaient celles de la direction, et Kelso jugea cela plutôt rassurant. Il franchit un détecteur de métal, puis ses poches furent fouillées par un gorille armé d'une baguette, en quête d'explosifs. L'entrée était de trois cents roubles — cinquante dollars, salaire hebdomadaire moyen, payable dans les deux monnaies — et il obtint pour cela un tampon à l'ultraviolet au poignet et un bon pour une boisson gratuite.

Un escalier en colimaçon plongeait dans les ténèbres, la fumée et les rayons laser, avec un mur de musique techno si puissante qu'elle soulevait l'estomac. Des filles dansaient distraitement entre elles, les hommes, debout, buvaient et regardaient. L'idée même de Papou Rapava affichant ici son visage renfrogné semblait une plaisanterie, et Kelso serait bien reparti s'il n'avait eu besoin d'un verre, et cinquante dollars étaient cinquante dollars. Il donna son ticket au barman et prit une bière. Puis, après réflexion, il fit signe au garçon d'approcher.

« Rapava », dit-il. Le barman fronça les sourcils et porta la main à son oreille. Kelso se rapprocha. « Rapava », cria-t-il.

Le barman hocha lentement la tête et répondit en anglais : « Je connais.

— Vous connaissez ? »

Il acquiesça de nouveau. C'était un jeune homme avec une barbe blonde ébouriffée et une boucle d'oreille en or. Il commença à se détourner pour servir un autre client, aussi Kelso dut-il ressortir son portefeuille pour en tirer un billet de cent roubles qu'il posa sur le comptoir. Cela attira son attention. « Je veux trouver Rapava », cria Kelso.

L'argent fut soigneusement plié et glissé dans la poche de poitrine du barman. « Plus tard, indiqua le jeune homme. D'accord ? Je vous dirai.

— Quand ? »

Mais le garçon lui répondit par un sourire forcé et s'éloigna.

« On file des pots-de-vin aux barmans ? fit une voix américaine tout près de Kelso. C'est futé. Je n'y ai jamais pensé. On est servi en premier ? Ça impressionne les filles ? Bonjour, docteur Kelso. Vous vous souvenez de moi ? »

Le visage, plutôt séduisant, était, dans la pénombre, tacheté de couleurs, et Kelso mit un instant à le reconnaître. « M. O'Brian. Journaliste à la télévision. » Formidable. Il ne manquait plus que ça.

Ils se serrèrent la main. La paume du jeune homme était moite et charnue. Il portait sa tenue de loisirs, blue-jean repassé, tee-shirt blanc, veste de cuir, et Kelso remarqua les épaules larges, les pectoraux, les cheveux épais luisants de gel aromatisé.

O'Brian désigna la piste de danse avec sa bouteille. « La nouvelle Russie, cria-t-il. On y achète tout ce qu'on veut, et il y a toujours quelqu'un pour vendre. Où êtes-vous descendu ?

— A l'Oukraïna. »

O'Brian fit la grimace. « Je vous conseille de garder vos pots-de-vin pour plus tard. Vous en aurez besoin. Ils sont du genre strict à la porte de ce bon vieil Oukraïna. Et les lits, Seigneur... » O'Brian secoua la tête et vida sa bouteille. Kelso sourit et but lui aussi.

« D'autres conseils ? hurla-t-il

— Des tas, si vous me le demandez. » O'Brian lui fit signe d'approcher. « Les bonnes demandent six cents. Offrez-en deux. Acceptez trois. Et c'est pour toute la nuit, souvenez-vous-en, alors gardez un peu de fric en réserve. Histoire de les motiver. Et puis faites attention aux vraies poules, parce que celles-là ont peut-être un intermédiaire. Si le troisième larron est russe, tirez-vous. C'est plus sûr et il y en a plein d'autres : il ne s'agit pas de se trouver quelqu'un pour la vie. Oh, et pas de parties fines. C'est une règle. Il n'y a que des filles respectables ici.

— Je n'en doute pas. »

O'Brian le dévisagea. « Vous ne pigez pas, n'est-ce pas, professeur ? Ce n'est pas un bordel ici. Anna, que voici... » — il passa son bras autour de la taille d'une blonde qui se tenait près de lui et se servait de sa bouteille vide comme d'un micro — « Anna, dis au professeur comment tu gagnes ta vie. »

Anna, sans lâcher la bouteille, prit la parole d'un ton solennel. « Je loue des propriétés à des hommes d'affaires scandinaves. »

O'Brian lui caressa la joue et lui lécha l'oreille avant de la lâcher. « Galina, là-bas, la toute maigre en robe bleue, elle travaille à la bourse de Moscou. Qui encore ? Bordel, elles se ressemblent toutes quand on est ici depuis un certain temps. Natalia, celle avec qui vous avez parlé dehors — ah oui, je vous regardais, docteur, espèce de vieux renard —, Anna, mon chou, dans quoi travaille Natalia ?

— Comstar, R. J., répondit Anna. Natalia travaille à Comstar, tu te souviens ?

— Oui, oui, bien sûr. Et comment s'appelle la jolie petite de l'université de Moscou ? tu sais bien, la psychologue...

— Alissa.

— Alissa, c'est ça. Alissa... elle est là ce soir ?

— Elle s'est fait descendre, R. J.

— Merde ! C'est pas vrai ! C'est vrai ?

— Pourquoi m'observiez-vous, dehors ? demanda Kelso.

— C'est du commerce, j'imagine. Quand on veut faire du

fric, faut savoir prendre des risques. Trois cents dollars la nuit. Mettons trois nuits par semaine. Ça fait neuf cents dollars. On en file encore trois cents pour la protection. Ça en laisse encore six cents. Vingt mille dollars par an... ce n'est pas dur. Ça fait quoi... sept fois le salaire moyen annuel ? Pas imposable ? Ça se paie d'une façon ou d'une autre. Il faut prendre des risques. C'est comme de travailler sur une plate-forme pétrolière. Laissez-moi vous offrir une bière, professeur. Pourquoi ne pas vous observer ? Je suis journaliste, nom de Dieu. Tous ceux qui viennent ici surveillent les autres. C'est de la clientèle à un demi-milliard de dollars ici, ce soir. Et je ne parle que des Russes.

— La Mafia ?

— Non, juste les affaires. Comme partout ailleurs. »

La piste de danse était bondée à présent, le bruit plus fort encore, la fumée plus dense. Un nouveau jeu de lumières avait été lancé, des lumières qui rendaient éblouissant et lumineux tout ce qui était blanc. Les yeux, les dents, les ongles et les billets de banque jaillissaient dans l'obscurité comme des lames de couteau. Kelso se sentait désorienté et vaguement ivre. Mais pas autant, songea-t-il, que O'Brian feignait de l'être. Il y avait quelque chose chez ce journaliste qui lui faisait froid dans le dos. Quel âge avait-il ? La trentaine ? Un jeune homme pressé, pour autant qu'il en ait déjà vu.

Il se tourna vers Anna. « A quelle heure ça finit ? »

Elle leva cinq doigts. « Vous voulez danser, monsieur le professeur ?

— Plus tard, fit Kelso. Peut-être.

— C'est la république de Weimar », fit O'Brian en revenant avec deux bouteilles de bière et une canette de Coca Light pour Anna. « C'est bien ce que vous avez écrit, non ? Regardez-moi ça. Bon sang. Il ne manquerait plus que Marlène Dietrich en smoking pour se croire à Berlin. A propos, j'ai bien aimé votre livre, professeur. Je vous l'ai déjà dit ?

— Mais oui. Merci. A la vôtre.

— A la vôtre. » O'Brian leva sa bouteille et prit une gorgée, puis il se pencha et cria à l'oreille de Kelso : « La république de Weimar, c'est comme ça que je le vois, et que vous le voyez aussi. Les similitudes sont au nombre de six, d'accord ? Un : c'est un grand pays, un pays fier qui a perdu son empire et qui a en fait perdu une guerre mais sans arriver à comprendre comment ; il s'imagine qu'on a dû le poignarder dans le dos, ce qui fait qu'il y a pas mal de ressentiment, d'accord ? Deux : c'est la démocratie dans un pays qui n'a pas la tradition de la démocratie ; franchement, la Russie ne sait toujours pas faire la différence entre la démocratie et un putain de trou dans la terre, et puis les gens n'en ont rien à cirer ; ils en ont ras le bol de toutes ces discussions et ils veulent une ligne forte, n'importe quelle ligne. Trois : problèmes à la frontière ; nombre de vos propres ressortissants ethniques se retrouvent soudain coincés dans d'autres pays, et disent qu'on n'arrête pas de les provoquer. Quatre : l'antisémitisme ; on peut acheter des marches SS à tous les coins de rue. Il n'en manque plus que deux.

— D'accord. » C'était déconcertant d'entendre ses propres théories si grossièrement répétées ; comme avec ses étudiants d'Oxford...

« L'effondrement économique, mais il nous pend au nez, vous ne croyez pas ?

— Et ?

— Ce n'est pas évident ? Hitler. Ils n'ont pas encore trouvé leur Hitler. Mais dès que ce sera le cas, je pense que le monde aura intérêt à faire attention. »

O'Brian passa l'index gauche sous son nez et leva le bras droit en un salut nazi. De l'autre côté du bar, un groupe d'hommes d'affaires russes applaudit en poussant des cris d'enthousiasme.

Ensuite, la soirée s'accéléra. Kelso dansa avec Anna, O'Brian dansa avec Natalia et ils burent davantage, O'Brian restant à la bière, mais Kelso s'aventurant à essayer les cocktails : B-52, Kamikaze. Puis ils échangèrent leurs partenaires et dansèrent encore. Minuit arriva. Natalia était vêtue d'une robe rouge moulante et lisse, comme du plastique, cependant, malgré la chaleur, son corps semblait frais et ferme en dessous : elle avait pris quelque chose. Elle avait les yeux grands ouverts et perdus dans le vague. Elle lui demanda s'il voulait aller quelque part. Il lui plaisait, chuchota-t-elle, et, pour lui, elle ne demanderait pas plus de cinq cents. Mais il se contenta de lui en donner cinquante, pour la danse, et retourna au bar.

La déprime le guettait. Il ne savait pas trop pourquoi. Ou plutôt si. C'est parce qu'il la respirait partout, voilà pourquoi : la déprime sentait aussi fort que le parfum ou la sueur. De la déprime à acheter. De la déprime à vendre. La déprime qu'il y avait à feindre de s'amuser. Un jeune homme en costume, tellement saoul qu'il tenait à peine debout, se laissait entraîner par la cravate par une fille aux longs cheveux blonds et au visage dur.

Kelso décida qu'il fumerait une cigarette au bar puis qu'il s'en irait... Non, en réfléchissant, il ne prendrait pas de cigarette. Il la remit dans le paquet et s'apprêta à partir.

« Rapava, cria le barman.

— Quoi ? Kelso porta la main en cornet à son oreille.

— C'est elle. Elle est là-bas.

— Quoi ? »

Kelso regarda dans la direction désignée par le barman et la repéra aussitôt. Elle. Il laissa son regard glisser sur elle, puis revenir. Elle était plus âgée que les autres : des cheveux noirs coupés court, une ombre à paupières violacée, du rouge à lèvres noir, un visage d'une blancheur mortelle, à la fois large et fin, avec des pommettes aussi saillantes que celles d'un crâne. Un air asiatique, mingrélien.

Papou Rapava : libéré des camps en 1969. Marié, mettons, en 1970-1971. Un fils tout juste assez vieux pour aller se battre en Afghanistan. Et une fille ?

« Ma fille est une pute... »

« Bonne nuit, professeur... » O'Brian passa près de lui en lui adressant un clin d'œil par-dessus son épaule. Natalia à un bras, Anna à l'autre. Le reste de ses paroles se perdit dans le vacarme ambiant. Natalia se retourna, gloussa et envoya à Kelso un baiser. Kelso sourit vaguement, salua d'un geste, posa son verre et s'avança le long du bar.

Une robe du soir noire, tissu luisant, à hauteur du genou, sans manches, la gorge et les bras blancs et nus (pas même une montre), bas noirs, chaussures noires. Et quelque chose de pas tout à fait normal qui émanait d'elle, comme une gêne dans l'atmosphère autour d'elle, et qui faisait que malgré la densité de la clientèle du bar elle se trouvait seule dans son coin. Personne ne lui parlait. Elle buvait une bouteille d'eau minérale et contemplait le vide. Ses yeux sombres n'exprimaient rien, et, lorsque Kelso la salua, elle se tourna vers lui sans manifester le moindre intérêt. Il lui demanda si elle voulait un verre.

Non.

Danser alors ?

Elle le jaugea du regard, réfléchit une seconde puis haussa les épaules.

D'accord.

Elle vida la bouteille, la posa sur le comptoir, passa devant Kelso pour gagner la piste puis se retourna et attendit. Il la suivit.

Elle ne fit pas beaucoup d'efforts pour feindre de s'amuser, et il trouva cela séduisant. La danse n'était qu'un prélude poli avant les affaires sérieuses, comme les dix secondes qu'un courtier et son client passent à se demander comment ça va. Elle bougea nonchalamment, à l'orée de la foule, puis elle se pencha et dit : « Quatre cents ? »

Nulle trace de parfum, juste une vague odeur de savon.

Kelso rétorqua : « Deux cents.

— D'accord. »

Elle sortit aussitôt de la piste, sans regarder en arrière, et il fut tellement surpris par le fait qu'elle ne discute pas qu'il resta un instant à la traîne. Puis il la suivit dans l'escalier en colimaçon. Elle avait les hanches rondes sous la robe noire moulante, la taille épaisse, et il vint à l'esprit de Kelso qu'elle ne pourrait plus tenir son rôle très longtemps, que c'était une erreur de se prêter à une comparaison immédiate avec des filles de huit, dix ou même douze ans de moins qu'elle.

Ils prirent leurs manteaux en silence. Celui de la fille était de mauvaise qualité, trop mince et trop court pour la saison.

Ils sortirent dans le froid. Elle le prit par le bras. C'est alors qu'il l'embrassa. Il était légèrement ivre, et la situation lui paraissait tellement surréaliste qu'il pensa un moment pouvoir allier travail et plaisir. Et puis il était curieux, autant l'admettre. Elle réagit immédiatement, et avec plus de passion qu'il ne s'y attendait. Elle écarta les lèvres et il toucha ses dents du bout de la langue. Elle avait curieusement un goût sucré, et il pensa qu'elle portait peut-être un rouge à lèvres parfumé à la réglisse : est-ce que cela existait ?

Elle se dégagea.

« Comment tu t'appelles ? demanda-t-il.

— Qu'est-ce qui te plairait ? »

Il ne put s'empêcher de sourire. C'était bien sa veine : tomber sur la première pute post-moderne de Moscou. Elle se rembrunit en le voyant sourire.

« Comment s'appelle ta femme ?

— Je n'ai pas de femme.

— Ta petite amie ?

— Pas de petite amie non plus. »

Elle frissonna et enfonça profondément les mains dans ses poches. Il ne neigeait plus et le silence régnait, maintenant que la porte métallique s'était refermée derrière eux.

« Tu es à quel hôtel ?

— L'Oukraïna. »

Elle leva les yeux au ciel.

« Ecoute, commença-t-il, mais il ne savait toujours pas comment l'appeler pour faciliter la conversation. Ecoute, je ne veux pas coucher avec toi. Ou plutôt, se corrigea-t-il aussitôt, j'en ai envie, mais j'ai autre chose en tête. »

Etait-ce bien clair ?

« Ah », fit-elle avec une expression entendue, ce qui lui donna pour la première fois l'air d'une prostituée. « Tu peux penser à ce que tu veux, ce sera toujours deux cents.

— Tu as une voiture ?

— Oui. Elle se tut un instant. Pourquoi ?

— La vérité, fit-il en cillant sous le mensonge, c'est que je suis un ami de ton père. Je voudrais que tu m'emmènes le voir... »

Elle accusa le choc et recula en riant, paniquée. « Tu ne connais pas mon père, non.

— Rapava. Il s'appelle Papou Rapava. »

Elle le fixa du regard, la bouche molle, puis elle le gifla — fort, le bord de la main tombant sur l'extrémité de la pommette — et s'éloigna d'un pas rapide, trébuchant un peu : il ne devait pas être facile de marcher dans la neige gelée avec des talons hauts. Il la laissa partir. Il s'essuya la bouche avec ses doigts et les trouva noircis. Puis il constata que ce n'était pas du sang, mais du rouge à lèvres. Oh, mais elle avait cogné dur, quand même : ça faisait mal. La porte s'était rouverte derrière lui. Il sentait qu'on le regardait et percevait des murmures de désapprobation. Il devinait sans peine ce qu'ils pensaient : un riche Occidental qui entraîne une honnête Russe dehors puis essaie de renégocier, ou bien suggère quelque chose de tellement répugnant qu'elle n'a d'autre choix que de s'enfuir. *La salope !* Il la suivit.

Elle était partie sur la neige vierge et s'était arrêtée quelque part vers le milieu du terrain, les yeux perdus dans le ciel sombre. Il avança le long du chemin tracé par ses petits pas, arriva derrière elle et attendit à distance respectueuse.

Après un instant, il annonça : « Je ne sais pas qui vous êtes, et je ne veux pas le savoir. Je ne dirai pas à votre père comment je l'ai retrouvé. Je ne le dirai à personne. Je vous le promets. Je voudrais seulement que vous me conduisiez chez lui. Emmenez-moi chez lui et je vous donnerai deux cents dollars. »

Elle ne se retourna pas. Il ne pouvait voir son visage.

« Quatre cents », lâcha-t-elle.

CHAPITRE 9

Felix Souvorine, en pardessus Crombie bleu sombre de chez Saks, sur la Cinquième Avenue, était arrivé à la Loubianka sous la neige, peu après vingt heures ce soir-là, remontant la côte détrempée à l'arrière d'une Volga officielle.

Un appel de Iouri Arseniev à son vieux pote Nikolaï Oborine (copain de chasse, partenaire de vodka et aujourd'hui chef de la Dixième Section, à moins qu'il ne s'agît du Bureau du Fonds des Archives nationales spéciales ou de n'importe quel autre nom dont les Ecureuils auraient choisi de s'affubler cette semaine-là) lui avait ouvert les portes.

« Ecoute, Niki, j'ai un jeune homme dans mon bureau, là, avec moi. Il s'appelle Souvorine et on est tombés sur une embrouille... C'est bien lui... Niki, écoute-moi, je ne peux pas t'en dire plus que ça : il y a un diplomate étranger — occidental, haut placé — qui a monté une combine, de la contrebande... Non, pas des icônes cette fois-ci, attends un peu, des documents, et on pensait monter un piège... C'est ça, c'est ça, tu me retires les mots de la bouche, camarade : quelque chose de gros, quelque chose d'irrésistible... Oui, c'est une idée, mais qu'est-ce que tu penserais de ça : tu sais, le cahier dont parlaient toujours les vieux du NKVD, comment ça s'appelait, déjà ?... Ah oui, le "testament de Staline"... Eh bien, c'est justement pour ça que je t'appelle. On a un problème. Il doit rencontrer la cible demain... Ce soir ? Oui, il peut le faire ce soir, Niki, j'en suis certain — je le regarde et il me fait signe que oui — il peut le faire ce soir... »

Souvorine n'avait même pas eu à répéter son histoire, sans

parler d'y ajouter des détails. Une fois dans le hall de marbre de la Loubianka et ses papiers vérifiés, il avait suivi les instructions et demandé à voir un certain Blok, qui était au courant. Il attendit dans le vestibule désert, sous l'œil impassible des gardes silencieux et du grand buste blanc d'Andropov, puis un bruit de pas se fit entendre. Blok, personnage sans âge, voûté et poussiéreux, portant un trousseau de clés à la ceinture, le conduisit dans les profondeurs de la bâtisse, puis dans une cour sombre et humide qui donnait sur ce qui ressemblait à une petite forteresse. Au premier étage, en haut de l'escalier, une pièce exiguë : une chaise, un bureau, un plancher grossier au sol et des barreaux aux fenêtres...

« Vous voulez quoi exactement ?

— Tout.

— C'est vous qui voyez », fit Blok, et il partit.

Souvorine avait toujours préféré regarder vers l'avenir plutôt que de contempler le passé : raison de plus pour se sentir proche des Américains. Et puis quel autre choix avait le Russe d'aujourd'hui ? La paralysie. La fin de l'histoire lui apparaissait comme une excellente idée. En ce qui concernait Felix Souvorine, l'histoire ne finirait jamais assez tôt.

Cependant, même lui ne pouvait échapper aux fantômes de cet endroit. Au bout d'une minute, il se levait déjà pour examiner les lieux. En tendant la tête vers la haute fenêtre, il s'aperçut qu'il pouvait voir jusqu'à l'étroite bande de ciel nocturne, puis, tout en bas, jusqu'aux soupiraux qui indiquaient, au niveau du sol, les cellules de la vieille Loubianka. Il pensa à Isaac Babel, enfermé là-dedans, quelque part, torturé jusqu'à ce qu'il trahisse ses amis puis se rétractant comme un fou, à Boukharine et à sa dernière lettre à Staline (« *Je ne ressens, vis-à-vis de toi, vis-à-vis du Parti, vis-à-vis de la cause dans son ensemble, qu'un grand amour illimité : je vous embrasse en pensée, adieu à tout jamais...* »), à Zinoviev, incrédule, que son garde dut traîner pour qu'il soit fusillé (« *Je t'en prie, camarade, je t'en prie, pour l'amour de Dieu, appelle Iossif Vissarionovitch...* »).

Il sortit son téléphone portable, composa le numéro familier et parla à sa femme.

« Coucou, tu ne devineras jamais où je suis... Qui peut le dire ? » Il se sentit aussitôt mieux en entendant sa voix. « Je suis désolé pour ce soir. Bon, embrasse les petits pour moi, tu veux... ? Et un bisou pour toi aussi, Serafima Souvorina... »

La police secrète était à l'épreuve du temps et de l'histoire. Elle s'était maintes fois transformée, et c'était là son secret. La Tcheka était devenue le GPU, puis l'OGPU, puis le NKVD, puis le NKGB, puis le MGB, puis le MVD et enfin le KGB : dernier stade de l'évolution. Mais alors, voilà que le puissant KGB lui-même s'était vu contraint, en raison du coup d'Etat manqué, de se scinder en deux toutes nouvelles séries d'initiales : le SVR — les espions —, installé à Iassenevo, et le FSB — la sécurité intérieure —, qui restait ici, dans la Loubianka, parmi les ossements.

Et l'on considérait, dans les plus hautes sphères du Kremlin, que le FSB, au moins, n'était en fait rien de plus que le dernier avatar d'une longue tradition de lettres redistribuées, que, pour reprendre les paroles immortelles de Boris Nikolaïevitch lui-même adressées à Arseniev au cours d'un bain de vapeur dans la datcha présidentielle, « ces fumiers de la Loubianka sont toujours les mêmes vieux fumiers qu'ils ont toujours été ». Ce qui expliquait pourquoi, lorsque le président avait décrété qu'il convenait d'enquêter sur Vladimir Mamantov, cette tâche n'avait pas été confiée au FSB mais au SVR — et tant pis s'ils n'avaient pas vraiment les moyens de s'en acquitter.

Souvorine avait quatre hommes pour couvrir la ville. Il appela Vissari Netto pour prendre connaissance des dernières données. La situation n'avait pas changé : la cible principale — n° 1 — n'était toujours pas retournée à son appartement. L'épouse de la cible — n° 2 — se trouvait toujours sous sédatifs. L'historien — n° 3 — était toujours à son hôtel, en train de dîner maintenant.

« Il y en a qui ont de la chance », marmonna Souvorine. Il y eut un bruit dans le couloir. « Tiens-moi au courant », ajouta-t-il d'une voix ferme avant de couper la communication. Il pensa que c'était certainement ce qu'il fallait dire.

Il s'était attendu à un dossier, peut-être deux. Mais quand Blok ouvrit la porte à la volée en poussant un chariot d'acier, celui-ci était couvert de dossiers, peut-être vingt ou trente, dont certains étaient si vieux que, lorsqu'il perdit le contrôle de son engin qui alla buter contre le mur, un nuage de poussière s'en échappa pour manifester leur réprobation.

« C'est vous qui voyez, répéta Blok.
— Il y a tout ?
— Ça va jusqu'en 1961. Vous voulez le reste ?
— Bien sûr. »

Il ne pouvait les lire tous. Il lui aurait fallu un mois. Il se contenta donc de défaire le ruban de chaque paquet, de feuilleter les pages déchirées et cassantes pour voir si elles contenaient quoi que ce soit d'intéressant, puis de remettre le ruban en place. C'était un travail sale. Ses mains ne tardèrent pas à noircir. Les poussières envahissaient la membrane de son nez et lui donnaient mal à la tête.

Strictement confidentiel
28 juin 1953
Au camarade Malenkov, du Comité central
Je joins le compte rendu du contre-interrogatoire du prisonnier A. N. Poskrebichev, ancien assistant de I. V. Staline, concernant ses activités d'espion antisoviétique.
L'enquête se poursuit.
Vice-ministre de la Sécurité de l'Etat soviétique,
A. A. Iepichev.

C'est ce qui avait été le commencement de tout : deux pages, au milieu de l'interrogatoire de Poskrebichev, soulignées à l'encre rouge par une main nerveuse, près d'un demi-siècle plus tôt :

Question : Décrivez le comportement du Secrétaire général pendant les années 1949-1953.

Poskrebichev : Le Secrétaire général est devenu de plus en plus renfermé et secret. Il n'a plus quitté la région de Moscou après 1951. Sa santé s'est sérieusement détériorée, je dirais, à partir de son soixante-dixième anniversaire. J'ai été témoin en plusieurs occasions de désordres cérébraux conduisant à des syncopes dont il se remettait très vite. Je lui ai dit : « Laissez-moi appeler les médecins, camarade Staline. Vous avez besoin d'un médecin. » Mais le Secrétaire général a refusé. Il disait que la Quatrième Administration principale du ministère de la Santé était sous le contrôle de Beria, et que, s'il faisait absolument confiance à Beria pour fusiller un homme, il ne se fiait pas à lui pour en soigner un. Je me contentais donc de préparer des tisanes pour le Secrétaire général.

Question : Décrivez les effets de ces problèmes de santé sur la manière dont le Secrétaire général conduisait les affaires.

Poskrebichev : Avant les syncopes, le Secrétaire général pouvait traiter environ deux cents documents par jour. Après, sa quantité de travail a considérablement baissé, et il a cessé de voir bon nombre de ses collègues. Il écrivait beaucoup pour lui-même, mais je n'avais pas le droit de regarder de quoi il s'agissait.

Question : Décrivez la forme que prenaient ces travaux d'écriture.

Poskrebichev : Ils prenaient des formes diverses. La dernière année, par exemple, il avait pris un cahier.

Question : Décrivez ce cahier.

Poskrebichev : C'était un cahier ordinaire, de ceux qu'on peut acheter dans n'importe quelle papeterie, avec une couverture de toile cirée noire.

Question : Qui d'autre connaissait l'existence de ce cahier ?

Poskrebichev : Le chef de ses gardes du corps, le général Vlassik, était au courant. Beria aussi, et il m'a demandé plusieurs fois d'en obtenir une copie. Ce n'était pas possible, même pour moi, car le Secrétaire général le rangeait à son bureau, dans un coffre-fort dont il était le seul à posséder la clé.

Question : Quel était selon vous le contenu de ce cahier ?

Poskrebichev : Je ne peux rien dire. Je n'en sais rien.

* * *

Strictement confidentiel

30 juin 1953

Au Vice-ministre de la Sécurité de l'Etat soviétique, A. A. Iepichev

Vous avez pour instructions de localiser de toute urgence les écrits personnels de I. V. Staline auxquels A. N. Poskrebichev fait allusion, et de prendre pour ce faire toutes les mesures nécessaires.

Le Comité central,

Malenkov.

* * *

Contre-interrogatoire du prisonnier, le lieutenant général N. S. Vlassik

1er juillet 1953 [extrait]

Question : Décrivez le cahier noir appartenant à I. V. Staline.

Vlassik : Je ne me souviens pas de ce cahier.

Question : Décrivez le cahier noir appartenant à I. V. Staline.

Vlassik : Je m'en souviens, maintenant. J'ai eu connaissance de son existence en décembre 1952. Un jour, j'ai vu ce cahier sur le bureau du camarade Staline. J'ai demandé à Poskrebichev ce qu'il contenait, mais Poskrebichev n'a pas pu me le dire. Le camarade Staline a vu que je le regardais et m'a demandé ce que je faisais. J'ai répondu que je ne faisais rien, que mes yeux s'étaient simplement posés sur ce cahier, mais que je n'y avais pas touché. Alors, le camarade Staline m'a dit : « Toi aussi, Vlassik, après plus de trente ans ? » J'ai été arrêté le lendemain matin, et conduit à la Loubianka.

Question : Décrivez les circonstances de votre arrestation.

Vlassik : J'ai été arrêté par Beria, et j'ai subi de sa main des sévices sans nombre. Beria m'a interrogé à maintes reprises au sujet de ce cahier du camarade Staline. J'étais incapable de lui fournir des détails. Je ne sais rien de plus sur ce sujet.

* * *

Déposition du lieutenant A. P. Titov, garde du Kremlin

6 juillet 1953 [extrait]

Le 1er mars 1953, j'étais de garde dans le secteur des dirigeants au Kremlin de 22 h à 6 h le lendemain matin. Vers 4 h 40, j'ai croisé dans le Couloir des Héros le camarade L. P. Beria et un autre camarade dont je ne connais pas l'identité. Le camarade Beria portait un sac, ou une sorte de petite mallette.

* * *

Interrogatoire du lieutenant P. G. Rapava, NKVD

7 juillet 1953 [extrait]

Question : Décris ce qui est arrivé après ton départ de la datcha de Staline avec le traître Beria.

Rapava : J'ai reconduit le camarade Beria chez lui.

Question : Décris ce qui est arrivé après ton départ de la datcha de Staline avec le traître Beria.

Rapava : Je me souviens maintenant. J'ai conduit le camarade Beria au Kremlin pour qu'il puisse prendre des papiers dans son bureau.

Question : Décris ce qui est arrivé après ton départ de la datcha de Staline avec le traître Beria.

Rapava : Je n'ai rien à ajouter à ma précédente déclaration.

Question : Décris ce qui est arrivé après ton départ de la datcha de Staline avec le traître Beria.

Rapava : Je n'ai rien à ajouter à ma précédente déclaration.

* * *

Interrogatoire de L. P. Beria

8 juillet 1953 [extrait]

Question : Quand as-tu eu connaissance du cahier personnel appartenant à I. V. Staline ?

Beria : Je refuse de répondre à toute question avant d'avoir pu m'exprimer devant le Comité central au complet.

Question : Vlassik et Poskrebichev ont tous les deux confirmé ton intérêt pour ce cahier.

Beria : Le Comité central est le seul tribunal habilité à traiter de ces questions.

Question : Tu ne nies pas ton intérêt pour ce cahier.

Beria : Le Comité central est le seul tribunal possible.

* * *

Strictement confidentiel

30 novembre 1953

Au Vice-ministre de la Sécurité d'Etat, A. A. Iepichev

Vous avez pour instructions de conclure rapidement l'enquête sur le traître et criminel contre le Parti Beria, et de porter cette affaire devant le tribunal.

Le Comité central,

Malenkov,

Khrouchtchev.

* * *

Interrogatoire de L. P. Beria
2 décembre 1953 [extrait]
Question : Nous savons que tu t'es emparé du cahier de I. V. Staline, et cependant tu continues de le nier. Quel intérêt ce cahier présente-t-il pour toi ?
Beria : Terminé.
Question : Quel intérêt ce cahier présente-t-il pour toi ?
Beria : [L'accusé indique par geste son refus de coopérer.]

* * *

Strictement confidentiel
23 décembre 1953
Aux camarades Malenkov et Khrouchtchev, du Comité central
Je vous prie de noter que L. P. Beria, condamné à mort, a été exécuté ce matin à 1 h 50.
T. R. Faline,
Procureur général.

* * *

27 décembre 1953
Jugement de la Cour spéciale du Peuple dans l'affaire du lieutenant P. G. Rapava : quinze ans de travaux forcés.

* * *

Souvorine ne supportait plus d'avoir les mains aussi poussiéreuses. Il parcourut le couloir vide jusqu'à ce qu'il trouve des toilettes avec un lavabo où il pût se les laver. Il y était encore, en train de finir de se frotter les ongles, quand son téléphone portable se mit à sonner. Dans le silence de la Loubianka, cela le fit sursauter.

« Souvorine.

— C'est Netto. On l'a perdu. Le n° 3.

— Qui ? De quoi tu parles ?

— Du n° 3. L'historien. Il est allé manger avec les autres, et puis il n'est jamais ressorti de la salle. On dirait bien qu'il a filé par les cuisines. »

Souvorine poussa un grognement, se retourna et s'appuya contre le mur. Cette affaire était en train de leur échapper.

« Depuis combien de temps ?

— Environ une heure. A la décharge de Bounine, ça faisait dix-huit heures qu'il était de garde. » Un silence. « Commandant ? »

Souvorine avait coincé son téléphone entre l'épaule et le menton. Il se séchait les mains et réfléchissait. En fait, il n'en voulait pas à Bounine. Pour procéder à une filature efficace, il aurait fallu quatre agents, six pour plus de sécurité.

« Je suis toujours là. Envoie-le se reposer.

— Vous voulez que j'appelle le chef ?

— Non, je ne pense pas. Pas deux fois dans la même journée. Il pourrait commencer à croire que nous sommes incompétents. » Il s'humecta les lèvres ; elles avaient un goût de poussière. « Et toi, pourquoi tu ne rentres pas te reposer, Vissari ? On se retrouve dans mon bureau à huit heures demain matin.

— Vous avez trouvé quelque chose ?

— Seulement que ceux qui nous parlent du bon vieux temps nous racontent des conneries. »

Il se rinça la bouche, cracha et retourna travailler.

Beria avait été exécuté, Poskrebichev relâché, Vlassik condamné à dix ans, Rapava envoyé dans la Kolyma et Iepichev déchargé de l'affaire, mais l'enquête se poursuivait.

La maison de Beria fut fouillée de la cave au grenier sans fournir le moindre indice, sinon quelques fragments de restes humains (féminins) vraisemblablement dissous dans l'acide puis emmurés. Beria disposait de son propre réseau de cellules au sous-sol. La propriété fut mise sous scellés.

En 1956, le ministère des Affaires étrangères demanda au KGB s'il disposait de locaux susceptibles d'abriter l'ambassade de la toute nouvelle république de Tunisie, et, après une brève enquête de routine, la propriété de la rue Vspolnii lui fut cédée.

Vlassik fut interrogé encore deux fois au sujet du cahier, mais n'ajouta rien de nouveau. Poskrebichev fut surveillé, mis sur écoute et encouragé à écrire ses mémoires mais, quand il eut terminé, le manuscrit fut saisi pour « rétention permanente ». Un extrait, une seule page, avait été agrafé au dossier :

> Nous avons sondé l'esprit de cet incomparable génie de notre temps lors de sa dernière année, alors qu'il devait affronter le caractère inéluctable de sa propre mort. Je ne sais pas. Iossif Vissarionovitch a peut-être confié ses pensées les plus secrètes à un cahier, qui ne le quitta guère durant les derniers mois de son labeur incessant pour son peuple et la cause de l'humanité progressiste. Il est à espérer que ce document remarquable contenant, comme c'est sûrement le cas, l'essence même de sa sagesse de principal théoricien du marxisme-léninisme sera un jour découvert et publié pour le bénéfice de...

Souvorine bâilla, referma le lot et le mit de côté avant d'en prendre un autre. Il s'agissait cette fois-ci des rapports hebdomadaires d'une taupe du Goulag appelée Abidov, chargée de surveiller le prisonnier Rapava pendant tout le temps qu'il passerait à la mine d'uranium de Boutouguitchag. Il n'y avait rien d'intéressant dans ces doubles au carbone malpropres. Ils s'achevaient abruptement sur une note laconique d'un agent du KGB qui signalait la mort d'Abidov, tué d'un coup de couteau, et le transfert de Rapava vers un camp de travail en forêt.

D'autres dossiers, d'autres taupes, d'autres riens. Les documents autorisant la libération de Rapava au terme de sa peine, documents examinés par une commission spéciale de la Deuxième Direction générale, transmis, estampillés, autorisés. Un emploi approprié sélectionné pour l'ancien prisonnier à l'atelier des locomotives de la gare de Leningrad. Un informateur du KGB sur place : Antipine, contremaître. Un logement approprié sélectionné pour l'ancien prisonnier dans le tout nouveau complexe Victoire de la Révolution ; un informateur du KGB sur place : Senka, surveillant de l'immeuble. D'autres rapports. Rien. Affaire revue et classée « Détournement de ressources », 1975. Plus rien dans le dossier jusqu'en 1983, quand le cas de Rapava fut brièvement réexaminé à la demande du chef adjoint de la Cinquième Direction (Idéologie et Dissidence).

Bien, bien...

Souvorine prit sa pipe et se mit à la suçoter, puis il se gratta le front avec le tuyau et reparcourut les dossiers. Quel âge avait ce type ? Rapava, Rapava, Rapava... Voilà, Papou Guerassimovitch Rapava, né le 9 septembre 1927.

Vieux alors, dans les soixante-dix ans. Mais pas si vieux que ça. Pas assez vieux pour que, même dans un pays où l'espérance de vie masculine n'était que de cinquante-huit ans et ne cessait de diminuer — pis encore qu'à l'époque de Staline —, pas assez vieux pour qu'il soit forcément mort.

Il revint au rapport de 1983 et l'examina. Cela ne lui apprit rien qu'il ne sût déjà. Oh, c'était un dur, ce Rapava : pas un mot en trente ans.

Ce ne fut que lorsqu'il arriva à la fin du dossier, et lut la recommandation de ne plus entreprendre d'action contre lui ainsi que le nom de l'agent ayant reçu cette recommandation, qu'il sursauta sur sa chaise. Il jura et chercha précipitamment son téléphone portable, composa le numéro de l'officier de garde de nuit au SVR et demanda à être connecté au numéro personnel de Vissari Netto.

CHAPITRE 10

Ils se mirent d'accord sur trois cents, et pour cette somme il exigeait deux choses : d'abord qu'elle le conduise là-bas elle-même, ensuite qu'elle l'attende pendant une heure. Une simple adresse aurait été totalement inutile à cette heure de la nuit, et si le voisinage de Rapava était aussi difficile que le vieillard l'avait laissé entendre (« C'était pas mal comme quartier, à l'époque, mon garçon, avant qu'il y ait toute cette drogue et cette criminalité... »), un étranger sain d'esprit ne devait pas s'aventurer là-bas tout seul.

Sa voiture était une vieille Lada cabossée, couleur sable, garée dans la rue sombre qui menait au stade. Ils s'y rendirent en silence. Elle ouvrit d'abord sa portière puis, de l'intérieur, ouvrit celle du côté passager. Il y avait une pile de livres sur le siège — Kelso vit qu'il s'agissait d'ouvrages juridiques —, qu'elle passa rapidement sur la banquette arrière.

« Vous êtes juriste ? demanda-t-il. Vous étudiez le droit ?

— Trois cents dollars, dit-elle en tendant la main. Américains.

— Plus tard.

— Maintenant.

— La moitié maintenant, fit-il, rusé. L'autre après.

— Je peux me faire une autre passe, monsieur. Mais qui d'autre vous accompagnera ? »

C'était la phrase la plus longue qu'elle eût prononcée depuis le début.

« D'accord, d'accord. » Il sortit son portefeuille. « Vous ferez une bonne juriste. » Bon Dieu. Trois cents dollars pour elle, après plus d'une centaine dépensés dans la boîte. Il était presque lessivé. Il s'était dit qu'il pourrait essayer de proposer au vieux un peu de fric dès ce soir, en acompte pour le cahier, mais ce ne serait plus possible maintenant.

Elle recompta les billets, les plia soigneusement et les rangea dans la poche de son manteau. La petite auto descendit Leningradskii Prospekt en pétaradant. Sa conductrice prit à droite dans le flot tranquille des voitures, puis effectua un demi-tour, et ils s'éloignèrent du centre-ville, passant devant le Dinamo désert pour filer vers le nord-ouest, en direction de l'aéroport.

Elle conduisait vite. Il devina qu'elle voulait se débarrasser de lui au plus tôt. Qui était-elle ? L'intérieur de la Lada ne lui fournissait aucun indice. C'était d'une propreté anonyme, sans rien qui traînait. Kelso coula vers la jeune femme un regard furtif. Elle avait la tête légèrement baissée et regardait la route d'un air maussade. Les lèvres noires, les joues blanches, les petites oreilles délicatement pointées sous les cheveux noirs coupés court, elle ressemblait à un vampire, et il se dit à nouveau qu'elle avait un côté dérangeant. Dérangé. Il avait encore le goût de ses lèvres dans la bouche et ne put s'empêcher de se demander comment elle devait être au lit ; elle paraissait tellement inaccessible maintenant, et pourtant, un quart d'heure plus tôt, elle se serait pliée à toutes ses exigences.

Elle leva les yeux vers le rétroviseur et surprit son regard. « Arrêtez ça. »

Mais il continua à regarder, plus ouvertement même : il voulait mettre les choses au point — il avait payé la course, non ? Mais il se sentit aussitôt lamentable et se détourna.

Les rues au-dehors devenaient de plus en plus sombres. Il ne savait pas où ils se trouvaient. Ils avaient dépassé le parc de l'Amitié, c'était sûr, ainsi qu'une station électrique et un embranchement ferroviaire. De grosses conduites qui amenaient l'eau chaude communale longeaient la route, traversaient la chaussée puis suivaient l'autre côté, la vapeur s'échappant aux jointures. De temps à autre, dans les plages d'obscurité, il apercevait les flammes d'un feu de camp et des gens qui évoluaient autour. Au bout de dix minutes, ils prirent à gauche dans une rue aussi large et entretenue qu'un terrain vague, bordée de bouleaux étiques de part et d'autre. Ils s'enfoncèrent dans une ornière et le châssis grinça puis heurta une pierre. Elle tourna le volant et ils en heurtèrent une autre. Derrière les arbres, des lumières orangées éclairaient les entrées et les cages d'escalier d'un grand ensemble monumental.

Elle avait ralenti et ils avançaient presque au pas. Elle s'arrêta près d'un abribus dégradé.

« C'est ici qu'il habite, dit-elle. Immeuble n° 9. »

C'était à une centaine de mètres, à l'autre bout d'un vaste espace enneigé.

« Vous m'attendez ?

— Entrée D, cinquième étage. Appartement 12.

— Mais vous allez m'attendre ?

— Si vous voulez.

— Nous étions d'accord. »

Kelso regarda sa montre. Il était une heure vingt-cinq. Puis il regarda à nouveau l'immeuble en essayant de penser à ce qu'il allait dire à Rapava, et en se demandant comment il allait être reçu.

« C'est donc ici que vous avez grandi ? »

Elle ne répondit pas. Elle coupa le moteur et remonta le col de son manteau, mit les mains dans ses poches et regarda droit devant elle. Il poussa un soupir et descendit de voiture puis la contourna. La neige poudreuse crissait sous ses pieds. Il frissonna et entreprit de traverser le terrain vague.

Il se trouvait à peu près à mi-chemin lorsqu'il entendit le moteur tousser et démarrer. Il se retourna juste à temps pour voir la Lada s'éloigner lentement, phares éteints. Elle n'avait même pas attendu qu'il soit hors de vue. La salope. Il se mit à courir vers elle. Il cria... pas fort et sans être réellement fâché. C'était surtout sa propre stupidité qui le faisait gémir. La petite auto cahota puis cala, et Kelso crut un instant pouvoir la rattraper. Mais alors elle crachota et se remit en route, ses phares s'allumèrent et elle accéléra, s'éloignant résolument de lui. Il resta planté à la regarder, impuissant, disparaître dans un labyrinthe de béton.

Il se retrouva seul. Pas une âme en vue.

Il fit demi-tour et revint rapidement sur ses pas, tassant la neige en avançant vers l'immeuble. Dehors, il se sentait vulnérable et la panique aiguisait ses sens. Il entendit un chien aboyer et un bébé pleurer quelque part sur sa gauche. Devant lui, il y avait de la musique ; c'était très ténu, guère plus qu'un filet sonore, mais cela venait de l'immeuble n° 9, et le son s'amplifiait à chaque pas. Ses yeux parvenaient à repérer les détails à présent : le béton strié, les portes obscures, les petits balcons encombrés de bric-à-brac — vieux lits, carcasses de vélos, pneus écartés, plantes mortes ; il y avait trois fenêtres allumées, le reste était plongé dans l'obscurité.

A l'entrée D, quelque chose s'écrasa sous son pied et il se baissa pour ramasser l'objet, qu'il lâcha aussitôt. Une seringue hypodermique.

L'escalier était tapissé d'urine et de vomissures, de vieux journaux maculés, de préservatifs usagés et de feuilles mortes. Kelso se plaqua le dos de la main contre le nez. Il y avait un ascenseur, et peut-être marchait-il (cela aurait été un miracle à Moscou), mais il n'essaya même pas. Il gravit l'escalier et, lorsqu'il arriva au troisième étage, il entendait la musique beaucoup plus distinctement. Quelqu'un passait le vieil hymne national soviétique, c'est-à-dire l'ancien vieil hymne, celui qui se chantait avant que Khrouchtchev ne le fasse censurer. « Parti de Lénine, chantaient les chœurs, Parti de Staline. »

Kelso monta plus vite les deux derniers étages, soudain envahi par une vague d'espoir. Elle ne l'avait donc pas complètement mené en bateau, car qui d'autre que Papou Rapava pouvait bien passer des tubes de Joseph Staline à une heure trente du matin ? Il déboucha sur le cinquième palier et suivit le bruit le long du couloir crasseux jusqu'au numéro 12. L'immeuble était presque entièrement abandonné. La plupart des portes étaient condamnées avec des planches, mais pas celle de Rapava. Non, mon garçon, celle de Rapava n'était pas condamnée. Elle était même entrouverte et, juste devant, pour une raison que Kelso ne pouvait encore soupçonner, il y avait des plumes par terre.

La musique s'arrêta.

Eh bien entre, mon gars. Qu'est-ce que tu attends ? Qu'est-ce qu'il y a ? Ne me dis pas que t'as la trouille...

Pendant quelques secondes, Kelso resta sur le seuil, l'oreille tendue.

Soudain, un roulement de tambour retentit.

L'hymne résonna de nouveau.

Prudemment, il poussa la porte. Bien qu'elle fût entrouverte, elle refusait de se pousser davantage. Il y avait quelque chose qui bloquait derrière.

Il se força un passage de côté. Les lumières s'allumèrent.

Nom de Dieu...

Je me disais bien que ça t'en mettrait plein la vue, mon gars ! Je pensais bien que tu serais étonné. A partir du moment où tu dois te faire baiser, autant que tu te fasses baiser par des professionnels, hein ?

Il y avait aux pieds de Kelso beaucoup d'autres plumes, qui s'échappaient d'un coussin éventré. On ne pouvait cependant pas dire que ces plumes se trouvaient répandues sur le plancher, parce qu'il n'y avait plus de plancher. Les lames du parquet avaient toutes été soulevées puis empilées autour de la pièce. Ce qui restait des maigres biens de Rapava, des livres au dos lacéré, des photos lardées de coups de couteau, des squelettes de chaises, un téléviseur explosé, une table aux pieds retournés, des fragments de vaisselle, des éclats de verres, des lambeaux de tissu, jonchait les solives. Les murs intérieurs avaient été mis à nu afin de découvrir la moindre cavité, les murs extérieurs avaient été martelés, visiblement à coups de massue. Le plafond s'était en grande partie effondré, et ce qui subsistait de la pièce semblait givré par le plâtre.

En équilibre au milieu de ce chaos, sur une mare noire et hérissée de disques brisés, un gros électrophone Telefunken se remettait automatiquement en marche.

Parti de Lénine !
Parti de Staline !

Kelso s'avança précautionneusement sur les solives et souleva la tête de lecture.

Dans le silence, le goutte-à-goutte d'un robinet brisé retentit.

L'étendue de la destruction était tellement incroyable, dépassait tellement tout ce qu'il avait jamais pu voir, qu'une fois rassuré sur le fait que l'appartement était vide, Kelso oublia de se dire qu'il aurait dû avoir peur. Du moins au début. Ahuri, il regardait autour de lui.

Alors mon gars, où est-ce que je suis, moi ? Voilà la question. Qu'est-ce qu'ils ont fait de ce pauvre vieux Papou ? Eh bien, viens donc me chercher. Allez, camarade, on y va. On n'a pas toute la nuit !

D'un pas vacillant, Kelso avança sur une traverse jusqu'au

coin cuisine : paquets éventrés, glacière retournée, placards arrachés...

Il repartit dans l'autre sens et tourna à l'angle dans un petit couloir, s'accrochant au mur pour ne pas glisser.

Deux portes, là, mon gars : la droite et la gauche. A toi de choisir.

Il hésita, indécis, puis tendit la main.

La première : une chambre à coucher.

Tu chauffes maintenant, mon garçon. D'ailleurs, est-ce que tu as eu envie de baiser ma fille ?

Matelas lacéré, oreiller lacéré. Lit renversé. Tiroirs vidés. Petite natte de nylon, roulée et écartée. Partout des bouts de plâtre. Plancher soulevé, plafond effondré.

Le souffle court, Kelso battit en retraite dans le couloir et resta un instant en équilibre sur une solive, cherchant à reprendre son calme.

L'autre porte...

De plus en plus chaud !

L'autre porte : la salle de bains. Couvercle de la chasse d'eau retiré, tombé contre la cuvette. Evier arraché du mur. Baignoire en plastique blanche remplie d'eau rosâtre qui évoqua pour Kelso du vin géorgien dilué. Il y trempa les doigts et les retira aussitôt, surpris par la froideur de l'eau. Ses doigts laissaient des empreintes rouges.

Flottant à la surface : un rond de cheveux encore attachés à un petit lambeau de peau.

Allez, mon gars, on s'en va.

D'une solive à l'autre, du plâtre plein la tête, sur ses mains, sur son manteau, ses chaussures...

Dans la panique, il trébucha. Son pied gauche rata la poutre et s'enfonça dans le plafond de l'appartement du dessous. Un fragment tomba. Kelso l'entendit s'écraser dans l'obscurité du logement vide. Il lui fallut bien trente secondes, en s'aidant de ses mains, pour dégager son pied. Puis il se libéra.

Il passa en force de l'autre côté de la porte et remonta précipitamment le couloir, passant devant les appartements abandonnés pour regagner l'escalier. Alors il entendit un coup sourd.

Il s'arrêta pour écouter.

Un coup sourd.

Oh, tu brûles maintenant, mon garçon, tu brûles vraiment...

Cela venait de l'ascenseur. Il y avait quelqu'un dans l'ascenseur.

Un coup sourd.

* * *

La Loubianka, l'immobilité de la nuit, la longue voiture noire dont le moteur tournait, les deux agents en pardessus qui descendaient l'escalier au pas de charge... n'y avait-il donc aucun moyen d'échapper au passé ? pensa Souvorine avec amertume tandis qu'ils s'éloignaient à vive allure. Il était surpris qu'il n'y eût pas de touristes pour immortaliser cette scène traditionnelle de la vie en Sainte Russie. « Et si on mettait ça dans l'album, chérie, entre la cathédrale Saint-Basile et une troïka dans la neige ? »

Ils s'enfoncèrent dans un nid-de-poule au bas de la côte, près de l'hôtel Métropole, et sa tête heurta le toit capitonné de la voiture. A l'avant, à côté du chauffeur, Netto dépliait un plan à grande échelle des rues de Moscou, un plan d'une précision qu'il ne serait jamais donné de voir aux touristes parce qu'il était encore officiellement secret. Souvorine alluma la veilleuse et se pencha pour mieux regarder. Les grands ensembles formant le complexe Victoire de la Révolution étaient éparpillés comme autant de timbres-poste le long de la ligne de métro Tagansko-Krasno, en banlieue nord-ouest.

« Combien de temps, d'après vous ? Vingt minutes ?

— Quinze », répliqua le chauffeur sur un ton suffisant.

Il fit ronfler le moteur, alluma les phares et vira à droite, ce qui projeta Souvorine de l'autre côté, contre la portière. Il eut la vision fugitive de la bibliothèque Lénine qui filait devant lui.

« Du calme, fit-il, pour l'amour du Ciel. Ce serait bête de se prendre une contredanse. »

Ils continuèrent de rouler à toute vitesse. Dès qu'ils eurent quitté le centre-ville, Netto ouvrit la boîte à gants puis tendit à Souvorine un Makarov bien huilé et un chargeur plein. Souvorine les prit à contrecœur, sentit le poids familier au creux de sa main, vérifia le mécanisme et poussa un bref soupir à l'adresse d'un bouleau fugitif. Il ne s'était pas engagé par goût de ce genre de choses. Il s'était engagé parce que son père était diplomate et lui avait enseigné très tôt que la meilleure chose à faire, quand on vivait en Union soviétique, était d'obtenir un poste à l'étranger. Les armes ? Souvorine n'avait pas mis les pieds sur le champ de tir de Iassenevo depuis un an. Il rendit le Makarov à Netto, qui haussa les épaules et le glissa dans sa propre poche.

Un point bleu grossit avec fracas sur la route, derrière eux, puis enfla encore et les dépassa telle une mouche en colère : une voiture de patrouille de la milice de Moscou. Elle s'évanouit dans le lointain.

« Connard », marmonna le chauffeur.

Quelques minutes plus tard, ils quittèrent la grand-route pour la jungle de béton et de terrains vagues qu'était la Victoire de la Révolution. Quinze ans à la Kolyma avant de retrouver ça, pensa Souvorine. Et le pire, c'est que ça avait dû lui apparaître comme un paradis.

Netto annonça : « D'après le plan, l'immeuble n° 9 devrait se trouver juste au coin, là.

— Ralentissez, ordonna soudain Souvorine en posant la main sur l'épaule du chauffeur. Vous entendez quelque chose ? »

Il baissa la vitre. Une autre sirène, quelque part sur la gauche. Le son fut un instant amorti par un immeuble, puis il revint, très sonore, dans un déchaînement de lumières, un son et lumière en bleu et jaune, plutôt joli, et rapide. Pendant quelques secondes, la voiture de patrouille parut leur foncer dessus, mais elle sortit de la route pour cahoter sur un terrain vague. Ils ne tardèrent pas à arriver au même niveau et distinguèrent l'entrée de l'immeuble qui se trouvait derrière, illuminé comme dans un conte de fées : trois voitures, une ambulance, des gens qui s'agitaient, des traces sombres dans la neige.

Ils firent deux fois le tour du bâtiment, trio de vampires que personne ne remarqua, tandis que les brancardiers sortaient le corps et qu'on emmenait Kelso.

CHAPITRE 11

Simonov fait le récit suivant :

« Aux réunions du Conseil des commissaires du Peuple, le camarade Staline avait l'habitude de se lever de sa place assignée, en tête de la longue table, et de faire les cent pas derrière le dos des personnes présentes. Personne n'osait se retourner pour le regarder : on ne pouvait estimer où il se trouvait qu'au crissement léger de ses bottes de cuir ou au parfum fugace de sa pipe Dunhill. Lors de la réunion en question, la conversation portait sur le grand nombre d'accidents d'avion qui avaient eu lieu récemment. Le chef de l'armée de l'air, Ritchagov, était ivre. "Il y aura toujours un fort taux d'accidents, laissa-t-il échapper, tant que vous nous obligerez à piloter des cercueils volants." Il y eut un long silence, au bout duquel Staline murmura : "Tu n'aurais vraiment pas dû dire ça." Quelques jours plus tard, Ritchagov était fusillé. »

On pourrait citer un nombre incalculable d'anecdotes de ce genre. Sa technique favorite, d'après Khrouchtchev, était de dévisager brusquement un homme en disant : « Pourquoi ton visage est-il si fuyant aujourd'hui ? Pourquoi ne peux-tu regarder le camarade Staline dans les yeux ? » La vie de cet homme ne tenait alors plus qu'à un fil.

L'utilisation que Staline faisait de la terreur semble avoir été en partie instinctive (il était d'un naturel physiquement violent et frappait parfois ses inférieurs en plein visage) et en partie calculée. « Le peuple, a-t-il dit à Maria Svanidzé, a besoin d'un tsar. » Et le tsar qu'il a pris pour modèle est Ivan le Terrible. Nous avons des confirmations écrites de cela dans la bibliothèque personnelle de Staline, qui contient un exemplaire de la pièce de 1942 de A. M. Tolstoï, Ivan Grozni *(F558 O3 D350). Non seulement Staline y a corrigé les discours d'Ivan pour les rendre plus percutants et laconiques, plus conformes à lui-même en somme, mais il a aussi griffonné à plusieurs reprises sur la page de titre le mot « Maître ».*

Il n'avait en fait qu'une seule critique à adresser à son modèle : il était trop faible. Comme il l'a dit à Sergueï Eisenstein : « Ivan le Terrible exécutait quelqu'un, puis passait de longues heures à se repentir et à prier. Dieu finissait par l'emporter. Il aurait dû faire preuve de plus de fermeté encore ! » (Moscovskié Novosti, *n° 32, 1988.)*

Staline manquait de tout sauf de fermeté.

Le professeur I. A. Kouganov estime qu'environ soixante-six millions de personnes ont été tuées en URSS entre 1917 et 1953 : fusillées, torturées, mortes de faim surtout, de froid et d'épuisement dans les camps de travail. D'autres prétendent que le nombre total ne dépasse pas quarante-cinq millions. Comment savoir ?

Aucune de ces estimations ne prend d'ailleurs en compte les quelque trente millions de morts de la Deuxième Guerre mondiale.

Pour replacer ces chiffres dans leur contexte, il faut savoir que la Fédération de Russie totalise aujourd'hui une population d'environ cent cinquante millions d'habitants. En supposant que les ravages du communisme ne se soient jamais produits, et en prenant en compte les courbes démographiques normales, la population actuelle devrait être de trois cents millions d'habitants.

Néanmoins — et c'est sûrement l'un des phénomènes les plus surprenants de cette époque —, Staline continue de jouir d'un haut niveau de popularité dans ce pays à moitié vide. Ses statues ont été déboulonnées, il est vrai. Certaines rues ont été débaptisées. Mais il n'y a pas eu de procès de Nuremberg comme en Allemagne. Il n'y a pas eu de processus équivalent à la dénazification allemande. Il n'y a pas eu de Commission de la Vérité comme on en a vu s'établir en Afrique du Sud.

Et l'ouverture des archives ? « Confronter le passé » ? Mesdames et messieurs, disons franchement ce que nous savons déjà tous. Que le gouvernement russe actuel a peur, et qu'il est aujourd'hui plus difficile d'avoir accès aux archives que cela l'était il y a six ou sept ans. Vous connaissez les faits aussi bien que moi. Les dossiers de Beria : fermés. Les dossiers du Politburo : fermés. Les dossiers de Staline — je veux parler des vrais dossiers, pas de la vitrine qu'on nous propose ici : fermés.

Je vois que mes remarques ne sont pas très bien perçues par un ou deux confrères...

Très bien, je vais arriver à ma conclusion avec cette observation : il ne fait à présent aucun doute que c'est Staline et non Hitler qui représente la figure la plus inquiétante de ce XXe *siècle.*

Je ne dis pas cela... Je ne dis pas cela simplement parce que Staline a tué plus de gens qu'Hitler, même si c'est de toute évidence le cas, ni même parce que Staline était encore plus grand psychopathe qu'Hitler, même si c'était de toute évidence le cas. Je dis cela parce que Staline, contrairement à Hitler, n'a pas encore été exorcisé. Et aussi parce que Staline n'a pas été, comme Hitler, un cas unique, un phénomène surgi de nulle part. Staline entre dans une tradition historique de règne de la terreur qui existait avant lui, qu'il a affiné et qui pourrait exister encore. C'est son spectre et non celui d'Hitler qui devrait nous inquiéter.

Réfléchissez un peu. Quand vous prenez un taxi à Munich, vous ne trouvez pas le portrait d'Hitler affiché dans la voiture, si ? Le lieu de naissance d'Hitler n'est pas un lieu saint et sa tombe n'est pas fleurie tous les jours. On n'achète pas d'enregistrements des discours d'Hitler dans les rues de Berlin et Hitler n'est pas communément encensé par les dirigeants politiques allemands comme étant un « grand patriote ». L'ancien parti d'Hitler n'a pas obtenu 40 % des voix aux dernières élections allemandes...

Or, toutes ces choses sont vraies de Staline dans la Russie d'aujourd'hui, ce qui rend les propos de Ievtouchenko dans « Les héritiers de Staline » plus pertinents que jamais :

> *« Je demande donc à notre gouvernement*
> *de doubler*
> *de tripler*
> *la garde*
> *au-dessus de sa tombe. »*

* * *

Fluke Kelso fut escorté au quartier général de la Division centrale de la milice de Moscou peu avant trois heures du matin. Puis on le laissa là, abandonné avec d'autres débris de la nuit, une demi-douzaine de prostituées, un maquereau tchétchène, deux banquiers belges au visage blême, une troupe de danseurs transsexuels du Turkestan et l'habituel chœur nocturne des dingues outragés, des clochards et des camés ensanglantés. Les hauts plafonds à corniche et les lustres à demi éteints conféraient à toute la procédure une allure épique, révolutionnaire.

Il s'était assis tout seul sur un banc de bois, la tête appuyée contre le plâtre abîmé, les yeux fixés droit devant lui, sans voir. C'était donc comme ça que cela se passait vraiment ? On pouvait avoir consacré la moitié de sa vie à *écrire* dessus, à parler des millions de morts... du maréchal Toukhatchevski, par exemple, réduit en bouillie par les coups du NKVD : ses confessions se trouvaient dans les archives, encore éclaboussées de sang séché... eh bien, on pouvait les tenir dans ses mains et croire un instant pouvoir comprendre comment cela s'était passé, mais quand on se trouvait confronté à la réalité, on prenait conscience qu'on n'avait rien compris du tout, qu'on n'avait même pas commencé à entrevoir ce que c'était vraiment.

Au bout d'un moment, deux miliciens s'approchèrent et s'attardèrent devant la fontaine métallique, à côté de lui. Ils parlaient d'un bandit ouzbek, Tsexer, apparemment tué le soir même d'une rafale de mitraillette dans le vestiaire du Babylone.

« Est-ce que quelqu'un s'occupe de mon affaire ? interrompit Kelso. Il s'agit d'un meurtre.

— Ah, un meurtre ! » L'un des hommes leva les yeux au ciel en signe de feinte surprise. L'autre s'esclaffa. Ils jetèrent leur gobelet de carton dans la poubelle et s'éloignèrent.

« Attendez ! » cria Kelso.

De l'autre côté du couloir, une vieille femme à la main bandée se mit à hurler.

Il se laissa retomber sur son banc.

Enfin, un troisième agent, massif, portant moustache à la Gorki, descendit avec lassitude et se présenta comme étant l'enquêteur Belenki, chargé des homicides. Il tenait une feuille de papier malpropre à la main.

« Vous êtes témoin dans l'affaire qui concerne le vieux, Rapazine ?

— Rapava, corrigea Kelso.

— Oui, c'est ça. » Belenki loucha sur le haut et le bas de sa feuille. Peut-être étaient-ce les moustaches tombantes, ou peut-être était-ce dû à ses yeux larmoyants, mais il paraissait infiniment triste. Il soupira. « Bon, il faudrait faire une déposition. »

Belenki lui fit prendre un grand escalier jusqu'au premier étage et le conduisit dans une pièce aux murs verts écaillés et au plancher luisant et inégal. Il fit signe à Kelso de s'asseoir et posa un bloc de formulaires devant lui.

« Le vieux avait les papiers de Staline », commença Kelso en allumant une cigarette. Il expira précipitamment la fumée. « Il faut que vous le sachiez. Il les avait très certainement cachés dans son appartement. C'est pour ça... »

Mais Belenki n'écoutait pas. « Tout ce qui vous reviendra à l'esprit. » Il posa avec bruit un stylo-bille bleu sur la table.

« Mais vous entendez ce que je vous dis ? Les papiers de Staline...

— C'est bon, c'est bon. » Le Russe n'écoutait toujours pas. « On verra les détails plus tard. Il me faut d'abord une déposition.

— Je mets tout ?

— Bien sûr. Qui vous êtes. Comment vous avez fait la connaissance du vieux. Ce que vous faisiez à son appartement. Toute l'histoire. Ecrivez. Je reviens. »

Lorsqu'il fut parti, Kelso contempla la feuille de papier pendant quelques minutes. Il écrivit machinalement son nom, sa date de naissance et son adresse en lettres cyrilliques bien nettes. Il était dans le brouillard. Il écrivit : « *Je suis arrivé* », puis il s'interrompit. Le stylo de plastique lui paraissait aussi lourd qu'une barre à mine. « *Je suis arrivé à Moscou...* » Il n'arrivait même plus à se rappeler la date. Lui qui était habituellement si fort pour les dates ! (25 octobre 1917, le cuirassé *Aurora* bombarde le palais d'Hiver et la Révolution commence ; 17 janvier 1927, Léon Trotski est exclu du Politburo ; 23 août 1939, signature du pacte Molotov-Ribbentrop...) Il se pencha au-dessus du bureau. « *Je suis arrivé à Moscou lundi matin 26 octobre, de New York, à l'invitation du Service des Archives d'Etat russes, afin de donner une brève conférence sur Iossif Staline...* »

Il termina sa déposition en moins d'une heure. Il fit ce qu'on lui avait demandé, sans rien omettre, le symposium, la visite de Rapava, le cahier de Staline, la bibliothèque Lénine, Iepichev et la rencontre avec Mamantov, la maison de la rue Vspolnii, la terre fraîchement retournée, le Robotnik et la fille de Rapava... Il remplit sept pages de ses pattes de mouche, et accéléra encore sur le dernier passage, celui décrivant la scène de l'appartement, la découverte du corps puis sa recherche frénétique d'un téléphone en état de marche dans l'immeuble voisin, lorsqu'il avait fini par réveiller une jeune femme qui portait un bébé sur la hanche. Cela faisait du bien d'écrire, d'imprimer une sorte d'ordre rationnel au chaos qu'il venait de vivre.

Belenki passa la tête par la porte à l'instant où Kelso ajoutait la phrase finale.

« Vous pouvez laisser tomber, maintenant.

— J'ai fini.

— Non ? » Belenki contempla le petit tas de feuilles, puis dévisagea Kelso. Il y eut du bruit dans le couloir, derrière lui. Il fronça les sourcils puis cria par-dessus son épaule : « Dis-lui d'attendre. » Il entra dans la pièce et ferma la porte.

Il était arrivé quelque chose à Belenki, c'était évident. Il avait déboutonné sa tunique, desserré sa cravate. Des taches sombres de transpiration auréolaient sa chemise kaki. Sans quitter Kelso des yeux, il tendit sa main massive et Kelso lui remit sa déposition. Il s'assit avec un grognement de l'autre côté du bureau et tira un étui en plastique de la poche de sa veste. Il sortit de l'étui une paire de lunettes étonnamment fines, en demi-lunes, à monture dorée, les déplia d'un mouvement du poignet, les posa sur le bout de son nez et commença à lire.

Son menton proéminent pointait en avant. Il lui arrivait de lever les yeux de sa page pour examiner Kelso un instant avant de reprendre sa lecture. Il cilla. Sa moustache parut s'affaisser encore sur ses lèvres crispées. Il se mit à mâchonner la jointure de son pouce droit.

Lorsqu'il posa enfin le dernier feuillet, il laissa échapper un soupir.

« Et c'est vrai ?

— Oui, tout.

— Putain de bordel de merde. » Belenki retira ses lunettes et se frotta les yeux du revers de la main. « Et maintenant, qu'est-ce que je suis censé faire ?

— Mamantov, répliqua Kelso. Il doit y être pour quelque chose. J'avais fait attention de ne pas donner de détails, mais... »

La porte s'ouvrit, et un petit homme maigre, le Laurel du Belenki-Hardy, annonça d'une voix effrayée : « Sima ! Vite ! Ils sont là ! »

Belenki adressa à Kelso un regard entendu, rassembla les feuillets de la déposition et repoussa sa chaise. « Il va falloir que vous descendiez un moment en cellule. Ne vous inquiétez pas. »

En entendant le mot cellule, Kelso éprouva un spasme de panique. « Je voudrais parler à quelqu'un de l'ambassade. »

Belenki se redressa et resserra son nœud de cravate, reboutonna sa tunique et tira sur les pans de sa veste en un vain effort pour la rajuster.

« Puis-je parler à quelqu'un de l'ambassade ? répéta Kelso. Je voudrais connaître mes droits. »

Belenki raidit les épaules et se dirigea vers la porte. « Trop tard », fit-il.

A l'entrée des cellules qui se trouvaient au sous-sol du quartier général de la Division centrale de la milice de Moscou, Kelso fut rapidement fouillé, et on lui confisqua passeport, portefeuille, montre, stylo-plume, ceinture, cravate et lacets. Il regarda ses biens disparaître dans une enveloppe en carton, signa un formulaire et se vit remettre un reçu. Puis, tenant ses bottines d'une main, son bout de papier de l'autre et son manteau sur le bras, il suivit le garde le long d'un couloir blanchi à la chaux, bordé de chaque côté de portes blindées. Le gardien souffrait visiblement de furonculose — au-dessus du col brun et douteux, son cou ressemblait à une assiette de boulettes rouges — et, en entendant ses pas, les occupants de certaines cellules commencèrent à crier en tapant contre les portes. Il ne fit pas attention.

La huitième cellule sur la gauche. Trois mètres sur quatre. Pas de fenêtre. Un sommier métallique. Pas de couverture. Un seau émaillé dans un coin, avec une planche de bois taché en guise de couvercle.

Kelso fit lentement, en chaussettes, le tour de la pièce puis jeta son imperméable et ses bottines sur le lit. Derrière lui, la porte se referma avec un fracas métallique de sous-marin.

Se soumettre. C'était, il l'avait appris en Russie bien des années auparavant, le secret de la survie. A la frontière, quand on contrôlait vos papiers pour la quinzième fois, à un barrage routier, quand on vous obligeait à vous garer sans raison puis qu'on vous faisait attendre pendant une heure et demie. Au ministère, quand il fallait faire tamponner votre visa mais que personne ne se montrait. Accepter. Attendre. Que le système se fatigue de lui-même. Protester ne servait qu'à faire augmenter votre tension.

Le judas s'ouvrit au centre de la porte, puis resta ouvert un moment et fut enfin refermé d'un coup sec. Il écouta les pas du gardien diminuer.

Il s'assit sur le lit, ferma les yeux et vit aussitôt, sans l'avoir voulu, comme un reste de lumière vive imprimé sur sa rétine, le corps blanc et nu qui tournait au fond de la cage d'ascenseur, les épaules, les talons et les mains entravées rebondissant doucement contre les murs.

Il se précipita vers la porte et la martela avec ses bottines en hurlant quelque temps, histoire, au moins, de se défouler un peu. Puis il se retourna et appuya le dos contre le panneau de métal, face aux limites étroites de sa cellule. Lentement, il se laissa glisser sur les talons, enserrant ses genoux dans ses bras.

Le temps. Ça aussi, c'est une notion bien particulière, mon gars. La mesure du temps. C'est, de toute évidence, plus facile avec une montre. Sans montre, on peut toujours s'aider avec l'alternance du jour et de la nuit. Mais, privé de fenêtre pour voir cette alternance, on n'a plus qu'à s'appuyer sur un mécanisme mental interne. Mais quand on a reçu un choc, ce mécanisme peut être sérieusement perturbé, et le temps devient en quelque sorte comme le sol est pour l'ivrogne, variable.

Puis, Kelso, à un moment indéterminé, poussa son corps de la porte jusqu'au lit et y resta en posant son manteau sur lui. Il avait les dents qui claquaient.

Ses pensées se bousculaient au hasard, déconnectées. Il pensa à Mamantov, revoyant encore et encore leur rencontre, essayant de se rappeler s'il avait livré une information susceptible de l'avoir conduit à Rapava. Puis il pensa à la fille de Rapava, et se dit qu'il avait manqué à sa promesse dans sa déposition. Elle l'avait abandonné. Maintenant, c'était lui qui la dénonçait comme prostituée. Ainsi va le monde. Sans doute la milice devait-elle avoir son adresse fichée quelque part. Son nom aussi. Elle serait prévenue de ce qui était arrivé à son père, et cela la laisserait... comment ? les yeux secs, il en était presque certain ; mais animée par l'esprit de vengeance.

Il essayait en rêve de l'embrasser à nouveau, mais elle s'esquivait toujours. Elle dansait de manière saccadée sur la neige, devant l'immeuble, pendant que O'Brian paradait en feignant d'être Hitler. Mme Mamantova fulminait d'être folle. Et, derrière une porte, quelque part, Papou Rapava continuait de cogner pour qu'on le fasse sortir. Par ici, mon gars ! Un coup sourd. Un coup sourd. *Un coup sourd.*

Il se réveilla sous le regard bleu de quelqu'un qui l'examinait par le judas. Puis l'œil de métal se referma et la serrure grinça.

Derrière le gardien pustuleux se tenait un deuxième homme, blond, bien habillé, et la première pensée de Kelso fut positive : l'ambassade, ils sont venus me chercher. Mais alors, le blond annonça, en russe : « Docteur Kelso, remettez vos bottines, s'il vous plaît. » Puis le gardien vida le contenu de l'enveloppe sur le lit.

Kelso se pencha pour remettre ses lacets. L'inconnu, remarqua-t-il, portait de coûteux souliers occidentaux. Il se redressa et remit sa montre, s'apercevant qu'il n'était que six heures vingt. A peine deux heures en cellule, mais cela lui suffisait pour le restant de ses jours. Il se sentit plus humain une fois chaussé. Un homme peut affronter le monde s'il a quelque chose aux pieds. Ils descendirent le couloir, déclenchant les mêmes cris et coups désespérés.

Il supposa qu'on allait poursuivre l'interrogatoire là-haut, mais au lieu de cela on le conduisit dans une cour intérieure où deux hommes attendaient à l'avant d'une voiture. Blondinet ouvrit la portière arrière droite. « S'il vous plaît », dit-il avec une froide politesse, puis il fit le tour de l'auto et monta par l'autre côté. Il régnait une atmosphère chaude et fétide à l'intérieur, comme après un long trajet, adoucie seulement par l'après-rasage délicat de Blondinet.

Ils démarrèrent, quittant les quartiers généraux de la milice pour déboucher dans la rue tranquille. Personne ne parlait. Le jour commençait à se lever, juste assez en tout cas pour que Kelso puisse reconnaître à peu près la direction qu'ils prenaient. Il avait déjà étiqueté le trio comme étant de la police secrète, ce qui signifiait le FSB, donc la Loubianka. Cependant, il fut surpris de constater qu'ils allaient vers l'est, et non vers l'ouest. Ils descendirent Novy Arbat, passèrent devant les magasins déserts et arrivèrent en vue de l'Oukraïna. Il pensa donc qu'on le ramenait à l'hôtel. Mais il se trompait encore. Au lieu de franchir le pont, ils tournèrent à droite et suivirent la Moskova. L'aube s'installait vite maintenant, comme une réaction chimique, l'obscurité se dissolvant de l'autre côté du fleuve en un ton gris puis bientôt bleu alcalin sale. Les filets de fumée et de vapeur qui s'échappaient des cheminées d'usines, sur la rive opposée, viraient au rose corrosif.

Ils roulèrent en silence pendant quelques minutes encore puis quittèrent brusquement les quais pour se garer sur une sorte de terrain asséché qui semblait s'avancer dans l'eau. Un couple de grosses mouettes battit des ailes et s'envola, puis s'éloigna en planant avec des cris aigus. Blondinet sortit le premier et, après une brève hésitation, Kelso le suivit. Il lui vint à l'esprit qu'on l'avait amené sur le lieu parfait pour un accident : une simple poussée, une bousculade de reporters, une enquête de fond pour un supplément en couleurs londonien, des soupçons naissants rapidement oubliés. Mais il sut conserver une attitude digne. Que pouvait-il faire d'autre ?

Blondinet lisait la déposition que Kelso avait remise à la milice. Les feuilles claquaient dans le vent en provenance du fleuve. Il y avait chez cet homme quelque chose de familier.

« Votre avion, dit-il sans se retourner, part de Cheremetievo-2 à treize heures trente. Vous serez à bord.

— Qui êtes-vous ?

— Nous allons vous ramener à votre hôtel et vous prendrez le car avec vos collègues jusqu'à l'aéroport.

— Pourquoi faites-vous cela ?

— Vous essayerez peut-être de revenir très prochainement en Fédération de Russie. En fait, je suis certain que vous n'y manquerez pas : vous êtes du genre accrocheur, ça se voit. Mais je dois vous prévenir que toutes vos demandes de visa seront rejetées.

— Mais c'est une honte ! » C'était stupide de sa part, bien sûr, de se mettre en colère, mais il était trop secoué et fatigué pour s'en empêcher. « C'est un véritable scandale ! Tout le monde va penser que c'est moi qui l'ai tué.

— Mais c'est vous qui l'avez tué. (Le Russe se retourna.) C'est vous le tueur.

— C'est une plaisanterie ou quoi ? Si c'était le cas, je n'aurais pas appelé la milice. J'aurais pu fuir. »

Et ne croyez pas que ça ne m'est pas venu à l'esprit...

« C'est là-dedans, et c'est vous qui l'avez écrit. » Blondinet tapa sur la liasse de feuillets. « Vous êtes allé voir Mamantov hier après-midi et vous lui avez dit qu'un "témoin d'autrefois" était venu vous voir à propos des papiers de Staline. Cela équivalait à une sentence de mort. »

Kelso bredouilla : « Je n'ai pas donné de nom. Je me suis repassé cette conversation au moins cent fois dans la tête, au moins cent fois.

— Mamantov n'avait pas besoin de nom. Le nom, il l'avait déjà.

— Vous ne pouvez être sûr...

— Papou Rapava, fit le Russe avec une patience exagérée, a fait l'objet d'une nouvelle enquête du KGB en 1983. Cette enquête avait été demandée par le chef adjoint de la Cinquième Direction, à savoir Vladimir Pavlovitch Mamantov. Vous comprenez ? »

Kelso ferma les yeux.

« Mamantov savait exactement de qui vous parliez. Il n'y a pas d'autre "témoin d'autrefois". Tous les autres sont morts. Donc, un quart d'heure après votre départ, Mamantov a quitté lui aussi son appartement. Il connaissait même l'adresse du vieux : c'était dans son dossier. Il disposait de sept, peut-être huit heures pour interroger Rapava. Avec le concours de ses amis. Et croyez-moi, un professionnel comme Mamantov peut faire beaucoup de dégâts sur une personne en huit heures. Vous voulez que je vous donne quelques détails médicaux ? Non ? Alors retournez à New York, docteur Kelso, et jouez à vos petits jeux d'historien dans un autre pays, parce qu'on n'est pas en Angleterre ni aux Etats-Unis ici, et que le passé n'est pas encore vraiment mort. En Russie, le passé a encore des rasoirs et des menottes. Demandez à Papou Rapava. »

Une risée balaya la surface de l'eau et souleva des vaguelettes, faisant cogner une bouée toute proche contre ses chaînes rouillées.

« Je pourrais témoigner, proposa Kelso au bout d'un moment. Vous aurez besoin de mon témoignage pour arrêter Mamantov. »

Pour la première fois, le Russe sourit. « Connaissez-vous bien Mamantov ?

— Non, à peine.

— Vous le connaissez à peine. Eh bien, c'est une chance. Certains d'entre nous le connaissent bien. Et je peux vous assurer que le camarade V. P. Mamantov n'aura pas moins de six témoins, et pas un seul au-dessous du grade de colonel, pour jurer qu'il a passé toute la soirée d'hier avec eux, à discuter d'œuvres de charité, à deux cents kilomètres de l'appartement de Papou Rapava. Voilà ce que vaut votre témoignage. »

Il déchira la déposition de Kelso en deux, puis encore en deux, et ainsi de suite jusqu'à ce qu'il ne puisse plus le faire. Ensuite, il froissa les fragments entre ses mains avant de les lancer dans l'eau. Le vent les emporta. Les mouettes avides tournoyèrent autour puis s'écartèrent en hurlant leur dépit.

« Rien n'est plus comme avant, dit-il. Vous devriez le savoir. L'enquête repart à zéro ce matin. Cette déposition n'a jamais été prise. Vous n'avez jamais été retenu par la milice. L'agent qui vous a interrogé vient d'avoir une promotion et, au moment même où nous parlons, il se trouve dans un avion de transport militaire et file vers Magadan.

— Magadan ? » Magadan se trouvait à l'extrémité orientale de la Sibérie, à plus de six mille kilomètres de Moscou.

« Oh, on le ramènera, fit le Russe sur un ton léger, dès que cette affaire sera réglée. Mais on ne voudrait surtout pas que la presse moscovite vienne mettre son nez partout. Ce serait vraiment gênant. Maintenant, laissez-moi vous dire, tout en sachant que je ne peux pas vous empêcher de publier votre version des événements à l'étranger, qu'il n'y aura jamais de confirmation officielle d'ici, vous comprenez ? Au contraire. Nous nous réservons le droit de rendre publique *notre* version de votre emploi du temps d'hier, version qui jetterait une tout autre lumière sur vos activités. Vous aurez par exemple été arrêté pour outrage à la pudeur sur des enfants au zoo de Moscou, les deux petites étant les filles d'un de mes hommes. Ou bien on vous aura arrêté, complètement ivre, sur le quai Smolenskaïa, en train d'uriner dans la Moskova, et on aura dû vous enfermer à cause de votre comportement violent et grossier.

— Personne ne croira une chose pareille », protesta Kelso en s'efforçant de rassembler ses derniers vestiges de révolte. Mais il savait bien que ce n'était pas vrai. Il pouvait déjà dresser la liste de ceux qui y croiraient. « Alors, c'est tout ? fit-il amèrement. Mamantov restera libre ? Ou peut-être que c'est vous qui retrouverez les papiers de Staline pour les enterrer à votre tour quelque part, comme vous enterrez tout ce qui peut se révéler “gênant”.

— Oh, mais vous m'énervez, rétorqua le Russe, et c'était à son tour de se fâcher maintenant. Tous autant que vous êtes. Qu'est-ce que vous attendez encore de nous ? Vous avez gagné, mais ça ne vous suffit pas ? Non, il faut encore que vous nous mettiez le nez dans la merde — Staline, Lénine, Beria : j'en ai ras le bol d'entendre ces putains de noms —, que vous nous fassiez ouvrir tous nos placards malpropres pour nous obliger à nous vautrer dans la culpabilité et vous donner une telle impression de supériorité... »

Kelso ricana : « On croirait entendre Mamantov.

— Je *méprise* Mamantov, fit le Russe. Est-ce que vous me comprenez ? Et pour la même raison, je vous méprise aussi. Nous voulons mettre fin aux agissements du camarade Mamantov et à ceux de son engeance — de quoi croyez-vous donc qu'il s'agisse ? Mais il se trouve que vous êtes tombé sur... que vous avez laissé échapper quelque chose de bien plus gros... quelque chose que vous ne pouvez même pas commencer à comprendre... »

Il s'interrompit. Kelso se rendit compte que la colère lui en avait fait dire plus qu'il n'en avait eu l'intention, et il se rappela alors où il avait dû le voir.

« Vous étiez là-bas, n'est-ce pas ? demanda-t-il. Quand je suis allé le voir, vous étiez l'un des hommes qui se trouvaient devant son immeuble... »

Mais il parlait tout seul. Le Russe retournait à grandes enjambées vers la voiture.

« Ramenez-le à l'Oukraïna, dit-il au chauffeur, et puis revenez me prendre ici. J'ai besoin d'un peu d'air.

— Qui êtes-vous ?

— Partez. Et remerciez-nous. »

Kelso hésita, mais il se sentit soudain trop las pour discuter. Il monta, fatigué et défait, à l'arrière tandis que le moteur démarrait. Le Russe claqua la portière d'un geste théâtral. Kelso se sentait engourdi et il ferma à nouveau les yeux. Mais il vit le corps de Rapava se balancer dans l'obscurité. Un coup sourd. *Un coup sourd.* Il ouvrit les yeux et s'aperçut que c'était Blondinet qui frappait à sa vitre. Il la baissa.

« Une dernière chose. » Le Russe faisait un effort pour retrouver sa politesse. Il alla même jusqu'à sourire. « Evidemment, nous partons maintenant du principe que Mamantov détient le cahier. Mais avez-vous considéré l'autre solution ? Souvenez-vous que Papou Rapava a déjà résisté à six mois d'interrogatoires en 1953, et puis à quinze ans de Kolyma. Imaginez que

Mamantov et ses amis n'aient pas réussi à le faire parler en une soirée. C'est une possibilité ; cela expliquerait la... sauvagerie de leur comportement : la frustration. Dans ce cas, si vous étiez Mamantov, qui voudriez-vous interroger ensuite ? » Il frappa sur le toit. « Dormez bien à New York. »

Souvorine regarda la grosse voiture s'éloigner en cahotant sur le terrain inégal, puis disparaître complètement. Il se tourna alors vers l'eau et marcha le long du quai en fumant sa pipe, jusqu'à ce qu'il arrive à une grosse bite d'amarrage fixée dans le béton. De nombreux bateaux s'arrimaient ici au temps du communisme, avant que l'économie ne réussisse là où les bombardiers d'Hitler avaient échoué, c'est-à-dire à dévaster les docks. Son numéro l'avait épuisé. Il essuya la surface rugueuse avec son mouchoir, s'assit et tira de sa poche une photocopie de la déposition de Kelso. Pour avoir écrit autant — deux mille mots peut-être — en si peu de temps et avec une telle clarté, après une telle expérience... il fallait, comme il l'avait supposé, que ce Fluke soit un type intelligent.

Enquiquineur, tenace, intelligent.

Il parcourut à nouveau les pages avec un porte-mine en or, et dressa une liste des points que Netto aurait à vérifier. Il leur faudrait visiter la maison de la rue Vspolnii — le domicile de Beria, bien, bien. Ils devaient aussi retrouver la fille de Rapava. Ils devaient examiner la liste de tous les experts en documents auprès des instances légales de la région de Moscou auxquels Mamantov pourrait faire appel pour authentifier le cahier. Et celle des graphologues aussi. Ils devaient également trouver un ou deux historiens bien formés capables de cerner au plus près le contenu possible du cahier en question. *Et, et, et*... il avait l'impression d'essayer de remplir à la main un conteneur de gaz.

Il écrivait encore quand Netto revint avec le chauffeur. Il se leva avec raideur et découvrit avec désespoir que la borne métallique avait laissé une trace de rouille au dos de son superbe manteau. Il passa donc la majeure partie de sa journée à Iassenevo à frotter compulsivement la tache pour essayer de la faire disparaître.

CHAPITRE 12

La chambre d'hôtel de Kelso était plongée dans le noir, rideaux tirés. Il ouvrit les pans de nylon bon marché. Une drôle d'odeur flottait dans l'air... du talc ? de l'après-rasage ? Quelqu'un était venu. Blondinet, peut-être ? *Eau Sauvage* ? Il décrocha le téléphone ; la ligne bourdonnait. Il se sentait le souffle court et avait la chair de poule. Un whisky aurait été le bienvenu, mais le mini-bar n'avait pas été réapprovisionné après sa nuit avec Rapava ; il n'y restait plus que du soda et du jus d'orange. Il aurait bien pris un bain, mais la bonde avait disparu.

Il devinait à présent qui pouvait être le blondinet. Il connaissait le genre, lisse et vêtu avec recherche, occidentalisé, déraciné, trop fin pour la police secrète. Il y avait plus de vingt ans que Kelso voyait des types comme lui dans des réceptions d'ambassades, qu'il esquivait leurs invitations discrètes à déjeuner ou à prendre un verre et écoutait leurs plaisanteries d'une indiscrétion étudiée sur la vie à Moscou. Autrefois, on les appelait la Première Direction générale du KGB, et maintenant ils se faisaient appeler le SVR. Le nom avait changé, mais la fonction restait la même. Blondinet était un espion. Et il travaillait sur Mamantov. On avait lâché des espions sur Mamantov, ce qui ne dénotait pas un vote de confiance au FSB.

En pensant à Mamantov, il s'avança vivement vers la porte, tourna le gros verrou et mit la chaîne de sûreté. Il jeta par le judas optique un œil écarquillé sur le couloir désert.

« Mais c'est vous qui l'avez tué. C'est vous le tueur. »

Le choc le fit trembler rétrospectivement. Il se sentait sale, comme souillé. Le souvenir de la nuit lui irritait la peau.

Il pénétra dans la petite salle de bains carrelée de vert, se déshabilla et se doucha à l'eau la plus chaude qu'il pût supporter avant de se savonner des pieds à la tête. La crasse moscovite teinta la mousse de gris. Il se mit debout sous le jet fumant et laissa l'eau brûlante lui fouetter les épaules et la poitrine pendant une dizaine de minutes. Puis il sortit de la baignoire, laissant l'eau s'égoutter sur le lino bosselé. Il alluma une cigarette et fuma tout en se rasant, faisant passer le petit cylindre d'un côté puis de l'autre de sa bouche tandis que le rasoir s'activait autour, l'eau formant une flaque à ses pieds. Alors seulement il s'essuya, se mit au lit et remonta les couvertures jusqu'au menton. Mais il ne put dormir.

Un peu après neuf heures, le téléphone se mit à sonner. La sonnerie était perçante et elle retentit longtemps, s'arrêta puis reprit à nouveau. Cette fois, cependant, on raccrocha vite.

Quelques minutes plus tard, on frappait doucement à la porte de sa chambre.

Kelso se sentait vulnérable à présent, nu. Il attendit dix minutes puis repoussa les draps, s'habilla, fit ses bagages (cela ne prit pas longtemps) et s'assit sur l'un des fauteuils en mousse qui faisaient face à la porte. Il remarqua que la housse de l'autre fauteuil était froissée et que le siège portait encore l'empreinte du corps du malheureux Papou Rapava.

A dix heures et quart, sa valise à la main et son imperméable sur le bras, Kelso défit la chaîne et le verrou de sa porte, jeta un coup d'œil dans le couloir et descendit par l'ascenseur express dans le brouhaha du rez-de-chaussée.

Il rendit sa clé à la réception et s'apprêtait à se diriger vers l'entrée quand un homme cria : « Professeur ! »

C'était O'Brian, qui arrivait d'un pas rapide du présentoir à journaux. Il portait toujours ses vêtements de la veille — un jean un peu moins bien repassé, un tee-shirt plus très blanc — et tenait deux journaux coincés sous le bras. Il ne s'était pas rasé. Il paraissait plus grand encore à la lumière du jour. « Bonjour, professeur. Alors, quoi de neuf ? »

Kelso émit un grognement du fond de la gorge, mais parvint à afficher un sourire. « On dirait bien que je pars. » Il montra sa valise, sa sacoche et son imperméable.

« Oh, vous m'en voyez désolé. Laissez-moi vous aider.

— Ça va très bien. » Il commença à contourner O'Brian. « Je vous assure.

— Allez, donnez. » La main du journaliste jaillit et s'empara de la poignée, poussant les doigts de Kelso. En une seconde, il avait pris la valise, qu'il transféra aussitôt de l'autre côté, hors d'atteinte de son propriétaire. « Je la porte où, monsieur ? Dehors ?

— A quoi vous jouez, bordel ? » Kelso devait presser le pas pour le suivre. Les gens assis à la réception se mirent à les regarder. « Rendez-moi ma valise...

— Alors, ça a été une sacrée nuit, pas vrai ? Cet endroit ? Ces filles ? » O'Brian secoua la tête et sourit en marchant. « Et puis après vous trouvez le corps et tout ça... ça a dû vous faire un sacré choc. Attention, professeur, on y va. »

Il fonça vers la porte à tambour, et Kelso, après une seconde d'hésitation, le suivit. Lorsqu'il sortit de l'autre côté, O'Brian ne riait plus.

« C'est bon, fit le journaliste, pas la peine de faire des manières. Je sais tout.

— Je vais reprendre ma valise maintenant, merci.

— J'ai décidé de traîner devant le Robotnik hier soir. J'ai renoncé aux plaisirs de la chair.

— Ma valise...

— Disons que j'ai eu une intuition. Je vous ai vu sortir avec la fille. Je vous ai vu l'embrasser. Je l'ai vue vous frapper... quel était le problème, d'ailleurs ? Je vous ai vu monter dans sa voiture. Je vous ai vu entrer dans l'immeuble. Je vous ai vu en ressortir dix minutes plus tard comme si vous aviez les hordes de l'enfer à vos trousses. Et puis j'ai vu arriver les flics. Oh, professeur, vous êtes un sacré personnage. On n'est pas au bout de ses surprises avec vous.

— Et vous, vous êtes une ordure. » Kelso enfila son imperméable en s'efforçant d'avoir l'air dégagé. « Au fait, qu'est-ce que vous faisiez au Robotnik, hier soir ? Ne dites rien : c'était une coïncidence.

— Je fréquente le Robotnik, bien sûr, fit O'Brian. C'est comme ça que j'aime sortir : entre professionnels. Pourquoi avoir une fille gratuitement quand on peut se la faire en payant, voilà ma philosophie.

— Bon Dieu, fit Kelso en tendant la main. Vous allez me rendre ma valise.

— D'accord, d'accord. » O'Brian regarda par-dessus son épaule. Le car était garé à sa place habituelle, attendant de conduire les historiens à l'aéroport. Moldenhauer prenait une photo de Saunders devant l'hôtel. Olga les observait avec affection. « Si vous voulez savoir la vérité, c'est Adelman. »

Kelso retourna lentement la tête. « Adelman ?

— Oui, hier, au symposium, pendant la pause du matin, j'ai demandé à Adelman où vous étiez, et il m'a dit que vous couriez après des papiers ayant appartenu à Staline.

— Adelman vous a dit ça ?

— Oh, allez, ne me dites pas que vous aviez confiance en Adelman ? (O'Brian grimaça un sourire.) Au moindre scoop à l'horizon, vous autres, les historiens, vous feriez passer les paparazzi pour des enfants de chœur. Adelman m'a proposé un marché. Cinquante-cinquante. Il m'a conseillé d'essayer de retrouver les papiers en question, pour voir s'il y avait quelque chose derrière, et si oui, il est prêt à les authentifier. Il m'a répété tout ce que vous lui aviez raconté.

— Y compris le Robotnik ?

— Y compris le Robotnik.

— Le salaud. »

Maintenant, c'était au tour d'Olga de prendre Moldenhauer et Saunders en photo. Ils se tenaient timidement côte à côte, et, pour la première fois, Kelso remarqua qu'ils étaient homosexuels. Pourquoi ne s'en était-il pas aperçu avant ? Décidément, ce voyage offrait bien des surprises...

« Allez, professeur, ne m'en veuillez pas trop. Et n'en veuillez pas trop à Adelman non plus. Ça fait un reportage. Ça fait même un reportage d'enfer. Et ça ne cesse de s'améliorer. Non seulement vous trouvez ce pauvre mec pendu dans la cage d'ascenseur avec sa bite dans la bouche, mais vous dites aussi à la milice que le type qui a fait ça n'est autre que Vladimir Mamantov. Et en plus de ça... toute l'enquête est maintenant verrouillée sur ordre du Kremlin. Ou c'est du moins ce que j'ai entendu. Qu'est-ce qu'il y a de si drôle ?

— Rien. » Kelso ne pouvait s'empêcher de sourire en pensant à l'espion blondinet. (« *On ne voudrait surtout pas que la presse moscovite vienne mettre son nez partout...* ») « Eh bien, je peux au moins dire à votre crédit, monsieur O'Brian, que vous êtes bien informé. »

O'Brian écarta le compliment d'un geste. « Il n'y a pas un secret dans cette ville qu'on ne puisse acheter avec une bouteille de scotch et cinquante dollars. Et puis je peux vous dire qu'ils sont furieux là-bas, vous savez ? Du coup, côté fuites, c'est pire qu'un réacteur nucléaire. Ils n'aiment pas du tout qu'on leur dise ce qu'il faut faire. »

Le conducteur du car fit résonner son avertisseur. Saunders était monté à présent. Moldenhauer avait sorti son mouchoir pour l'agiter en signe d'adieu. Kelso distinguait le visage des autres historiens à travers les vitres, comme des poissons blêmes dans un aquarium.

« Il faut vraiment que vous me rendiez ma valise maintenant, annonça-t-il. Je dois y aller.

— Vous ne pouvez pas partir comme ça, professeur. » Mais la défaite s'entendait déjà dans sa voix, et il laissa Kelso reprendre son bien. « Allez, Fluke, juste une petite interview ? Un commentaire rapide ? » Il suivait Kelso pas à pas, pareil à un mendiant importun. « Il me faut une interview pour créditer mon reportage.

— Ce serait irresponsable.

— Irresponsable ? Des conneries ! Vous ne voulez pas parler parce que vous voulez tout garder pour vous. Eh bien vous êtes dingue. On n'arrivera pas à étouffer l'affaire. Ça va exploser d'un moment à l'autre... et si ce n'est pas aujourd'hui, ce sera demain.

— Mais vous, vous voulez que ce soit aujourd'hui, naturellement, pour être le premier ?

— C'est mon boulot. Allez, professeur. Arrêtez de prendre vos grands airs. On n'est pas si différents... »

Kelso se trouvait devant la porte du car. Elle s'ouvrit avec un petit soupir pneumatique. Une acclamation ironique et peu suivie retentit dans le car.

« Au revoir, monsieur O'Brian. »

Mais O'Brian ne voulait toujours pas renoncer. Il grimpa sur la première marche. « Regardez donc ce qui se passe ici. » Il fourra ses journaux roulés dans la poche de l'imperméable de Kelso. « Jetez un coup d'œil. C'est la Russie de maintenant. Il n'y a rien qui tienne jusqu'à demain, ici. Cet endroit ne sera peut-être carrément plus là demain. Vous êtes... oh et puis merde... »

Il dut sauter pour éviter la porte qui se refermait, et assena un dernier coup désespéré sur la tôle.

« Docteur Kelso, fit Olga d'un ton glacial.

— Olga », rétorqua Kelso.

Il remonta l'allée centrale. Lorsqu'il arriva à la hauteur d'Adelman, il s'arrêta, et Adelman, qui avait dû le voir discuter avec le journaliste, détourna le regard. Derrière la vitre malpropre, O'Brian retournait vers l'hôtel, les mains dans les poches. Le mouchoir blanc de Moldenhauer s'agitait en guise d'au revoir.

Le car démarra avec un sursaut. Kelso se retourna et, moitié marchant, moitié trébuchant, gagna sa place habituelle. Seul à l'arrière.

Pendant cinq minutes, il se contenta de regarder par la fenêtre. Il savait qu'il fallait qu'il écrive tout cela, qu'il prépare un nouveau dossier pendant que tout était encore clair dans son esprit. Mais il ne le pouvait pas, pas encore. Pour le moment, tous les circuits de sa pensée semblaient conduire à cette même image de silhouette pendue dans la cage d'ascenseur.

Pareille à un quartier de bœuf dans une boucherie...

Il tâta ses poches pour trouver ses cigarettes et en sortit les journaux de O'Brian. Il les jeta sur le siège voisin et essaya de ne pas y faire attention. Mais il se surprit bientôt à déchiffrer les manchettes à l'envers alors, à contrecœur, il les reprit.

Ce n'était rien de plus que deux gratuits en langue anglaise, distribués dans tous les halls d'hôtel.

Le *Moscow Times*. En Russie : le Président était à nouveau malade, ou à nouveau ivre, ou les deux. On accusait un cannibale en série de la région de Kemerovo d'avoir assassiné puis mangé pas moins de quatre-vingts personnes. D'après Interfax, soixante mille enfants dormaient chaque nuit dans les rues de Moscou. Gorbatchev tournait un autre spot publicitaire pour Pizza Hut. Une bombe avait été posée dans la station de métro Nagornaïa par un groupuscule opposé au projet de déplacement des restes momifiés de Lénine de leur vitrine publique sur la place Rouge.

A l'étranger : le FMI menaçait de retenir 700 millions de dollars sur ses aides, à moins que Moscou ne réduise son déficit budgétaire.

Finances : les taux d'intérêt avait triplé, et les cotations en bourse s'étaient effondrées de moitié.

Religion : une religieuse de dix-neuf ans prédisait à ses dix mille adeptes la fin du monde pour Halloween. Une statue de la Vierge faisait accourir toute la région de la Terre Noire en versant de vraies larmes de sang. Un saint homme de Tarko-Sélé s'était mis à parler en langues étrangères. Il y avait des fakirs, des pentecôtistes, des guérisseurs, des chamans, des faiseurs de miracles, des anachorètes et des marabouts, des adeptes *skoptsi*[1] qui se prenaient pour l'incarnation du Seigneur... on se serait cru à l'époque de Raspoutine. Le pays tout entier semblait la proie d'augures apocalyptiques et de faux prophètes.

Il prit l'autre journal, *The Exile*, destiné cette fois aux jeunes Occidentaux qui, comme O'Brian, travaillaient à Moscou. Ici, pas de religion, mais beaucoup de crimes :

> Au village de Kamenka, dans l'Oblast de Smolensk où la ferme collective locale est en pleine faillite et les employés de l'Etat n'ont pas été payés depuis le début de l'année, la grande activité de l'été dernier a été pour les gosses de traîner au bord de l'autoroute Moscou-Minsk en respirant de l'essence achetée à un rouble le demi-litre. Au mois d'août, deux des plus gros sniffeurs d'essence, Pavel Mikheïenkov, onze ans, et Anton Maliarenko, treize ans, sont passés de leur occupation favorite — torturer les chats — à une nouvelle activité : attacher un gosse de cinq ans, Sacha Petrotchenko, à un arbre et le brûler vif. Maliarenko a été déporté dans son Tachkent d'origine, mais Mikheïenkov a dû rester à Kamenka, impuni : l'envoyer en maison de correction coûterait 15 000 roubles, et la municipalité ne dispose pas de cet argent. La mère de la victime, Svetlana Petrotchenkova, s'est entendu répondre qu'elle pouvait faire déporter le meurtrier de son fils si elle trouvait l'argent elle-même, mais que sinon elle devrait continuer

1. « Châtrés » ; membres d'une secte préconisant la castration pour éviter le péché de chair.

à vivre avec lui, dans le même village. D'après la police, Mikheïenkov buvait régulièrement de la vodka avec ses parents depuis l'âge de quatre ans.

Kelso tourna rapidement la page et trouva un guide des sorties moscovites. Bars gays : la Gouine, les Trois Singes, Homoland ; boîtes de strip-tease : le Nevada, le Raspoutine, le Peep-Show Intime ; Night-clubs : le Buchenwald (où le personnel portait l'uniforme nazi), le Boulgakov, l'Utopia. Il chercha le Robotnik : « *Aucun autre lieu ne pourrait mieux illustrer les excès de la nouvelle Russie que le Robotnik. Cadre destroy, techno assourdissante, minettes ultra jeunes avec macs au front bas, sécurité d'enfer, caïds aux yeux noirs qui sirotent de l'Evian. Pour tirer un coup et voir quelqu'un se faire buter.* »

Pas mal vu, pensa-t-il.

* * *

La salle d'embarquement de Cheremetievo-2 était bondée de gens qui essayaient de sortir de Russie. Des queues se formaient comme des cellules sous la lentille d'un microscope : elles surgissaient à partir de rien, formaient des boucles, se brisaient, se reconstituaient puis se fondaient en d'autres queues — des queues pour la douane, pour les billets, pour la sécurité, pour le contrôle des passeports. On en terminait une pour en commencer une autre.

Le hall était sombre et caverneux, rempli de l'odeur aigre du kérosène pimentée d'une pointe d'acidité donnée par l'inquiétude. Adelman, Duberstein, Byrd, Saunders et Kelso, plus un couple d'Américains qui étaient descendus au Mir — Pete Maddox de Princeton, et Vobster de Chicago —, formaient un groupe au bout de la file la plus proche pendant qu'Olga allait voir si elle ne pouvait pas accélérer les choses.

Quelques minutes plus tard, ils n'avaient toujours pas bougé. Kelso ignorait Adelman, qui s'était assis sur sa valise et lisait une biographie de Tchekhov avec une intensité extravagante. Saunders poussa un soupir et secoua les bras avec énervement. Maddox s'éloigna puis revint en disant que la douane semblait ouvrir tous les sacs.

« Merde, et moi qui ai acheté une icône, se lamenta

Duberstein. Je savais que je n'aurais pas dû acheter cette icône. Je n'arriverai jamais à passer avec.

— Où l'as-tu achetée ?

— Dans cette grande librairie, sur Novy Arbat.

— Donne-la à Olga. Elle te la fera passer. Combien tu l'as payée ?

— Cinq cents dollars.

— Cinq cents ? »

Kelso se rappela qu'il n'avait plus d'argent sur lui. Il y avait un kiosque à journaux de l'autre côté du hall et il avait besoin de cigarettes. S'il demandait une place en section fumeurs, il pourrait peut-être rester à l'écart des autres.

« Phil, demanda-t-il à Duberstein, tu ne pourrais pas me prêter dix dollars ? »

Duberstein se mit à rire. « Qu'est-ce que tu veux en faire, Fluke ? Acheter le cahier de Staline ? »

Saunders ricana. Velma Byrd porta la main à la bouche et se détourna.

« Alors, tu le leur as dit à eux aussi ? » Kelso dévisageait Adelman avec incrédulité.

« Et pourquoi pas ? » Adelman mouilla son index et tourna une page de son livre sans même lever les yeux. « C'est un secret ?

— Ecoute, fit Duberstein en sortant son portefeuille. Voilà vingt dollars. Tu n'auras qu'à m'en prendre un aussi. » Ils s'esclaffèrent tous cette fois, et ouvertement, observant Kelso pour voir ce qu'il allait faire. Il prit l'argent.

« D'accord, Phil, répliqua-t-il tranquillement. Ecoute, toi aussi. On va faire un marché. Si le cahier de Staline surgit d'ici à la fin de l'année, je garde ça et on est quittes. Mais si ce n'est pas le cas, je te rembourse mille dollars. »

Maddox émit un léger sifflement.

« Du 5 000 % ? fit Duberstein en déglutissant. Tu me proposes de me rembourser à 5 000 % ?

— Ça marche comme ça ?

— Tu parles, que ça marche ! » Duberstein rit encore, mais un peu nerveusement cette fois. Il lança un coup d'œil aux autres. « Vous avez entendu, tous ? »

Ils avaient entendu. Et ils fixaient Kelso du regard. Ce moment à lui seul valait bien mille dollars — rien que pour voir leur mine : bouche bée, pétrifiés, paniqués. Adelman lui-même semblait avoir oublié son livre.

« Je n'ai jamais gagné vingt dollars aussi facilement », déclara Kelso en empochant les billets. Il prit sa valise. « Gardez-moi une place, d'accord ? »

Avant qu'ils eussent recouvré leurs esprits, il traversa le hall d'un pas rapide, se frayant un chemin entre les voyageurs et les piles de bagages. Il éprouvait une joie enfantine. Quelques victoires fugitives de temps en temps, que pouvait-on espérer de plus dans la vie ?

Une voix de femme aux accents durs annonça le vol de l'Aeroflot pour Delhi dans les haut-parleurs. Au kiosque à journaux, il vérifia rapidement s'ils avaient un exemplaire de poche de son livre. Non. Evidemment. Il reporta alors son attention sur un présentoir de magazines. Le *Time* et le *Newsweek* de la semaine précédente, le *Der Spiegel* de cette semaine. Voilà. Il allait prendre *Der Spiegel*. Cela lui ferait le plus grand bien. Et il en aurait sans doute pour les onze heures de vol.

Il fouilla dans sa poche pour trouver les vingt dollars de Duberstein puis se tourna vers la caisse. A travers la baie vitrée, il pouvait voir l'aire de béton mouillé devant l'aéroport, les files de voitures, de taxis et de cars, les bâtiments grisâtres, les chariots abandonnés, une fille aux cheveux noirs coupés court, un visage blanc qui le regardait. Il détourna machinalement les yeux. Puis fronça les sourcils. Se ressaisit.

Il reposa le magazine sur le présentoir et revint vers la baie vitrée. C'était bien elle, seule, en jean et blouson de cuir fourré. Il faisait de la buée sur la vitre. « Attendez », articula-t-il dans sa direction. Elle le regardait d'un air vide. Il désigna le sol devant ses pieds. « Restez là. »

Pour la rejoindre, il fallait d'abord qu'il s'éloigne en suivant la baie vitrée pour essayer de trouver une sortie. Une première série de portes était fermée par une chaîne. Une porte s'ouvrit enfin. Il sortit dans le froid et l'humidité. Elle se tenait à une cinquantaine de mètres de là. Il regarda derrière lui, vers l'aérogare bondée — il ne voyait pas les autres —, puis se retourna vers elle et vit qu'elle s'éloignait, qu'elle traversait à un passage pour piétons sans faire attention aux voitures. Il hésita : que faire ? Un car la fit momentanément disparaître, et cela le décida. Il reprit sa valise et se lança à la poursuite de la jeune femme, courant presque. Elle restait en vue, conservant toujours la même distance jusqu'à ce qu'ils arrivent devant la grande sortie du parking. Alors, il la perdit.

Lumière grise, neige et boue gelée. La puanteur du kérosène nettement plus forte ici. D'innombrables rangées de voitures trapues, certaines d'un blanc terne, d'autres enveloppées d'un mince film de boue et de saleté. Il avança. L'air vibra. Un gros vieux Tupolev lui passa au ras de la tête, si bas qu'il distingua les traits de rouille à la jonction des plaques du fuselage. Il rentra instinctivement la tête dans les épaules, juste au moment où une Lada couleur de sable émergeait lentement de la file pour s'immobiliser, sans couper le moteur.

Elle ne lui facilita pas la tâche. Elle n'avança pas jusqu'à lui ; c'est lui qui dut marcher jusqu'à elle. Elle ne lui ouvrit pas la portière ; c'est lui qui dut le faire tout seul. Elle ne parla pas ; ce fut à lui de rompre le silence. Elle ne lui donna même pas son nom, pas à ce moment-là du moins, même s'il n'allait pas tarder à le découvrir. Elle s'appelait Zinaïda. Zinaïda Rapava.

Elle savait ce qui s'était passé, cela se voyait à la tension de son visage, et il éprouva un coupable soulagement à ne pas avoir à lui apprendre la tragédie. Il s'était toujours senti très lâche dès qu'il s'agissait d'annoncer de mauvaises nouvelles — c'était l'une des raisons pour lesquelles il s'était marié trois fois. Il prit place à l'avant, sa valise sur les genoux. Le chauffage marchait. L'essuie-glace traversait le pare-brise sale par intermittence. Il savait qu'il allait devoir dire quelque chose. Le retour à New York était l'étape du symposium qu'il n'avait surtout pas envie de rater.

« Dites-moi ce que je peux faire pour vous aider.

— Qui l'a tué ?

— Un certain Vladimir Mamantov. Ex-KGB. Votre père l'avait connu, dans le temps.

— Dans le temps », fit-elle amèrement.

Un silence, assez long pour que l'essuie-glace fasse un aller-retour, puis un autre aller-retour.

« Comment avez-vous fait pour me retrouver ?

— Toujours, toute ma vie, ça a été *dans le temps.* »

Un autre Tupolev passa très bas au-dessus d'eux.

« Ecoutez, dit-il. Il faut que je parte dans un instant. J'ai un avion à prendre pour New York. Dès que je serai là-bas, je vais tout mettre par écrit... Vous m'écoutez ? Je vous en enverrai un exemplaire. Dites-moi où vous l'expédier. Si vous avez besoin de quoi que ce soit, je vous aiderai. »

Il lui était difficile de bouger avec sa valise sur les genoux. Il déboutonna son imperméable et trouva avec peine un stylo dans sa poche intérieure. Elle ne l'écoutait pas. Elle gardait les yeux rivés droit devant elle et semblait presque parler toute seule.

« Ça faisait des années que je ne l'avais pas vu. Pourquoi aurais-je voulu le voir ? Je ne m'étais pas approchée de cette poubelle depuis huit ans quand vous m'avez demandé de vous y conduire. » Elle se tourna vers lui pour la première fois. Elle avait ôté son maquillage et paraissait plus jeune, plus jolie. La fermeture à glissière de son blouson de cuir brun, patiné, était remontée jusqu'au menton. « Après vous avoir laissé, je suis rentrée chez moi. Et puis je suis revenue. Il fallait que je sache ce qui se passait. Je n'ai jamais vu autant de flics de toute ma vie. Vous aviez déjà été emmené. Je n'ai pas dit qui j'étais. Pas aux flics. Il fallait que je réfléchisse d'abord. Je... » Elle s'interrompit. Elle paraissait ahurie, perdue.

« Comment vous appelez-vous ? demanda-t-il. Où puis-je vous joindre ?

— Et puis, ce matin, je suis allée à l'Oukraïna. Je vous ai appelé. Je suis montée à votre chambre. Quand on m'a dit que vous étiez parti, je suis venue vous attendre ici.

— Vous ne voulez pas juste me dire votre nom ? (Il consulta sa montre, impuissant.) C'est qu'il faut vraiment que je prenne cet avion, vous comprenez.

— Je ne vous demande rien, fit-elle avec violence. Je ne demande jamais rien à personne.

— Ecoutez, ne vous en faites pas. Je veux vous aider. Je me sens responsable.

— Eh bien, aidez-moi. Il a dit que vous m'aideriez.

— Il ?

— Le fait est, monsieur, qu'il m'a laissé quelque chose. » Son blouson de cuir crissa lorsqu'elle baissa la fermeture à glissière. Elle plongea la main à l'intérieur et en sortit un bout de papier. « Quelque chose qui vaut beaucoup d'argent ? Dans une boîte à outils ? Il m'a dit que vous pourriez m'expliquer de quoi il s'agit. »

CHAPITRE 13

Ils quittèrent le périmètre de l'aéroport en prenant l'autoroute de Saint-Pétersbourg, puis virèrent au sud, vers Moscou. Un gros poids lourd aux roues aussi hautes que leur toit les dépassa, provoquant un appel d'air qui les fit osciller, et les aspergea d'un jet noirâtre.

Kelso s'était promis de ne pas regarder en arrière, mais il ne put, bien sûr, résister et se retourna pour voir l'aéroport, pareil à un grand paquebot gris, sombrer derrière un rideau de bouleaux ne laissant plus apparaître que quelques lumières voilées, puis plus rien du tout.

Il cilla et faillit demander à sa compagne de le ramener. Il la regarda à la dérobée. Elle avait un air intrépide, dans son blouson d'aviateur éraflé : une pionnière de l'aviation aux commandes de son coucou tout cabossé.

« Qui est Sergo ? demanda-t-il.

— Mon frère. (Elle regarda dans le rétroviseur.) Il est mort. »

Il retourna le message entre ses mains et le relut. Papier grossier, pattes de mouche au crayon. Ecrit à la va-vite. Glissé sous la porte de son appartement, ou c'est du moins ce qu'elle disait : elle l'avait trouvé en rentrant, après avoir lâché Kelso devant l'immeuble de son père.

Salut, ma petite fille.

Tu as raison, je n'ai vraiment pas été un bon père. Tout ce que tu as dit est vrai. Alors ne t'imagine pas que je ne le sais pas ! Mais là, j'ai une chance de me racheter un peu. Tu ne m'as pas laissé t'en parler hier, alors écoute-moi bien maintenant. Tu te

rappelles cet endroit que j'avais quand maman vivait encore ? Eh bien ça existe toujours ! Et il y a là-bas une boîte à outils avec un cadeau pour toi qui vaut beaucoup d'argent.
Tu écoutes, Zinaïda ?
Il ne va rien m'arriver, mais si jamais il m'arrivait quelque chose quand même, prends la boîte et mets-la en sûreté. Mais ça peut être dangereux, alors fais bien attention. Tu comprendras.
Détruis ce message.
Je t'embrasse, ma petite chérie.

Papa.

Il y a un Anglais qui s'appelle Kelso. Tu le trouveras par l'Oukraïna. Il sait de quoi il s'agit. Souviens-toi de ton papa !
Je t'embrasse encore, Zinaïda.
Souviens-toi de Sergo ! !

« Alors il est venu vous voir... quand ça ? Avant-hier ? »

Elle acquiesça d'un signe de tête, sans le regarder, se concentrant sur la route. « C'était la première fois que je le revoyais depuis près de dix ans.

— Vous ne vous entendiez pas, c'est ça ?

— Oh, vous êtes futé, vous. » Elle eut un rire bref, sarcastique, simple expulsion d'air. « Non, on ne s'entendait pas. »

Il ne releva pas l'agression. Elle en avait le droit. « Il était comment, la dernière fois que vous l'avez vu ?

— Comment ça ?

— Son comportement.

— Un connard. Comme d'habitude. » Elle plissa les yeux face à la circulation qui arrivait en sens inverse. « Il avait dû m'attendre toute la nuit devant chez moi. Je suis rentrée vers six heures. J'étais au club, vous savez, je travaillais. Dès qu'il m'a vue, il s'est mis à gueuler. Il a vu mes fringues. Il m'a traitée de pute. » Elle secoua la tête à ce souvenir.

« Et puis, qu'est-ce qui s'est passé ?

— Il m'a suivie. Chez moi. Je lui ai dit : “Tu me cognes et je t'arrache les yeux. Je ne suis plus ta petite fille maintenant.” Ça l'a calmé aussi sec.

— Qu'est-ce qu'il voulait ?

— Parler, il a dit. Ça m'a fait un choc après tout ce temps. Je ne pensais pas qu'il savait où j'habitais. Je ne savais même pas s'il était toujours en vie. Je croyais que j'avais tiré un trait définitif sur lui. Oh, mais lui, il m'a dit qu'il savait depuis longtemps où j'étais. Il m'a dit qu'il venait me regarder de temps en temps. Il m'a dit aussi : “On ne se débarrasse pas de son passé aussi facilement”. Pourquoi est-ce qu'il venait me voir ? » Elle regarda Kelso pour la première fois depuis qu'ils avaient quitté l'aéroport. « Vous pouvez me le dire ?

— De quoi voulait-il vous parler ?

— Je ne sais pas. Je n'ai rien voulu écouter. Je ne voulais pas de lui chez moi, ni qu'il regarde toutes mes affaires. Je ne voulais pas écouter ses histoires. Il a commencé à me parler du temps qu'il a passé dans les camps. Je lui ai donné des cigarettes pour me débarrasser de lui et je lui ai dit de partir. J'étais fatiguée et il fallait que je parte travailler.

— Travailler ?

— Je bosse au GOUM dans la journée. Et j'étudie le droit à la fac le soir. Et il y a des nuits où je baise. Pourquoi ? Ça pose un problème ?

— Vous menez une vie bien remplie.

— Il faut bien. »

Il essaya de se la représenter derrière un comptoir du GOUM. « Qu'est-ce que vous vendez ?

— Quoi ?

— Au magasin. Qu'est-ce que vous vendez ?

— Rien. (Elle regarda à nouveau dans le rétroviseur.) Je suis standardiste. »

A l'entrée de la ville, la route était bloquée. Ils durent rouler au pas. Il y avait eu un accident un peu plus loin. Une toute petite Skoda était rentrée dans l'arrière d'une grosse vieille Jigouli. Du verre brisé et des fragments métalliques jonchaient les deux voies. La milice était sur place. On aurait dit que l'un des conducteurs avait boxé l'autre : il avait des taches de sang sur le devant de la chemise. Kelso détourna la tête en passant devant les policiers. Puis le trafic s'éclaircit et ils purent reprendre de la vitesse.

Il essaya de mettre tout cela en ordre, de reconstituer les deux derniers jours de Papou Rapava sur terre.

Mardi, 27 octobre : il va voir sa fille pour la première fois depuis dix ans parce que, dit-il, il veut lui parler. Elle le fiche dehors en lui donnant des cigarettes et une pochette d'allumettes à l'enseigne du Robotnik. Dans l'après-midi, il surgit justement à l'Institut du marxisme-léninisme et écoute Fluke Kelso donner une conférence sur Joseph Staline. Puis il suit Kelso jusqu'à l'Oukraïna et passe avec lui la nuit à boire. Et à parler. Ça, pour parler, il avait parlé. *Peut-être m'a-t-il dit ce qu'il aurait dit à sa fille si elle avait voulu l'écouter.*

Puis c'est l'aube et il quitte l'Oukraïna. Nous sommes maintenant le 28 octobre. Que fait-il donc après avoir disparu dans le petit matin ? Se rend-il dans la maison déserte de la rue Vspolnii pour déterrer le secret de sa vie ? Sans doute. Puis il le dissimule, et il laisse un message à sa fille pour lui indiquer où le trouver (« *Tu te rappelles cet endroit que j'avais quand maman vivait encore ?* »). Alors, plus tard dans l'après-midi, ses assassins viennent le trouver. Soit il leur a tout dit, soit il s'est tu, et si c'est le cas, il n'a pu le faire que par amour, non ? Pour s'assurer que la seule chose qu'il possédait qui puisse valoir quelque chose ne tombe pas entre leurs mains mais revienne à sa fille.

Seigneur, pensa Kelso, quelle fin. Quelle manière de terminer sa vie... et comme c'était en accord avec tout ce qu'il avait vécu.

« Il devait tenir à vous », remarqua Kelso. Il se demanda si elle savait comment son père était mort. Sinon, ce n'était pas lui qui allait le lui révéler. « Il devait tenir à vous, puisqu'il est venu vous trouver.

— Je ne crois pas. Il me battait. Et il battait ma mère aussi. Et mon frère. (Elle ne quittait pas la circulation des yeux.) Il me frappait quand j'étais petite. Qu'est-ce qu'un enfant y peut ? (Elle secoua la tête.) Non, je ne crois pas. »

Il essaya de s'imaginer cette famille de quatre personnes vivant dans le deux pièces. Où les parents devaient-ils dormir ? Sur un matelas, dans le salon ? Et Rapava, après quinze ans passés dans la Kolyma, violent, caractériel, renfermé. Mieux valait ne pas y penser.

« Quand votre mère est-elle morte ?

— Eh, monsieur, ça vous arrive de ne pas poser de question ? »

Ils quittèrent l'autoroute et prirent une bretelle. La moitié de la double voie n'avait jamais été terminée et s'interrompait abruptement, comme une chute d'eau, en un jaillissement de tiges métalliques débouchant, dix mètres plus bas, sur un terrain vague.

« J'avais dix-huit ans, si ça change quelque chose. »

La laideur qui les entourait frisait l'héroïsme. Elle pouvait se le permettre en Russie, elle pouvait se permettre de s'étaler, de prendre tout son temps. La moindre petite route était aussi vaste qu'une autoroute, et les nids-de-poule inondés semblaient de vraies mares. Le moindre grand ensemble de béton, la moindre usine vomissant sa fumée avaient tout un paysage désert à polluer. Kelso se rappela la nuit précédente, la course interminable du bloc 9 au bloc 8 pour donner l'alarme : cela avait duré, duré, comme quand on court dans un cauchemar.

En plein jour, l'immeuble de Rapava paraissait encore plus à l'abandon que la nuit. Des traces noires maculaient le mur au-dessus des fenêtres du deuxième étage, là où un appartement avait flambé. Une petite foule s'était rassemblée devant, et Zinaïda ralentit pour qu'ils puissent jeter un coup d'œil.

O'Brian avait raison. La nouvelle s'était ébruitée. Cela au moins était manifeste. Un milicien solitaire bloquait l'entrée, tenant à distance une douzaine de journalistes et de cameramen, qui eux-mêmes faisaient l'objet de la curiosité d'un demi-cercle assez lâche de voisins apathiques. Des gosses jouaient au ballon sur le terrain vague. D'autres traînaient autour des voitures occidentales, clinquantes, qui avaient amené les journalistes.

« Qu'est-ce qu'il était pour eux ? fit soudain Zinaïda. Qu'est-ce qu'il représentait pour vous tous ? Vous êtes tous des vautours. »

Elle eut une grimace de dégoût, et, pour la troisième fois, Kelso remarqua qu'elle contrôlait son rétroviseur.

« Est-ce qu'on est suivis ? » Il se retourna brusquement.

« Peut-être. Une voiture, depuis l'aéroport. Mais c'est fini.

— Quel genre de voiture ? » Il s'efforçait de paraître calme.

« Une BMW, septième série.

— Vous vous y connaissez en voitures ?

— D'autres questions ? (Elle le gratifia d'un autre regard.) Les voitures étaient la passion de mon père. Les voitures et le camarade Staline. Il a tout de même été chauffeur d'une grosse légume, dans le temps, non ? Vous allez voir. »

Elle appuya le pied au plancher.

Elle ne sait rien, pensa Kelso. Elle n'a aucune idée des risques. Il commença à prendre tout un tas de bonnes résolutions : on jette un rapide coup d'œil pour voir si cette boîte à outils est bien là (elle n'y sera pas), et puis on demande à Zinaïda de retourner à l'aéroport pour voir s'il est possible d'attraper le prochain vol...

A deux minutes de chez Rapava, ils quittèrent la route principale pour prendre un chemin boueux qui traversait un bosquet de bouleaux miteux et débouchait sur un champ divisé en lopins de terre. Un porc fouillait la boue dans un enclos de vieilles portières de voitures attachées ensemble par du fil de fer. Il y avait quelques poulets faméliques, quelques légumes grillés par le gel. Des enfants avaient fait un bonhomme de neige avec ce qu'il était tombé la veille. Il avait à moitié fondu sous la pluie fine qui mouillait à présent le paysage, et paraissait grotesque dans la boue, comme un gros tas de graisse blanche.

Face à cette scène campagnarde se dressait une rangée de garages fermés. Les vestiges d'une demi-douzaine de petites voitures — squelettes rouillés, dépouillés de leurs vitres, moteur, pneus et habillage intérieur — étaient perchés sur le toit plat.

Zinaïda coupa le moteur et ils sortirent dans la boue. Un vieux les regardait, appuyé sur sa pelle. Zinaïda se planta devant lui, les mains sur les hanches. Il finit par cracher par terre et se remit à creuser.

Elle avait une clé. Kelso examina le chemin désert, derrière eux. Il avait les mains engourdies et les fourra dans les poches de son imperméable. C'était elle la plus calme des deux. Elle portait des bottes de cuir qui lui arrivaient au genou et avança précautionneusement, entre les flaques, pour ne pas les salir. Kelso jeta un nouveau coup d'œil autour de lui. Tout cela ne lui plaisait pas : les arbres trop proches, les carcasses de voitures, cette femme étonnante avec son kaléidoscope de rôles différents, standardiste au GOUM, future juriste, prostituée à mi-temps, et maintenant, fille sans cœur.

« Où avez-vous eu la clé ? demanda-t-il soudain.

— Elle était avec la lettre.

— Je ne comprends pas pourquoi vous n'êtes pas venue ici tout de suite. Pourquoi avez-vous besoin de moi ?

— Parce que je ne sais même pas ce que je cherche. Alors, vous venez ou pas ? » Elle introduisait la clé dans un gros cadenas fermant le box le plus proche. « Bon, au fait, qu'est-ce qu'on cherche ?

— Un cahier.

— Quoi ? » Elle cessa de forcer sur la clé et se tourna vers lui.

« Un cahier à couverture de toile cirée noire qui appartenait à Joseph Staline. » Il débita la phrase familière, qui prenait peu à peu la forme d'un mantra. (Il se répéta que le cahier ne serait pas là. C'était le Saint Graal. La quête seule comptait et l'on n'était pas censé le trouver.)

« Un cahier de Staline ? Et qu'est-ce que ça vaut ?

— Qu'est-ce que ça vaut ? » Il essaya de faire comme si la question ne l'avait jamais effleuré. « Qu'est-ce que ça vaut ? répéta-t-il. Il est difficile de donner un chiffre précis. Il y a de riches collectionneurs. Ça dépend de ce qu'il y a dedans. (Il écarta les mains.) Je ne sais pas, un demi-million.

— De roubles ?

— De dollars.

— De dollars ? Putain. *Putain* ! » Maintenant impatiente, elle reprit maladroitement ses efforts pour ouvrir le cadenas.

Soudain, en la regardant, il se sentit gagné par son excitation, et sut bien sûr pourquoi il était venu. Parce que cela représentait tout pour lui, non ? C'était bien davantage que de l'argent. C'était une justification. La justification de vingt ans passés à se geler les fesses dans des archives en sous-sol, à se traîner à des conférences le soir en plein hiver — d'abord pour les écouter, ensuite pour les donner —, de vingt ans d'enseignement et de politique universitaire, d'acharnement à écrire des livres qui ne se vendent pas en espérant tout le temps produire un jour quelque chose de valable — quelque chose de grand, de vrai et de définitif —, un morceau d'histoire qui pourrait expliquer *pourquoi les choses se sont passées ainsi.*

« Tenez, dit-il en la poussant presque, laissez-moi essayer. »

Il agita doucement la clé dans la serrure. Elle finit par tourner, et l'arceau se souleva. Kelso fit glisser la chaîne à l'intérieur des gros pitons qui la retenaient.

Une obscurité froide, grasse. Pas de fenêtre. Pas d'électricité. Une antique lampe à pétrole pendue à un clou, près de la porte.

Il prit la lampe et la secoua ; elle était pleine. La jeune femme assura qu'elle savait l'allumer. Elle s'agenouilla sur le sol en terre battue, craqua une allumette et l'approcha de la mèche. Une flamme bleue, puis jaune. Elle souleva la lampe pendant qu'il refermait la porte.

Le garage formait un cimetière de pièces détachées empilées contre les murs. Tout au fond, dans l'ombre, des sièges de voitures étaient disposés pour former un lit, avec un sac de couchage et une couverture, soigneusement pliés. Accrochée à une poutre, il y avait une poulie et tout un système de levage, une chaîne, un crochet. Sous le crochet, un plancher formait un rectangle d'environ un mètre et demi sur deux.

« J'ai toujours connu cet endroit, expliqua-t-elle. Il couchait ici, quand ça allait mal.

— Et ça allait mal jusqu'à quel point ?

— Mal. »

Il prit la lampe et fit le tour de la pièce en éclairant chaque coin. Il ne voyait rien qui ressemblât à une boîte à outils. Sur un établi, il découvrit un plateau en fer-blanc contenant une brosse métallique, quelques tiges de fer, un cylindre, un petit rouleau de fil de cuivre : à quoi cela pouvait-il servir ? L'ignorance de Fluke Kelso en matière de mécanique était insondable et soigneusement entretenue.

« Et lui, il avait une voiture ?

— Je ne sais pas. Il en réparait pour des gens. On lui donnait des choses. »

Il s'arrêta près du lit de fortune. Quelque chose brillait juste au-dessus. Il appela : « Regardez ça ! » Et il approcha la lumière du mur.

Le visage austère de Staline les contemplait sur une vieille affiche. Il y avait encore une bonne dizaine d'autres photos du secrétaire général, arrachées à des journaux. Staline, la mine pensive, derrière un bureau. Staline en chapka. Staline serrant la main d'un général. La dépouille de Staline, exposée.

« Et ça, qui est-ce ? C'est vous ? »

Il désignait une photo de Zinaïda à environ douze ans, en uniforme scolaire. Elle s'en approcha, étonnée.

« Qui aurait cru une chose pareille ? (Elle eut un rire gêné.) Moi, là-haut, en compagnie de Staline. »

Elle contempla encore un instant le portrait.

« Allez, on trouve ce truc, dit-elle en se détournant. Je veux sortir d'ici. »

Kelso tâta l'une des lames du plancher du bout du pied. Elle était simplement posée sur un cadre de bois fiché dans le sol. Il se dit que ce devait être ça. Que c'était sûrement la cachette.

Ils s'y mirent ensemble sous l'œil impavide de Staline, empilant les planches contre le mur pour découvrir une fosse de mécanicien. Elle était profonde. Dans la pénombre, on aurait dit une tombe. Kelso leva la lampe. Le sol était en sable lisse et tassé, couvert de taches d'huile noires. Les côtés étaient étayés de vieilles pannes de bois entre lesquelles Rapava avait ménagé des alcôves pour ranger ses outils. Il donna la lampe à Zinaïda et s'essuya les paumes sur son manteau. Pourquoi donc se sentait-il si nerveux ? Il s'assit un instant sur le bord, jambes pendantes, puis se laissa prudemment glisser à l'intérieur de la fosse. Ses articulations craquèrent quand il s'agenouilla au fond et chercha à tâtons autour de lui, dans l'obscurité humide. Ses mains tombèrent sur un sac de toile.

Il appela : « Eclairez-moi par ici. »

L'étoffe grossière s'en alla facilement, découvrant quelque chose de solide, enveloppé dans du papier journal. Il passa le paquet à Zinaïda. Elle posa la lampe et le défit pour révéler un pistolet. Elle le maniait, remarqua-t-il, avec une dextérité surprenante, sortant le chargeur et le vérifiant — huit cartouches pleines — avant de le remettre en place, abaissant puis soulevant le cran de sûreté.

« Vous savez comment ça marche ?

— Bien sûr. C'est le sien. C'est un Makarov. Il nous a appris à le démonter, à le nettoyer et à tirer quand on était petits. Il le gardait toujours près de lui. Il disait qu'il tuerait s'il le fallait.

— Joli souvenir. » Il crut entendre un bruit à l'extérieur. « Vous avez entendu ? »

Mais elle secoua la tête, trop concentrée sur le pistolet.

Il se laissa retomber à genoux.

Et là, coincé dans l'orifice, il trouva le bout carré d'une boîte métallique, couverte de rouille et de boue séchée. Sans savoir exactement quoi chercher, il ne s'en serait sûrement pas préoccupé. Rapava l'avait bien cachée. Il agrippa les mains de chaque côté et entreprit de tirer. En tout cas, c'était lourd. Que ce soit la boîte ou ce qu'il y avait dedans. La rouille avait aplati les poignées et elle était difficile à saisir. Il la traîna vers le centre de la fosse et la hissa vers le bord. Il avait la joue tout contre le métal et sentait l'odeur de l'acier rouillé, comme s'il avait du sang dans la bouche. Zinaïda se pencha pour l'aider.

Et là, il se passa quelque chose d'étrange : pendant un instant, il crut que la boîte diffusait une sorte de lumière bleu-gris, irréelle. Il y eut un courant d'air froid et il s'aperçut alors que la porte du garage était ouverte et que la silhouette d'un homme s'y encadrait, en train de les observer.

Par la suite, Kelso dut reconnaître que ce fut là le moment décisif, celui où il perdit le contrôle des événements. S'il ne s'en aperçut pas tout de suite, c'est parce que son principal souci était d'empêcher la jeune femme de faire un trou dans la poitrine de R. J. O'Brian.

Le journaliste se tenait appuyé contre le mur du garage, les mains au-dessus de la tête. Kelso ne savait trop s'il croyait vraiment qu'elle allait tirer. Mais une arme à feu restait une arme à feu. Le coup pouvait partir tout seul. Et ce pistolet n'était plus tout jeune.

« Faites-moi plaisir, professeur, dites-lui de poser ce truc, d'accord ? »

Mais Zinaïda braqua de plus belle son arme sur la poitrine de O'Brian, et celui-ci leva les mains plus haut encore en gémissant.

Ça allait, ça allait, assura-t-il. Il était désolé. Il les avait suivis depuis l'aéroport. Bon Dieu, ça n'avait pas été sans mal. Mais il faisait simplement son boulot. Désolé.

Son regard glissa vers la boîte à outils. « C'est ça ? »

La première réaction de Kelso en reconnaissant l'Américain avait été le soulagement. Dieu merci, ce n'était que O'Brian qui les avait suivis depuis Cheremetievo, et pas Mamantov. Mais Zinaïda avait saisi le Makarov et avait fait reculer l'Américain contre le mur.

Elle intima : « La ferme !

— Ecoutez, professeur, j'ai déjà vu partir ce genre de pétoire, et je peux vous dire que ça fait de sacrés dégâts. »

Kelso dit alors, en russe : « Zinaïda, posez ça. » C'était la première fois qu'il l'appelait par son prénom. « Posez votre arme et tirons ça au clair.

— Il ne m'inspire pas confiance.

— A moi non plus. Mais qu'est-ce qu'on peut y faire ? Lâchez ce truc !

— Zinaïda ? Qui est-ce ? Je la connais, non ?

— Elle va au Robotnik. » Kelso parlait sans desserrer les dents. « Vous allez me laissez régler ça ?

— Ah bon Dieu, c'est ça. » O'Brian passa la langue sur ses lèvres épaisses. A la lumière jaune de la lampe, sa figure large et bien nourrie évoquait une citrouille de Halloween. « C'est vrai. Bien sûr. C'est la petite avec qui vous étiez la nuit dernière. Il me semblait bien que je la connaissais.

— La ferme », répéta-t-elle.

O'Brian sourit de toutes ses dents. « Ecoutez, Zinaïda, on n'a pas besoin d'être les uns contre les autres. On peut partager, non ? On coupe la poire en trois. Moi, tout ce que je veux, c'est mon reportage. Dites-lui, Fluke. Dites-lui que je peux éviter de citer son nom. Elle me connaît. Elle comprendra. Elle comprend les affaires, comme fille, pas vrai, chérie ?

— Qu'est-ce qu'il dit ? »

Il lui traduisit les paroles du journaliste.

« *Niet* », fit-elle. Puis, en anglais, à l'adresse de O'Brian : « Pas question.

— Vous me faites rire, tous les deux, grinça O'Brian. L'historien et la putain. D'accord, vous pouvez lui dire. Dites-lui aussi qu'elle peut traiter avec moi ou bien qu'on peut rester comme ça pendant une heure ou deux et avoir toute la presse de Moscou qui va rappliquer ici. Et la milice. Et les types qui ont tué le vieux, peut-être. Dites-lui ça. »

Mais Kelso n'eut pas besoin de traduire. Elle avait compris.

Elle resta encore trente secondes immobile, le front plissé, puis remit le cran de sûreté et abaissa lentement le canon de son arme. O'Brian respira.

« A propos, qu'est-ce qu'elle vient faire là-dedans ?

— C'est la fille de Papou Rapava.

— Ah. » O'Brian hocha la tête. Maintenant, il avait saisi.

La boîte à outils gisait sur le sol de terre battue.

O'Brian ne voulait pas qu'ils l'ouvrent, pas tout de suite. Il voulait capturer ce grand moment, expliqua-t-il, « pour la postérité et le journal du soir ». Il alla chercher sa caméra.

Dès qu'il fut parti, Kelso sortit une cigarette de son paquet à moitié vide et la proposa à Zinaïda. Elle la prit et se pencha vers lui, le regardant bien en face pendant qu'il lui donnait du feu, la flamme se reflétant dans ses yeux sombres. Il pensa que moins de douze heures plus tôt, elle était prête à aller au lit avec lui pour deux cents dollars... merde, qui était-elle donc ?

Elle demanda : « A quoi pensez-vous ?

— A rien. Ça va ?

— Il ne m'inspire pas confiance », insista-t-elle. Elle rejeta la tête en arrière et souffla la fumée vers le plafond. « Qu'est-ce qu'il fait ?

— Je vais lui dire de se dépêcher. »

Dehors, O'Brian était assis à l'avant d'un 4x4 Toyota Land Cruiser et changeait la pile d'une toute petite caméra vidéo. La vue de la Toyota donna à Kelso une nouvelle suée d'inquiétude.

« Vous ne conduisez pas une BMW ?

— Une BMW ? Je ne suis pas un homme d'affaires. Pourquoi ? »

Le champ était désert. Le vieux qui creusait tout à l'heure avait disparu.

« Zinaïda avait l'impression que nous étions suivis depuis l'aéroport par une BMW, septième série.

— Septième série ? C'est une voiture de la Mafia. » O'Brian descendit de la Toyota et porta la caméra à son œil. « Si j'étais vous, je ne ferais pas attention à ce que raconte Zinaïda. Elle est folle. » Le porc sortit de son enclos et s'approcha d'eux au petit trot, espérant obtenir à manger. « Eh, cochonnet, cochonnet, par ici ! » Il se mit à le filmer. « Vous savez ce qu'on dit ? “Un chien lève les yeux vers vous, un chat baisse les yeux vers vous, mais un cochon, ça vous regarde droit dans les yeux.” » Il se tourna et pointa sa caméra sur Kelso. « Souriez, professeur. Je vais vous rendre célèbre. »

Kelso posa la main sur l'objectif. « Ecoutez, monsieur O'Brian...

— R. J.

— Ce sont les initiales de quoi ?

— Tout le monde m'appelle R. J.

— D'accord, R. J., voilà ce que je vais faire. Je vais vous laisser me filmer. Si vous insistez. Mais à trois conditions.

— Qui sont ?

— Un, vous cessez de m'appeler *professeur.* Deux, vous laissez son nom en dehors de tout ça. Et trois, rien de tout cela ne doit être montré — pas une seconde, vous m'entendez ? — tant que ce cahier, ou je ne sais ce qu'on va trouver, n'aura pas été légalement authentifié.

— Accordé. » O'Brian glissa la caméra dans sa poche. « En fait, ça va peut-être vous surprendre, mais j'ai une réputation à défendre. Et d'après ce que j'ai entendu dire, *docteur,* elle est sacrément meilleure que la vôtre. »

Il pointa sa clé électronique vers la Toyota. Un bip se fit entendre et les portières se verrouillèrent. Kelso jeta un dernier regard alentour et le suivit dans le garage.

O'Brian demanda à Kelso de remettre la boîte à outils dans sa cachette puis de la ressortir. Il le fit recommencer deux fois, le filmant une fois de face, l'autre de profil. Zinaïda les observait attentivement, mais prenait garde de ne pas se trouver dans le champ de la caméra. Elle fumait cigarette sur cigarette, un bras crispé défensivement sur le ventre. Quand O'Brian eut enfin ce qu'il voulait, Kelso porta la boîte sur l'établi et en rapprocha la lampe. Il n'y avait pas de serrure, mais deux fermoirs à ressort de chaque côté du couvercle. Ils avaient été nettoyés très récemment, et graissés. L'un d'eux était cassé. L'autre s'ouvrit.

Nous y voilà, mon petit gars.

« Ce que je veux, dit O'Brian, c'est que vous décriviez ce que vous voyez. Parlez-nous tout le temps. »

Kelso examina la boîte.

« Avez-vous des gants ? demanda-t-il.

— Des gants ?

— Si ce qu'il y a à l'intérieur est authentique, il devrait y avoir les empreintes de Staline dessus. Et celles de Beria aussi. Je ne voudrais pas abîmer les preuves.

— Les *empreintes* de Staline ?

— Evidemment. Vous n'avez jamais entendu parler des doigts de Staline ? Le poète bolchevique Demian Bedni s'est plaint un jour qu'il n'aimait pas prêter ses livres à Staline parce qu'on les lui rendait toujours couverts de traces de doigts grasses. Ossip Mandelstam — un bien plus grand poète — a entendu parler de cette histoire, et il l'a mise dans un poème sur Staline : "Ses doigts sont gros comme des asticots."

— Et qu'est-ce que Staline en a pensé ?

— Mandelstam a fini dans un camp de travail.

— D'accord. J'imagine que j'aurais dû trouver ça tout seul. (O'Brian fouilla dans ses poches.) Bon, des gants. On y va. »

Kelso les enfila. Ils étaient en cuir bleu sombre, légèrement trop grands, mais ils feraient l'affaire. Il plia les doigts tel un chirurgien avant une transplantation, un pianiste avant un concert. Cette pensée le fit sourire. Il adressa un coup d'œil à Zinaïda. Elle avait le visage fermé. L'expression de O'Brian était dissimulée par la caméra.

« Bon, je tourne. C'est quand vous voulez.

— D'accord. J'ouvre le couvercle, qui... résiste, comme on pouvait... s'y attendre. »

Kelso cilla sous l'effort. Le haut se souleva légèrement, juste assez pour qu'il puisse glisser ses doigts dans la fente, et il lui fallut alors toute sa force pour écarter les deux parois métalliques. Elles cédèrent brusquement, comme une mâchoire brisée, avec un hurlement de métal oxydé. « Il n'y a qu'un seul objet à l'intérieur... une sorte de sac... en cuir, apparemment... pas mal moisi. »

La serviette n'était plus qu'un suaire de champignons divers, filaments végétaux bleu pâle, verts et gris, et taches blanches piquetées de noir. Il s'en dégageait une odeur de pourriture. Kelso la sortit de la boîte et la retourna devant la lumière. Il en frotta la surface avec le pouce. Très effacé, le spectre d'une image commença à apparaître. « Il y a ici un embossage de marteau et de faucille... cela suggérerait qu'il s'agit bien d'une sorte de serviette officielle... la boucle ici a été graissée... on a retiré une partie de la rouille. » Il s'imaginait les doigts sans ongles de Rapava, fébriles dans son excitation à découvrir ce qui lui avait coûté tant d'années de sa vie.

La courroie glissa sur le métal piqué, laissant un résidu farineux. La serviette s'ouvrit. Le mycélium s'était répandu à l'intérieur, se nourrissant du cuir humide, et Kelso sut, en retirant le contenu du sac, qu'il ne pourrait être qu'authentique, qu'aucun faussaire n'aurait laissé son œuvre se détériorer à ce point : cela aurait été contre nature. Ce qui avait été une liasse de papier s'était aggloméré, avait gonflé et avait été recouvert par le même cancer de spores destructrices que le cuir. Les pages du cahier s'étaient elles aussi déformées, mais dans une moindre mesure, grâce à la protection de la couverture de toile cirée noire.

La couverture s'ouvrit, le dos se déchira.

Sur la première page : rien.

Sur la deuxième : une photographie soigneusement découpée dans un magazine, et collée au milieu de la page. Un groupe de jeunes femmes de moins de vingt ans, en tenue de sport — short, maillot, écharpe en bandoulière — défilant au pas, le regard fixe, en brandissant un portrait de Staline. La parade avait visiblement lieu sur la place Rouge. La légende indiquait : « *Unité du Komsomol n° 2 de l'Oblast d'Arkhangelsk donne le pas ! Au premier rang, de gauche à droite : I. Primakova, A. Safanova, D. Merkoulova, K. Til, M. Arsenieva...* » Une petite croix rouge avait été tracée devant le jeune visage de A. Safanova.

Kelso prit le cahier et souffla pour séparer la deuxième page de la troisième. Ses mains transpiraient à l'intérieur des gants. Il se sentait d'une maladresse absurde, comme s'il essayait de passer un fil dans le chas d'une aiguille en portant des moufles.

Sur la troisième page : de l'écriture, au crayon à demi effacé.

O'Brian lui toucha l'épaule, le pressant de dire quelque chose.

« Ce n'est pas l'écriture de Staline, de ça je suis sûr... on dirait plutôt que c'est quelqu'un qui écrit sur Staline. » Il approcha les feuillets de la lampe. « “Il se tient à l'écart des autres, sur le toit du tombeau de Lénine. Il lève la main en signe de salut. Il sourit. Nous passons devant lui, en bas. Son regard nous touche comme les rayons du soleil. Il me regarde dans les yeux. Je suis transpercée par son pouvoir. Tout autour de nous, la foule éclate en un tonnerre d'applaudissements.” La suite est brouillée. Puis on peut lire : “Le grand Staline a vécu, le grand Staline vit, le grand Staline vivra toujours !...” »

CHAPITRE 14

Le grand Staline a vécu !
Le grand Staline vit !
Le grand Staline vivra toujours !

12/5/51. Nous avons notre photo dans Ogoniok *! Maria a fait irruption à la fin de la première heure de cours pour me le montrer. Je me trouve affreuse, et M. me reproche ma vanité. (Elle dit toujours que j'accorde trop d'importance au fait d'être jolie : cela ne convient pas à une future membre du Parti. Elle peut toujours dire ça, elle qui ressemble toujours à un char !) Toute la matinée, les camarades passent nous voir pour nous féliciter. Le côté pénible de cette période est oublié, pour une fois. Nous sommes si heureuses...*

5/6/51. Il fait chaud et ensoleillé. La Dvina est dorée. Je rentre de l'institut. Papa est là, bien plus tôt que d'habitude, mais la mine grave. Maman est forte, comme toujours. Il y a un étranger avec eux, un camarade des organes du Comité central de Moscou ! Je n'ai pas peur de lui. Je sais que je n'ai rien fait de mal. Et l'étranger sourit. Il est petit de taille... Il me plaît bien. Il porte un chapeau, des gants et un manteau de cuir malgré la chaleur. L'étranger s'appelle Mekhlis, je crois. Il explique qu'après enquête complète j'ai été choisie pour une mission spéciale en relation avec les plus hautes instances du Parti. Il ne peut en dire plus pour raison de sécurité. Si j'accepte, je devrai me rendre à Moscou et y rester un an, peut-être deux. Puis je pourrai rentrer à Arkhangelsk et reprendre mes études. Il me propose de revenir chercher ma réponse demain matin, mais je la lui donne maintenant, de tout mon cœur : Oui ! Mais comme j'ai dix-neuf ans, il lui faut la permis-

sion de mes parents. Oh, je t'en prie papa ! S'il te plaît, s'il te plaît ! Papa est très ému. Il sort avec le camarade Mekhlis dans le jardin, et quand il revient son visage est grave. Si c'est ce que je veux, et si c'est la volonté du Parti, il ne me retiendra pas. Maman est tellement fière.

A Moscou alors, pour la deuxième fois de ma vie !

Je sais que Sa main est derrière tout cela.

Je suis si heureuse que je pourrais mourir...

10/6/51. C'est maman qui me conduit à la gare. Papa est resté à la maison. J'embrasse ses joues si chères. Adieu ma mère, adieu mon enfance. Les voitures sont bondées. Le train part. Certains courent le long du quai, mais maman reste immobile et disparaît rapidement. Nous traversons la Dvina. Je suis seule. Pauvre Anna ! Et il n'y a pas pire journée pour voyager. Mais j'ai mes vêtements, de quoi manger, un livre ou deux, et ce journal, à qui je confierai toutes mes pensées... qui sera mon ami. Nous nous enfonçons vers le sud, dans la forêt et la toundra. Un grand soleil rouge luit comme un incendie à travers les arbres. Isakogorka. Obozerski. Voilà, j'ai écrit tout ce qui s'est passé jusqu'à maintenant, et je ne vois plus assez clair pour continuer.

11/6/51. Lundi matin. La ville de Vojega surgit avec l'aube. Des passagers se lèvent pour se dégourdir les jambes, mais je reste à ma place. Une odeur de fumée provient du couloir. Un homme, assis en face de moi, me regarde écrire. Il fait semblant de dormir. Je l'intrigue. Si seulement il savait ! Et il reste encore onze heures de voyage avant d'arriver à Moscou ! Comment un seul homme peut-il diriger une telle nation ? Comment une telle nation pourrait-elle exister sans un tel homme pour la diriger ?

Kharovsk. Sokol. Autant de noms sur la carte qui deviennent des villes bien réelles.

Vologda. Danilov. Iaroslavl.

La peur me prend. Je suis si loin de chez moi. La dernière fois, nous étions vingt filles, qui riions bêtement. Oh, papa !

Aleksandrov.

Maintenant, nous arrivons dans la banlieue de Moscou. Un frémissement d'excitation parcourt tout le train. Les grands ensembles et les usines s'étendent de toutes parts, et cela paraît aussi vaste que la toundra. Il y a une brume chaude de métal et de fumée. Le soleil de juin est beaucoup plus chaud ici que chez nous. Je suis à nouveau très excitée.

4 h 30 ! La gare Iaroslavskaïa ! Et maintenant ?

PLUS TARD. Le train s'arrête. L'homme d'en face, qui m'a observée pendant tout le voyage, se penche en avant. « Anna Mikhaïlovna Safanova ? » Pendant un instant, je suis trop éberluée pour parler. « Oui ? — Bienvenue à Moscou. Venez avec moi, s'il vous plaît. » Il est vêtu d'un manteau de cuir, comme le camarade Mekhlis. Il porte ma valise jusqu'à l'entrée de la gare, place Komsomolskaïa. Une voiture attend, avec un chauffeur. Nous roulons longtemps. Au moins une heure. Je ne sais pas où. Il me semble qu'on traverse toute la ville puis qu'on en sort de nouveau. Par une grande route qui mène à une forêt de bouleaux. Il y a une haute clôture, et des soldats qui contrôlent nos papiers. Nous roulons encore un peu. Et puis il y a une maison, dans un grand jardin.

(Eh oui, maman, c'est une maison modeste ! Deux étages seulement. Ton bon cœur bolchevique se réjouirait devant tant de simplicité !)

On me conduit derrière la maison en passant par le côté. C'est l'aile des domestiques, reliée à l'habitation principale par un long couloir. Là, dans la cuisine, il y a une femme qui attend. Elle a les cheveux gris et elle est presque vieille. Gentille. Elle m'appelle « petite ». C'est Valetchka Istomina. Un repas simple a été préparé, de la viande froide et du pain, des harengs marinés, du kvas. Elle m'observe. (Tout le monde observe tout le monde ici : c'est drôle de lever les yeux et de toujours trouver un regard braqué sur soi.) De temps en temps, il y a des gardes qui s'approchent pour me voir. Ils ne disent pas grand-chose, mais quand ils parlent, ils ont l'accent géorgien. Il y en a un qui demande : « Alors, Valetchka, le patron était de bonne humeur, ce matin ? » Mais Valetchka le fait taire et me désigne d'un signe de tête.

Je ne suis pas assez bête pour poser des questions. Pas déjà.

Valetchka dit : « Nous parlerons demain. Repose-toi, maintenant. »

J'ai une chambre pour moi toute seule. La fille qui l'occupait avant est partie. Elle a laissé deux jupes et deux chemisiers noirs pour moi.

Ma chambre donne sur un coin de pelouse, un kiosque minuscule et les bois. Les oiseaux chantent en cette soirée d'été naissant. C'est si paisible. Et pourtant, un garde passe devant la fenêtre toutes les deux minutes.

Je suis allongée sur mon petit lit, en pleine chaleur, et j'essaie de dormir. Je pensa à Arkhangelsk en hiver : les lanternes de couleur disposées sur la Dvina gelée, le patin à glace, les craquements de la glace, la nuit, la cueillette des champignons dans la forêt. Je voudrais être à la maison. Mais ce sont des idées stupides.

Il faut que je dorme.

Pourquoi cet homme, dans le train, m'a-t-il observée pendant tout ce temps ?

PLUS TARD. Dans le noir, un bruit de voitures.
Il est rentré.

12/6/51. Quelle journée. J'arrive à peine à écrire. Mes mains tremblent trop. (Elles ne tremblaient pas tout à l'heure, mais maintenant, oui.) A sept heures, je vais dans la cuisine. Valetchka est déjà levée, en train de trier un grand fouillis de porcelaine, de verres brisés et de restes de nourriture rassemblés en tas au milieu d'une nappe. Elle m'explique comment on débarrasse la table chaque soir : deux gardes prennent chacun deux coins de la nappe et emportent le tout ! Notre première tâche est donc chaque matin de sauver ce qui n'est pas cassé pour le laver. Pendant que nous travaillons, Valetchka m'explique la routine de la maison. Il se lève assez tard et aime parfois à travailler dans le jardin. Puis il va au Kremlin et l'on en profite pour faire le ménage de ses appartements. Il ne revient jamais avant neuf ou dix heures du soir, et il y a alors un dîner. Il va se coucher vers deux ou trois heures du matin. C'est ainsi sept jours sur sept. Les règles à suivre : quand on s'approche de Lui, le faire ouvertement. Il déteste qu'on arrive sans bruit près de Lui. Quand il faut frapper à une porte, frapper fort. Ne pas traîner. Ne parler que si l'on vous adresse la parole. Et quand on a besoin de Lui dire quelque chose, toujours Le regarder dans les yeux.

Elle prépare un petit déjeuner tout simple avec café, pain et viande, qu'elle emporte. Plus tard, elle me demande d'aller chercher le plateau. Avant de me laisser sortir, elle me demande d'attacher mes cheveux et me fait tourner en m'examinant. Elle décrète que ça ira. Elle m'explique qu'Il travaille à une table qui se trouve au bout de la pelouse, au sud de la maison. Ou qu'Il travaillait là. Il bouge tout le temps, change sans cesse de place. C'est Son habitude. Les gardes sauront où regarder.

Comment pourrais-je décrire ce moment ? Je suis calme. Tu aurais été fier de moi. Je me souviens très bien de ce qu'il faut faire. Je fais le tour de la pelouse et je me dirige vers Lui, bien en vue. Il est assis, seul, sur un banc, penché au-dessus d'une liasse de papiers. Le plateau est posé sur une table, à côté de Lui. Il lève les yeux à mon approche puis se replonge dans Son travail. Mais, alors que je m'éloigne sur la pelouse... Eh bien je jure que je sens ses yeux sur mon dos, pendant tout le chemin, jusqu'à ce que je sois hors de vue. Valetchka rit en voyant mon visage livide.

Je ne Le revois pas ensuite.

Maintenant (il est dix heures passées) : un bruit de voitures.

14/6/51. La nuit dernière. Tard. Je suis dans la cuisine avec Valetchka quand Lozgatchev (un garde) arrive en courant, tout en nage, pour annoncer que le patron n'a plus d'Ararat. Valetchka prend une bouteille, mais au lieu de la donner à Lozgatchev, elle me la donne à moi : « Laisse Anna la porter. » Elle veut m'aider... Chère Valetchka ! Lozgatchev me conduit donc par le couloir dans la maison principale. J'entends des voix masculines. Des rires. Il frappe fort à la porte et se range de côté. J'entre. Il fait chaud dans la pièce, étouffant. Il y a sept ou huit hommes autour de la table, rien que des visages familiers. L'un d'eux — le camarade Khrouchtchev, je crois — est debout et propose un toast. Il a la figure empourprée, couverte de sueur. Il s'interrompt. Il y a de la nourriture partout, comme s'ils s'étaient amusés à la lancer. Tous me regardent. Le camarade Staline préside à la table. Je pose la bouteille près de lui. Il a la voix douce et bonne. Il me dit : « Et comment t'appelles-tu, jeune camarade ? — Anna Safanova, camarade Staline. » Je pense à le regarder droit dans les yeux. Il les a d'une grande profondeur. L'homme à côté de lui dit : « Elle vient d'Arkhangelsk, patron. » Et le camarade Khrouchtchev ajoute : « Tu peux faire confiance à Lavrenti pour savoir d'où elle vient ! » Des rires encore. « Ne fais pas attention à ces personnages grossiers, me dit le camarade Staline. Merci, Anna Safanova. » Je ferme la porte et ils reprennent leur conversation. Valetchka m'attend au bout du couloir. Elle met son bras autour de moi et nous retournons à la cuisine. Je tremble ; ce doit être de joie.

16/6/51. Le camarade Staline a demandé qu'à partir de maintenant ce soit moi qui lui porte son petit déjeuner.

21/6/51. Il est, comme d'habitude, dans le jardin ce matin. Comme je voudrais qu'on puisse le voir ici ! Il aime écouter le chant des oiseaux, tailler les massifs de fleurs. Mais ses mains tremblent. Je l'entends jurer pendant que je pose le plateau. Il s'est coupé. Je prends la serviette et la lui porte. Il me regarde d'abord d'un air soupçonneux. Puis il tend sa main et je l'enveloppe dans la serviette blanche. De petites taches de sang apparaissent dessus. « Tu n'as pas peur du camarade Staline, Anna Safanova ? — Pourquoi aurais-je peur de vous, camarade Staline ? — Les médecins ont peur du camarade Staline. Quand ils doivent changer un bandage au camarade Staline, leurs mains tremblent tellement qu'il doit le faire lui-même. Ah, mais si leurs mains ne tremblaient pas...

eh bien, qu'est-ce que cela pourrait bien vouloir dire ? Merci, Anna Safanova. »

Oh, maman et papa, il est si seul ! Votre cœur ne manquerait pas de s'ouvrir pour lui. Il n'est fait que de chair et de sang après tout, comme nous tous. Et, de près, il est vieux. Beaucoup plus vieux qu'il n'apparaît sur les photos. Ses moustaches sont grises, avec du jaune sur les bords, à cause de la fumée de sa pipe. Il n'a presque plus de dents. Sa poitrine fait du bruit quand il respire. J'ai peur pour lui. Pour nous tous.

30/6/51. Trois heures du matin. Un coup à ma porte. Valetchka est devant, en chemise de nuit, une lampe de poche à la main. Il était dans le jardin, en train de tailler ses fleurs au clair de lune, et il s'est coupé encore ! Il m'appelle ! Je m'habille rapidement et la suis dans le couloir. Il fait doux. Nous traversons la salle à manger et pénétrons dans ses appartements privés. Il a trois chambres et il en change sans cesse, une nuit dans une chambre, la suivante dans une autre. Personne ne sait jamais dans laquelle. Il dort sur un divan, avec une simple couverture. Valetchka nous laisse. Il est assis sur le divan, la main tendue. Ce n'est qu'une égratignure. Il ne me faut pas plus de trente secondes pour le bander avec son mouchoir. « L'intrépide Anna Safanova... »

Je sens qu'il veut que je reste. Il m'interroge sur là d'où je viens, sur mes parents, mon travail au Parti, mes projets d'avenir. Je lui dis que je m'intéresse au droit. Il a un reniflement de mépris : il n'a pas beaucoup de considération pour les juristes ! Il voudrait en savoir plus sur la vie à Arkhangelsk en hiver. Ai-je déjà vu les lueurs de l'aurore boréale ? (Bien sûr !) Quand tombent les premières neiges ? Je lui réponds que c'est à la fin du mois de septembre, et que dès la fin octobre la ville est prise dans les neiges et que seuls les trains peuvent y pénétrer. Il est avide de détails. La Dvina qui gèle et les chemins de planches qu'on aménage dessus. La lumière du jour qui ne dure que quatre heures sur vingt-quatre. La température qui tombe à – 35 °C et les gens qui vont pêcher sous la glace, en forêt...

Il écoute avec beaucoup d'attention. « Le camarade Staline pense que l'âme de la Russie réside dans les glaces et la solitude du Grand Nord. L'exil du camarade Staline — cela se passait avant la Révolution, à Koureika, dans le cercle Arctique — a été la période la plus heureuse de sa vie. C'est là que le camarade Staline a appris à chasser et à pêcher. Ce porc de Trotski soutenait que le camarade Staline ne se servait que de pièges. C'est un sale mensonge ! Le camarade Staline pose des pièges, oui, mais il met aussi des lignes dans des trous de glace, et il était tellement doué pour trouver les poissons que les gens du cru le croyaient doté de pouvoirs surnaturels. En un jour, le camarade Staline a parcouru quarante-cinq verstes à skis et tué douze couples de perdrix en tirant vingt-quatre coups. Le camarade Trotski pourrait-il en dire autant ? »

Je voudrais pouvoir me souvenir de tout ce qu'il a dit. Peut-être est-ce ma destinée : enregistrer ses propos pour la postérité.

Lorsque je le quitte pour retourner au lit, il fait jour.

8/7/51. Même scénario que la dernière fois. Valetchka devant ma porte à trois heures du matin. Il s'est coupé, il veut que je vienne. Mais quand j'arrive auprès de lui, je ne vois aucune blessure. Il rit de sa plaisanterie et me demande de nouer tout de même le mouchoir sur sa main. Il me caresse la joue puis la pince. « Tu vois, intrépide Anna Safanova, quel prisonnier tu as fait de moi ? ! »

Il n'est pas dans la même chambre que la dernière fois. Il y a des photos d'enfants sur les murs, découpées dans des journaux. Des enfants qui jouent dans une cerisaie. Un garçon sur des skis. Une petite fille qui boit du lait de chèvre dans une corne. Beaucoup de photos. Il remarque que je les regarde, et cela l'encourage à me parler franchement de ses propres enfants. Un de ses fils est mort. Un autre est un ivrogne. Sa fille s'est mariée deux fois, la première fois à un juif : il ne lui a jamais permis de franchir le seuil de la maison ! Qu'a donc fait le camarade Staline pour mériter cela ? La plupart des hommes engendrent des enfants normaux. Est-ce le sang qui n'allait pas ou l'éducation ? Y avait-il un problème au départ avec les mères ? (C'est ce qu'il pense, en se fondant sur le reste de leurs familles, qui n'ont cessé de lui causer des difficultés.) Ou était-il simplement impossible pour les enfants du camarade Staline d'évoluer normalement, étant donné sa position élevée au sein de l'Etat et du Parti ? C'est toujours le vieux dilemme, plus ancien même que la lutte des classes.

Il me demande si j'ai entendu parler du discours de 1948 du camarade Trofime Lyssenko devant l'Académie pan-soviétique Lénine des sciences de l'agriculture. Je lui réponds que oui. Il paraît satisfait.

« Mais c'est le camarade Staline qui a écrit ce discours ! Après toute une vie d'étude et de lutte, le camarade Staline est arrivé à la conclusion que les caractères acquis finissent par devenir innés. Mais bien sûr, ces découvertes doivent être formulées par d'autres, de même que c'est aux scientifiques de tirer de ce principe une science d'application.

« Rappelle-toi les paroles historiques de Staline à Gorki : "Il incombe à l'Etat prolétaire de produire les ingénieurs de l'âme humaine".

« Es-tu une bonne bolchevique, Anna Safanova ? »

Je lui jure que je le suis.

« Veux-tu le prouver ? Veux-tu danser pour le camarade Staline ? »

Il y a un gramophone dans un coin de la pièce. Il s'en approche. Je...

CHAPITRE 15

« Et ça finit comme ça ? demanda O'Brian. (Sa voix exprimait un profond dépit.) Juste comme ça ?

— Voyez par vous-même. » Kelso tourna le fascicule pour le leur montrer. « Les vingt pages suivantes ont été arrachées. Et là, regardez, on voit comment ça a été fait. Les fragments qui restent attachés à la reliure sont de longueurs différentes.

— Et alors, qu'est-ce que ça veut dire ?

— Cela signifie qu'on ne les a pas arrachées d'un coup mais une par une. Méthodiquement. » Kelso reprit son examen. « Il reste des pages à la fin, une cinquantaine, mais on n'a pas écrit dessus. On a dessiné — griffonné serait plus exact — dessus au crayon rouge. Et c'est toujours le même dessin, vous voyez ?

— Qu'est-ce que c'est ? » O'Brian s'approcha, la caméra tournant toujours. « On dirait des loups.

— Ce sont des loups. Des têtes de loups. Staline dessinait souvent des loups dans la marge de documents officiels quand il réfléchissait.

— Bon sang. Alors, vous pensez que c'est authentique ?

— Tant qu'il n'y a pas eu d'expertise légale, je ne me prononcerai pas. Je suis désolé. Pas officiellement.

— Officieusement alors — ça ne sera pas cité —, qu'est-ce que vous en pensez ?

— Oh, c'est authentique, répliqua Kelso sans hésiter. J'en donnerais ma tête à couper. »

O'Brian arrêta sa caméra.

* * *

Ils avaient déjà quitté le garage et se trouvaient dans les locaux moscovites de Satellite News System, qui occupaient le dixième et dernier étage d'un immeuble situé juste au sud du stade Olympique. Une cloison de verre séparait le bureau de O'Brian de la production principale, où une secrétaire paraissait s'ennuyer devant un écran d'ordinateur. A côté d'elle, un téléviseur muet branché sur SNS passait des extraits des matchs de base-ball de la veille au soir. Par un vasistas, Kelso voyait une grande antenne satellite présentée comme un plat à offrandes aux nuages rebondis de Moscou.

« Et combien de temps ça va prendre de faire examiner ce document ? demanda O'Brian.

— Deux semaines peut-être, répondit Kelso. Un mois.

— Impossible, répliqua O'Brian. Impossible d'attendre si longtemps.

— Enfin, réfléchissez. Tout d'abord, techniquement, ce document appartient au gouvernement russe. Ou aux héritiers de Staline. Ou à je ne sais qui. En tout cas, il n'est pas à nous — à Zinaïda, je veux dire. »

Zinaïda se tenait près de la fenêtre et regardait par un espace qu'elle avait pratiqué en écartant deux lames du store. En entendant son nom, elle jeta un bref coup d'œil en direction de Kelso. Elle avait à peine prononcé un mot au cours de la dernière heure — et aucun lorsqu'ils se trouvaient encore dans le garage ni même pendant le trajet jusqu'à Moscou, roulant bien sagement derrière O'Brian.

« Il n'est donc pas prudent de le garder ici, poursuivit Kelso. Nous devons le sortir de ce pays. C'est la première priorité. Dieu seul sait qui le cherche à présent. Et, en ce qui me concerne, le simple fait de se trouver dans la même pièce est déjà sacrément dangereux. Quant aux tests eux-mêmes... on peut les faire faire n'importe où. Je connais des gens à Oxford qui peuvent analyser l'encre et le papier. Il y a des spécialistes en Allemagne, en Suisse... »

O'Brian semblait ne pas écouter. Il avait les pieds posés sur son bureau, son corps longiligne carré dans son fauteuil et les mains nouées derrière la tête. « Vous savez ce qu'il faut qu'on fasse, en fait ? hasarda-t-il. Il faut qu'on retrouve la fille. »

Kelso le dévisagea un instant. « Qu'on retrouve la fille ? Mais qu'est-ce que vous racontez ? Il n'y aura pas de fille. La fille sera morte.

— On ne peut pas en être sûrs. Elle n'aurait que — combien ? — soixante ans et quelques.

— Elle aurait soixante-six ans. Mais ce n'est pas le problème. Ce n'est pas de *vieillesse* qu'elle sera morte. Avec qui croyez-vous qu'elle faisait joujou, là-bas ? Le prince charmant ? Elle n'aura certainement pas vécu heureuse et eu beaucoup d'enfants.

— Peut-être pas, mais il faut quand même qu'on apprenne ce qui lui est arrivé. Ce qu'est devenue sa famille. L'aspect humain. C'est ça, le sujet. »

Le mur, derrière la tête de O'Brian, était tapissé de photos : O'Brian avec Yasser Arafat, O'Brian avec Gerry Adams, O'Brian en gilet pare-balles près d'une fosse commune quelque part dans les Balkans, et une autre le montrant, en attirail de protection, en train de traverser un champ de mines en compagnie de la princesse de Galles. O'Brian en smoking, recevant une récompense — pour son pur génie d'être simplement O'Brian, peut-être ? Des coupures de O'Brian. Des reportages de O'Brian. Un panégyrique signé par le P-DG de SNS, louant O'Brian pour son « engagement incessant dans la compétition contre nos adversaires ». Pour la première fois, et bien trop tard, Kelso commença à prendre la mesure de l'ambition du personnage.

« Rien, fit Kelso très nettement, afin qu'il ne pût subsister aucune ambiguïté, *rien* ne doit être rendu public tant que ces documents n'ont pas quitté le pays et été légalement authentifiés. Vous m'entendez ? Nous étions d'accord là-dessus. »

O'Brian fit claquer ses doigts. « Oui, oui, oui. D'accord. Mais entre-temps, il faut qu'on trouve ce que cette fille est devenue. Il faut qu'on fasse ça de toute façon. Si on file avec le cahier avant d'avoir découvert ce qui est arrivé à Anna, quelqu'un d'autre le fera et nous soufflera la meilleure partie du gâteau. » Il retira ses pieds du bureau et fit tourner son fauteuil vers la bibliothèque qui se trouvait à côté. « Bon, où se trouve cette putain d'Arkhangelsk, maintenant ? »

* * *

Tout se passa avec une sorte de logique inexorable, de sorte que par la suite, lorsque Kelso eut le temps de passer en revue chacune de ses actions, il ne put jamais déterminer l'instant précis où il aurait pu arrêter la catastrophe, détourner les événements vers un cours différent...

« "Arkhangelsk", lut O'Brian dans son guide. "Ville portuaire du nord de la Russie. Population : quatre cent mille habitants. Située sur la Dvina du Nord, à une cinquantaine de kilomètres de la mer Blanche. Principales industries : le bois, la construction navale et la pêche. Arkhangelsk est prise dans les neiges de la fin octobre au début du mois d'avril." Merde ! On est le combien ?

— Le 29 octobre. »

O'Brian décrocha le téléphone et tapa un numéro. De sa place, sur le canapé, Kelso regarda à travers l'épaisse cloison de verre la secrétaire décrocher silencieusement son combiné.

« Ma chérie, fit O'Brian, tu veux bien me rendre un service ? Branche-toi sur le centre météo de Floride et donne-moi les dernières prévisions pour le temps qu'il va faire à Arkhangelsk. (Il lui épela le nom.) C'est ça. Aussi vite que tu peux. »

Kelso ferma les yeux.

Le problème — il le savait tout au fond de lui-même — était que O'Brian avait raison. Le vrai sujet, c'était la fille. Et l'on ne pouvait retracer ce sujet-là à Moscou. Si l'on devait retrouver la piste quelque part, ce ne pourrait être que dans le Nord, chez elle, là où il pouvait encore rester de la famille, des amis susceptibles de se souvenir d'elle : de la fille de dix-neuf ans membre active du Komsomol et de sa soudaine convocation à Moscou pendant l'été 1951...

« "Arkhangelsk, reprit O'Brian, fut fondée par Pierre le Grand et baptisée du nom de l'archange Michel, l'ange guerrier. Voir le Livre des Révélations, chapitre XII, versets 7 et 8 : 'Et il y eut une guerre dans le ciel : Michel et ses anges combattirent contre le dragon ; et le dragon et ses anges combattirent, mais ils ne furent pas les plus forts.' Dans les années 1930..."

— On doit vraiment écouter ça ? »

Mais O'Brian leva le doigt.

« "Dans les années 1930, Staline exila deux millions de koulaks ukrainiens dans l'Oblast d'Arkhangelsk, région de toundra et de forêts plus vaste que la France. Après la guerre, on effectua dans cette vaste région des essais nucléaires. Arkhangelsk a pour avant-port Severodvinsk, centre du programme russe de construction de sous-marins nucléaires. Arkhangelsk était, jusqu'à la chute du communisme, une ville fermée, interdite à tous les visiteurs étrangers. Conseil au voyageur : quand vous arrivez à la gare d'Arkhangelsk, vérifiez toujours le compteur numérique de radiation ; s'il affiche moins de 15 microrads par heure, il n'y a pas de problème." » O'Brian referma l'ouvrage avec un claquement joyeux. « Ça a l'air sympa comme coin. Qu'est-ce que vous en pensez ? Vous êtes partant ? »

Je suis coincé, pensa Kelso. *Je suis victime de l'inexorabilité historique. Le camarade Staline aurait apprécié.*

« Vous savez que je n'ai pas d'argent...

— Je vous en prêterai.

— Pas de vêtements d'hiver...

— On a des vêtements chauds.

— Pas de visa...

— Un détail.

— Un détail ?

— Allons, Fluke. C'est vous, le spécialiste de Staline. J'ai besoin de vous.

— C'est très touchant. Mais si je dis non, je suppose que vous irez quand même ? »

O'Brian grimaça un sourire. Le téléphone sonna. Il décrocha, écouta, fronça les sourcils et prit quelques notes. Lorsqu'il raccrocha, il avait le front soucieux et Kelso entretint brièvement l'espoir d'un répit. Mais non.

Le temps à Arkhangelsk à onze heures, heure de Greenwich (quinze heures, heure locale), était aujourd'hui légèrement nuageux, température – 4 °C, avec des vents légers et un peu de neige. Mais une profonde dépression arrivait par l'est, de Sibérie, et on annonçait assez de neige pour que la ville soit fermée à la circulation d'ici un jour ou deux.

Autrement dit, fit O'Brian, ils devaient se dépêcher.

Il prit un atlas et l'ouvrit sur son bureau.

La façon la plus rapide d'atteindre Arkhangelsk était de toute évidence l'avion, mais le vol de l'Aeroflot ne partait que le lendemain matin, et la compagnie exigerait de voir le visa de Kelso, qui expirait le soir même, à minuit. C'était donc exclu. Le voyage en train prenait plus de vingt heures, et O'Brian lui-même comprit les risques que cela comportait : se retrouver coincé à bord d'un wagon-lit trop lent pendant la majeure partie de la journée.

Ce qui ne laissait que la route, en l'occurrence la M8, soit près de onze cents kilomètres plus ou moins directs : d'après la carte, elle faisait un léger détour pour passer par Iaroslavl avant de suivre les lits de la Vaga et de la Dvina, à travers les immenses étendues de taïga, de toundra et de forêts vierges de la Russie du Nord, pour s'arrêter dans la ville même d'Arkhangelsk.

« Ce n'est pas une autoroute, vous savez, intervint Kelso. Il n'y aura pas de motel sur le bord.

— C'est rien du tout, mec. Promis, ce sera de la petite bière. Voyons, qu'est-ce qu'il nous reste ? Encore deux heures de jour ? Ça va nous permettre de laisser Moscou loin derrière. Vous conduisez ?

— Oui.

— Eh bien voilà. On fera des tours. Ces trajets, je vous le dis, moi, ça fait toujours peur sur le papier. Et puis une fois qu'on y est, on bouffe du kilomètre. Vous allez voir. (Il faisait des calculs sur un bloc.) Je crois qu'on pourrait arriver à Arkhangelsk vers neuf ou dix heures demain matin.

— En roulant toute la nuit alors ?

— C'est ça. Ou on peut faire une étape, si vous préférez. Le truc, c'est d'arrêter de discuter et de se mettre en route. Plus tôt on partira, plus tôt on sera là-bas. Il faut qu'on enveloppe ce bouquin dans quelque chose... »

Il fit le tour de son bureau et se dirigea vers le cahier qui était posé sur la table basse, à côté de la masse de papiers agglomérés. Mais Zinaïda s'en empara avant qu'il puisse l'atteindre.

« Ça, fit-elle en anglais, à moi.

— Quoi ?

— A moi.

— C'est vrai, intervint Kelso. Son père le lui a laissé.

— Mais je veux seulement l'emprunter.

— *Niet !* »

O'Brian prit Kelso à témoin. « Elle est folle ou quoi ? Et si on trouve Anna Safanova ?

— "Et si on la trouve ?" Qu'est-ce que vous imaginez exactement ? La vieille maîtresse de Staline dans son fauteuil à bascule, en train de lire son journal tout haut pour les téléspectateurs ?

— Oh, très drôle. Ecoutez-moi : on nous parlera beaucoup plus facilement si on a quelque chose à montrer. Je suis sûr qu'on doit emporter ce bouquin avec nous. Et puis pourquoi serait-il à elle ? Il n'est pas plus à elle qu'à moi. Ou à qui que ce soit d'autre.

— Parce que c'est ce que nous avons convenu, vous vous souvenez ?

— Ce que nous avons convenu ? J'ai plutôt l'impression que c'est vous deux qui avez convenu quelque chose, pour l'instant. (Il reprit son ton enjôleur :) Allez, Fluke. Et puis c'est dangereux pour elle de rester à Moscou. Où est-ce qu'elle le cacherait ? Et si Mamantov lui tombait dessus ? »

Kelso dut reconnaître qu'il avait raison sur ce point. « Alors pourquoi ne viendrait-elle pas avec nous ? » Il se tourna vers Zinaïda. « Accompagnez-nous à Arkhangelsk...

— Avec lui ? rétorqua-t-elle en russe. Pas question. Il nous tuera tous. »

Kelso commençait à perdre patience. « Alors remettons Arkhangelsk à plus tard, dit-il, énervé, à O'Brian, le temps de faire une copie du document.

— Mais vous avez entendu la météo ? Dans deux jours maxi, on ne pourra plus aller là-bas. Et puis c'est un bon sujet, et les bons sujets, ça n'attend pas. » Il leva les bras au ciel, écœuré. « Merde, on ne va quand même pas perdre tout l'après-midi à s'engueuler ! Il faut que je prenne du matériel. On a besoin de provisions. Faut se bouger. Putain de bordel, faites-lui donc entendre raison ! »

« Je vous avais dit, déclara Zinaïda après que le journaliste fut sorti d'un pas bruyant et en claquant la porte de verre derrière lui, je vous avais dit qu'on ne pouvait pas se fier à lui. »

Kelso se laissa tomber sur le canapé et se frotta le visage à deux mains. Il se dit que tout cela commençait à devenir dangereux. Pas physiquement — curieusement, ce danger-là lui paraissait toujours irréel —, mais professionnellement. Il analysait maintenant le piège d'un point de vue professionnel. Adelman avait raison : ces grosses arnaques se passaient presque toujours de la même façon. Et cela se terminait généralement devant la justice. Voilà où il en était, lui, historien averti — ou censé l'être —, et qu'avait-il fait ? Il avait lu le cahier une fois. *Une fois.* Il n'avait même pas pris la peine de faire les vérifications les plus élémentaires, à savoir contrôler que les dates mentionnées dans le journal correspondaient à l'emploi du temps connu de Staline en été 1951. Il imaginait sans peine la réaction de ses anciens collègues, qui quittaient sans doute l'espace aérien russe en ce moment même. S'ils pouvaient voir comment il abordait cette affaire...

Cette idée le dérangeait plus qu'il n'aurait voulu l'admettre.

Puis il y avait l'autre liasse de papiers posée sur la table, moisie et agglomérée. Il n'y avait même pas jeté un coup d'œil.

Il enfila les gants de O'Brian et se pencha en avant. Il fit courir un index expérimenté sur les spores grisâtres de la première page. Il y avait quelque chose d'écrit en dessous. Il frotta encore, et les lettre NKVD apparurent.

« Zinaïda », appela-t-il.

Elle était assise derrière le bureau de O'Brian et tournait les pages du cahier, de son cahier. Elle leva les yeux en entendant son nom.

Kelso lui emprunta sa pince à épiler pour écarter la couche externe de papier. Celle-ci s'arracha comme de la peau morte, laissant quelques lambeaux ici et là, mais partant assez proprement pour qu'on pût lire les mots de la page juste en dessous. Il s'agissait d'un document tapé à la machine, visiblement un rapport de surveillance, daté du 24 mai 1951 et signé par le commandant I. T. Mekhlis, du NKVD.

« ... Résumé des informations à la demande du 23... Anna Mikhaïlovna Safanova, née à Arkhangelsk le 27/2/1932... Académie Maxime-Gorki... réputation (cf. *ci-joint). Santé : bonne... diphtérie à l'âge de huit ans et trois mois... Rubéole à dix ans et un mois... pas d'antécédents familiaux de problèmes génétiques. Travail au sein du Parti : remarquable... Pionniers... Komsomol... »*

Kelso éplucha ainsi d'autres pages. Certaines venaient seules, d'autres par blocs de deux ou trois. C'était laborieux. Par la cloison vitrée, il aperçut à plusieurs reprises O'Brian traînant des valises jusqu'à l'ascenseur, mais il était trop absorbé par sa lecture pour lui prêter la moindre attention. Ce qu'il déchiffrait, en fait, c'était un dossier aussi complet que possible de la police secrète retraçant la vie tout entière d'une jeune fille de dix-neuf ans. Et il s'en dégageait quelque chose de quasi pornographique. Il y avait un compte rendu de toutes ses maladies infantiles, le détail de son groupe sanguin (O), l'état de ses dents (excellent), sa taille, son poids, sa couleur de cheveux (châtain clair), ses aptitudes physiques (« Elle fait preuve en gymnastique d'excellentes dispositions... »), ses capacités intellectuelles (« Un total de 90 sur 100... »), sa conformité idéologique (« Très bonne maîtrise de la théorie marxiste... »), et des entretiens avec son médecin, son entraîneur sportif, ses professeurs, son chef de groupe au Komsomol, ses camarades de lycée.

Le pire que l'on trouvait sur elle était qu'elle était peut-être d'un « tempérament légèrement rêveur » (camarade Oborine) et qu'elle manifestait « une certaine tendance à la subjectivité et au sentimentalisme bourgeois plutôt qu'à l'objectivité dans toutes ses relations personnelles » (Elena Satsanova). Près d'une autre critique de la même camarade Satsanova, qui jugeait Anna trop « naïve », un commentaire avait été rajouté dans la marge à l'encre rouge : « Bien ! » puis, en dessous, « Qui est cette vieille bique ? » Il y avait encore des mots soulignés, des points d'exclamation, des points d'interrogation et autres remarques : « Ah ! Ah ! Ah ! », « Et alors ? », « Acceptable ! »

Kelso avait passé suffisamment de temps dans les archives pour reconnaître à la fois l'écriture et le style. Ces pattes de mouche découpées étaient celles de Staline. Il n'y avait aucun doute.

Au bout d'une demi-heure, il remit les feuillets dans l'ordre original et retira les gants. Il avait les mains rouges et trempées de sueur, avec la sensation d'avoir des griffes à la place des doigts. Il se fit soudain l'impression d'être un charognard.

Zinaïda l'observait.

« Qu'est-ce qui lui est arrivé, d'après vous ?

— Rien de bon.

— Il l'a fait venir du Nord pour la baiser, c'est ça ?

— C'est une façon de voir les choses.

— Pauvre gosse.

— Pauvre gosse, concéda-t-il.

— Mais pourquoi a-t-il conservé son cahier ?

— Par obsession ? Par tendresse ? (Il haussa les épaules.) Qui peut le dire ? Il était malade à cette époque. Il ne lui restait plus que vingt mois à vivre. Peut-être qu'elle décrivait tout ce qui lui est arrivé et puis qu'elle a réfléchi et préféré tout arracher. Ou, plus vraisemblablement, c'est lui qui aura trouvé le cahier et arraché les pages. Il n'aimait pas qu'on en sache trop sur lui.

— Oui, eh bien, je peux vous dire une chose : il ne l'a pas baisée cette nuit-là. »

Kelso éclata de rire. « Mais comment pouvez-vous savoir une chose pareille ?

— Facile. Regardez. (Elle ouvrit le cahier.) Ici, le 12 mai, elle parle du "côté pénible de cette période", d'accord ? Et là, elle dit qu'"il n'y a pas pire journée pour voyager", et on est le 10 juin. Bon, vous pouvez calculer tout seul, non ? Cela fait exactement vingt-huit jours entre les deux. Et vingt-huit jours après le 10 juin, ça donne le 8 juillet, ce qui correspond à la dernière date du cahier. »

Kelso se leva lentement et s'approcha du bureau. Il regarda par-dessus l'épaule de la jeune femme l'écriture enfantine.

« Qu'est-ce que vous racontez ?

— Que c'était une petite fille bien réglée. Une bonne petite pionnière parfaitement réglée. »

Kelso digéra l'information, remit les gants, lui prit le cahier et passa d'une page à l'autre. Franchement, c'était complètement dingue, non ? C'était dégueulasse. Il avait peine à formuler le soupçon qui germait dans sa tête. Mais, s'il se trompait, pourquoi Staline se serait-il intéressé au fait de savoir si elle avait eu la rubéole ? Ou si sa famille avait jamais souffert de problèmes génétiques ?

« Dites-moi, articula-t-il lentement. A quel moment aurait-elle été fertile, alors ?

— Quatorze jours plus tard. Le 22. »

Mais, soudain, elle sentit qu'elle n'en pouvait plus de rester là. Il fallait qu'elle sorte.

Elle repoussa le siège et regarda le cahier avec répulsion.

« Prenez cette saloperie, dit-elle. Prenez-le. Gardez-le. »

Elle ne voulait plus y toucher. Elle ne voulait même plus le voir.

Il était maudit.

Deux secondes plus tard, elle avait son sac sur l'épaule et ouvrait la porte à toute volée. Kelso dut courir pour la rattraper alors qu'elle se dirigeait rapidement vers les ascenseurs. O'Brian sortit d'une salle de rédaction pour voir ce qui se passait. Il portait une grosse veste imperméable et deux paires de jumelles passées autour de son cou de taureau. Il entreprit de les suivre, mais Kelso lui fit signe de rester en dehors de ça.

« Je m'en occupe. »

Elle se tenait dans le couloir, lui tournant le dos.

« Ecoutez, Zinaïda », commença-t-il. La porte de l'ascenseur s'ouvrit, et il monta avec elle. « Ecoutez, c'est dangereux pour vous de vous balader comme ça... » Presque aussitôt, la cabine s'immobilisa et un homme monta, massif, âge moyen, manteau de cuir noir, casquette de cuir noir. Il se plaça entre eux, jeta un coup d'œil sur Zinaïda, puis sur Kelso, sentant visiblement leur silence contraint. Il regarda droit devant lui, le menton redressé, un léger sourire aux lèvres. Kelso devinait ce qu'il était en train de penser : *querelle d'amoureux, mais c'était la vie, ça passerait.*

Lorsqu'ils arrivèrent au rez-de-chaussée, il s'écarta poliment pour les laisser sortir les premiers, et Zinaïda traversa rapidement le hall, ses bottes de cuir martelant bruyamment le sol de marbre. Un agent de sécurité pressa un bouton pour ouvrir les portes.

« Vous, dit-elle en remontant la fermeture Eclair de son blouson, vous feriez mieux de vous inquiéter pour vous-même. »

Il était juste après seize heures. Les employés commençaient à partir. Dans les bureaux qui se trouvaient dans l'immeuble d'en face, Kelso voyait l'éclat vert des écrans d'ordinateur. Une femme s'était tapie dans l'encoignure d'une porte pour parler dans un téléphone mobile. Une moto passa, lentement.

« Zinaïda, écoutez. » Il lui saisit le bras pour l'arrêter. Elle ne voulait pas le regarder. Il l'attira près du mur. « Votre père a eu une mort affreuse, vous comprenez ce que je vous dis ? Les gens qui ont fait ça... Mamantov et sa bande... ils veulent ce cahier. Ils savent qu'il contient quelque chose d'important... ne me demandez pas comment ils le savent. S'ils découvrent que votre père avait une fille, et ils le découvriront sûrement parce que Mamantov avait accès à son dossier, eh bien, réfléchissez. C'est après vous qu'ils en auront.

— Et c'est pour *ça* qu'ils l'ont tué ?

— Ils l'ont tué parce qu'il ne voulait pas leur révéler où était le cahier. Et il ne voulait pas leur révéler où il était parce qu'il voulait que ce soit vous qui l'ayez.

— Mais ça ne valait pas la peine de mourir pour ça. Quel vieux fou stupide. » Elle le foudroya du regard. Ses yeux étaient humides pour la première fois de la journée. « Vieux fou stupide et borné.

— Vous avez quelqu'un chez qui aller ? de la famille ?

— Ils sont tous morts.

— Un ami, peut-être ?

— Un ami ? J'ai ça, vous vous rappelez ? » Elle souleva le rabat de son sac, montrant le pistolet de son père.

Aussi calmement qu'il put, Kelso insista : « Donnez-moi au moins votre adresse, Zinaïda. Votre numéro de téléphone... »

Elle l'examina d'un air soupçonneux. « Pourquoi ?

— Parce que je me sens responsable. » Il regarda autour de lui. C'était de la folie, de parler comme ça, dans la rue. Il chercha un stylo dans sa poche, ne trouva pas de papier et arracha le côté d'un paquet de cigarettes. « Ecrivez-moi ça là-dessus, vite. »

Il crut qu'elle n'allait pas le faire. Elle parut sur le point de partir. Mais alors, d'un mouvement brusque, elle se tourna vers lui et griffonna quelque chose. Il vit qu'elle habitait près du parc Izmaïlovo, là où se tenait le marché aux puces.

Sans un au revoir, elle remonta la rue et traversa rapidement le passage pour piétons. Il ne la quitta pas des yeux, attendant de voir si elle allait se retourner. Elle n'en fit rien, évidemment. Il en était sûr. Elle n'était pas du genre à regarder en arrière.

DEUXIÈME PARTIE

Arkhangelsk

« Si tu as peur des loups, n'entre pas dans le bois. »

I. V. Staline, 1936

CHAPITRE 16

Avant de sortir de Moscou, il fallait acheter de l'essence, parce que, comme disait O'Brian, on ne savait jamais quelle saloperie pleine de rouille et de flotte se vendait ailleurs. Ils s'arrêtèrent donc au nouveau Nefto Agip, sur Mira Prospekt, et O'Brian remplit le réservoir de la Land Cruiser plus quatre bidons de cent cinquante litres d'essence sans plomb à haut indice d'octane. Puis on vérifia les pneus et le niveau d'huile, et, lorsqu'ils reprirent la route, ils tombèrent en plein dans les embouteillages du soir, avançant au pas.

Il leur fallut près d'une heure pour arriver à la ceinture autoroutière, mais là, enfin, la circulation se raréfia, les cheminées d'usines et les grands ensembles monotones défilèrent jusqu'à ce que, soudain, la route émerge à l'air libre, dans une campagne plate étendant ses champs gris-vert et ses pylônes géants à perte de vue sous un ciel immense, un ciel du Kansas.

Il y avait plus de dix ans que Kelso ne s'était pas aventuré dans le Nord, sur la M8. Les églises villageoises, qui servaient d'entrepôts à grains depuis la Révolution, étaient en pleine restauration et disparaissaient derrière des échafaudages de bois. Près de Dvoriki, un dôme doré concentrait la faible lumière du jour déclinant et brillait à l'horizon comme un feu automnal.

O'Brian se sentait dans son élément. « Sur la route, répétait-il de temps en temps, loin de la ville... c'est super, non ? Vraiment génial. » Il maintenait un 110 km/h régulier et parlait constamment, une main posée sur le volant, l'autre battant la mesure au rythme d'un rock martelé.

« C'est génial... »

La serviette était posée sur la banquette arrière, enveloppée dans un plastique. Un attirail extravagant de matériel et de provisions s'entassait tout autour : deux sacs de couchage, des sous-vêtements thermiques (« Vous avez des Thermolactyl, Fluke ? Il vous en faut absolument ! »), deux vestes fourrées imperméables, des bottes de caoutchouc et des bottes de l'armée, des jumelles ordinaires et des jumelles de vision nocturne, une pelle, une boussole, des bouteilles d'eau, des pilules d'assainissement d'eau, deux packs de six Budweiser, une boîte de barres de chocolat Hershey, deux Thermos de café, un paquet de nouilles, une lampe torche, une radio à ondes courtes, des piles neuves, une bouilloire de voyage qui peut se brancher sur l'allume-cigares de la voiture... et puis Kelso perdit le compte.

Le coffre de la Toyota contenait les bidons d'essence et quatre mallettes rigides estampillées SNS dont O'Brian décrivit le contenu avec une fierté toute professionnelle : une caméra numérique miniaturisée ; un téléphone satellite Inmarsat ; un système de traitement vidéo DVC-PRO de petit format ; et quelque chose qu'il appelait un Stockage vidéo Toko et une unité de lecture. Valeur totale de la marchandise : cent vingt mille dollars.

« Vous n'avez jamais entendu parler de voyager léger ? demanda Kelso.

— Léger ? (O'Brian sourit de toutes ses dents.) On ne peut pas être plus léger que ça. Donnez-moi quatre valises et je vous fais le boulot de six mecs avec un camion de matériel. S'il y a un excès de bagage ici, mon pote, c'est bien vous.

— Ce n'est pas moi qui ai voulu venir. »

Mais O'Brian n'écoutait pas. Grâce à ces quatre mallettes, pérorait-il, il avait pour champ d'action le monde entier. Les famines en Afrique. Le génocide au Rwanda. La bombe dans ce village d'Irlande du Nord, dont il avait même réussi à filmer l'explosion (ça lui avait valu un prix). Les charniers en Bosnie. Les missiles de croisière à Bagdad, qui parcouraient les rues à hauteur de toit, à gauche, puis à droite, puis à droite encore, et où se trouve le palais présidentiel, s'il vous plaît ? Et puis, bien sûr, il y avait eu la Tchétchénie. Mais le problème, avec la Tchétchénie...

(Espèce d'oiseau de malheur, pensa Kelso. Tu parcours le monde, et, chaque fois que tu te poses, règnent la famine, la mort et la destruction : autrefois, en des époques moins crédules, les gens se seraient rassemblés dès que tu aurais pointé le bout de tes ailes et t'auraient chassé à coups de pierres...)

... Le problème avec la Tchétchénie, disait O'Brian, c'est que les choses s'étaient tassées à son arrivée, alors il avait dû se rabattre sur Moscou pour un temps. Et *ça,* c'était une ville qui vous filait les jetons : « Sarajevo, c'est de la petite bière à côté.

— Et vous prévoyez de rester combien de temps à Moscou ?

— Pas longtemps. Jusqu'aux élections présidentielles. Ça devrait être marrant, je pense. »

Marrant ?

« Et après, vous irez où ?

— Comment savoir ? Pourquoi me demandez-vous ça ?

— Je voudrais juste être sûr que je n'y serai pas, c'est tout. »

O'Brian éclata de rire et appuya sur l'accélérateur. Le compteur passa à 115.

* * *

Ils continuèrent à ce rythme jusqu'à la nuit, O'Brian ne cessant pas de parler. (Bon Dieu, mais ce mec ne la fermait-il donc jamais ?) A Rostov, la route longeait un grand lac. Les bateaux, amarrés et bâchés pour l'hiver, s'alignaient le long d'une jetée bordée par une rangée de bâtisses en bois aux volets fermés. Assez loin, sur l'eau, Kelso aperçut un voilier solitaire équipé d'un feu arrière. Il le regarda virer de bord pour mettre le cap sur la rive et sentit à nouveau sa déprime du soir l'envahir.

Il ressentait les papiers de Staline dans son dos presque comme une présence physique, comme si le *Guensec* se trouvait avec eux dans la voiture. Il s'inquiétait pour Zinaïda. Il aurait aimé prendre un verre, ou même prendre une cigarette, mais O'Brian avait décrété la Toyota zone non-fumeurs.

« Vous êtes nerveux, commenta O'Brian, interrompant son discours. Je le sens.

— Vous me le reprochez ?

— Pourquoi ? A cause de Mamantov ? (Le journaliste agita la main.) Il ne me fait pas peur.

— Vous n'avez pas vu ce qu'il a fait au vieux.

— Ouais, mais il ne nous ferait pas ça. Pas à un Angliche et à un Amerloque. Il n'est pas aussi cinglé que ça.

— Peut-être. Mais il pourrait le faire à Zinaïda.

— Je ne m'en ferais pas pour Zinaïda. Et puis ce n'est plus elle qui a la marchandise. C'est nous.

— Vous êtes vraiment charmant, on ne vous l'a jamais dit ? Et s'ils ne la croient pas ?

— Je dis juste que vous devriez arrêter de vous en faire à propos de Mamantov, c'est tout. Je l'ai interviewé deux ou trois fois, et je peux vous dire que c'est un pétard mouillé. Il vit complètement dans le passé. Comme vous.

— Et vous ? Vous ne vivez pas dans le passé, je suppose ?

— Moi ? Oh non. Je ne peux pas me le permettre, avec mon job.

— Eh bien, essayons d'analyser cela », proposa aimablement Kelso. Il ouvrait mentalement un tiroir et choisissait le couteau le plus effilé qu'il pouvait trouver. « Alors, vous considérez que dans tous ces lieux où, depuis plus de deux heures, vous vous vantez d'être allé — l'Afrique, la Bosnie, le Proche-Orient, l'Irlande du Nord —, le passé ne compte pas, c'est bien ça ? Vous pensez qu'ils vivent tous dans le présent uniquement ? Qu'ils se sont juste réveillés un matin, vous ont trouvé là avec vos quatre caisses et se sont dit : tiens, si on se faisait une petite guerre ? Et que ça n'existait pas avant votre arrivée ? “Eh, bordel de merde, regardez bien, je suis R. J. O'Brian et je viens juste de découvrir ces putains de Balkans...”

— Bon, ça va, marmonna O'Brian, pas besoin d'être aussi agressif.

— Oh, mais si, rétorqua Kelso, se chauffant peu à peu. C'est le grand mythe de notre époque, vous comprenez. Le grand mythe occidental. Pardonnez-moi de vous le dire, mais vous êtes l'arrogance de toute notre époque personnifiée. Dès qu'il y a un McDonald, MTV et qu'on prend l'American Express, ça devrait devenir pareil que partout ailleurs... ça effacerait le passé et ferait tout repartir à zéro ? Eh bien c'est faux.

— Vous vous croyez meilleur que moi, hein ?

— Non.

— Plus malin, alors ?

— Même pas. Regardez. Vous dites que Moscou fout les jetons. C'est vrai. Pourquoi ? Je vais vous le dire. Parce qu'il n'y a pas de tradition de propriété privée en Russie. C'était d'abord une nation d'ouvriers et de paysans qui ne possédaient rien puisque le pays appartenait tout entier à la noblesse. Puis ça a été une nation d'ouvriers et de paysans qui ne possédaient rien puisque le pays appartenait au Parti. Maintenant, c'est toujours une nation d'ouvriers et de paysans qui n'ont rien puisque le pays appartient, comme cela a toujours été le cas, à ceux qui ont les plus gros poings pour le prendre. Si vous ne comprenez pas ça, vous ne pouvez pas même commencer à comprendre la Russie. On ne peut s'expliquer le présent qu'en se replaçant un minimum dans le passé. » Kelso se carra dans son siège. « Fin du cours. »

Alors, pendant une demi-heure, O'Brian médita ses propos et il régna un silence bienfaisant.

* * *

Ils atteignirent la grande ville de Iaroslavl juste après vingt et une heures et franchirent la Volga. Kelso servit une tasse de café pour chacun. Mais ils arrivèrent sur une portion de route accidentée et il s'en renversa sur les genoux. O'Brian but tout en conduisant. Ils mangèrent du chocolat. Les phares qui les aveuglèrent dans toute la zone urbaine se réduisirent bientôt à quelques feux occasionnels.

« Vous voulez que je vous remplace ? » proposa Kelso.

O'Brian secoua la tête. « Ça va. On n'aura qu'à changer à minuit. Vous devriez dormir. »

Ils écoutèrent les informations de vingt-deux heures à la radio. Les communistes et les nationalistes de la chambre basse du Sénat, la Douma, se servaient de leur majorité pour bloquer les dernières mesures présidentielles : une nouvelle crise politique se profilait. La Bourse de Moscou poursuivait sa dégringolade. Il y avait eu une fuite révélant un rapport secret du ministère de l'Intérieur adressé au Président pour l'avertir d'une menace de rébellion armée, et le rapport se retrouvait imprimé dans *Aurora.*

Il n'y avait rien sur Rapava, Mamantov, ni sur les papiers de Staline.

« Vous ne devriez pas être à Moscou, pour couvrir tout ça ? »

O'Brian eut un reniflement de mépris. « Quoi ? "Une nouvelle crise politique en Russie" ? Lâchez-moi. R. J. O'Brian ne va pas se retrouver à l'antenne toutes les heures avec *ça.*

— Mais avec ce qu'on cherche, oui ?

— “L'amour secret de Staline : la mystérieuse jeune fille retrouvée” ? Qu'est-ce que vous en pensez ? »

O'Brian éteignit la radio.

Kelso attrapa l'un des sacs de couchage sur la banquette arrière et le tira vers lui. Il l'ouvrit et s'enroula dedans comme dans une couverture, puis il appuya sur un bouton, et son siège s'inclina lentement.

Il ferma les yeux mais ne parvint pas à dormir. Des images de Staline lui emplissaient peu à peu la tête. De Staline vieux. Staline décrit par Milovan Djilas après la guerre, penché en avant dans sa limousine alors qu'on le ramenait à Blijni, en train d'allumer une veilleuse sur le tableau de bord pour lire l'heure à une montre de gousset accrochée là ; « ... et j'ai vu juste devant moi son dos déjà voûté et sa nuque grise et osseuse, dont la peau était toute ridée au-dessus du col militaire raide... » (Djilas avait trouvé Staline sénile, ce soir-là : il engouffrait la nourriture à pleine bouche, perdait le fil de ce qu'il racontait, plaisantait sur les juifs.)

De Staline adressant au Comité central, moins de six mois avant sa mort, un dernier discours incohérent où il décrivait comment Lénine avait affronté les crises de 1918, répétant sans cesse les mêmes mots — « Il est parti en tonnant dans une situation incroyablement difficile, et il a continué à tonner, sans peur, il est juste parti en tonnant... » — devant des délégués sonnés, pétrifiés.

Puis Staline, seul dans sa chambre, la nuit, arrachant des photos d'enfants dans des journaux pour les coller sur les murs. Et encore Staline demandant à Anna Safanova de danser pour lui...

C'était bizarre, mais chaque fois que Kelso essayait de se représenter Anna Safanova en train de danser, le visage qui lui venait immanquablement était celui de Zinaïda Rapava.

CHAPITRE 17

Zinaïda Rapava était assise dans sa voiture garée, en pleine nuit, au centre de Moscou. Elle avait son sac posé sur les genoux et les mains plongées dans le sac, vérifiant les contours du Makarov de son père.

Elle avait découvert qu'elle pouvait encore le décharger et le recharger sans même regarder ; c'était un peu comme de monter à bicyclette, semblait-il : une fois qu'on avait appris, on savait pour la vie. Défaire le ressort à la base de la crosse, sortir le chargeur, introduire les balles (six, sept, huit, lisses et froides au toucher), remettre le chargeur en place, enclencher, faire glisser puis appuyer sur le cran de sûreté pour tirer. Voilà.

Papa aurait été fier d'elle. Mais elle avait toujours été meilleure à ce jeu-là que Sergo, de toute façon. Les armes rendaient Sergo nerveux. Ce qui n'était pas malin, vu que c'était lui qui avait dû partir au service militaire.

Le souvenir de Sergo la fit à nouveau pleurer, mais elle ne se laissa pas aller longtemps. Elle sortit les mains de son sac et se frotta les yeux avec emportement — voilà, et puis voilà — sur chacune de ses manches, avant de reprendre son occupation.

Pousser. Enclencher. Faire glisser. Appuyer...

Elle avait peur. Tellement peur, en fait, qu'elle avait failli se retourner cet après-midi, quand elle avait laissé l'Occidental devant l'immeuble de bureaux. Elle avait eu envie de revenir sur ses pas, mais si elle l'avait fait, il aurait su qu'elle avait peur, et on lui avait appris qu'il ne faut jamais montrer sa peur. Encore une leçon de son père.

Elle avait donc marché d'un pas rapide jusqu'à sa voiture, avait conduit un moment sans réfléchir, puis s'était retrouvée en train de foncer vers la place Rouge. Elle s'était garée dans la Bolchaïa Loubianka puis avait marché jusqu'à la petite église blanche à l'icône de la Vierge de Vladimir, où se déroulait une messe.

L'église était bondée. Ce n'était plus comme avant, maintenant : les églises étaient toujours bondées. La musique l'enveloppa. Zinaïda alluma un cierge. Elle ne savait pas trop pourquoi elle agissait ainsi, puisqu'elle n'avait pas la foi ; mais c'était le genre de choses que faisait sa mère. « *Et qu'est-ce que ton Dieu a jamais fait pour nous* ? » faisait la voix ironique de son père. Elle pensa à lui, et à la fille qui avait écrit le journal, Anna Safanova. Pauvre conne, se dit-elle. Pauvre conne. Alors elle alluma un cierge pour elle aussi, et grand bien lui fasse, où qu'elle puisse se trouver.

Elle regrettait de ne pas avoir de souvenirs plus précis, mais c'était comme ça et il n'y avait rien à y faire. Elle se souvenait principalement de lui ivre, les yeux comme des trous de vers, les poings s'abattant n'importe où. Ou bien rentrant, crevé, de son travail à l'atelier, puant comme un vieux chien, trop fatigué pour se lever de sa chaise et aller se mettre au lit, restant assis sur un exemplaire de la *Pravda* pour ne pas mettre de la graisse partout. Ou paranoïaque, debout la moitié de la nuit à regarder par la fenêtre ou arpenter le couloir — Qui est-ce qui le regardait ? Qui donc parlait de lui ? — ou à étaler d'autres pages de la *Pravda* par terre pour nettoyer son Makarov avec obsession. (« *S'il le faut, je les tuerai...* »)

Mais parfois, lorsqu'il n'était ni ivre ni mort de fatigue, à l'heure douce où il se trouvait entre l'ébriété et l'oubli, il lui parlait de sa vie dans la Kolyma : il lui racontait comment survivre, échanger des services et quelques brins de tabac contre quelque chose à manger, comment se faire accorder le travail le moins pénible, comment apprendre à repérer un mouchard. Puis il la prenait sur ses genoux et lui chantait des chansons de la Kolyma, de sa belle voix de ténor mingrélien.

Ça, c'était déjà mieux, comme souvenir.

A cinquante ans, il lui paraissait déjà tellement vieux. Il avait toujours été vieux. Sa jeunesse s'était enfuie à la mort de Staline. C'était peut-être pour ça qu'il en parlait tellement. Il avait même accroché un portrait de Staline au mur, tu te rappelles ? Staline et ses grosses moustaches luisantes, comme deux grosses limaces noires. Alors elle ne pouvait quand même pas ramener des copains à la maison, si ? Elle ne pouvait pas leur laisser voir dans quelle porcherie ils vivaient. Deux pièces, elle partageant la seule chambre d'abord avec Sergo puis, quand il avait été trop grand et trop gêné pour la regarder, avec Mama. Mama qui n'était déjà plus qu'un spectre avant même d'être rongée par le cancer, puis qui était devenue quasi transparente avant de se fondre dans le néant.

Elle était morte en 1989, quand Zinaïda avait dix-huit ans. Six mois plus tard, ils retournaient au cimetière de Troïekourovo pour enterrer Sergo à côté d'elle. Zinaïda ferma les yeux et se rappela papa, ivre, à l'enterrement, sous la pluie, avec deux compagnons d'armes de Sergo et un jeune lieutenant nerveux, encore presque un gosse, qui avait été le supérieur de Sergo et assurait que Sergo était mort pour la Patrie tout en apportant une assistance fraternelle aux forces progressistes de la République populaire de...

... Oh, conneries, qu'est-ce qu'on en avait à foutre ? Le lieutenant s'était éclipsé dès qu'il avait pu décemment le faire, soit au bout d'une dizaine de minutes, et Zinaïda avait ce soir-là pris ses affaires dans l'appartement peuplé de fantômes. Il avait essayé de l'en empêcher et l'avait frappée, suant la vodka par tous les pores, puant plus que jamais le vieux chien après être resté sous la pluie, et elle ne l'avait plus revu. Plus revu jusqu'à ce mardi matin, lorsqu'il s'était présenté sur le seuil de sa porte et l'avait traitée de putain. Mais elle l'avait jeté dehors comme un malpropre, elle l'avait renvoyé avec deux paquets de cigarettes, et maintenant il était mort et elle ne le reverrait vraiment plus jamais.

Elle pencha la tête, remuant les lèvres de sorte qu'on aurait pu croire qu'elle priait, alors qu'en fait elle relisait le message de son père et se parlait toute seule.

« *Tu as raison, je n'ai vraiment pas été un bon père. Tout ce que tu as dit est vrai. Alors ne t'imagine pas que je ne le sais pas !* »

Oh papa, c'est vrai. Je t'assure. C'est vrai.

« *Mais là, j'ai une chance de me racheter un peu...* »

De te racheter ? Tu crois ça ? Quelle blague ! On t'a tué pour ça, et maintenant c'est moi qu'on va tuer.

« Tu te rappelles cet endroit que j'avais quand maman vivait encore ? »

Oui, oui, je m'en souviens.

« Et tu te rappelles ce que je te disais ? Tu m'écoutes, ma fille ? Règle numéro un ? Quelle est la règle numéro un ? »

Elle replia le message et jeta un coup d'œil autour d'elle. C'était stupide.

« *Réponds, ma fille !* »

Soumise, elle baissa la tête.

Ne jamais montrer qu'on a peur, papa.

« *Encore !* »

Ne jamais montrer qu'on a peur.

« Et la règle numéro deux ? Quelle est la règle numéro deux ? »

On n'a qu'un seul ami en ce monde.

« Et cet ami, c'est ? »

Soi-même.

« Et quoi d'autre ? »

Ça.

« *Montre-moi.* »

Ça, papa, ça.

Et dans l'obscurité bien cachée du sac, ses doigts entreprirent de dévider son rosaire, maladroitement d'abord, mais retrouvant peu à peu leur dextérité...

Pousser. Enclencher. Faire glisser. Appuyer...

* * *

Elle avait quitté l'église à la fin de la messe et s'était rendue sur la place Rouge d'un pas rapide, beaucoup plus calme maintenant, sachant exactement ce qu'elle devait faire.

L'Occidental avait raison. Elle n'osait pas retourner à son appartement. Elle n'avait pas d'ami assez proche à qui demander de l'héberger. Et dans un hôtel, il lui faudrait signer le registre, alors si Mamantov avait des amis au FSB...

Il ne restait donc plus qu'une solution.

Il était près de dix-huit heures, et les ombres commençaient à s'allonger et à s'épaissir autour du mausolée de Lénine. Mais, de l'autre côté de la place pavée, le GOUM s'illuminait, lui apparaissant comme une rangée de balises jaunes en cette sombre fin d'après-midi d'octobre.

Elle fit ses achats sans traîner, d'abord une robe du soir courte, en soie sauvage noire, puis des bas noirs transparents, des gants noirs, un petit sac noir, une paire de talons aiguille noirs et du maquillage.

Elle régla tout en liquide, en dollars. Elle ne sortait jamais avec moins de mille dollars sur elle. Zinaïda refusait d'utiliser une carte de crédit : cela laissait trop de traces. Et elle se méfiait des banques : de véritables alchimistes du vol, toutes autant qu'elles étaient, qui vous prenaient vos précieux dollars pour les transformer en roubles, qui convertissaient de l'or en métal vulgaire.

Au rayon maquillage, l'une des vendeuses la reconnut — « Salut, Zina ! » —, aussi s'empressa-t-elle de tourner les talons.

Elle retourna au rayon vêtements pour se changer. Elle eut du mal à remonter la fermeture à glissière de sa nouvelle robe — il lui fallut se tordre le bras gauche derrière les reins et pousser son bras droit entre les omoplates pour y arriver — mais, après s'être pincé la peau, elle put reculer d'un pas pour se contempler, la main sur la hanche, le menton relevé, se présentant de profil au miroir.

Bien.

Enfin, *assez bien.*

Le maquillage lui prit encore dix minutes. Elle fourra ses vieux vêtements chauds dans le sac GOUM, enfila son blouson de cuir et retraversa la place Rouge, ses talons aiguille la faisant trébucher sur les grands pavés.

Elle prit soin de ne pas regarder le mausolée de Lénine, ni le mur du Kremlin, juste derrière, où son père l'emmenait voir la tombe de Staline quand elle était petite. Elle franchit au contraire rapidement la porte située à l'extrémité nord de la place, tourna à droite et se rendit à l'hôtel Métropole. Elle voulait prendre un verre au bar, mais les types de la sécurité refusèrent de la laisser entrer.

« C'est pas possible, mon chou. Désolé. »

Elle les entendit rire tandis qu'elle s'éloignait.

« On commence tôt ce soir, non ? » lui lança encore l'un d'eux.

Il faisait sombre quand elle monta dans sa voiture.

Et elle s'y trouvait toujours.

Etrange, pensa-t-elle en y réfléchissant, la mort de Mama et de Sergo... ces deux petites morts. Etrange. Elles avaient été comme deux petits cailloux déclenchant une avalanche. Parce que, après leur disparition, tout s'était écroulé, tout le monde familier d'avant avait été enseveli avec eux dans la terre mouillée.

Non que Zinaïda y vît un signe du destin. Les deux premières années après son départ de la maison restaient dans son souvenir comme une sorte de flou. Elle avait vécu dans un squat du quartier de Krasnogorsk. Deux fois enceinte. Deux avortements. (Et peu de jours s'étaient écoulés depuis, où elle ne s'était pas demandé ce qu'ils seraient devenus, ces deux-là — l'un aurait eu neuf ans, et l'autre sept —, et s'ils auraient été plus dérangeants que le vide qu'ils avaient laissé.)

Quoi qu'il en soit, si elle ne faisait pas attention à la politique, elle remarquait l'argent qui commençait à surgir autour des hôtels friqués — le Métropole, le Kempinski et les autres. Et l'argent la remarquait aussi, comme il remarquait toutes les jolies filles de Moscou. Zinaïda n'était peut-être pas parmi les plus belles, mais elle était assez bien : suffisamment mingrélienne pour avoir quelque chose d'oriental dans le visage, suffisamment russe pour avoir un petit côté voluptueux malgré sa constitution menue.

Et comme aucune Moscovite ne pouvait gagner en un mois ce qu'un homme d'affaires occidental pouvait claquer en une nuit sur une bouteille de vin, ce n'était pas la peine d'être un génie de l'économie — ce n'était pas la peine d'être l'un de ces consultants en gestion qui, le visage dur, buvaient au bar — pour se rendre compte qu'il y avait là un marché. Ce qui expliquait pourquoi, par une nuit de décembre 1992, à l'âge de vingt et un ans, Zinaïda Rapava était devenue une pute dans la suite d'un ingénieur allemand de Ludwigshafen-am-Rhein, sortant de là au bout de quatre-vingt-dix minutes d'efforts avec cent vingt-cinq dollars dissimulés dans son soutien-gorge, plus d'argent qu'elle n'en avait jamais vu.

Et tu veux que je te dise quelque chose, papa, maintenant qu'on peut enfin se parler ? Ça allait. Je me sentais bien. Parce que, en fait, qu'est-ce que j'avais fait de plus que ce que font dix millions de filles tous les soirs, sauf qu'elles n'ont même pas l'intelligence de se faire payer ? Ça, c'est décadent. Alors que ce que je faisais, c'était du business — *kapitalism* —, et c'était très bien comme ça. Et puis c'était comme tu l'avais dit, papa, je n'avais qu'un seul ami : moi-même.

Au bout de quelque temps, le marché est passé des hôtels aux clubs, et ça a été plus facile. Les clubs achetaient la protection de la Mafia et prenaient un pourcentage aux filles. En échange, la Mafia s'occupait d'écarter les macs de sorte que tout avait toujours l'air chouette et respectable, et que chacun pouvait prétendre être là par plaisir, et non pour les affaires.

Ce soir, près de six ans après cette première expérience, bien cachés dans son appartement — qui, soit dit en passant, était acheté et entièrement payé —, Zinaïda Rapava avait près de trente mille dollars en liquide. Et elle avait des projets. Elle étudiait le droit. Elle allait être avocate. Elle allait quitter le Robotnik, quitter Moscou, et s'installer à Saint-Pétersbourg où elle serait une pute légale reconnue : une avocate.

Tout était donc prévu jusqu'à ce mardi matin, quand Papou Rapava avait surgi de nulle part pour parler, disait-il, pour l'insulter, apportant avec lui, de la rue, cette odeur familière de chien puant surgie tout droit du passé.

* * *

Elle écouta les infos de vingt-deux heures puis mit le contact et quitta lentement la Bolchaïa Loubianka, traversant Moscou vers le nord-est pour arriver au stade des Jeunes-Pionniers, où elle se gara à sa place habituelle, juste à la sortie de l'allée obscure.

La nuit était froide. Le vent plaquait sa petite robe contre ses jambes. Elle s'accrocha à son sac pour marcher d'un pas vacillant en direction de la lumière. Elle serait plus en sécurité à l'intérieur.

Il y avait devant le Robotnik une bonne affluence pour un jeudi soir, une belle file de riches pigeons occidentaux pressés de se faire plumer. En temps normal, elle les aurait examinés avec une précision chirurgicale, mais ce soir elle dut se forcer à s'approcher.

Elle passa par l'entrée de service, comme d'habitude, et le barman, Alexeï, la fit entrer. Elle laissa son blouson au vestiaire, hésita un instant pour son sac, mais finit par le laisser aussi à la vieille réceptionniste : le Robotnik n'était sûrement pas le meilleur endroit de Moscou pour se faire surprendre avec un flingue.

Elle parvenait toujours à faire semblant d'être quelqu'un d'autre quand elle arrivait au club, et, mis à part l'argent que cela lui rapportait, c'était l'autre point positif de ces soirées. (« *Comment vous appelez-vous ?* » lui demandaient-ils, pour essayer d'établir un contact humain. « *Qu'est-ce qui vous plairait, comme nom ?* » leur répondait-elle invariablement.) Elle pouvait laisser son histoire à la porte du Robotnik, et se cacher derrière l'autre Zinaïda : provocante, maîtresse d'elle-même, dure. Mais pas ce soir. Ce soir, devant la glace des toilettes où elle rafraîchissait son maquillage, la magie ne semblait pas fonctionner, et le visage qui lui rendait son regard était indiscutablement le sien : celui de Zinaïda Rapava, perdue, effrayée.

Elle s'installa dans un box obscur et y resta pendant une heure, ou plus, à observer. Il lui fallait quelqu'un qui la prendrait toute la nuit. Quelqu'un de correct et de respectable, qui aurait un appartement. Mais comment juger de ce qu'un homme était vraiment ? C'étaient les jeunes qui roulaient des mécaniques et la ramenaient sans cesse qui finissaient par fondre en larmes en vous montrant la photo de leur petite amie. C'étaient les banquiers et les hommes de loi respectables qui prenaient leur pied à cogner.

Juste après onze heures et demie, quand l'affluence fut à son maximum, elle entra en action.

Elle fit le tour de la piste de danse en fumant, une bouteille d'eau minérale à la main. Nom de Dieu, pensa-t-elle, il y a des gamines qui ne doivent pas avoir plus de quinze ans. Elle aurait pratiquement pu être leur mère.

Elle touchait à la fin de cette vie.

Un type dont la chemise étriquée laissait sortir des poils bruns et bouclés s'approcha d'elle, mais il lui rappela O'Brian et elle l'esquiva dans un nuage d'after-shave, en faveur d'un grand Asiatique du Sud-Est en costume Armani.

Il vida son verre — vodka, pure, sans glace, remarqua-t-elle, trop tard — et l'attira sur la piste de danse. Il la saisit par-derrière, une main sur chaque fesse, et s'y accrocha si fort qu'elle fut presque soulevée de ses chaussures neuves. Elle lui demanda d'arrêter tout de suite, mais il ne parut pas comprendre. Elle essaya de le repousser, de l'écarter de toutes ses forces avec ses bras, mais il la serra plus fort encore, et elle sentit quelque chose céder en elle, ou plutôt se fondre, comme si les deux Zinaïda ne faisaient soudain plus qu'une...

« Es-tu une bonne bolchevique, Anna Safanova ? Veux-tu le prouver ? Veux-tu danser pour le camarade Staline ? »

... et elle enfonça soudain les ongles de sa main droite dans la joue lisse, griffant si profondément qu'elle crut sentir la peau s'arracher sous ses doigts.

Il la lâcha précipitamment, hurla et se courba en deux en secouant la tête, projetant des gouttes de sang autour de lui en un faisceau d'arcs parfaits, comme un chien qui s'ébroue. Quelqu'un hurla et la foule s'écarta.

Voilà ce qu'ils étaient venus voir !

Zinaïda se mit à courir : elle traversa le bar, gravit l'escalier en colimaçon, franchit les détecteurs de métaux et sortit dans le froid. Ses jambes s'écartèrent, comme celles d'une vache, sans qu'elle puisse les retenir, sur la glace. Elle était certaine qu'il lui courait après. Elle se releva et parvint tant bien que mal à regagner sa voiture.

* * *

Le complexe Victoire de la Révolution. Immeuble n° 9. Dans l'obscurité. Les flics avaient disparu. La petite foule avait disparu. Et bientôt, l'immeuble lui-même aurait disparu ; il ne répondait même pas aux normes soviétiques, et il allait être détruit dans un mois ou deux.

Elle se gara de l'autre côté de la rue, là où elle avait laissé l'Occidental la nuit précédente, et elle fixa du regard l'immeuble n° 9, par-dessus la neige sale et gelée.

Immeuble 9.

Chez elle.

Elle se sentait tellement fatiguée.

Elle saisit le haut du volant à deux mains et posa le front sur ses avant-bras. Elle avait fini de pleurer maintenant. Mais elle ressentait avec force la présence de son père, et entendait cette chanson stupide qu'il chantait toujours :

Kolyma, Kolyma,
Quel endroit enchanté !
Douze mois d'hiver
Et le reste d'été...

N'y avait-il pas un autre vers ? Quelque chose du genre « vingt-quatre heures de travail par jour et le reste à dormir » ? Et ainsi de suite ? Elle cogna la tête contre ses bras au rythme de l'air qu'elle imaginait, puis posa la joue contre le volant. Et c'est à ce moment-là qu'elle s'aperçut qu'elle avait oublié son sac, et le pistolet qui se trouvait dedans, au Robotnik.

Elle s'en aperçut parce qu'une voiture, une grosse voiture, s'était approchée de la sienne, très près, l'empêchant de déboîter, et qu'un visage masculin l'observait, tache blanche déformée par deux vitres sales et trempées.

CHAPITRE 18

Le silence le réveilla.

« Quelle heure est-il ?

— Minuit. (O'Brian bâilla bruyamment.) On change. »

Ils s'étaient arrêtés au bord de la grand-route, et le moteur était coupé. Kelso ne pouvait rien voir sinon quelques étoiles étiques. Après le bruit continuel du moteur, le calme était presque physique, comme une pression dans les oreilles.

Kelso se redressa. « Où sommes-nous ?

— A cent cinquante, peut-être cent soixante-dix kilomètres au nord de Vologda. » O'Brian alluma la veilleuse, qui fit ciller Kelso. « J'imagine qu'on doit être à peu près là. »

Il se pencha en montrant la carte, son gros index appuyé sur un secteur qui semblait entièrement vide, un espace blanc coupé par la ligne rouge de la route, avec quelques symboles de marais parsemés de chaque côté. Un peu plus au nord, la carte virait au vert, pour la forêt.

« Il faut que j'aille pisser, annonça O'Brian. Tu viens ? » proposa-t-il, passant au tutoiement.

Il faisait beaucoup plus froid qu'à Moscou, et le ciel était beaucoup plus vaste. Un grand vol de nuages, immenses et découpés par la lune, dérivait lentement vers le sud, découvrant de temps à autre des lambeaux de ciel étoilé. O'Brian avait une torche électrique. Ils descendirent un petit accotement et urinèrent en camarades, côte à côte, pendant bien trente secondes, soulevant un petit panache de vapeur sur le sol devant eux. Puis O'Brian remonta sa braguette et braqua sa torche autour d'eux. Le faisceau puissant força l'obscurité sur deux mètres, puis se dissipa ; il n'éclairait rien. Une brume glacée planait au ras du sol.

« Tu entends quelque chose ? » demanda O'Brian. Son souffle frémissait dans le froid.

« Non.

— Moi non plus. »

Il éteignit la torche et ils restèrent sans bouger quelques instants.

« Oh, papa, chuchota O'Brian avec une voix de petit garçon. J'ai tellement peur. »

Il ralluma la lampe, et ils remontèrent l'accotement jusqu'à la Toyota. Kelso leur servit un nouveau café pendant que O'Brian soulevait la porte du coffre pour sortir deux bidons d'essence. Il trouva un entonnoir et entreprit de remplir le réservoir. Serrant sa tasse de café dans ses mains, Kelso s'éloigna des vapeurs d'essence pour allumer une cigarette. Dans l'obscurité et le froid, sous l'immense ciel eurasien, il se sentait coupé de la réalité, effrayé mais aussi curieusement excité, tous ses sens aiguisés. Il perçut un ronronnement lointain, et un point jaune apparut derrière eux, sur la route rectiligne. Il le regarda enfler lentement, vit la lueur se diviser en deux gros phares et, pendant un moment, crut qu'ils fonçaient sur lui. Alors, un énorme poids lourd, un seize roues, les dépassa, le chauffeur faisant résonner joyeusement son avertisseur. Le bruit du moteur resta faiblement audible longtemps après que ses feux arrière rouges se furent évanouis dans l'obscurité.

« Eh Fluke, tu veux bien me donner un coup de main ? »

Kelso tira une dernière fois sur sa cigarette avant de la jeter, projetant des étincelles orangées sur la chaussée.

O'Brian voulait qu'il l'aide à descendre un de ses précieux bagages, une mallette blanche en polycarbonate d'environ soixante centimètres de long sur quarante-cinq de large, munie d'une paire de roulettes noires à une extrémité. Lorsqu'ils l'eurent descendue de la Toyota, O'Brian la fit rouler jusqu'à la portière côté passager.

« Et maintenant ? demanda Kelso.

— Ne me dis pas que t'en as jamais vu ? »

O'Brian ouvrit le couvercle et retira ce qui ressemblait à quatre tablettes en plastique blanc, du genre de celles qu'on déplie dans les avions. Il les assembla, ce qui donna un carré plat d'environ un mètre de côté, qu'il fixa ensuite sur le bord de la mallette. Au centre du carré, il vissa une longue antenne télescopique. Il brancha ensuite un câble entre la mallette et l'allume-cigares de la voiture, revint et poussa un interrupteur. Toute une série de voyants s'allumèrent.

« Impressionné ? » Il sortit une boussole de la poche de sa veste et braqua sa lampe dessus. « Où est passé ce putain d'océan Indien, maintenant ?

— Quoi ? »

O'Brian contempla la route qu'ils venaient de parcourir. « C'est tout en bas, apparemment. Suffit de suivre la M8. Un satellite en orbite stationnaire à trente mille kilomètres au-dessus de l'océan Indien. Tu imagines ! Oh, mais c'est que le monde est tout petit, pas vrai, Fluke ? C'est tout juste si je ne peux pas le tenir dans ma main. » Il sourit et s'agenouilla devant la mallette afin de la faire pivoter tout doucement jusqu'à ce que l'antenne soit orientée vers le sud. Aussitôt, l'appareil se mit à émettre une plainte aiguë. « C'est parti ! Elle a repéré l'oiseau. » Il appuya sur une touche, et la plainte cessa. « Maintenant, on branche le combiné... voilà. On compose le 0-4 pour obtenir la station au sol d'Eik, en Norvège... voilà. Et il ne reste plus qu'à composer le numéro qu'on veut. »

Il se releva et tendit le combiné à Kelso, qui l'approcha prudemment de son oreille. Il entendit une sonnerie de téléphone retentir en Amérique, puis un homme annonça : « Salle de rédaction. »

Kelso alluma une nouvelle cigarette et s'éloigna de la Toyota. O'Brian se trouvait à l'avant, lumière allumée, et, malgré les vitres closes, sa voix portait dans le silence glacé.

« Ouais, ouais, on est sur la route... A la moitié du chemin, j'imagine... Ouais, il est avec moi... Non, il va bien. » La portière s'ouvrit et O'Brian lança : « Hein, professeur, que tu vas bien ? »

Kelso leva la main.

« Ouais, reprit O'Brian. Il va bien. » La portière claqua et O'Brian dut baisser la voix, car Kelso ne saisit pas toute la suite. « On y sera vers neuf heures... oui... un bon coup... se présente bien... »

Le ton que prenait cette conversation, quel qu'en fût le

contenu, ne plut guère à Kelso. Il retourna à la voiture et ouvrit brusquement la portière.

« Oups ! Faut que j'y aille, Joe. Salut. » O'Brian raccrocha rapidement et fit un clin d'œil.

« Qu'est-ce que tu leur as dit, exactement ?

— Rien. » Le journaliste avait l'air d'un enfant pris en faute.

« Qu'est-ce que ça veut dire, rien ?

— Allez, il a bien fallu que je leur donne une idée, Fluke. Que je leur explique en substance de quoi...

— *En substance* ? (Kelso hurlait à présent.) C'était censé être confidentiel...

— Quoi... mais ils ne vont le répéter à personne. Allez, je ne peux quand même pas partir comme ça, sans leur donner une idée de ce que je fais.

— Bon Dieu. » Kelso se laissa tomber contre le flanc de la Toyota et prit le ciel à témoin. « Ce qu'il fait ?

— Tu veux donner un coup de fil, Fluke ? (O'Brian lui tendait le combiné.) Appeler ta femme ? Aux frais de la princesse ?

— Non, je n'ai personne à appeler maintenant. Merci.

— Zinaïda ? proposa O'Brian, rusé. Pourquoi ne pas appeler Zinaïda ? » Il quitta le siège et colla le combiné dans la main de Kelso. « Vas-y. Je sais que t'es pas tranquille. C'est mignon. 0-4, et puis tu fais le numéro. Mais n'y passe pas toute la nuit. Il y a de quoi se les geler, dehors. »

Il s'éloigna en agitant les bras pour lutter contre le froid, et Kelso, après une seconde d'hésitation, fouilla ses poches en quête du bout de papier où elle avait inscrit son adresse.

Pendant qu'il attendait que la connexion s'établisse, il essaya de se représenter son appartement, mais sans y parvenir. Il ne la connaissait pas assez. Il fixa des yeux la route qu'ils venaient de parcourir, la masse de nuages sombres qui fuyaient vers le sud, comme pour échapper à une calamité, et il imagina le chemin que suivait son appel — décollage du milieu de nulle part vers un satellite situé au-dessus de l'océan Indien, retour sur terre par la Scandinavie puis trajet terrestre jusqu'à Moscou. O'Brian avait raison : on pouvait se trouver en plein désert et avoir l'impression que la terre tenait au creux de votre main.

Il laissa résonner la sonnerie un long moment, souhaitant alternativement qu'elle soit là pour répondre, et ainsi le rassurer sur son sort, et qu'elle n'y soit pas puisque son appartement était pour elle l'endroit le plus exposé qui fût.

Elle ne répondit pas et, au bout de deux minutes, il raccrocha.

Ce fut donc au tour de Kelso de conduire pendant que O'Brian dormait, mais, même pendant son sommeil, le journaliste ne pouvait se taire. Le sac de couchage remonté jusqu'au menton, il avait incliné son siège presque à l'horizontale. « Ouais », marmonna-t-il, puis, aussitôt après, avec plus d'emphase : « Ouais ! » Il poussa un grognement. Puis il se recroquevilla et se mit à s'agiter comme un poisson hors de l'eau. Il ronfla. Il se gratta les parties.

Kelso s'agrippa à son volant. « Tu ne peux pas la fermer un peu, O'Brian ? demanda-t-il au pare-brise. Pour une fois, te serait-il possible, pour le bien de l'humanité tout entière et pour le mien en particulier, de fermer ta grande gueule lippue ? »

Il n'y avait rien à voir sinon les portions de route qui défilaient devant les phares. Il arrivait qu'une voiture surgisse en face, restant pleins phares et l'aveuglant complètement. Au bout d'une heure, il doubla le poids lourd qui les avait dépassés plus tôt. Le chauffeur klaxonna à nouveau joyeusement, et Kelso lui renvoya son coup d'avertisseur.

« Ouais, gémit O'Brian en se retournant au son de l'avertisseur. Oh ouais... »

Le roulement des pneus était hypnotique, et les pensées de Kelso divaguaient au hasard, sans lien apparent. Il se demanda comment O'Brian se serait comporté dans une vraie guerre, une guerre où il aurait eu à se battre plutôt qu'à filmer des images. Puis il se demanda comment lui-même se serait comporté. La plupart des hommes qu'il connaissait se posaient cette question, comme si le fait de ne s'être jamais battus les laissait, d'une certaine façon, incomplets, laissait un vide dans leur existence, là où une guerre aurait dû se trouver.

Etait-il possible que cette absence de guerre — aussi merveilleux que cela pût être, cela allait sans dire —, était-il possible que cela ait rendu les hommes triviaux ? Parce que tout était affreusement trivial de nos jours, non ? Nous vivions l'âge de la Trivialité. La politique était triviale. Les soucis des gens étaient triviaux, le surendettement, les retraites et les dangers encourus par les fumeurs passifs. Seigneur ! (il coula un regard vers O'Brian) en est-on vraiment réduits à ça, à s'en faire parce qu'on respire la fumée des autres alors que nos parents et nos grands-parents devaient éviter d'être fusillés ou bombardés ?

Alors il commença à se sentir coupable, parce que, en fait, qu'est-ce que cela impliquait ? Qu'il voulait une guerre ? Où une guerre froide, si on allait par là. Il fallait bien l'admettre : il regrettait vraiment la guerre froide. Il était content qu'elle soit finie, bien sûr, content que les gentils aient gagné et tout ça, mais au moins, pendant la guerre froide, les gens comme lui savaient où ils en étaient, ils pouvaient désigner quelque chose de précis en affirmant : Bon, on ne sait peut-être pas en quoi on croit, mais en tout cas on ne croit pas en *ça*.

Il fallait bien constater que tout était allé de travers pour lui depuis la fin de la guerre froide. Quelle bonne blague. Pour lui et Mamantov : tous deux victimes de la fin de l'URSS ! Tous deux déplorant la trivialité du monde moderne, tous deux préoccupés par le passé, et tous deux courant après le mystère du camarade Staline...

Il plissa le front pour se remémorer quelque chose que lui avait dit Mamantov :

« *Mais je peux vous certifier que vous êtes aussi obsédé que moi.* »

Il avait ri sur le moment, mais maintenant qu'il y réfléchissait, la remarque lui paraissait curieusement sagace, troublante, même, tellement elle touchait juste, et il se surprit à la tourner et la retourner dans son esprit à mesure que la température chutait et que la route défilait inlassablement dans l'obscurité glacée.

Il conduisit pendant plus de quatre heures, jusqu'au moment où il se sentit les jambes engourdies et finit par véritablement s'endormir, se réveillant dans un sursaut pour retrouver la Toyota oscillant au milieu de la route, les bandes blanches bondissant vers eux comme autant de flèches à la lumière des phares.

Quelques minutes plus tard, ils dépassèrent une sorte d'aire de repos pour routiers. Kelso freina brusquement, s'arrêta et y revint en marche arrière. A côté de lui, O'Brian revint péniblement à la conscience.

« Pourquoi on s'arrête ?

— Le réservoir est vide. Et puis il faut que je fasse une pause. » Kelso coupa le moteur et se massa la nuque. « On pourrait s'arrêter un petit moment ?

— Non. Il faut qu'on roule. Tu veux bien nous servir un café ? Je vais faire le plein. »

Ils observèrent le même rituel que précédemment. O'Brian descendit prendre les bidons à l'arrière en trébuchant dans le froid pendant que Kelso s'éloignait pour fumer une cigarette. Le vent était plus cinglant maintenant qu'ils se trouvaient plus au nord. Il l'entendait fouetter les arbres qu'il ne distinguait pas. Quelque part, doucement, de l'eau coulait.

Lorsqu'il remonta dans la voiture, O'Brian avait pris place derrière le volant, veilleuse allumée, et il passait un rasoir électrique sur son menton proéminent tout en étudiant la carte. Kelso songea que ce n'était pas une heure pour être debout. Cela lui faisait trop penser à une urgence, la perte de quelqu'un, une conspiration, une fuite, le pauvre type qui s'esquive après une nuit d'amour sans suite, pour présager quoi que ce fût de bon.

Ils ne parlèrent ni l'un ni l'autre. O'Brian rangea son rasoir et fourra la carte dans la pochette à côté de lui.

Le siège du passager était encore chaud, le sac de couchage aussi et, malgré ses angoisses, Kelso s'endormit en moins de cinq minutes, d'un sommeil de plomb, sans rêves. Lorsqu'il se réveilla, quelques heures plus tard, c'était comme s'ils avaient franchi une frontière et pénétré dans un autre monde.

CHAPITRE 19

Un peu plus tôt, alors que Kelso tenait encore le volant, le commandant Felix Souvorine s'était penché pour embrasser sa femme, Serafima.

Elle se contenta de lui offrir d'abord sa joue, puis parut se raviser. Un bras chaud et doux sortit de sous la couette, une main se posa sur la nuque de Souvorine et l'attira contre elle. Il l'embrassa sur les lèvres. Elle avait mis du Chanel que son père lui avait rapporté de la dernière réunion du G8.

Elle murmura : « Tu ne rentres pas ce soir.

— Je rentrerai.

— Je suis sûre que non.

— J'essayerai de ne pas te réveiller.

— Réveille-moi.

— Dors. »

Il posa un doigt sur la bouche de sa femme et éteignit la lampe de chevet. La lumière du couloir lui permit se sortir sans encombre. Il entendait la respiration régulière des garçons. Une pendule en chrysocale annonçait une heure trente-cinq. Il n'était rentré que depuis deux heures. *Merde.* Il s'assit sur une chaise dorée, près de la porte, et mit ses chaussures, puis il prit son manteau sur son cintre de bois moulé. La décoration de l'appartement sortait tout droit d'un luxueux magazine occidental et coûtait beaucoup plus que ce que gagnait un commandant du SVR ; en fait, avec son salaire, c'est tout juste s'ils auraient pu se payer le magazine. C'est son beau-père qui avait tout réglé.

Souvorine se vit au passage dans le miroir de l'entrée, sur

fond de gravure de Jackson Pollock. Les traits et les ombres de son visage fatigué semblaient se mêler à ceux de la gravure. Il se dit qu'il se faisait vieux pour ce genre de jeu : fini la jeunesse dorée.

* * *

Iassenevo avait appris peu après quatorze heures que le vol Delta était parti sans Fluke Kelso. Le colonel Arseniev avait exprimé de manière fort imagée et colorée — et l'avait sans doute consigné quelque part, pour mémoire, de façon plus discrète — sa stupéfaction devant le fait que Souvorine n'ait pas fait escorter Kelso jusqu'à l'avion. Souvorine avait ravalé sa réponse, qui aurait été de demander sur un ton acide comment il était censé retrouver Mamantov, contrôler la milice, découvrir le cahier *et* jouer à la bonne d'enfants avec un universitaire occidental terriblement indépendant dans Cheremetievo-2, avec quatre hommes en tout et pour tout.

En outre, cela avait maintenant moins d'importance, depuis que l'on avait découvert que l'agence de presse Interfax annonçait la mort de Papou Rapava et citait vaguement « des sources de la milice » pour expliquer que le vieil homme avait été assassiné en essayant de vendre des documents secrets ayant appartenu à Joseph Staline à un écrivain occidental. Trois députés communistes outragés avaient déjà essayé de porter l'affaire devant la Douma. Le bureau du président de la Fédération avait appelé Arseniev pour demander (citant apparemment les paroles exactes de Boris Nikolaïevitch) : « *Putain de bordel, mais qu'est-ce qui se passe* ? » Idem du FSB. Une demi-douzaine de journalistes s'étaient postés devant l'immeuble de Rapava, d'autres faisaient le siège du QG de la milice, alors que l'attitude officielle de celle-ci était de lever les bras au ciel en sifflotant.

Pour la première fois, Souvorine commençait à entrevoir le mérite de la politique d'autrefois, quand l'information se limitait à ce que TASS voulait bien révéler, tout le reste demeurant secret d'Etat.

Il avait tenté une dernière fois de se faire l'avocat du diable. Ne couraient-ils pas le danger d'accorder à tout cela beaucoup trop d'importance ? Ne faisaient-ils pas le jeu de Mamantov ?

Que pouvait donc contenir le cahier de Staline qui soit susceptible de présenter un intérêt aujourd'hui ?

Arseniev avait souri : toujours un signe de danger.

« Vous êtes né quand, Felix ? avait-il demandé d'un ton aimable. En cinquante-huit, cinquante-neuf ?

— Soixante.

— Soixante. Vous voyez, moi, je suis né en trente-sept. Mon grand-père... il a été fusillé. Deux de mes oncles ont été envoyés dans les camps... et ne sont jamais revenus. Mon père est mort dans des circonstances complètement dingues au début de la guerre, en essayant d'arrêter un char allemand devant Poltava avec une bouteille et un bout de chiffon, tout ça parce que le camarade Staline avait dit que tout soldat qui se rendrait serait considéré comme un traître. Alors je ne sous-estime pas le camarade Staline.

— Je suis désolé... »

Mais Arseniev le chassa d'un mouvement de la main. Le ton de sa voix montait et il avait le visage cramoisi. « Si ce salaud gardait un cahier dans son coffre, il avait une bonne raison de le faire, vous pouvez me croire. Et si Beria l'a dérobé, il avait une bonne raison de le faire lui aussi. Maintenant, si Mamantov prend le risque de torturer un vieux à mort, c'est qu'il a lui aussi une sacrément bonne raison pour mettre la main dessus. Alors, si ce n'est pas trop vous demander, Felix Stepanovitch, trouvez-le. *Trouvez-le.* »

Souvorine avait donc fait de son mieux. On avait contacté tous les experts légaux en documents. La description de Kelso avait été donnée, discrètement, à tous les postes de la milice dans la capitale ainsi qu'aux agents de la circulation, le GAI. D'un point de vue technique, le SVR travaillait maintenant en liaison avec les services criminels de la milice, ce qui signifiait qu'il avait désormais certaines ressources à sa disposition : il avait mis au point une ligne commune avec la milice, qu'ils pouvaient à tout moment donner en pâture aux médias. Il s'était entretenu avec un ami de son beau-père, propriétaire du plus gros ensemble de presse de la Fédération, pour lui demander de tenir ses troupes. Il avait envoyé Netto faire un tour du côté de la rue Vspolnii. Il s'était arrangé pour faire surveiller l'appartement de la fille de Rapava, Zinaïda, qui avait disparu, et, voyant qu'elle n'était toujours pas rentrée à la nuit tombée, il avait envoyé Bounine traîner au club où elle travaillait, le Robotnik.

Souvorine était rentré chez lui peu après onze heures.

A une heure trente-cinq, il avait reçu un appel l'informant qu'on avait retrouvé la fille.

* * *

« Où est-ce qu'elle était ?

— Dans sa voiture, répondit Bounine. Devant chez son père. On l'avait suivie depuis le club. On a attendu de voir si elle devait retrouver quelqu'un, mais comme personne ne se montrait, on l'a embarquée. Je crois qu'elle a dû se bagarrer.

— Pourquoi ?

— Oh, vous verrez quand vous monterez. Regardez sa main. »

Ils parlaient à voix basse dans l'entrée d'un immeuble de Zaïaouzé, morne quartier de l'est de Moscou situé non loin du parc — un immeuble privatisé, à en juger par la propreté des parties communes ; respectable. Souvorine se demanda ce que penseraient les voisins s'ils savaient que la fille du troisième était une prostituée.

« Rien d'autre ?

— Rien dans l'appartement, rien dans la voiture, répondit Bounine. Il y a un sac de vêtements à l'arrière — jean, tee-shirt, bottes, culotte. Mais elle avait un bon paquet de fric planqué là-haut. Elle ne sait pas encore que je l'ai trouvé.

— Combien ?

— Vingt, peut-être trente mille dollars. Bien serrés dans un plastique et cachés dans la chasse d'eau.

— Où sont-ils maintenant ?

— C'est moi qui les ai.

— Donnez-les-moi. »

Bounine hésita, puis il les lui remit ; une liasse épaisse, toute en billets de cent dollars. Il la regardait avec envie. Il lui faudrait quatre ou cinq ans pour gagner autant, et Souvorine le soupçonna d'avoir été sur le point de prendre un pourcentage. Peut-être s'était-il déjà servi. Souvorine fourra la liasse dans sa poche.

« A quoi elle ressemble ?

— Une dure de dure, mon commandant. Vous n'en tirerez

pas grand-chose. (Il se tapota la tempe.) Je crois bien qu'elle est fêlée.

— Merci, lieutenant, pour votre grande perspicacité psychologique. Vous pouvez attendre ici. »

Souvorine monta l'escalier. Sur le palier du deuxième étage, une femme d'une cinquantaine d'années passa sa tête couverte de bigoudis dans l'embrasure de sa porte.

« Qu'est-ce qui se passe ?

— Rien du tout, madame. Enquête de routine. Vous ne craignez absolument rien. »

Il poursuivit son ascension. Il se dit qu'il fallait absolument que ça débouche sur quelque chose. Impérativement. Il n'avait pas d'autre piste. Arrivé devant l'appartement de la fille, il carra les épaules, frappa poliment à la porte ouverte et entra. Un milicien se leva.

« Merci, dit Souvorine. Si vous alliez tenir compagnie au lieutenant, en bas ? »

Il attendit que la porte se soit fermée avant de regarder vraiment la jeune femme. Elle avait enfilé un cardigan de laine grise sur sa robe et se tenait assise sur la seule chaise, jambes croisées, en train de fumer. Il compta cinq mégots dans le cendrier posé sur la petite table à côté d'elle.

L'appartement consistait en fait en cette seule pièce, mais elle était bien tenue et arrangée avec soin, l'argent ayant été visiblement dépensé sans compter : un téléviseur occidental avec décodeur satellite, un magnétoscope, un lecteur de CD, un portant chargé de robes, toutes noires. Une petite cuisine donnait dans un coin, et une porte s'ouvrait sur la salle de bains. Il y avait un canapé, vraisemblablement convertible.

Il remarqua que Bounine avait vu juste, pour sa main. Il y avait du sang séché sous les ongles des doigts qui tenaient la cigarette. Elle intercepta son regard.

« Je suis tombée, dit-elle en décroisant les jambes pour montrer un genou écorché et ses bas déchirés. D'accord ?

— Je vais m'asseoir », annonça-t-il. Elle ne répondit pas, mais il s'assit quand même, au bord du canapé, écartant des jouets au passage, un petit soldat et une ballerine. « Vous avez des enfants ? » demanda-t-il.

Pas de réponse.

« Moi, j'en ai. Deux garçons. » Il scruta la pièce, en quête d'un point de contact, d'une ouverture, mais rien ne trahissait ici la moindre personnalité : pas de photos, pas de livre sinon des manuels juridiques, pas d'objets de décoration ni de bric-à-brac. Il y avait une rangée de CD, tous occidentaux et tous d'artistes dont il n'avait jamais entendu parler. Cela lui rappelait les planques de Iassenevo — un endroit où passer une nuit avant de repartir.

Elle demanda : « Vous êtes flic ? Vous n'avez pas l'air d'un flic.

— Non.

— Qu'est-ce que vous êtes, alors ?

— Je suis désolé pour votre père, Zinaïda.

— Merci.

— Parlez-moi de votre père.

— Pour vous dire quoi ?

— Vous vous entendiez avec lui ? »

Elle détourna les yeux.

« C'est seulement que je me demande, vous comprenez, pourquoi vous ne vous êtes pas approchée quand on a découvert son corps. Vous êtes passée à son appartement hier soir, n'est-ce pas, pendant que la milice était là-bas ? Et vous êtes juste partie.

— Je n'étais pas en état.

— C'est bien naturel. (Souvorine lui sourit.) Où est Fluke Kelso ?

— Qui ? »

Pas mal, songea-t-il : elle n'avait même pas cillé. Mais elle ne savait pas qu'il avait la déposition de Kelso.

« L'homme que vous avez conduit chez votre père hier soir.

— Kelso ? C'est comme ça qu'il s'appelait ?

— Oh, vous êtes futée, Zinaïda, pas vrai ? On ne vous coince pas comme ça. Bon, où avez-vous passé la journée ?

— J'ai fait un tour en voiture. Pour réfléchir.

— Pour réfléchir au cahier de Staline ?

— Je ne sais pas de quoi...

— Vous étiez avec Kelso, n'est-ce pas ?

— Non.

— Où est Kelso ? Où est passé le cahier ?

— Je ne sais pas de quoi vous parlez. Et puis qu'est-ce que

vous entendez, d'ailleurs, par le fait que vous n'êtes pas un flic ? Vous avez des papiers pour me montrer qui vous êtes ?

— Vous avez passé la journée avec Kelso...

— Vous n'avez pas le droit d'entrer chez moi sans mandat. C'est écrit là-dedans. » Elle désigna ses manuels de droit.

« Alors on fait son droit, Zinaïda ? (Elle commençait à lui porter sur les nerfs.) Vous ferez une bonne juriste. »

Elle parut trouver cela drôle : peut-être le lui avait-on déjà dit ? Il sortit la liasse de dollars, et elle s'arrêta de rire. Il crut qu'elle allait s'évanouir.

« Bon, quelle est la législation sur la prostitution, Zinaïda Rapava ? » Elle couvait l'argent du regard comme une mère contemple son enfant. « C'est vous, la juriste. A vous de me le dire. Combien d'hommes dans cette petite liasse ? Une centaine ? Cent cinquante ? (Il feuilleta les billets.) Cent cinquante, au bas mot... Et puis vous ne vous faites plus si jeune. Les autres, elles, elles sont de plus en plus jeunes. Vous savez, je pense que vous n'arriverez jamais à en regagner autant.

— Salaud... »

Il fit passer les dollars d'une main dans l'autre. « Réfléchissez. Cent cinquante mecs contre un seul, et il vous suffit de me dire où il est. Cent cinquante contre un. Ce n'est pas une si mauvaise affaire.

— Salaud » répéta-t-elle, mais avec moins de conviction cette fois.

Il se pencha en avant, la voix douce, enjôleuse. « Allons, Zinaïda : où est Fluke Kelso ? C'est important. »

Pendant un instant, il crut qu'elle allait céder. Mais son visage se durcit soudain. « *Vous*, fit-elle. Je me fous de savoir qui vous êtes. C'est plus honnête de faire la pute.

— C'est peut-être vrai », concéda Souvorine. Et il lui jeta brusquement la liasse de billets. Elle rebondit sur ses genoux et tomba à terre, entre ses jambes. Elle ne se pencha même pas pour la ramasser, et se contenta de le fusiller du regard. Il éprouva alors une grande tristesse : il se sentait triste pour lui-même, d'en être arrivé là, assis dans l'appartement d'une pute, en plein quartier de Zaïaouzé, en train d'essayer de l'acheter avec de l'argent qui lui appartenait déjà ; et triste pour elle, parce que Bounine avait raison : cette fille était fêlée, et maintenant il allait falloir qu'il la casse.

CHAPITRE 20

Le jour ne semblait jamais devoir se lever tout à fait, même deux heures après l'aube. On aurait dit que la journée avait renoncé à s'installer avant même d'avoir commencé. Le ciel resta gris et le long ruban de chaussée qui s'étirait devant eux se fondait dans une obscurité humide. De chaque côté de la route s'étendait une terre morte et plissée de marécages couleur de rouille et de plaines maladives et jaunâtres — la toundra subarctique — qui se muait à moyenne distance en une forêt dense de conifères et de sapins vert sombre.

Il se mit à neiger.

Il y avait beaucoup de véhicules militaires sur la route. Ils dépassèrent une longue colonne de voitures blindées aux phares noyés puis commencèrent peu après à voir des signes d'installations humaines — cabanes, granges, fragments de machines agricoles — et même une ferme collective avec un marteau et une faucille brisés au-dessus du portail, et un ancien slogan : LA PRODUCTION EST VITALE POUR LA VICTOIRE DU SOCIALISME.

Trois kilomètres plus loin, la route franchissait une voie ferrée, et une rangée de cheminées surgit de la brume, crachant de la suie noire dans le ciel neigeux.

« On doit y être, dit Kelso en levant le nez de la carte. La M8 s'arrête ici, dans la banlieue sud.

— Merde, fit O'Brian.

— Quoi ? »

Le journaliste désigna un point avec son menton. « Barrage routier. »

Une centaine de mètres plus loin, deux flics du GAI portant

bâtons lumineux et fusils faisaient signe à chaque véhicule de s'arrêter afin de contrôler les papiers des occupants. O'Brian jeta un rapide coup d'œil dans son rétroviseur, mais il ne pouvait faire marche arrière, il y avait trop de circulation derrière eux. Les plots de béton disposés au milieu de la route empêchaient totalement de faire demi-tour pour rejoindre l'autre voie. Ils étaient donc forcés de rester de ce côté-ci de la file.

« Comment tu as dit ça ? demanda Kelso. Pour mon visa ? Un *détail* ? »

O'Brian tapotait du bout des doigts le haut de son volant. « Tu crois que c'est un barrage permanent, ou que c'est juste pour nous ? »

Kelso remarqua une cabine vitrée à l'intérieur de laquelle un type du GAI lisait un journal.

« Permanent, je dirais.

— Bon, c'est déjà ça. » O'Brian entreprit de fouiller dans la boîte à gants. « Mets ta capuche, commanda-t-il, et remonte le sac de couchage sur ta figure. Fais semblant de dormir. Je vais leur dire que tu es mon cadreur. (Il sortit des papiers tout froissés.) Tu t'appelles Voukov, d'accord ? Foma Voukov.

— Foma Voukov ? D'où ça sort, ce nom-là ?

— Tu veux repartir aussi sec à Moscou ? Hein, c'est ça que tu veux ? Tu as à peu près deux secondes pour te décider.

— Quel âge il a, ce Foma Voukov ?

— Vingt et des poussières. » O'Brian attrapa la serviette de cuir derrière lui. « Tu as une meilleure idée ? Colle ça sous ton siège. »

Kelso hésita, puis coinça la serviette derrière ses jambes. Il se rallongea, remonta le sac de couchage sur son visage et ferma les yeux. Voyager sans visa constituait un crime. Mais voyager sans visa en empruntant les papiers de quelqu'un d'autre... ça, soupçonnait-il, c'en était un autrement plus grave.

La voiture avança, puis freina. Il entendit qu'on coupait le moteur, puis il perçut le ronronnement que faisait la vitre en se baissant. Un courant d'air froid. Une voix masculine peu amène demanda en russe : « Descendez de voiture, je vous prie. »

La Toyota oscilla lorsque O'Brian quitta son siège. Kelso poussa doucement la serviette avec le talon, la dissimulant plus encore à la vue.

Il y eut un second courant d'air glacé lorsqu'on ouvrit la porte du coffre.

Le bruit des mallettes qu'on sortait, des fermetures qui sautaient, des bruits de pas, une conversation tranquille.

La portière de Kelso s'ouvrit. Il entendit les flocons de neige s'écraser sur la tôle, un homme respirer. Puis la portière se referma, se referma doucement, avec considération, pour ne pas réveiller le passager endormi. Kelso sut qu'il était sorti d'affaire.

Il entendit O'Brian recharger le coffre puis revenir s'asseoir derrière le volant. Le moteur démarra.

« C'est vraiment dingue, commença O'Brian, l'effet que peuvent faire cent dollars sur un flic qui n'a pas touché sa paye depuis six mois. » Il écarta le sac de couchage de Kelso. « Debout, professeur. Bienvenue à Arkhangelsk. »

* * *

Ils franchirent bruyamment un pont en fer qui enjambait la Dvina du Nord. La rivière était grosse, tachée de jaune par la toundra. Les courants enflés roulaient et se ployaient comme des muscles sous une peau sale. Un couple de grosses barges noires enchaînées remontaient vers le nord, en direction de la mer Blanche. Sur la rive opposée, à travers le filtre de la neige et les étais du pont, ils distinguaient des cheminées d'usines, des grues, des grands ensembles, une haute tour de télévision avec une lumière rouge clignotante.

A mesure que la vue se précisait, le moral de O'Brian semblait sombrer. Il déclara que c'était la zone. Il décréta que c'était un trou. Il ajouta que c'était de loin le pire lieu qu'il eût jamais vu.

Un train de marchandises remonta la voie ferrée en bringuebalant. Au bout du pont, ils tournèrent à gauche, vers ce qui leur parut le centre-ville. Tout tombait en ruines. La façade des immeubles semblait rongée, partait par plaques. Des tronçons de route avaient disparu. Un vieux tramway aux couleurs marron et moutarde passa avec un bruit de chaîne qu'on traîne sur des pavés. Les piétons marchaient dans la neige penchés comme des ivrognes.

O'Brian conduisait lentement, en secouant la tête, et Kelso se demanda à quoi il avait bien pu s'attendre. A un centre de presse ? Un hôtel des médias ? Ils débouchèrent sur un grand espace dégagé qui était en fait une gare routière. De l'autre côté, sur le front de mer, quatre géants de l'Armée rouge en bronze se tenaient dos à dos, faisant face aux quatre points cardinaux, leurs armes levées en signe de triomphe. A leurs pieds, une bande de chiens errants fouillaient dans les ordures. Non loin de là, un long bâtiment bas, de béton blanc et aux glaces sans tain annonçait « Autorités portuaires d'Arkhangelsk ». Si la ville avait un centre, ce devait être ici.

« On n'a qu'à se garer là », suggéra Kelso.

Ils firent le tour de la place et se garèrent, le pare-chocs avant tout contre la rambarde penchée, et la mer s'étendant directement devant eux. Un husky les examina avec un intérêt détaché, puis se gratta le col vigoureusement avec sa patte arrière, pour en chasser les puces. On parvenait tout juste à distinguer au loin, à travers la neige, la silhouette plate d'un bateau-citerne.

« Est-ce que tu te rends compte, demanda tranquillement Kelso en contemplant la mer, droit devant lui, que nous sommes aux confins du monde ? Que nous ne nous trouvons qu'à cent cinquante kilomètres du cercle Arctique et qu'il n'y a rien d'autre que la mer et la glace entre nous et le pôle Nord ? En as-tu conscience ? »

Il se mit à rire.

« Qu'est-ce qu'il y a de drôle ?

— Rien. » Il jeta un coup d'œil vers O'Brian et essaya de s'arrêter, mais cela eut l'effet contraire. L'abattement manifeste du journaliste fit redoubler son fou rire. Il avait les yeux pleins de larmes. « Pardon, hoqueta-t-il. Je suis désolé...

— Mais oui, c'est ça, rigole, fit O'Brian avec amertume. C'est exactement comme ça que je vois un vendredi de rêve. Se taper treize cents bornes en voiture et arriver dans un trou pourri qui fait penser à Pittsburgh après une attaque nucléaire pour essayer de retrouver la putain de copine à Staline... »

Il renifla et commença à rire lui aussi.

« Tu sais ce qu'on a oublié de faire ? » parvint à articuler O'Brian au bout d'un moment.

Kelso reprit sa respiration et déglutit. « Quoi ?

— On n'est pas allés à la gare pour vérifier le compteur de radioactivité... Putain... on a sûrement... été... irradiés ! »

Ils explosèrent de rire. Ils en pleuraient et la Toyota s'agitait au rythme de leurs spasmes. Il neigeait et le husky les regardait, tête penchée, visiblement étonné.

O'Brian verrouilla la voiture et ils pressèrent le pas sous la neige, traversant les plaques de chaussée vicieuses qui subsistaient encore avant de s'engouffrer dans le bâtiment des autorités portuaires.

Kelso portait la serviette.

Ils étaient encore un peu sur les nerfs, et l'annonce des traversées en ferry pour Mourmansk et les îles Solovietskié ne tarda pas à les faire se tordre à nouveau.

Un petit tour au Goulag ?

« Oh, je t'en prie, arrête ça. On a du boulot devant nous. »

Le bâtiment était en fait plus vaste qu'il n'y paraissait de l'extérieur. Au rez-de-chaussée, il y avait des boutiques — de petits kiosques où l'on vendait des articles de toilette et de mode —, un café et une billetterie. En bas, sous les rampes de néons dont la plupart étaient hors d'usage, il y avait un marché souterrain obscur, des étals où se juxtaposaient grains, livres, cassettes pirates, souliers, shampoing, saucisses et quelques immenses et solides soutiens-gorge russes, noirs ou beiges, véritables miracles de la technique de l'encorbellement.

O'Brian acheta deux cartes, l'une de la ville, l'autre de la région, et ils remontèrent à la billetterie, où Kelso obtint d'un employé soupçonneux en uniforme crasseux la permission de jeter un coup d'œil sur l'annuaire téléphonique d'Arkhangelsk en échange d'un dollar. C'était un petit livre à couverture rigide rouge, et il fallut moins de trente secondes à Kelso pour vérifier qu'il n'y avait ni Safanov, ni Safanova enregistré.

« Et maintenant ? demanda O'Brian.

— Manger », répliqua Kelso.

Le café était une *stolovaïa* à l'ancienne, c'est-à-dire un self qui servait de cantine ouvrière, avec un sol maculé de neige fondue. Il y régnait une forte odeur de tabac chaud. A la table voisine, deux marins allemands jouaient aux cartes.

Kelso prit un grand bol de *chtchi*[1], du pain noir et deux œufs durs, et son estomac vide lui en fut aussitôt reconnaissant. Une

1. Soupe au chou agrémentée d'une petite motte de crème aigre.

sorte d'euphorie ne tarda pas à le gagner et il se dit que tout allait bien se passer. Ils étaient en sécurité ici. Personne ne pourrait les retrouver. Et s'ils se débrouillaient convenablement, ils pourraient en avoir fini en une journée.

Il versa la moitié d'une mignonnette de cognac dans son café instantané, la contempla un instant, se dit : « Mais vide-la donc » et versa le reste. Il alluma une cigarette et regarda autour de lui. Les gens ici étaient moins bien habillés qu'à Moscou. Ils regardaient les étrangers, mais détournaient les yeux dès qu'on essayait de croiser leur regard.

O'Brian poussa son assiette de côté. « Je réfléchissais à cette fac ou je ne sais quoi, là... cette "Académie Maxime-Gorki". Ils doivent avoir conservé les vieux dossiers, non ? Et puis il y avait cette fille qu'elle connaissait... comment elle s'appelait déjà, la moche ?

— Maria.

— Maria. C'est ça. Essayons de consulter le livre de classe de cette année-là et retrouvons Maria. »

Le livre de classe ? pensa Kelso. Mais pour qui O'Brian prenait-il la gamine ? La reine de la promo Maxime-Gorki 1950 ? Mais il se sentait trop plein de bonne volonté pour se bagarrer. « Ou, intervint-il avec diplomatie, *ou*, nous pourrions essayer le Parti local. Elle était au Komsomol, rappelle-toi. Ils ont peut-être conservé leurs vieux dossiers.

— D'accord, c'est toi le spécialiste. Comment on le trouve ?

— Facile. Passe-moi le plan de la ville. »

O'Brian tira le plan de sa poche intérieure puis fit tourner sa chaise pour se retrouver à côté de Kelso. Ils déplièrent le plan de la ville.

Le plus gros d'Arkhangelsk était concentré sur un vaste promontoire d'environ six kilomètres de côté, avec des extensions urbaines le long de la Dvina.

Kelso posa un doigt sur le plan. « Là, annonça-t-il. Ça doit se trouver là. Ou ça devait. Sur la Lenina Plochad, dans le plus gros bâtiment de la place. Ces salauds se sont toujours trouvés là.

— Et tu crois qu'ils vont nous aider ?

— Non, pas de bonne grâce. Mais si tu peux aider un peu financièrement... Enfin, ça vaut le coup d'essayer de toute façon. »

Sur le plan, cela ne paraissait pas à plus de cinq minutes de marche.

« Tu commences à rentrer dedans, hein », remarqua O'Brian. Il donna à Kelso une petite tape affectueuse sur le bras. « Tu sais quoi ? On fait une bonne équipe, tous les deux. On va leur montrer. » Il replia le plan et laissa cinq roubles de pourboire sur la table.

Kelso finit son café. Le cognac lui donnait des couleurs. Il se dit que O'Brian n'était pas si mauvais bougre, en fin de compte. Il le préférait encore à Adelman et au reste des mannequins de cire qui devaient tous se trouver en sécurité à New York à l'heure qu'il était.

On ne faisait pas l'histoire sans prendre certains risques, et cela Kelso le savait. Alors peut-être qu'il fallait aussi prendre des risques pour l'écrire.

O'Brian avait raison.

Il allait leur montrer.

CHAPITRE 21

Ils revinrent sur leurs pas, dépassèrent la Toyota puis la façade décrépite d'un hôpital délabré : la polyclinique des Marins du bassin du Nord. Le vent poussait les rafales de neige du golfe vers la terre, gémissait au travers des gréements d'acier des bateaux amarrés à la jetée de bois, courbait les arbres trapus plantés le long de la promenade pour protéger les bâtiments. Les deux hommes devaient lutter pour garder l'équilibre.

Deux bateaux avaient coulé, ainsi que la cabane en bois au bout de la jetée. Des vandales avaient arraché certains bancs pour les jeter dans l'eau, par-dessus la rambarde. Il y avait des graffitis sur les murs : une étoile de David, des écoulements de sang avec un svastika barbouillé par-dessus ; des sigles SS ; KKK.

Une chose était certaine : il n'y aurait pas de boutique de chaussures italiennes par ici.

Ils tournèrent le dos au golfe.

Toutes les villes russes avaient encore leur statue de Lénine. Celle d'Arkhangelsk représentait le commandeur haut de quinze mètres et jaillissant d'un bloc de granit, le visage déterminé, le manteau flottant au vent, un rouleau de papier brandi dans sa main tendue. On aurait dit qu'il essayait de héler un taxi. La place, qui portait encore son nom, était immense, recouverte d'une douce pellicule de neige, et absolument déserte à l'exception d'un couple de chèvres attachées qui broutaient un buisson dans un coin. Juste en face, il y avait un grand musée, la poste centrale et un grand immeuble de bureaux dont le balcon s'ornait toujours du marteau et de la faucille.

Kelso prit la direction de ce dernier, et ils y étaient presque arrivés quand une jeep couleur de sable équipée d'un projecteur sur le capot surgit au coin de la rue : troupes du ministère de l'Intérieur, le MVD. Cela le calma aussitôt. Il prit conscience qu'on pouvait l'arrêter à tout instant et lui demander de montrer son visa. Les soldats au visage blême les fixèrent du regard. Il baissa la tête en montant les marches, O'Brian sur les talons, tandis que la jeep faisait lentement le tour de la place avant de disparaître.

Les communistes n'avaient pas été complètement chassés de l'édifice : ils avaient simplement été repoussés au fond. Ils conservaient là une petite réception sur laquelle régnait une grosse femme d'une cinquantaine d'années couronnée d'une écume de cheveux teints en jaune. Il y avait près d'elle, sur le bord de la fenêtre, une rangée de plantes grasses tombantes plantées dans de vieilles boîtes de conserve ; et en face, sur le mur, une grande affiche montrant le candidat du Parti aux dernières élections présidentielles, Guennadi Ziouganov, le visage empâté. Elle examina la carte de presse de O'Brian avec intensité, la tournant et la retournant, la présentant à la lumière, comme si elle craignait un faux. Puis elle décrocha son téléphone et prononça à mi-voix quelques mots dans le combiné.

La neige commençait à s'amonceler dehors, de l'autre côté du double-vitrage. Une horloge tictaquait quelque part. Kelso remarqua une pile encore ficelée d'*Aurora* près de la porte, prêts à être distribués. Une citation du rapport du ministère de l'Intérieur adressé au Président faisait la première page : « LA VIOLENCE EST INÉVITABLE. »

Un homme apparut deux minutes plus tard. Il devait avoir dans les soixante ans et présentait une allure étrange. Il avait la tête trop petite pour son torse massif, et les traits trop petits pour son visage. Il se présenta — « Tsarev » — en tendant une main tachée d'encre noire. *Professeur* Tsarev. Premier secrétaire adjoint du Comité régional.

Kelso lui demanda s'il pouvait leur accorder un instant.

Oui. Peut-être. C'était possible.

Maintenant ? En privé ?

Tsarev hésita, puis haussa les épaules. « Très bien. »

Il les conduisit au fond d'un couloir et les introduisit dans son bureau, petit anachronisme de l'époque soviétique avec ses portraits de Brejnev et d'Andropov. Kelso songea qu'il avait vu des tas de bureaux pareils à celui-ci au cours des années. Parquet de planches épaisses, gros tuyaux d'eau, radiateur massif, calendrier de bureau, grand téléphone de bakélite verte qui évoquait les films de science-fiction des années cinquante, odeur de cire et de renfermé, tous les détails étaient familiers, jusqu'à la maquette de Spoutnik et la pendule en forme de Zimbabwe laissée par quelque délégation marxiste en visite. Sur l'étagère qui se trouvait derrière la tête de Tsarev, trônaient six exemplaires des mémoires de Mamantov, *Je crois encore.*

« Je vois que vous avez le livre de Vladimir Mamantov. » Ce n'était pas une remarque très maligne, mais Kelso ne put se retenir.

Tsarev se retourna et les regarda comme s'il les remarquait pour la première fois. « Oui. Le camarade Mamantov est venu à Arkhangelsk et a fait campagne pour nous pendant les élections présidentielles. Pourquoi ? Vous le connaissez ?

— Oui. Oui, je le connais. »

Il y eut un silence. Kelso avait conscience que O'Brian le regardait et que Tsarev attendait qu'il poursuive. D'un ton hésitant, il entama donc son petit discours préparé. Tout d'abord, commença-t-il, M. O'Brian et lui voulaient remercier le professeur Tsarev de les recevoir tout de suite. Ils n'étaient à Arkhangelsk que pour la journée, et tournaient une émission sur les dernières forces du Parti communiste. Ils se rendaient ainsi dans diverses villes de Russie. Ils s'excusaient de n'avoir pu prendre contact plus tôt afin d'organiser un vrai rendez-vous, mais ils travaillaient dans l'urgence...

« Et c'est le camarade Mamantov qui vous envoie ? l'interrompit Tsarev. Le camarade Mamantov vous a envoyés *ici* ?

— Je dois dire en toute honnêteté que, sans Vladimir Mamantov, nous ne serions pas ici. »

Tsarev opina de la tête. Eh bien, c'était un sujet formidable. Et un sujet *volontairement* ignoré par l'Occident. Combien de gens, par exemple, savaient-ils, en Occident, que lors des élections de la Douma les communistes avaient remporté 30 % des votes, puis, en 1996, lors des présidentielles, 40 % ? Oui, ils allaient bientôt revenir au pouvoir. Ils devraient sans doute le partager au début, mais ensuite... qui pouvait le dire ?

Il s'animait peu à peu.

Prenez la situation ici, à Arkhangelsk. Il y avait des millionnaires, évidemment. La belle affaire ! Mais malheureusement, il y avait aussi le crime organisé, le chômage, le sida, la prostitution, la drogue. Ses visiteurs savaient-ils que le taux de mortalité infantile et l'espérance de vie en Russie étaient maintenant revenus aux chiffres de l'Afrique ? Quel progrès ! Quelle liberté ! Tsarev avait été professeur de théorie marxiste à Arkhangelsk pendant vingt ans — son poste avait bien entendu été supprimé. Il avait donc enseigné le marxisme dans un Etat marxiste, mais c'était maintenant seulement, alors qu'on démontait littéralement les statues de Marx, qu'il en était venu à apprécier le génie de ce visionnaire pour qui l'argent prive le monde entier, le monde humain et la nature, de ses valeurs propres...

« Demande-lui pour la fille, chuchota O'Brian. On n'a pas le temps pour toutes ces conneries Demande-lui pour Anna. »

Tsarev s'était arrêté au milieu d'une phrase et dévisageait alternativement les deux hommes.

« Professeur Tsarev, se lança Kelso. Nous avons besoin, pour illustrer notre film, de présenter des cas particuliers... »

C'était excellent. Mais oui, il comprenait. L'élément humain. Il y avait beaucoup de ces histoires à Arkhangelsk.

« Oui, j'en suis sûr. Mais nous pensons à quelqu'un en particulier. Une jeune fille. Enfin, une femme d'une soixantaine d'années, maintenant. Elle doit avoir à peu près le même âge que vous. Son nom de jeune fille était Safanova. Anna Mikhaïlovna Safanova. Elle était au Komsomol. »

Tsarev frotta le bout de son nez carré. Ce nom, assura-t-il après un moment de réflexion, ne lui disait rien. Cela remontait sans doute à assez longtemps ?

« Près de cinquante ans. »

Cinquante ans ? Ce n'était pas possible ! Mais non, il allait leur trouver d'autres sujets...

« Mais vous devez bien avoir des archives ? »

... Il allait leur présenter des femmes qui avaient lutté contre le fascisme pendant la Grande Guerre patriotique, des héros du Travail socialiste, des titulaires de l'ordre du Drapeau rouge, des gens magnifiques...

« Demande-lui combien il veut », fit O'Brian, sans même prendre la peine de chuchoter cette fois. Il tira son portefeuille. « Pour regarder dans ses archives. Il veut combien ?

— Quelque chose ennuie votre collègue ? s'enquit Tsarev.

— Mon collègue se demandait, fit Kelso avec délicatesse, s'il vous serait possible d'entreprendre certaines recherches pour nous. Pour lesquelles nous serions heureux de vous dédommager... de payer le Parti... enfin, de participer financièrement... »

Cela n'allait pas être facile, annonça Tsarev.

Kelso assura qu'il en avait conscience.

Durant les dernières années de l'Union soviétique, le nombre des membres du Parti communiste atteignait 7 % de la population adulte. Si l'on appliquait ces chiffres à Arkhangelsk, on obtenait quoi ? Une vingtaine de milliers de membres pour cette seule ville, et peut-être encore autant si l'on prenait la région tout entière. A cela, il convenait encore d'ajouter les membres des Komsomol et autres organisations du Parti. Donc, si vous preniez tous les gens qui avaient été membres au cours des quatre-vingts dernières années — ceux qui étaient morts, ceux qui avaient rendu leur carte, ceux qui avaient été fusillés, emprisonnés, exilés, purgés —, cela représentait un nombre vraiment important. Un nombre énorme. Mais...

Ils se mirent d'accord sur deux cents dollars. Tsarev insista pour donner un reçu. Il enferma l'argent dans une vieille caisse métallique elle-même enfermée à clé dans un tiroir, et Kelso prit conscience, non sans admiration, que Tsarev allait certainement remettre cet argent dans les caisses du Parti. Il n'en garderait rien pour lui. C'était un véritable croyant.

Le Russe leur fit reprendre le couloir qui les ramena à la réception. La femme aux cheveux teints était en train d'arroser ses plantes en boîtes. *Aurora* proclamait toujours que la violence était inévitable. Le sourire gras de Ziouganov était toujours à sa place. Tsarev prit une clé dans un placard métallique, et ils le suivirent dans un escalier qui menait à la cave. Une grande porte blindée, bardée de verrous et couverte d'une épaisse couche de peinture gris cuirassé, s'ouvrit pour révéler une cave, tapissée de rayonnages de bois contenant des dossiers.

Tsarev chaussa une paire de lunettes à montures épaisses et entreprit de descendre les classeurs poussiéreux pendant que Kelso regardait autour de lui avec stupéfaction. Il se disait que ce n'étaient pas des archives, mais des catacombes, une nécropole. Des bustes de Lénine, Marx et Engels peuplaient les étagères comme une armée de clones. Il y avait des boîtes contenant les photographies d'apparatchiks du Parti oubliés et des piles de toiles du réalisme socialiste montrant de jeunes paysannes à la poitrine généreuse et des héros du Travail aux muscles de granit. Il y avait des tas de décorations, de diplômes, de cartes du Parti, d'imprimés, de brochures et de livres. Et puis il y avait les drapeaux, de petits fanions rouges que les enfants agitaient, et de grands drapeaux écarlates que les pareils d'Anna Safanova brandissaient dans les défilés.

C'était comme si les gardiens d'une grande religion avaient dû soudain dépouiller ses temples pour tout dissimuler dans des caves, afin de préserver textes et icônes dans l'espoir de temps meilleurs, d'un nouvel Avènement...

Les listes des Komsomol des années 1950 et 1951 manquaient.

« Quoi ? »

Kelso fit volte-face et vit Tsarev qui, l'air perplexe, examinait deux dossiers, un dans chaque main.

C'était extrêmement curieux, disait Tsarev. Il faudrait mener une enquête. Qu'ils voient par eux-mêmes (il tendit les dossiers pour qu'ils puissent vérifier), il y avait bien la liste de 1949 et ici, aussi, celle de 1952. Mais Anna Safanova n'apparaissait dans aucune de ces deux listes.

« En quarante-neuf, elle était trop jeune, expliqua Kelso, elle ne remplissait pas les critères. » Et en 1952, Dieu seul savait ce qu'elle était devenue. « Quand les listes ont-elles été retirées ?

— En avril cinquante-deux, répondit Tsarev en fronçant les sourcils. Il y a une note : “A transférer aux archives du Comité central, à Moscou.”

— Y a-t-il une signature ? »

Tsarev la lui montra : A. N. Poskrebichev.

« Qui est Poskrebichev ? » demanda O'Brian.

Kelso le savait, et il vit bien que Tsarev aussi.

« Le général Poskrebichev, répondit Kelso, était le secrétaire particulier de Staline.

— Eh bien, intervint Tsarev un peu trop rapidement, voilà un mystère. »

Il voulut ranger les dossiers sur leur étagère. Un demi-siècle et tout ce qui s'était passé depuis avaient beau s'être écoulés, la signature du secrétaire particulier de Staline suffisait encore à troubler un homme assez vieux pour se souvenir. Ses mains tremblaient. L'un des dossiers lui échappa et tomba à terre. Des feuillets s'éparpillèrent. « Laissez, je vous en prie. Je m'en occupe. » Mais Kelso s'était déjà agenouillé et rassemblait les feuilles éparses.

« Il y a encore une chose que vous pourriez faire pour nous, dit-il.

— Je ne crois pas...

— Nous pensons que les parents d'Anna Safanova étaient probablement tous deux membres du Parti. »

C'était impossible, assura Tsarev. Il ne pouvait pas les laisser regarder. Ces archives étaient confidentielles.

« Mais vous pourriez les consulter pour nous... »

Non, non, il ne pensait pas pouvoir.

Il tendait sa main tachée d'encre pour récupérer les feuillets quand soudain O'Brian se trouva près de lui, penché, mettant deux billets de cent dollars dans sa paume ouverte.

« Cela nous aiderait vraiment beaucoup », fit Kelso, faisant désespérément signe à O'Brian de reculer tout en soulignant chaque mot d'un hochement de tête. « Cela nous aiderait beaucoup pour faire notre émission, si nous pouvions jeter un coup d'œil. »

Mais Tsarev ne fit pas attention à lui. Il avait les yeux rivés sur les deux billets, et le visage de Benjamin Franklin, malin et flatteur, lui rendait son regard.

« Il n'y a donc rien, fit Tsarev lentement, que vous ne pensiez pouvoir acheter avec de l'argent ?

— Il n'y avait là aucune intention insultante, assura Kelso en fusillant O'Brian du regard.

— Ouais, renchérit l'Américain. Y a pas d'offense.

— Vous achetez nos industries. Vous achetez nos missiles. Vous essayez d'acheter nos archives... »

Ses doigts se contractèrent sur les billets, les serrèrent avec force, puis les laissèrent tomber à terre.

« Gardez votre argent. Et que le diable vous emporte, vous et votre fric. »

Il se détourna et courba la tête, se concentrant sur la remise en place des dossiers. Pendant quelques instants, on n'entendit plus que le frottement du vieux papier.

« Bravo, articula sans bruit Kelso à l'adresse de O'Brian. Félicitations... »

Une minute s'écoula.

Puis, à brûle-pourpoint, Tsarev demanda : « Comment avez-vous dit qu'ils s'appelaient, les parents ?

— Mikhaïl, répondit vivement Kelso. Et... » Et merde, comment s'appelait la mère déjà ? Il essaya de se rappeler le rapport du NKVD. Vera ? Varouchka ? Non, Varvara, c'était ça. « Mikhaïl et Varvara Safanov. »

Tsarev hésita. Il tourna vers eux son visage étroit pour les regarder avec une expression où se mêlaient dignité et mépris. « Attendez-moi ici, dit-il. Ne touchez à rien. »

Il disparut dans une autre partie du sous-sol. Ils l'entendaient se déplacer.

« Qu'est-ce qui se passe ? s'enquit O'Brian.

— Je crois, répondit Kelso, je crois que ça s'appelle marquer un point. Il est parti voir s'il trouve quelque chose sur les parents d'Anna. Et, putain, c'est pas grâce à toi. Je ne t'avais pas dit de me laisser faire ?

— Quoi, ça a marché, non ? » O'Brian se baissa pour ramasser les deux billets froissés, les lissa et les rangea dans son portefeuille. « Bon Dieu, quel cimetière ! » Il s'empara d'une tête de Lénine, sur une étagère. « Hélas ! pauvre Yorick... » Il s'interrompit. Il ne se rappelait plus la suite. « Tiens, professeur. Un petit souvenir. » Il lança le buste à Kelso, qui le rattrapa et s'empressa de le reposer.

« Ne fais pas ça », protesta-t-il. Sa bonne humeur s'était envolée. Il en avait assez de O'Brian, mais il n'y avait pas que cela. C'était quelque chose d'autre... quelque chose qui venait de l'atmosphère de ce sous-sol. Il n'arrivait pas à définir exactement quoi.

O'Brian ricana. « Mais qu'est-ce qui te prend ?

— Je n'en sais rien. "On ne se moque pas de Dieu."

— Ni du camarade Lénine ? C'est ça ? Mon pauvre Fluke. Tu sais quoi ? Je crois que tu es mal barré. »

Kelso l'aurait bien envoyé se faire voir, mais Tsarev revenait, porteur d'un nouveau dossier et la mine soudain triomphante.

Il y avait là un sujet qui serait parfait pour leur émission. Il y avait là une femme qu'on n'avait jamais achetée — il foudroya O'Brian du regard —, une personne qui était une leçon pour eux tous. Varvara Safanova s'était inscrite au Parti communiste en 1935 et, bon an mal an, ne l'avait jamais quitté. Elle faisait l'objet d'une liste de citations du Comité central d'Arkhangelsk qui prenait une demi-page. Oh oui, c'était l'incarnation de l'esprit indomptable du socialisme que personne ne pouvait jamais soumettre !

Kelso lui sourit. « Quand est-elle morte ? »

Ah, justement, c'était cela qui était extraordinaire. Elle n'était pas morte.

« Varvara Safanova ? » répéta Kelso. Il n'arrivait pas à y croire. Il échangea un regard avec O'Brian. « La mère d'Anna Safanova ? Encore en vie ? »

Encore en vie le mois dernier, assura Tsarev. Encore en vie à quatre-vingt-cinq ans ! C'était écrit ici. Ils pouvaient regarder eux-mêmes. Membre fidèle pendant plus de soixante ans — elle venait juste de payer sa cotisation au Parti.

CHAPITRE 22

Le matin se levait sur Moscou.

Souvorine se trouvait à l'arrière de la voiture avec Zinaïda Rapava. L'agent de liaison de la milice était installé devant, avec le chauffeur. Les portières étaient verrouillées. La Volga était coincée dans le flot d'une circulation engluée, sur la route qui menait au sud, vers Litkarino.

Le milicien grognait. Ils auraient dû prendre plusieurs voitures ; pour se frayer un chemin dans des embouteillages pareils, il fallait une sirène et des gyrophares.

Tu te prends pour qui, songea Souvorine. Le Président ?

Zinaïda avait les yeux cernés et bouffis à cause du manque de sommeil. Elle avait enfilé un imperméable sur sa robe, et gardait les genoux tournés vers la portière, mettant autant d'espace de cuir que possible entre elle et Souvorine. Il se demanda si elle savait où ils allaient. Il en doutait. Elle semblait s'être retirée quelque part au fond d'elle-même et ne paraissait guère consciente de ce qui arrivait.

Où était Kelso ? Qu'y avait-il dans ce cahier ? Ces deux mêmes questions qui revenaient sans cesse, d'abord chez elle, puis dans le bureau de façade que le SVR conservait dans le centre de Moscou, là où les journalistes occidentaux de passage pouvaient s'entretenir avec l'agent souriant, américanisé à souhait, chargé des relations avec la presse. (Vous voyez, messieurs, comme nous sommes démocratiques ! Que pouvons-nous faire pour vous aider ?) Pas de café pour elle, et pas de cigarettes non plus depuis qu'elle avait fini de fumer les siennes. Ecrivez une déposition, Zinaïda, et puis on la déchire et on recommence, on recommence encore, jusqu'à ce que la pendule affiche enfin neuf heures, heure à laquelle Souvorine peut enfin jouer son va-tout.

Elle était aussi butée que son père.

Autrefois, à la Loubianka, on avait mis au point un système appelé « le tapis roulant » : le suspect passait alternativement entre trois enquêteurs qui se relayaient sur le mode des trois-huit. Après trente-six heures passées sans dormir, la plupart des gens étaient prêts à signer n'importe quoi, à dénoncer n'importe qui. Mais Souvorine ne disposait pas de relais et n'avait pas trente-six heures devant lui non plus. Il bâilla. Il avait l'impression d'avoir du sable dans les yeux. Il se dit qu'il devait être à peu près aussi fatigué qu'elle.

Son portable sonna.

« Oui ? »

C'était Netto.

« Bonjour, Vissari. Qu'est-ce que nous avons ? »

Deux ou trois choses, répondit Netto. D'abord, la maison de la rue Vspolnii. Il avait pu établir qu'elle appartenait à une moyenne société de biens immobiliers qui avait pour nom Moskprop et qui essayait de la louer pour quinze mille dollars par mois. Pas de preneurs jusqu'à présent.

« A ce prix-là ? Ça ne m'étonne pas. »

Ensuite : On dirait bien qu'on a déterré quelque chose dans le jardin il y a moins de trois jours. Un endroit a été creusé sur une profondeur de plus d'un mètre cinquante, et les experts ont trouvé des traces d'oxyde de fer dans la terre. Il y a eu quelque chose là-dedans qui a rouillé pendant des années.

« Rien d'autre ?

— Non. Rien sur Mamantov. Il s'est volatilisé. Et le colonel commence à s'énerver. Il vous demande.

— Vous lui avez dit où j'étais ?

— Non, mon lieutenant.

— Parfait. » Souvorine raccrocha. Zinaïda l'observait.

« Vous savez ce que je pense ? dit Souvorine. Je pense que votre vieux papa est allé déterrer cette boîte à outils juste avant de mourir. Et puis qu'il vous l'a donnée. Et puis j'imagine que vous l'avez remise à Kelso. »

Ce n'était qu'une théorie, mais il crut voir une sorte de frémissement dans son œil avant qu'elle se détourne.

« Vous voyez, poursuivit-il, on *va* finir par y arriver de toute façon. Et on y arrivera sans vous, s'il le faut. Ça nous prendra juste un peu plus de temps, c'est tout. »

Il s'appuya plus confortablement contre le dossier.

Là où Kelso se trouvait, le cahier devait se trouver, pensa-t-il. Et là où le cahier se trouvait, Vladimir Mamantov serait aussi, sinon maintenant, sans doute très bientôt. La réponse à la première question — où était Kelso ? — permettrait donc de résoudre les trois autres problèmes.

Il jeta un coup d'œil vers Zinaïda. Elle avait les paupières closes.

Et elle, elle savait, il en était sûr.

C'était d'une simplicité tellement énervante.

Il se demanda si Kelso se doutait de la proximité imminente de Mamantov et du danger qu'il courait réellement. Mais non, sûrement pas. C'était un Occidental. Il se croirait à l'abri.

Le voyage continua.

« C'est là, indiqua le milicien en pointant son index épais. Là-haut, sur la droite. »

L'endroit n'était pas gai sous la pluie : c'était un entrepôt en briques d'un rouge terne, avec de petites fenêtres derrière l'entrelacs habituel de barres de fer. Il n'y avait pas de plaque près de l'entrée abandonnée.

« Faites le tour, suggéra Souvorine. Et voyez si vous pouvez vous garer derrière. »

Ils tournèrent à droite, puis encore à droite, franchissant des portails de bois déjà ouverts, et pénétrèrent dans une cour goudronnée qui luisait sous l'humidité. Il y avait une vieille ambulance verte aux vitres opaques garée dans un coin, à côté d'un grand fourgon noir. De grands conteneurs de tôle ondulée étaient remplis de sacs en plastique blancs noués avec du ruban adhésif indiquant DÉCHETS CHIRURGICAUX en lettres rouges. Certains s'étaient renversés et avaient crevé, ou plus vraisemblablement avaient été éventrés par des chiens. Des chiffons détrempés et ensanglantés absorbaient la pluie.

La fille s'était redressée et regardait autour d'elle, commençant à deviner où elle se trouvait. Le milicien sortit sa grande carcasse de la voiture et vint lui ouvrir la porte. Elle ne fit pas un geste. Ce fut Souvorine qui dut la prendre doucement par le bras pour la faire descendre.

« Ils ont dû transformer cet endroit. Et puis je crois qu'il y a un autre entrepôt à Elektrostal. Mais pour vous c'est ici. Recrudescence du crime oblige. Même les morts doivent dormir à la dure. Allons, Zinaïda. C'est une formalité. On n'a pas le choix. Et puis, il paraît que ça aide souvent. On devrait toujours regarder nos terreurs dans les yeux. »

Elle libéra son bras d'une secousse et resserra son manteau. Il prit alors conscience qu'il était encore plus nerveux qu'elle. Il n'avait jamais vu de cadavre. Imaginez : un commandant de l'ancienne Première Direction générale du KGB qui n'a jamais vu un mort. Toute cette affaire lui apprenait décidément bien des choses.

Ils se frayèrent un chemin parmi les détritus, dépassèrent un monte-charge, et entrèrent dans l'entrepôt par la porte de derrière, le milicien en tête, puis Zinaïda, puis Souvorine. C'était un ancien entrepôt frigorifique où l'on conservait autrefois le poisson en provenance de la mer Noire convoyé vers le nord, et il subsistait encore de vagues relents de saumure malgré les odeurs de produits chimiques.

Le policier connaissait la procédure. Il passa la tête dans un bureau vitré et adressa une brève plaisanterie à qui se trouvait à l'intérieur. Puis un autre homme apparut, en train d'enfiler une blouse blanche. Il écarta un haut rideau d'épaisses bandes de caoutchouc noir et les conduisit dans un long couloir, assez large pour laisser passer une gerbeuse aux lourdes portes réfrigérées de chaque côté.

En Amérique — Souvorine avait vu cela sur les vidéos de séries policières que Serafima aimait regarder —, la famille pouvait regarder son défunt sur un écran, confortablement coupée de la réalité physique de la mort. Mais en Russie, les morts n'étaient pas entourés d'une telle délicatesse. Il convenait cependant de reconnaître que les autorités avaient fait de leur mieux avec des moyens très limités. La salle d'exposition, quand on y arrivait par l'entrée principale, se trouvait à l'écart des chambres froides. On avait également disposé deux coupes de fleurs en plastique de chaque côté d'une croix en laiton, sur une table recouverte d'un drap. Le chariot se trouvait devant, le contour du corps apparaissant nettement sous le drap blanc.

Petit, se dit Souvorine. Il s'était attendu à un homme plus imposant.

Il prit bien garde de rester à côté de Zinaïda. Le milicien se tenait derrière son copain technicien de la morgue. Souvorine fit un signe de tête et le technicien replia la partie supérieure du drap.

Le visage grêlé de Papou Rapava, ses maigres cheveux gris peignés en arrière et partagés par une raie bien nette, fixa le plafond décrépit de ses paupières noircies.

Le milicien entonna la formule rituelle d'une voix lasse. « Témoin, s'agit-il bien de Papou Guerassimovitch Rapava ? »

Zinaïda, la main sur la bouche, hocha la tête.

« Parlez, s'il vous plaît.

— C'est lui. » Ils l'entendirent à peine. Puis, d'une voix plus assurée : « Oui, c'est lui. »

Elle glissa un regard de défi en direction de Souvorine.

Le technicien commença à remonter le drap.

« Attendez », dit Souvorine.

Il saisit le bord du drap le plus proche de lui et tira, fort. Le mince nylon s'envola, s'écarta du corps et se posa par terre.

Un silence, puis le cri de Zinaïda déchira la pièce.

« Et là, s'agit-il de Papou Guerassimovitch Rapava ? Regardez bien, Zinaïda. » Lui-même ne regarda pas — il n'eut, heureusement, qu'une impression assez vague — mais garda les yeux rivés sur elle. « Regardez bien ce qu'ils lui ont fait. C'est ce qu'ils vous feront aussi. A vous et à votre petit ami Kelso, s'ils l'attrapent. »

Le technicien criait quelque chose. Zinaïda, qui hurlait toujours, recula vers un coin de la pièce. Souvorine la suivit — c'était le moment, le moment ou jamais : il fallait frapper. « Dites-moi où il est, maintenant. Je suis désolé, mais il faut que vous me le disiez. Dites-moi où il est. Je suis désolé. Maintenant. »

Elle se retourna et voulut le frapper mais le milicien la retint par le manteau et la fit reculer. « Eh ! Eh ! fit-il. Ça suffit. » Puis il la fit tourner sur elle-même et la mit à genoux.

Souvorine s'agenouilla lui aussi et se traîna vers elle. Il prit le visage de la jeune femme dans ses mains. « Je suis tellement désolé. » Il eut l'impression que ses traits se dissolvaient sous ses doigts. Les yeux se liquéfiaient, du noir dévalait le long des joues, la bouche n'était plus qu'une tache noirâtre. « Tout va bien, pardonnez-moi. »

Elle se calma. Il se dit qu'elle aurait pu être évanouie, si ses yeux n'étaient restés ouverts.

Elle ne céderait pas. Il le sut en cet instant. C'était exactement la fille de son père.

Après peut-être trente secondes, il la lâcha et se mit sur les talons, tête baissée, le souffle court. Il entendit derrière lui le bruit du chariot qu'on éloignait.

« Vous êtes complètement fou, commenta le technicien avec incrédulité. Un vrai dingue, vous êtes. »

Souvorine leva le bras avec lassitude. Il avait compris. La porte claqua. Il posa les paumes à plat sur les dalles froides du sol. Il prit conscience qu'il détestait cette affaire, non seulement parce que c'était un vrai casse-tête à résoudre et que c'était en plus fort risqué, mais aussi parce qu'elle l'obligeait à se rendre compte à quel point il détestait son pays : combien il haïssait ces nostalgiques du passé qui défilaient le dimanche matin avec des portraits de Marx et Lénine ; ces fanatiques purs et durs du genre de Mamantov qui refusaient tout simplement de comprendre, qui ne voulaient pas voir que le monde avait changé.

Le poids mort du passé l'écrasait comme une statue renversée.

Il lui fallut faire un effort, prendre sérieusement appui sur la pierre froide et lisse pour se relever.

« Allons, dit-il, et il lui tendit la main.

— Arkhangelsk.

— Quoi ? » Il baissa les yeux sur elle. Elle avait le visage levé vers lui et l'observait avec un calme effrayant. Il se rapprocha encore. « Qu'est-ce que vous avez dit ? »

Elle le répéta.

« Arkhangelsk. »

Il retint les pans de son pardessus et s'accroupit précautionneusement avant de s'asseoir par terre, à côté d'elle. Ils se tenaient tous deux le dos appuyé contre le mur, comme un couple de rescapés après un accident.

Elle regardait droit devant elle et parlait d'une voix curieusement monocorde. Il avait ouvert son carnet, et faisait courir son stylo sur la page, vite, noircissant une feuille après l'autre. Parce qu'il craignait qu'elle puisse s'arrêter, s'arrêter de parler aussi soudainement qu'elle avait commencé...

Il était, dit-elle, parti pour Arkhangelsk. En voiture. Il était parti vers le nord, avec le journaliste de télé.

Parfait, Zinaïda. Prenez votre temps. Ça se passait quand ?

Hier après-midi.

Quand exactement ?

Vers quatre heures. Peut-être cinq. Elle ne se rappelait plus. C'était important ?

Quel journaliste ?

O'Brian. Un Américain. Il était de la télévision. Elle se méfiait de lui.

Et le cahier ?

Parti. Parti avec eux. Il était à elle, mais elle n'en voulait pas. Elle ne voulait pas y toucher. Pas après qu'elle eut compris ce qu'il y avait dedans. Il était maudit. Il tuait tous ceux qui y touchaient.

Elle s'interrompit et regarda l'endroit où s'était trouvé le corps de son père. Elle se couvrit les yeux.

Souvorine attendit, puis demanda : pourquoi Arkhangelsk ?

Parce que c'était de là que venait la fille.

La fille ? Souvorine cessa d'écrire. De quoi parlait-elle ? Quelle fille ?

« Ecoutez-moi, dit-il quelques minutes plus tard, alors qu'il avait rangé son carnet. Ça va aller. Je vais y veiller personnellement, vous comprenez ? Le gouvernement russe vous le garantit. »

(Mais qu'est-ce qu'il racontait ? Le gouvernement russe ne garantissait rien du tout. Le gouvernement russe ne pouvait même pas garantir que le Président n'allait pas faire dans son froc à une réception diplomatique, ou essayer d'enflammer un de ses pets...)

« Maintenant, voilà ce que je vais faire : ça, c'est le numéro de mon bureau ; c'est une ligne directe. L'un de mes hommes va vous reconduire à votre appartement, d'accord ? Vous allez pouvoir dormir un peu. Je vais demander qu'on mette quelqu'un sur votre palier et quelqu'un devant l'entrée de votre immeuble. Personne ne pourra venir vous faire du mal, en aucune façon, d'accord ? »

Il poursuivit ainsi un moment, faisant plus de promesses qu'il n'en pouvait tenir. Je devrais me lancer dans la politique, songea-t-il. C'est inné chez moi.

« Nous allons nous assurer que Kelso va bien. Et puis on va retrouver les gens — le type qui a massacré votre père et on va l'enfermer. Vous m'écoutez, Zinaïda ? »

Il s'était relevé et consultait discrètement sa montre.

« Il faut que je mette les choses en route maintenant. Il faut que j'y aille. D'accord ? Je vais appeler le lieutenant Bounine — vous vous souvenez de Bounine ? Vous l'avez vu hier soir — et je vais lui demander de vous ramener chez vous. »

A mi-chemin de la porte, il se retourna vers elle.

« Au fait, je m'appelle Souvorine. Felix Souvorine. »

Le milicien et l'employé de la morgue attendaient dans le couloir. « Laissez-la, dit Souvorine. Elle ira bien. » Ils le regardaient avec un drôle d'air. Il se demanda si c'était du mépris, ou un respect prudent. Il n'était pas certain de savoir ce qu'il méritait le plus et n'avait pas le temps d'approfondir. Il leur tourna le dos et composa le numéro d'Arseniev à Iassenevo.

« Sergo ? Il faut que je parle au colonel... *Oui,* c'est urgent. Et il faut que vous m'organisiez un moyen de transport... Oui — vous êtes prêt ? Il faut que vous me trouviez un avion. »

CHAPITRE 23

D'après son dossier au Parti, il y avait plus de soixante ans que Varvara Safanova vivait à la même adresse, quelque part dans le vieux quartier d'Arkhangelsk, à une dizaine de minutes en voiture des quais, dans un environnement entièrement construit en bois. On accédait aux maisons de bois par des escaliers en bois qui donnaient sur des trottoirs en bois — en vieux bois gris, délavé par les intempéries, dont on avait dû flotter les troncs sur la Dvina pour les acheminer jusque-là bien avant la Révolution. Cela formait un paysage hivernal assez pittoresque si l'on cachait les grands ensembles de béton qui se dressaient en arrière-plan. Des bûches s'empilaient près de certaines maisons et, çà et là, un ruban de fumée allait lécher les nuages bas.

Les rues étaient larges et désertes, gardées de chaque côté par des sentinelles de bouleau argenté, et la neige présentait une surface trompeusement lisse. Mais il n'y avait en fait pas de route, et la Toyota s'enfonça dans des ornières où l'on aurait pu s'enfouir jusqu'au tibia, tressautant et rebondissant le long des trottoirs jusqu'au moment où Kelso suggéra qu'ils finissent leurs recherches à pied.

Il attendit, frissonnant sur les caillebotis, pendant que O'Brian fourrageait dans le coffre. De l'autre côté de la rue, il y avait une douzaine de wagons de marchandises. Soudain une porte de fortune bricolée sur le flanc de l'un d'eux s'ouvrit, et une jeune femme en sortit, suivie par deux petits enfants tellement couverts qu'ils en étaient presque sphériques. Elle entreprit de traverser le grand champ de neige, les deux petits traînant derrière tout en contemplant Kelso avec une curiosité solennelle, jusqu'à ce qu'elle se retourne pour leur crier sèchement de se dépêcher.

O'Brian verrouilla la voiture. Il avait pris l'une des mallettes en aluminium. Kelso avait toujours la serviette.

« Tu as vu ça ? s'étonna Kelso. Il y a des gens qui vivent dans ces wagons de marchandises, là-bas. Non, mais tu as vu ? »

O'Brian émit un grognement et remonta sa capuche.

Ils descendirent la rue à pas pesants, passant devant une rangée de maisons délabrées et rapiécées, chacune inclinée suivant un angle original par rapport au sol. Chaque été, en dégelant, la terre devait bouger, et les maisons avec. Alors on clouait de nouvelles planches sur les nouvelles fissures, ce qui faisait que certains murs présentaient des couches de colmatage qui devaient remonter au temps des tsars. Il eut le sentiment que le temps s'était figé. Il n'était pas difficile d'imaginer Anna Safanova marchant, cinquante ans plus tôt, exactement là où ils marchaient, une paire de patins jetée en travers des épaules.

Il leur fallut encore dix minutes pour trouver la rue de la vieille dame, une allée en fait, guère plus, qui partait de la rue principale, après un bosquet de bouleaux, et débouchait sur l'arrière de la maison. La cour abritait quelques bêtes : des poules, un cochon, deux chèvres. Et, dominant tout cela, fantomatique dans la neige, se dressait une tour d'une quinzaine d'étages dont les lumières jaunes étaient visibles dans la partie inférieure.

O'Brian ouvrit sa mallette, en sortit sa caméra vidéo et commença à filmer. Kelso le regarda faire, malheureux.

« On ne devrait pas d'abord vérifier si elle est là ? Tu ne devrais pas lui demander d'abord l'autorisation ?

— T'as qu'à la lui demander. Vas-y. »

Kelso examina le ciel. Les flocons paraissaient plus gros à présent, aussi lisses et potelés que des mains de bébé. Il se sentait une boule grosse comme le poing au creux de l'estomac. Il traversa la cour, respira l'odeur forte et chaude des chèvres, puis gravit les marches de bois branlantes qui conduisaient au porche côté jardin. Il s'immobilisa sur la troisième marche. La porte était entrouverte et, par l'embrasure étroite, il découvrit une vieille femme toute courbée appuyée sur une canne, qui les observait.

« Varvara Safanova ? » demanda-t-il.

Elle ne répondit pas tout de suite. Puis, au bout d'un moment, elle marmonna : « Qui la demande ? »

Il prit cela pour une invitation et franchit les dernières marches qui le séparaient de la porte. Il n'était pas très grand mais, lorsqu'il atteignit le porche en ruine, il eut l'impression d'être un géant. Elle souffrait, il s'en rendit compte, d'ostéoporose. Ses épaules lui arrivaient aux oreilles, ce qui lui donnait l'air méfiant.

Il baissa sa capuche et, pour la seconde fois de la matinée, débita son mensonge soigneusement préparé : ils étaient ici pour faire une émission sur les communistes ; ils cherchaient des gens qui avaient des souvenirs intéressants. C'était le Parti local qui leur avait donné son adresse. Et, pendant qu'il parlait, il ne cessait de l'évaluer, cherchant à faire coïncider cette silhouette voûtée avec la mère qui apparaissait fugitivement dans le journal de la jeune fille. *« Maman est forte, comme toujours... C'est maman qui me conduit à la gare... J'embrasse ses joues si chères... »*

Elle avait ouvert un tout petit peu plus la porte pour mieux le regarder, aussi pouvait-il mieux la voir lui aussi. Mis à part son châle, elle portait des vêtements masculins — de vieux vêtements, ceux de son défunt mari, peut-être —, avec de grosses chaussettes et des bottes d'homme. Son visage était encore beau. Elle avait dû être éblouissante en son temps, cela se voyait dans le dessin de la mâchoire et des pommettes, dans l'acuité de son œil valide encore bleu-vert ; la cataracte avait rendu l'autre laiteux. Il ne fallait pas se donner beaucoup de mal pour l'imaginer en jeune communiste des années trente, fondatrice et pionnière d'une nouvelle civilisation, héroïne socialiste capable d'enthousiasmer un Shaw ou un Wells. Il supposa qu'elle avait dû déifier Staline.

« Eh oui, maman, c'est une maison modeste ! Deux étages seulement. Ton bon cœur bolchevique se réjouirait devant tant de simplicité ! »

« ... Alors, si c'était possible, conclut-il, nous aimerions vous prendre un peu de votre temps. Nous vous en serions très reconnaissants. »

Mal à l'aise, il faisait passer la serviette de cuir d'une main dans l'autre. Il avait conscience de la neige qui s'accumulait en une masse froide sur ses épaules, de l'eau qui coulait sur son crâne, et de O'Brian qui les filmait, au pied de l'escalier.

Nom de Dieu, fichez-nous dehors, songea-t-il soudain. Dites-nous d'aller nous faire foutre et d'emporter nos mensonges avec nous. C'est ce que je ferais, si j'étais à votre place. Vous devez savoir ce qui nous amène ici.

Mais elle se contenta de se retourner pour s'enfoncer dans la pièce, laissant la porte grande ouverte derrière elle.

Kelso entra d'abord, puis O'Brian, qui dut se baisser pour passer sous le chambranle bas. Il faisait sombre. L'unique fenêtre était tapissée d'une épaisse couche de neige.

S'ils voulaient du thé, dit-elle en s'asseyant lourdement dans un fauteuil à dossier de bois, il faudrait qu'ils le fassent eux-mêmes.

« Du thé ? proposa doucement Kelso à O'Brian. Elle propose de nous laisser faire du thé. Je trouve que c'est une bonne idée, pas toi ?

— Bien sûr. Je m'en charge. »

Un flot d'instructions irritées s'ensuivit. La voix qui émanait de ce corps déformé était étonnamment grave et masculine.

« Bon, prenez de l'eau dans le seau, là, non, pas ce pot : celui-là, le noir, et prenez la louche, voilà, non, non, non... (Elle frappa le sol avec sa canne.)... Pas tout ça, comme ça. Mettez ça sur le fourneau maintenant. Et pendant que vous y êtes, vous pouvez remettre du bois dans le feu, aussi. » Deux nouveaux coups de canne.

« Bois ? Feu ? » O'Brian se tourna avec impuissance vers Kelso pour qu'il lui traduise.

« Elle veut que tu mettes du bois dans le feu. »

« Le thé dans ce pot, là. Non, non. Oui. Ce pot. Oui. Là. »

Kelso n'arrivait à rien saisir de tout cela, ni la ville, ni elle, ni cet endroit, ni la rapidité avec laquelle tout semblait arriver. C'était comme un rêve. Il se dit qu'il devrait commencer à prendre des notes, aussi sortit-il son bloc jaune et commença-t-il à faire un inventaire discret de la pièce. Le sol : un grand carré de linoléum gris. Sur le lino : une table, une chaise et un lit recouvert d'une couverture de laine. Sur la table : une paire de lunettes, une collection de flacons de médicaments et un exemplaire de l'édition du Nord de la *Pravda*, ouvert à la troisième page. Aux murs : rien, sinon, dans un coin où la lueur vacillante d'une bougie rouge posée sur un petit buffet trouait la pénombre, une photo encadrée de V. I. Lénine. Deux médailles du Mérite socialiste étaient accrochées à côté, ainsi qu'un certificat commémorant le cinquantième anniversaire de son inscription au Parti, en 1984 ; sans doute n'avait-on pu se permettre une telle extravagance pour le soixantième anniversaire. L'ossature du communisme et celle de Varvara Safanova s'étaient effritées ensemble.

Les deux hommes s'assirent avec raideur sur le lit. Ils burent leur thé. Il avait un arôme particulier de tisane, pas déplaisant, avec de la mûre quelque part : un parfum de forêt. Elle paraissait ne rien trouver de surprenant au fait de voir deux Occidentaux débarquer dans sa cour avec une caméra vidéo japonaise en prétendant tourner une émission sur l'histoire du Parti communiste d'Arkhangelsk. On aurait dit qu'elle les attendait. Kelso supposa qu'elle ne devait plus s'étonner de rien à présent. Elle avait acquis l'indifférence résignée que donne le très grand âge. Les constructions et les empires s'élevaient puis s'écroulaient. Il neigeait. Il cessait de neiger. Les gens allaient et venaient. Un jour, la mort viendrait la chercher, et elle ne trouverait pas cela surprenant non plus. Elle s'en ficherait... du moment qu'Il ne s'égarait pas : « Non, pas là. Là... »

Oui, bien sûr, affirma-t-elle en se carrant dans son fauteuil, elle se souvenait du passé. Personne à Arkhangelsk ne se rappelait mieux qu'elle le passé. Elle se souvenait de tout.

Elle se rappelait les rouges en 1917, qui sortaient dans la rue, et son oncle qui la faisait sauter en l'air, qui l'embrassait et lui disait que le tsar était parti et que le Paradis n'était plus loin. Elle se rappelait que son oncle et son père s'étaient cachés dans la forêt, en 1918, quand les Britanniques étaient venus mater la Révolution — un grand cuirassé gris ancré dans la Dvina, et de petits soldats anglais tout riquiqui qui débarquaient en masse. Elle avait joué au son des coups de feu. Et puis elle se rappelait qu'un beau matin elle était descendue au port et que le cuirassé avait disparu. Son oncle était rentré l'après-midi même, mais pas son père : son père avait été pris par les blancs, et il n'était jamais revenu.

Elle se souvenait de tout cela.

Oui, elle se rappelait les koulaks. Elle avait dix-sept ans. Ils étaient arrivés à la gare par milliers, bien reconnaissables dans leur drôle de costume national. Des Ukrainiens — on n'avait jamais vu autant de gens d'un coup — couverts de plaies et chargés de ballots. On les avait enfermés dans les églises, et les gens de la ville n'avaient pas le droit de les approcher. De toute façon, ils n'en avaient aucune envie. Les koulaks étaient malsains, et tout le monde le savait.

Leurs plaies étaient contagieuses ?

Non, c'étaient les koulaks eux-mêmes qui étaient contagieux. Leur âme était contagieuse. Ils transportaient les spores de la contre-révolution. Suceurs de sang, araignées et vampires, c'est ainsi que Lénine les appelait.

Et qu'était-il arrivé aux koulaks ?

C'était comme pour le cuirassé anglais. Vous vous étiez couché le soir et ils étaient là, et puis vous vous étiez levé le matin et ils avaient disparu. Après ça, on avait fermé toutes les églises. Mais aujourd'hui, on rouvrait les églises, elle l'avait vu de ses propres yeux. Les koulaks étaient revenus. Ils étaient *partout.* C'était une tragédie.

Et la Grande Guerre patriotique, elle s'en souvenait très bien aussi, les navires alliés ancrés au large de l'estuaire, les docks où l'on travaillait jour et nuit, sous la direction héroïque du Parti, et les avions fascistes qui lâchaient leurs bombes incendiaires sur la ville en bois et la brûlaient — ils en avaient tellement brûlé. Cela avait été l'époque la plus dure : son mari parti se battre sur le front, elle-même qui travaillait comme infirmière auxiliaire à la polyclinique des Marins, rien à manger en ville et pratiquement pas de quoi se chauffer, le couvre-feu, les bombes et une fille à élever toute seule...

Tout cela prit, bien sûr, beaucoup plus de temps à recueillir que ne le suggère la transcription sur papier. Il y eut de nombreux coups de canne, retours en arrière, répétitions et lointains détours, alors que Kelso avait nettement conscience de l'énervement croissant de O'Brian et de la neige qui s'amoncelait et étouffait les sons au-dehors. Mais il la laissa parler. Il alla même jusqu'à donner par deux fois un coup de pied dans le tibia de l'Américain pour lui recommander la patience. Il ne voulait surtout pas brusquer la vieille dame.

Fluke Kelso était un spécialiste de ce genre d'entretiens. N'était-ce pas ainsi que toute l'affaire avait commencé ?

Il but son thé refroidi.

« Vous avez donc eu une fille, camarade Safanova ? Comme c'est intéressant. Parlez-nous de votre fille. »

Varvara tritura le lino du bout de sa canne. Les coins de sa bouche s'affaissèrent.

Cela ne comptait pas pour l'histoire du Parti régional d'Arkhangelsk.

« Mais cela a compté pour vous ? »

Evidemment que cela avait compté pour elle. Elle était la mère de l'enfant. Mais qu'était-ce qu'un enfant par rapport aux forces de l'histoire ? C'était une question de *subjectivité* et d'*objectivité*. D'*actif* et de *passif*. Et de tout un tas d'autres slogans du Parti dont elle ne se souvenait plus tout à fait mais avec lesquels elle était parfaitement d'accord et qui lui avaient été d'un grand réconfort à l'époque.

Elle appuya son corps tassé contre le dossier de son fauteuil.

Kelso prit la serviette.

« En fait, je sais quelque chose sur ce qui est arrivé à votre fille, annonça-t-il. Nous avons trouvé un livre, un journal qu'Anna tenait. Elle s'appelait bien comme ça, n'est-ce pas ? Anna ? Je me demandais... je peux vous le montrer ? »

Les yeux de la vieille femme suivirent avec lassitude les mains de Kelso qui défaisaient les courroies.

Elle avait les doigts tachés par l'âge, comme le cahier lui-même, mais ils ne tremblaient pas lorsqu'elle en ouvrit la couverture. Quand elle vit la photo d'Anna, elle la toucha avec hésitation puis porta ses jointures à la bouche. Elle les suçota. Lentement, elle leva la page au niveau de son visage et la maintint tout près.

« Il faut que je prenne ma caméra, chuchota O'Brian.

— Ne t'avise pas de bouger », siffla Kelso.

Il ne pouvait voir son expression, mais il entendait sa respiration pénible et, une fois encore, il eut la curieuse sensation qu'elle les avait attendus, pendant des années peut-être.

Elle finit par demander : « Où avez-vous eu ça ?

— On l'a déterré. Dans un jardin de Moscou. C'était avec des documents qui appartenaient à Staline. »

Lorsqu'elle abaissa le cahier, ses yeux étaient secs. Elle le referma et le tendit à Kelso.

« Non, lisez-le, protesta-t-il. Je vous en prie. C'est à elle. »

Mais elle secoua la tête. Elle ne voulait pas.

« Mais est-ce que c'est son écriture ?

— Oui, c'est la sienne. Enlevez ça. »

Elle repoussa le cahier d'un geste et ne se calma que lorsqu'il eut retrouvé sa place dans la serviette. Puis elle se rassit, se penchant vers la droite et recouvrant son œil valide avec la main tout en martelant le sol avec sa canne.

Anna, lâcha-t-elle au bout d'un moment.

Bon. Anna.

Par où commencer ?

A la vérité, elle était déjà enceinte d'Anna quand elle s'était mariée. Mais on se moquait de ce genre de choses à l'époque : Dieu merci, le Parti s'était débarrassé des prêtres.

Elle avait dix-huit ans. Mikhaïl Safanov avait cinq ans de plus, il était mécanicien aux chantiers navals et membre du comité d'usine du Parti.

Un bel homme. Leur fille lui ressemblait. Oh oui, Anna était ravissante. C'était bien ce qui avait fait son malheur.

« Son malheur ? »

Et intelligente aussi. Elle avait grandi en bonne communiste. Elle suivait les traces de ses parents au Parti. Elle avait d'abord été pionnière. Elle était entrée au Komsomol : en uniforme, elle avait l'air tout droit sortie d'une affiche. Tellement même qu'elle avait été choisie pour faire partie de la délégation du Komsomol d'Arkhangelsk qui devait défiler sur la place Rouge — oh, un grand honneur que d'avoir été choisie pour défiler sous les yeux du grand *vojd*[1] lui-même, pour le 1er mai 1951.

La photo d'Anna avait ensuite paru dans *Ogoniok*, et l'on avait posé des questions. C'est comme ça que tout avait commencé. Rien n'avait plus été pareil ensuite.

Des camarades étaient venus du Comité central de Moscou la semaine suivante et avaient commencé à poser des questions sur elle. Et sur les Safanov.

Et dès que cela avait commencé à se savoir, certains voisins s'étaient mis à les éviter. Même si ce Satan de Trotski était enfin mort, comment savoir si ses suppôts et saboteurs l'étaient bien

1. Chef, meneur d'hommes.

tous ? Les Safanov étaient peut-être des ennemis du peuple, ou des déviationnistes.

Mais bien sûr, rien n'aurait pu être plus éloigné de la réalité.

Un après-midi, Mikhaïl était rentré plus tôt du chantier en compagnie d'un camarade de Moscou — le camarade Mekhlis : jamais elle n'oublierait son nom — et c'était ce camarade qui leur avait apporté la bonne nouvelle. On avait mené une enquête complète sur les Safanov, et on était arrivé à la conclusion qu'ils étaient de bons et loyaux communistes. Leur fille leur faisait particulièrement honneur. Tellement même qu'on l'avait sélectionnée pour aller travailler à Moscou, pour le Parti, où elle devrait servir les plus hautes autorités. Il s'agissait d'un travail domestique, mais qui exigeait néanmoins de l'intelligence et de la discrétion. Ensuite, la jeune fille pourrait reprendre ses études avec de très bonnes appréciations dans son dossier.

Anna... enfin, dès qu'Anna avait entendu parler de ce projet, il n'y avait plus eu moyen de l'arrêter. Et Varvara y était plutôt favorable aussi. Seul Mikhaïl y était opposé. Cela la peinait de le dire, mais il était arrivé quelque chose à Mikhaïl. Pendant la guerre. Il n'en avait jamais parlé sauf une fois, alors qu'Anna s'émerveillait du génie du camarade Staline. Mikhaïl avait dit alors qu'il avait vu beaucoup de camarades mourir au front : et pouvait-elle lui expliquer alors, si le camarade Staline était un tel génie, pourquoi avait-il fallu que tant de millions d'hommes meurent ?

Varvara l'avait fait lever de cette table, précisément — elle frappa dessus du plat de la main — et l'avait obligé à sortir pour avoir dit de telles bêtises. Non, Mikhaïl n'était plus le même qu'avant la guerre. Il n'avait même pas voulu accompagner sa fille à la gare.

Elle se tut.

« Et vous ne l'avez plus jamais revue ? » demanda Kelso d'une voix douce.

Oh, mais si, répliqua Varvara, surprise. Ils l'avaient revue.

Elle esquissa un mouvement arrondi avec ses mains, juste devant son ventre.

Ils l'avaient revue quand elle était revenue, pour avoir son bébé.

Un silence.

O'Brian toussa et se pencha en avant, tête baissée, mains serrées devant lui, les coudes sur les genoux. « Est-ce qu'elle a vraiment dit ce que je crois qu'elle a dit ? »

Kelso ne lui prêta aucune attention. Il fit un effort considérable pour garder une voix neutre.

« Quand est-ce que cela s'est passé ? »

Varvara réfléchit un instant en frappant sa canne contre sa botte.

Au printemps 1952, finit-elle par répondre. C'était bien ça. Elle était rentrée en train en mars 1952, alors que le dégel commençait tout juste. On ne les avait pas prévenus. Elle était juste revenue, sans explication. Non qu'elle ait eu besoin d'expliquer quoi que ce soit. Il suffisait de la regarder. Elle était enceinte de sept mois déjà.

« Et le père... A-t-elle dit... »

Non.

Vigoureux déni de la tête.

Mais vous avez deviné, n'est-ce pas ? pensa Kelso.

Non, elle n'avait rien dit à propos du père, ni sur ce qui s'était passé à Moscou. Alors, au bout d'un moment, ils avaient renoncé à lui poser des questions. Elle restait simplement assise dans un coin et attendait la fin de sa grossesse. Elle restait très silencieuse, cette fille nouvelle, pas du tout comme leur Anna d'avant. Elle ne voulait pas voir ses amis ni même sortir de la maison. La vérité, c'est qu'elle avait peur.

« Peur ? Mais de quoi avait-elle peur ? »

D'accoucher, évidemment. C'était bien naturel. Ah, les hommes ! s'exclama-t-elle, et un peu de l'ancienne flamme revint. Qu'est-ce que les hommes pouvaient savoir de la vie ? Bien sûr qu'elle avait peur. N'importe qui ayant des yeux pour voir et un cerveau pour réfléchir aurait eu peur. Et puis le bébé, un vrai petit diable, ne lui laissait guère de repos. Il la mettait à plat. Ça, c'était un vrai diable... il donnait de ces coups de pied ! Ils s'asseyaient là, le soir, et regardaient son ventre se soulever.

Mekhlis passait la voir de temps en temps. Il y avait presque toujours une voiture garée au bout de la rue, avec deux de ses hommes dedans.

Non, ils ne demandaient pas qui était le père.

Début avril, elle s'était mise à saigner. Ils l'avaient conduite à la clinique. C'est la dernière fois qu'ils l'avaient vue. Elle avait fait une hémorragie en salle de travail. Les médecins leur avaient tout expliqué par la suite. Il n'y avait rien eu à faire. Elle était morte sur la table d'opération deux jours plus tard. Elle avait vingt ans.

« Et le bébé ? »

Le bébé avait vécu. C'était un garçon.

Le camarade Mekhlis s'était occupé de tout.

Il leur avait assuré que c'était le moins qu'il pouvait faire ; il se sentait responsable.

C'était Mekhlis qui avait fourni le médecin, un professeur, rien de moins, le meilleur spécialiste du pays venu par avion de Moscou, et qui avait organisé l'adoption. Les Safanov auraient voulu élever l'enfant eux-mêmes — ils demandèrent, ils supplièrent même — mais Mekhlis avait un papier, signé par Anna, qui stipulait que s'il lui arrivait quoi que ce soit, elle voulait que l'enfant fût adopté. Elle indiquait des parents du père, un couple du nom de Tchijikov.

« Tchijikov ? répéta Kelso. Vous êtes sûre de ce nom ? »

Certaine.

Ils n'avaient même jamais vu le bébé. On ne leur avait pas permis d'entrer dans l'hôpital.

Varvara Safanova était alors prête à accepter tout cela, parce qu'elle croyait en la discipline du Parti. Elle y croyait encore aujourd'hui et y croirait jusqu'à sa mort. Le Parti était son dieu, et, telles celles d'un Dieu, ses voies étaient parfois impénétrables.

Mais Mikhaïl Safanov n'avait plus accepté cette doctrine d'infaillibilité. Quels que fussent les ordres de Mekhlis, il était décidé à retrouver ces Tchijikov, et il avait encore assez d'amis au sein du Parti régional pour l'aider à le faire. C'est ainsi qu'il avait découvert que les Tchijikov n'étaient pas du tout des gens en vue de Moscou, comme il s'y était attendu, mais des gens du Nord, comme eux, qui s'étaient installés dans un village situé en pleine forêt, à côté d'Arkhangelsk. On murmurait en ville qu'ils ne s'appelaient pas vraiment Tchijikov. Qu'ils étaient du NKVD.

A ce moment-là, c'était l'hiver et Mikhaïl ne pouvait pas faire grand-chose. Et puis, un matin du début du printemps, alors qu'il guettait chaque jour les premiers signes de dégel, ils s'étaient réveillés au son d'une musique solennelle à la radio et en apprenant que le camarade Staline était mort.

Elle avait pleuré, et lui aussi avait pleuré. Ça l'étonnait ? Oh, ils avaient sangloté en s'étreignant l'un l'autre. Ils avaient pleuré comme jamais auparavant, pas même pour Anna. Tout Arkhangelsk était en pleurs. Elle se rappelait encore le jour des funérailles. Le long silence, brisé par une salve de trente fusils. L'écho des coups de feu avait roulé sur la Dvina comme un lointain orage dans la forêt.

Deux mois plus tard, en mai, une fois la glace fondue, Mikhaïl avait rempli un sac à dos et était parti à la recherche de son petit-fils.

Elle savait depuis le début qu'il n'en résulterait rien de bon.

Un jour avait passé, puis deux, puis trois. C'était un homme solide, fort et en pleine santé : il n'avait que quarante-cinq ans.

Le cinquième jour, des pêcheurs avaient retrouvé son corps à une trentaine de verstes en amont, dérivant dans le fleuve jaune en pleine débâcle qui jaillissait de la forêt, non loin de Novodvink.

Kelso déplia la carte de O'Brian et la posa sur la table. Elle chaussa ses lunettes et scruta longuement la ligne bleue de la Dvina, son œil valide collé contre le papier.

Là, fit-elle au bout de quelques minutes en désignant un point. C'était là qu'on avait retrouvé le corps de son mari. Un coin sauvage ! Il y avait des loups ici, dans la forêt, et des lynx, et des ours. A certains endroits, les arbres étaient si denses qu'on ne pouvait passer. A d'autres, il y avait des marais qui pouvaient vous engloutir en un rien de temps. Et, çà et là, des ossements gris et délavés subsistant d'anciens campements koulaks. Les koulaks avaient presque tous péri, bien sûr. Il n'y avait guère de nourriture à gratter dans un tel endroit.

Mikhaïl connaissait la forêt mieux que personne. Il écumait la taïga depuis l'enfance.

D'après la milice, il avait eu une crise cardiaque. C'est ce qu'ils avaient dit. Peut-être avait-il essayé de remplir sa gourde ? Il était tombé dans l'eau jaune et glacée, et le choc avait provoqué un arrêt cardiaque.

Elle l'avait enterré au cimetière Kouznetcheskoïé, à côté d'Anna.

« Et comment, demanda Kelso, conscient à nouveau que O'Brian les filmait avec sa sale caméra miniature, comment s'appelait le village où, d'après votre mari, vivaient les Tchijikov ? »

Ha ! Quelle folie ! Comment voulait-il qu'elle se souvienne d'une chose pareille ! C'était tellement vieux, tout ça... près de cinquante ans...

Elle colla à nouveau son visage contre la carte.

Quelque part par là — elle posa un doigt hésitant sur un point, au nord de la Dvina —, ici, dans ce coin-là : un lieu pas assez important pour figurer sur la carte. Pas assez important même pour avoir un nom.

Elle-même avait-elle essayé de s'y rendre ?

Oh non.

Elle dévisagea Kelso avec une expression horrifiée.

Il ne pouvait rien en sortir de bon. Ni à l'époque. Ni maintenant.

CHAPITRE 24

Peu avant midi, la grosse voiture freina brusquement pour quitter la route, au sud de Moscou, et pénétrer dans la base aérienne militaire de Joukovski. Felix Souvorine s'accrochait, la mine sombre, à la poignée arrière. Une jeep attendait derrière le contrôle. Elle démarra, feux arrière allumés, dès que la barrière se leva. Ils la suivirent de l'autre côté des hangars, franchirent une clôture de barbelés et se retrouvèrent sur l'aire de manœuvres bétonnée. Comme demandé, un petit avion gris, six places, à hélices, attendait qu'on ait fini de remplir son réservoir à une citerne. Il y avait derrière l'avion une rangée d'hélicoptères militaires vert sombre aux pales tombantes et, garée tout près, une grosse limousine Zil.

Bien, bien, pensa Souvorine. Il y a encore des trucs qui marchent par ici.

Il fourra ses notes dans sa serviette et brava le vent et la pluie pour foncer vers la limousine dont le chauffeur d'Arseniev ouvrait déjà la portière arrière.

« Alors ? s'enquit Arseniev, depuis l'intérieur surchauffé.

— Alors, répondit Souvorine en se glissant près de lui sur la banquette, ce n'est pas ce que nous pensions. Et merci de m'avoir procuré l'avion.

— Attendez dans l'autre voiture, dit Arseniev à son chauffeur.

— Oui, colonel.

— Qu'est-ce qui n'était pas ce que quelqu'un pensait que c'était ? fit Arseniev, une fois la portière refermée. Bonjour tout de même.

— Bonjour, Iouri Simonovitch. Le cahier. Tout le monde croyait que c'était celui de Staline. En fait, il s'avère qu'il s'agit du journal intime d'une jeune servante de Staline, Anna Mikhaïlovna Safanova. Il l'avait fait venir d'Arkhangelsk pour l'attacher à son service pendant l'été 1951, environ dix-huit mois avant sa mort. »

Arseniev cilla.

« Et c'est tout ? C'est ça ce que Beria a volé ?

— C'est ça. Ça et quelque papiers qui, apparemment, la concernent. »

Arseniev dévisagea Souvorine pendant une seconde ou deux, puis éclata de rire. Il secoua la tête avec soulagement. « Putain de bordel ! Ce vieux salopard se tapait sa bonne ? C'est bien ça l'histoire ?

— Apparemment.

— C'est inestimable. C'est superbe ! (Arseniev donna un coup de poing dans le siège devant lui.) Oh, faites que je sois là ! Faites que je sois là pour voir la tête de Mamantov quand il découvrira que le grand testament de Staline n'est rien de plus que le journal d'une gamine qui raconte comment elle s'est fait baiser par le super *vojd* ! » Il lança un coup d'œil vers Souvorine, ses grosses joues enflammées par l'hilarité, ses yeux brillants de larmes. « Que se passe-t-il, Felix ? Ne me dites pas que vous ne voyez pas ce que ça a de drôle ? » Il cessa de rire. « Qu'est-ce qui se passe ? Vous êtes sûr de ce que vous avancez, n'est-ce pas ?

— Oui, mon colonel, oui. Nous savons tout cela par la fille que nous avons chopée cette nuit, Zinaïda Rapava. Elle a lu le cahier hier après-midi — son père le lui avait laissé dans une cachette. Je ne vois pas pourquoi elle aurait inventé une histoire pareille. Ça défie l'imagination.

— Bon, bon. Eh bien, réjouissez-vous, non ? Et où est passé ce cahier à présent ?

— Voilà, c'est là que ça commence à se compliquer », répliqua Souvorine d'une voix hésitante. C'était tellement dommage d'avoir à gâcher ainsi la joie du vieux. « C'est pour ça que j'avais besoin de vous parler. On dirait qu'elle l'a montré à cet historien, Kelso. Et d'après elle, il l'a emporté avec lui.

— Avec lui ?

— A Arkhangelsk. Il essaie de retrouver la femme qui l'a écrit, cette fameuse Anna Safanova. »

Arseniev tira nerveusement sur son gros cou. « Quand est-il parti ?

— Hier après-midi. Vers quatre ou cinq heures. Elle ne s'en souvient pas exactement.

— Comment ?

— En voiture.

— En voiture ? C'est bon. Vous le rattraperez facilement. Quand vous atterrirez, vous n'aurez plus que quelques heures de retard sur lui. Il est fait comme un rat là-haut.

— Malheureusement, il n'est pas tout seul. Il a un journaliste avec lui. O'Brian. Vous le connaissez ? Le correspondant de la station télé par satellite.

— Ah. » Arseniev avança la lèvre inférieure et se tritura encore un peu plus le cou. Après un silence, il reprit : « Mais, même comme ça, il y a peu de chances que cette femme soit encore en vie. Et si c'est le cas... eh bien, enfin, ce n'est pas une catastrophe. Qu'ils fassent leur petit bouquin et lancent leurs conneries d'infos. Je vois mal Staline confiant à sa bonne un message pour les générations futures. Vous ne croyez pas ?

— En fait, c'est justement ça qui m'inquiète...

— Sa *bonne* ? Allons, Felix. C'était un Géorgien tout de même, et de la vieille garde. En ce qui concernait le camarade Staline, les femmes n'étaient bonnes qu'à trois choses : faire la cuisine, le ménage et les gosses. Il... (Arseniev s'interrompit.) Oh, non...

— C'est dingue, intervint Souvorine en levant la main. Je le sais. Je n'ai pas arrêté de me répéter que c'était dingue. Mais il *était* dingue. Et il était géorgien. Réfléchissez. Pourquoi se serait-il donné tant de mal pour sélectionner une fille ? Apparemment, il avait son dossier médical. Et il voulait qu'on vérifie s'il n'y avait pas d'anomalie congénitale. Aussi, pourquoi conserver ce journal dans son coffre ? Et puis il y a davantage, vous voyez...

— Davantage ? » Arseniev ne donnait plus de coups de poing dans le siège avant. Il s'y accrochait pour se soutenir.

« D'après Zinaïda, il y a dans le journal intime de la fille des références à Trofime Lyssenko. Vous savez : “la transmissibilité des caractères acquis” et toutes ces conneries. Ensuite, Staline se répand visiblement sur le fait que ses propres enfants sont tous des incapables et que “l’âme de la Russie se trouve dans le Nord”.

— Arrêtez, Felix. Là c’est trop.

— Et puis il y a Mamantov. Je n’ai jamais compris pourquoi Mamantov a pris un risque pareil, en assassinant Rapava de cette façon. Pourquoi ? C’est ce que j’essayais de vous dire hier : qu’est-ce que Staline aurait bien pu écrire qui puisse avoir le moindre effet sur la Russie près de cinquante ans plus tard ? Mais si Mamantov savait... avait eu vent d’une rumeur, même il y a des années, par des mecs de l’ancien temps, peut-être, à la Loubianka... que Staline avait laissé délibérément un héritier derrière lui...

— Un *héritier* ?

— ... Eh bien, cela expliquerait bien des choses, non ? Pour ça, il prendrait des risques. Regardons les choses en face, Iouri. Mamantov est assez déjanté pour... oh, je ne sais pas, moi... (il essaya de penser à quelque chose de totalement absurde)... pour présenter le fils de Staline aux élections présidentielles ou quelque chose de ce genre. Il dispose du demi-milliard de roubles nécessaire, après tout...

— Attendez une minute, fit Arseniev. Laissez-moi réfléchir. » Il contempla la piste d’aviation et la rangée d’hélicoptères. Souvorine vit un muscle pareil à un hameçon se tordre dans sa mâchoire enveloppée. « Et nous n’avons aucune idée de l’endroit où se trouve Mamantov ?

— Il pourrait être n’importe où.

— Arkhangelsk ?

— C’est une possibilité. Certainement. Si Zinaïda a eu l’idée de trouver Kelso à l’aéroport, pourquoi pas Mamantov ? Il les suivait peut-être depuis vingt-quatre heures. Ce ne sont pas des professionnels ; lui si. Je suis inquiet, Iouri. Ils ne se rendront compte de rien jusqu’à ce qu’il frappe. »

Arseniev grogna.

« Vous avez un téléphone ?

— Naturellement. » Souvorine fouilla dans sa poche et sortit lc sien.

« Il est sûr ?

— Censément.

— Vous voulez bien appeler mon bureau pour moi ? »

Souvorine commença à composer le numéro. Arseniev demanda : « Où est la petite Rapava ?

— J'ai demandé à Bounine de la raccompagner chez elle. J'ai fait poster un garde pour la protéger. Elle n'est pas en bonne forme.

— Vous avez vu ça, j'imagine ? » Arseniev tira un exemplaire du dernier numéro d'*Aurora* de la pochette fixée au dossier devant lui. Souvorine lut la manchette : « LA VIOLENCE EST INÉVITABLE. »

« J'ai entendu ça aux infos.

— Eh bien, vous imaginez comment ça va passer...

— Tenez, dit Souvorine en lui tendant le portable. Ça sonne.

— Sergo ? demanda Arseniev. C'est moi. Ecoute. Tu peux me connecter au bureau du Président... ? C'est ça. Sers-toi du deuxième numéro. » Il pressa la main sur le micro. « Vous feriez mieux d'y aller. Non, attendez. Dites-moi ce dont vous avez besoin. »

Souvorine écarta les mains. Il ne savait par où commencer. « Ce serait bien que la milice, ou quelqu'un à Arkhangelsk, vérifie tous les Safanov ou Safanova pour que ce soit fait quand j'arrive. Ce serait un début. Il me faudrait deux hommes qui m'attendent à l'aéroport. Un moyen de transport. Et un endroit où rester.

— C'est fait. Prenez garde, Felix. J'espère... » Mais Souvorine ne sut jamais ce que le colonel espérait, parce que celui-ci dressa alors un index attentif. « Oui... Oui, je suis prêt. » Il prit sa respiration et afficha un sourire forcé ; s'il l'avait pu, il se serait levé pour saluer. « Bonjour à vous, Boris Nikolaïevitch... »

Souvorine descendit silencieusement de voiture.

La citerne n'était plus collée au petit appareil et l'on était en train d'enrouler le tuyau. Des arcs-en-ciel huileux ornaient les flaques, sous les ailes. De près, le Tupolev cabossé et maculé de rouille semblait encore plus vieux qu'il ne s'y était attendu. Au moins quarante ans. Plus vieux que lui, en fait. Seigneur, quel coucou !

Deux rampants le regardaient sans la moindre curiosité.

« Où est le pilote ? »

L'un des hommes fit un signe de tête en direction de l'avion. Souvorine gravit l'échelle et pénétra dans le fuselage. Il faisait froid à l'intérieur, et cela sentait comme dans un vieux bus qu'on n'avait pas conduit depuis des années. La porte du cockpit était ouverte. Il vit le pilote tripoter nonchalamment quelques boutons. Souvorine baissa la tête et s'avança pour lui toucher l'épaule. Le pilote avait le visage bouffi, avec les yeux ternes, injectés de sang, et l'aspect maladif des gros buveurs. Génial, pensa Souvorine. Ils se serrèrent la main.

« Comment est le temps, à Arkhangelsk ? »

Le pilote se mit à rire. Souvorine sentit l'odeur de l'alcool : et cela ne venait pas seulement de l'haleine du type, mais de sa sueur aussi. « Ça se tente, si vous voulez.

— Vous n'avez pas de navigateur ou je ne sais quoi ?

— Y avait personne dans le coin.

— Super. Formidable. »

Souvorine s'écarta et alla s'asseoir. L'un des moteurs toussa puis démarra en crachant une fumée noire. L'autre suivit. Souvorine remarqua que la Zil d'Arseniev était déjà partie.

Le Tupolev tourna puis se dirigea par à-coups vers la piste. Ils tournèrent encore et le sifflement perçant des rotors s'affaiblit avant de monter, monter, monter. Le vent fouettait la pluie comme du linge sale, en couches horizontales qui cinglaient le béton. Souvorine distingua les troncs minces des bouleaux formant, autour de l'aérodrome, comme une palissade blanche et serrée. Il ferma les yeux — c'était stupide d'avoir peur de l'avion, mais c'était comme ça, et cela avait toujours été — et ils démarrèrent. Ils dévalèrent la piste en cahotant, la pression le collant à son siège, puis il y eut une embardée, et ils avaient décollé.

Il ouvrit les yeux. L'avion s'élevait au-dessus des limites de l'aéroport et virait vers la ville. Il voyait des objets se précipiter dans son champ de vision pour s'en échapper aussitôt, basculant hors de vue — des phares jaunes qui se reflétaient sur la chaussée mouillée, des toits plats et gris, et les taches vert sombre des arbres. Tous ces arbres ! Cela le surprenait toujours. Il pensa à tous ceux qu'il connaissait en bas, Serafima chez eux, dans un appartement qu'ils n'avaient pas les moyens de s'offrir, les garçons à l'école, Arseniev tout tremblant après son coup de fil au Président, et Zinaïda Rapava, tellement silencieuse lorsqu'il l'avait laissée à la morgue...

Ils atteignirent soudain un gros nuage bas, et il ne lui fut plus permis d'entrevoir que deux ou trois images entre des lambeaux de brume de plus en plus dense avant que Moscou ne disparaisse complètement.

CHAPITRE 25

R. J. O'Brian se tenait au coin de la rue, au bout de l'allée qui donnait sur la cour de Varvara Safanova, sa mallette métallique posée par terre, entre ses pieds, sa tête penchée sur la carte.

« Tu crois que ça prendrait combien de temps pour aller là-bas ? Deux heures ? »

Kelso se retourna pour regarder la minuscule maison de bois. La vieille femme était toujours dans l'encadrement de sa porte ouverte, appuyée sur sa canne, les yeux fixés sur eux. Il leva la main pour lui faire un signe d'adieu, et la porte se referma doucement.

« Pour aller où ?

— Chez les Tchijikov, répondit O'Brian. Combien de temps il faudrait d'après toi ?

— Par ce temps ? (Kelso leva les yeux vers le ciel bas.) Tu veux essayer de les trouver maintenant ?

— Il n'y a qu'une seule route. Regarde. Elle a dit que c'était un village, hein ? Donc, si c'est un village, ça se trouvera sur la route. (Il écarta de la main les flocons de neige sur la carte et la tendit à Kelso.) Je dirais deux heures.

— Mais ce n'est pas une route, dit Kelso. C'est une ligne pointillée. C'est une piste. » La ligne partait vers l'est à travers la forêt, suivant la Dvina sur environ quatre-vingts kilomètres, puis remontait au nord et aboutissait nulle part — s'interrompait donc en plein milieu de la taïga au bout de trois cents kilomètres. « Mais regarde donc autour de toi. Ils n'ont même pas goudronné la plupart des rues de la ville. A quoi penses-tu que ça va ressembler, là-bas ? »

Il fourra la carte dans la main de O'Brian et se remit à marcher vers la Toyota. O'Brian le suivit. « Mais on a un 4x4, Fluke. On a des chaînes.

— Et si on tombe en panne ?

— On a de quoi bouffer. On a de l'essence pour faire du feu et toute une putain de forêt à brûler. On pourra toujours boire de la neige. Et on a le téléphone satellite. (Il donna une claque sur l'épaule de Kelso.) Tiens, tu vas me dire ce que t'en penses : si t'as peur, tu pourras toujours appeler ta maman. Qu'est-ce que t'en dis ?

— Ma maman est morte.

— Zinaïda, alors. Tu pourras appeler Zinaïda.

— Dis-moi, tu l'as baisée, O'Brian ? Histoire de savoir ?

— Qu'est-ce que ça vient faire dans l'histoire ?

— Je voudrais juste savoir pourquoi elle se méfie de toi. Si elle a raison ou pas. C'est sexuel ou c'est quelque chose de personnel ?

— Oh, oh ! C'était donc ça ? (O'Brian eut un sourire affecté.) Allez, Fluke, tu connais la règle. Un homme du monde ne parle jamais. »

Kelso resserra sa veste et pressa le pas.

« Ce n'est pas la question d'avoir peur.

— Ah bon, vraiment ? »

Ils voyaient la voiture maintenant. Kelso s'arrêta et se retourna pour faire face au journaliste. « Bon, d'accord, je le reconnais. J'ai peur. Et tu sais ce qui me fait le plus peur ? C'est que toi, tu n'as pas peur. C'est ça qui me fout vraiment les jetons.

— Des conneries. C'est pas un peu de neige...

— Oublie la neige. C'est pas la neige qui me dérange. » Kelso jeta un regard sur les maisons délabrées alentour. La scène était tout en brun, gris et blanc. Et silencieuse, comme dans un vieux film muet. « Tu ne piges pas, hein ? fit-il. Tu ne comprends pas. Tu ne connais pas l'histoire, c'est ça ton problème. C'est comme ce nom, "Tchijikov". Qu'est-ce que ça évoque pour toi ?

— Rien. C'est juste un nom.

— Mais tu n'y es pas, tu vois. "Tchijikov", c'était l'un des noms d'emprunt de Staline avant la Révolution. Staline s'est fait délivrer un passeport au nom de P. A. Tchijikov en 1911. »

(« Cela ne vous excite-t-il pas, docteur Kelso ? Ne ressentez-vous pas la force du camarade Staline, même depuis sa tombe ? » Mais oui, il était excité. Et il sentait cette force. Il la sentait comme si une main venait de surgir de la neige pour lui toucher l'épaule.)

O'Brian demeura silencieux pendant plusieurs secondes, puis il esquissa un grand geste définitif avec sa mallette métallique. « Bon, tu peux rester ici à *communier* avec l'histoire, si ça te fait plaisir. Moi, je vais aller la *trouver.* » Il se remit en marche et se retourna sans s'arrêter. « Bon, tu viens ou pas ? Le train de Moscou part ce soir à huit heures dix. Ou bien tu peux venir avec moi. A toi de choisir. »

Kelso hésita. Il jeta un nouveau coup d'œil sur le ciel menaçant. Cela ne ressemblait à aucune des chutes de neige qu'il avait pu voir en Angleterre ou aux Etats-Unis. On aurait dit que quelque chose se désintégrait tout là-haut, que quelque chose tombait en lambeaux et s'écrasait autour d'eux.

Choisir ? pensa-t-il. Comment un homme qui n'avait ni visa, ni argent, ni travail, ni livre pouvait-il choisir ? Un homme qui était venu jusqu'ici ? Et à quoi serait revenu ce choix, exactement ?

Lentement, à contrecœur, il reprit sa marche vers la voiture.

* * *

Ils quittèrent la ville en prenant une petite route qui partait vers le nord, et au moins n'eurent-ils pas de contrôle du GAI à franchir.

Il ne devait pas être loin de treize heures, maintenant. La route suivait une voie ferrée désaffectée envahie par les mauvaises herbes et bordée de vieux wagons de marchandises. Au début, tout se passa plutôt bien. En bonne compagnie, cela aurait presque pu être romantique.

Ils doublèrent une charrette aux couleurs vives tirée par un poney, tête baissée dans le vent, et virent bientôt surgir de nouvelles maisons de bois arborant elles aussi des couleurs vives — bleu, vert, rouge — et s'avançant de manière pittoresque au-dessus des marécages sur des jetées en bois. Avec la neige, il était impossible de déterminer où finissait la terre et où commençait l'eau. Bateaux, voitures, hangars, poulaillers et chèvres à la longe se mêlaient en un vaste fatras. La grande usine de pâte à bois elle-même, située de l'autre côté de l'estuaire de la Dvina, sur la rive sud, présentait une sorte de beauté épique avec ses grues et ses cheminées fumantes qui se découpaient contre le ciel de béton.

Puis, abruptement, les maisons disparurent et la Dvina aussi. Au même moment, la surface bien ferme de la piste s'évanouit sous leurs roues, et ils commencèrent à cahoter sur un chemin semé d'ornières. Les conifères et les bouleaux se resserrèrent autour d'eux. En moins d'un quart d'heure, ils auraient aussi bien pu se trouver à mille kilomètres d'Arkhangelsk qu'à quinze. La piste serpentait dans la forêt assourdie. A certains endroits, les arbres s'élançaient vigoureusement vers le ciel. Mais il arrivait que la forêt devienne rachitique et clairsemée, et ils se retrouvaient alors dans un désert de troncs noircis, malades, pareil à un champ de bataille après un bombardement. Ou — et curieusement, c'était encore plus déconcertant — ils tombaient soudain sur une petite plantation de hautes antennes radio.

« Des stations d'écoute, expliqua O'Brian, pour espionner l'OTAN. »

Il se mit à chanter : *Walking in a Winter Wonderland.* Un pays des merveilles hivernal.

Kelso le supporta pendant quelques secondes, puis demanda : « C'est vraiment obligé ? »

O'Brian s'interrompit.

« Sinistre enculé », marmonna-t-il.

La neige tombait toujours régulièrement. Quelques coups de feu occasionnels retentissaient et se répercutaient au loin — des chasseurs en vadrouille —, semant la panique chez les oiseaux qui fuyaient alors en hurlant devant la voiture.

Ils traversèrent plusieurs villages, chacun plus petit et plus délabré que le précédent ; l'un d'eux était affublé d'un baraquement aux murs couverts de graffitis et équipé d'une antenne satellite : fragment d'Arkhangelsk parachuté au milieu de nulle part. Il n'y avait personne en vue sinon deux gamins ahuris et une vieille femme en noir qui leur fit signe de s'arrêter. Voyant que O'Brian ne ralentissait pas, elle agita le poing dans leur direction en les maudissant.

« Sorcière, commenta O'Brian en regardant dans son rétroviseur. Qu'est-ce qui lui prend ? Et puis où sont les mecs ? Ils sont tous saouls ou quoi ? » Il pensait faire une plaisanterie.

« Probablement.

— Non ? Hein ? Pas tous quand même ?

— La plupart, je dirais. Vodka maison. Qu'y a-t-il d'autre à faire ici ?

— Bon Dieu, tu parles d'un pays. »

Au bout d'un moment, O'Brian se remit à chanter, mais tout bas maintenant, et d'une voix moins assurée que précédemment.

« On se balade dans un pays des merveilles hivernal... »

Une heure s'écoula, puis une autre.

Par deux fois, la Dvina réapparut fugitivement et cela, comme le fit remarquer O'Brian, valait son pesant de cacahuètes : les marécages, la vaste étendue d'eau figée et, très loin au-delà, la masse sombre et écrasée des arbres qui cherchaient à s'élancer mais se perdaient aussitôt dans les rafales de neige. C'était un paysage primitif. Kelso imagina sans peine un dinosaure le traversant à pas lents.

D'après la carte, il était difficile de déterminer exactement où ils se trouvaient. Il n'y avait ni habitation, ni le moindre jalon indiqué. Kelso suggéra de s'arrêter au prochain village pour essayer de se repérer.

« Tout ce que tu veux. »

Mais le prochain village tardait à venir. En fait, il ne vint jamais, et Kelso remarqua que la neige était à présent vierge sur la piste : aucun véhicule n'était passé par là depuis au moins des heures. Ils s'enlisèrent pour la première fois — un nid-de-poule dissimulé par la neige — et la Toyota fit un tête-à-queue, ses pneus arrière patinant dans le vide jusqu'à ce qu'ils trouvent une surface solide. La voiture fit une embardée. O'Brian tourna vigoureusement le volant et les remit en piste. Il se mit à rire (« Wouah ! Quel pied ! ») mais Kelso sentit que même lui commençait à perdre de son assurance. Le journaliste ralentit, alluma les phares et s'avança sur son siège, scrutant les tourbillons de neige.

« Plus beaucoup de carburant. Je dirais qu'on a encore un quart d'heure devant nous.

— Et puis ?

— Et puis il faudra soit retourner à Arkhangelsk soit essayer de trouver un endroit où passer la nuit.

— Oh, bien sûr. Tu veux dire un Holiday Inn ?

— Fluke, Fluke...

— Ecoute, si on essaie de passer la nuit ici, on risque de finir par y passer l'hiver.

— Oh, allez, ils vont bien finir par envoyer un chasse-neige, non ? Sûrement ? A un moment ?

— A un moment ? » répéta Kelso. Il secoua la tête. Et il y aurait sûrement eu une nouvelle dispute si, juste à ce moment-là, ils n'avaient effectué un virage et aperçu, au-dessus des arbres enneigés, un ruban de fumée.

O'Brian se tenait dans l'encadrement de la portière de la Toyota, appuyé sur le toit pour regarder avec ses jumelles. Il semblait, dit-il, qu'il y avait une sorte de campement à huit cents mètres environ de la piste en suivant un vague sentier.

Il reprit le volant. « Allons jeter un coup d'œil. »

Le sentier formait comme un tunnel sous les arbres, à peine assez large pour livrer le passage à un véhicule, aussi O'Brian conduisait-il très lentement. Les branches les accrochaient, heurtaient le pare-brise, griffaient les ailes de la voiture. Le sentier empira. Ils étaient projetés à droite, puis à gauche. Soudain, Kelso fut précipité vers le pare-brise et ne dut son salut qu'à sa ceinture de sécurité. Le moteur s'emballa désespérément puis cala.

O'Brian remit le contact, passa en marche arrière et appuya doucement sur l'accélérateur. Les roues arrière gémirent dans la neige molle. Il essaya à nouveau, plus vigoureusement. Les roues émirent un hurlement d'animal pris au piège.

« Tu ne veux pas sortir pour voir ce qui se passe, Fluke ? » Il ne parvenait pas à dominer complètement l'accent de panique de sa voix.

Kelso dut déjà lutter pour ouvrir la portière. Il sauta et se retrouva dans la neige jusqu'aux genoux. La voiture s'était enfoncée jusqu'aux essieux.

Il frappa sur la portière arrière et fit signe à O'Brian de couper le moteur.

Il entendait les flocons marteler les arbres dans le silence. Il avait les genoux froids et humides. Il avança avec peine, jambes arquées, dans la profonde dépression, pour arriver au niveau du conducteur, et dut dégager la neige avec ses mains gantées pour parvenir à ouvrir la portière. La Toyota s'inclinait en avant suivant un angle d'au moins vingt degrés. O'Brian s'extirpa de la voiture.

« Qu'est-ce qu'on a touché ? » demanda-t-il. Il passa péniblement devant la Toyota. « Nom de Dieu, on dirait qu'on a creusé une tranchée. Regarde-moi ça. »

On aurait effectivement dit qu'on avait creusé une saignée en travers du sentier. Si l'on avançait de quelques pas, on retrouvait de la neige dure.

« Ils ont peut-être posé un câble ou quelque chose, commenta Kelso, mais un câble de quoi ? » Il plaça ses mains en visière et scruta à travers la neige le groupe de cabanes en bois qui se dressaient environ trois cents mètres plus loin. Elle n'avaient pas l'air branchées sur l'électricité ni sur quoi que ce soit d'autre, d'ailleurs. Il remarqua que la fumée avait disparu.

« Quelqu'un a éteint le feu.

— Faudrait un câble de remorque. » O'Brian gratifia le flanc de la Toyota d'un coup de pied. « Tas de ferraille. »

Il se retint à la voiture pour atteindre le coffre, d'où il tira deux paires de bottes, l'une en caoutchouc vert, l'autre en cuir, à tige haute, production militaire. Il lança les bottes en caoutchouc à Kelso. « Mets ça. Et allons parlementer avec les indigènes. »

Cinq minutes plus tard, capuche relevée, voiture verrouillée et chacun portant une paire de jumelles autour du cou, ils partirent le long du sentier.

Le campement était abandonné depuis au moins deux ans. Les quelques cabanes en bois avaient été mises à sac, et des fragments épars affleuraient sous la neige, plaques de tôle ondulée rouillées, cadres de fenêtre fracassés, planches pourries, un filet de pêche déchiré, des bouteilles, des boîtes de conserve, un canot éventré, des pièces de machines, des sacs de toile crevés et, curieusement, une rangée de sièges de cinéma. Une serre à cadre de bois avec du plastique en guise de vitres avait été renversée sur le côté.

Kelso pénétra en baissant la tête dans l'une des baraques en ruine. Le toit avait disparu et le froid s'était installé. Il y régnait une puanteur de déjections animales.

Dès qu'il en sortit, O'Brian croisa son regard et haussa les épaules.

Kelso regarda vers le bord de la clairière. « Qu'est-ce qu'il y a, par là-bas ? »

Les deux hommes levèrent leurs jumelles et les orientèrent vers ce qui leur apparut être une rangée de croix de bois à demi dissimulées par les arbres, des croix russes, à trois branches, courtes en haut, plus longues au milieu et obliques, de gauche à droite, en bas.

« Oh, mais c'est merveilleux, fit Kelso en essayant de rire. Un cimetière. Il ne manquait plus que ça.

— Allons voir », proposa O'Brian.

Il partit à longues enjambées décidées. Kelso s'efforça de le suivre, mais d'un pas plus hésitant. Vingt ans de scotch et de cigarettes semblaient s'être associés pour manifester dans son cœur et ses poumons réunis. Marcher dans la neige le faisait transpirer. Il avait un point de côté.

Il s'agissait bien d'un cimetière, abrité par les arbres. Kelso, en s'approchant, dénombra six — ou était-ce huit ? — tombes, disposées par deux, chaque couple entouré d'une petite clôture de bois. Les croix étaient de fabrication artisanale, mais soignée, ornées de plaques en émail où figuraient les noms et des photographies sous verre, suivant la coutume russe. *A. I. Soumbatov*, pouvait-on lire sur la première, *22.1.20-9.9.81.* La photo montrait un homme d'âge moyen, en uniforme. Près de lui gisait *P. J. Soumbatova, 6.12.26-14.11.92.* Elle aussi était en uniforme : femme au visage lourd et aux cheveux séparés par une sévère raie au milieu. Juste à côté, il y avait les Iejov. Puis, à côté des Iejov, venaient les Goloub. C'étaient tous des couples mariés, tous à peu près du même âge et tous en uniforme. T. I. Goloub avait été le premier à mourir, en 1961. Il était impossible de distinguer son visage car la photo avait été grattée.

« Ce doit être ici, déclara tranquillement O'Brian. Pas de doute. C'est ici. Qui sont-ils, tous, Fluke ? Des militaires ?

— Non. (Kelso secoua lentement la tête.) Non, je crois que l'uniforme est celui du NKVD. Et là, regarde. Regarde ça. »

Il y avait deux dernières tombes, les plus éloignées de la clairière, légèrement à l'écart des autres. C'étaient les plus récentes. *B. D. Tchijikov* (un commandant, à en croire son insigne), *19.2.19 – 9.3.96.* Et, à côté de lui, *M. G. Tchijikova, 16.4.24 – 16.3.96.* Elle n'avait survécu à son mari qu'une semaine exactement. Sa photo avait elle aussi été mutilée.

Ils restèrent un moment comme en deuil : silencieux, tête baissée.

« Alors il n'y a plus personne, murmura O'Brian.

— Ou une personne.

— Ça m'étonnerait. Impossible. Il y a déjà un moment que cet endroit est abandonné. Merde, lâcha-t-il subitement en donnant un coup de pied dans la neige. Non mais j'y crois pas, après tout ce qu'on a fait. On les a *ratés* ? »

Les bois étaient très denses à cet endroit, et l'on ne voyait pas à quelques dizaines de mètres.

« Je ferais mieux de filmer ça pendant qu'il fait encore jour, annonça O'Brian. Attends-moi là. Je retourne à la voiture.

— Oh, génial, commenta Kelso. Merci.

— T'as la trouille, Fluke ?

— D'après toi ?

— Hou ! » fit O'Brian. Il leva les bras et agita les doigts au-dessus de sa tête.

« Tu me fais une seule blague, O'Brian, et je te tue, l'avertit Kelso.

— Oh ! Oh ! Oh ! ricana O'Brian en se dirigeant vers le sentier. Oh ! Oh ! Oh ! » Il disparut derrière les arbres. Kelso entendit son rire stupide pendant encore quelques secondes, puis ce fut le silence, seulement le bruissement de la neige et le sifflement de sa propre respiration.

Mon Dieu, le travail était carrément mâché. Il suffisait de regarder les dates : elles étaient une histoire à elles seules. Il retourna à la première tombe, retira ses gants et sortit son calepin. Puis il mit un genou en terre et entreprit de décrire les croix en détail.

On avait envoyé toute une troupe de gardes du corps dans cette forêt plus de quarante ans auparavant pour protéger un bébé solitaire, et tous avaient poursuivi leur tâche, étaient restés à leur poste, par loyauté, par habitude ou par peur, jusqu'à ce qu'ils tombent morts, les uns après les autres. Ils évoquaient ces soldats japonais qui étaient restés cachés dans la jungle, sans savoir que la guerre était finie.

Il se demanda jusqu'où Mikhaïl Safanov avait réussi à aller, au printemps 1953, puis il écarta soigneusement ce genre de pensées. Mieux valait ne pas y réfléchir, pas maintenant, pas ici.

Il était malaisé de tenir le crayon entre ses doigts glacés, et difficile d'écrire sur la page balayée par les flocons de neige. Kelso alla pourtant jusqu'à la dernière croix.

Il écrivit : « *B. D. Tchijikov. Air dur, visage brutal, peau sombre. Géorgien ? Mort à soixante-dix-sept ans...* »

Il se demanda à quoi avaient ressemblé les camarades Goloub et Tchijikova, qui avait pu effacer ainsi leur visage, et pourquoi. Il se dégageait de ces silhouettes sans traits quelque chose d'infiniment sinistre. Il se surprit à écrire : « Auraient-ils été victimes de purges ? »

Oh, mais que foutait donc O'Brian ?

Il avait mal au dos. Les genoux trempés. Il se redressa, et une nouvelle idée lui traversa l'esprit. Il écarta une fois de plus la neige de sa feuille et mouilla le bout de son crayon.

« *Les tombes sont entretenues,* écrivit-il, *les mauvaises herbes arrachées. Si cet endroit était abandonné, comme les baraques, ne serait-il pas envahi par les herbes folles ?* »

« O'Brian ? appela-t-il. R. J. ? »

La neige assourdit son cri.

Il rangea son calepin et sortit rapidement du cimetière en remettant ses gants. Le vent soufflait devant lui sur les baraques abandonnées, soulevant ici et là des rafales de neige comme un coin de rideau.

Kelso entreprit de traverser l'espace découvert en suivant les grandes empreintes de O'Brian et arriva à l'entrée du sentier. Les traces de pas allaient bien dans la direction de la Toyota. Il porta les jumelles à ses yeux et fit la mise au point. La voiture immobilisée remplit son champ de vision, si figée et lointaine qu'elle lui parut irréelle. Il n'y avait aucun signe de vie alentour.

Curieux.

Sans abaisser les jumelles, il pivota très lentement sur lui-même, observant un tour complet à 360 degrés. La forêt. Des murs écroulés et une épave. La forêt. Des tombes. La forêt. le sentier. La Toyota. La forêt à nouveau.

Il baissa les jumelles, le front soucieux, et reprit sa marche vers la voiture, suivant toujours les traces du journaliste. Il lui fallut quelques minutes pour y arriver. Personne n'avait repris ce chemin en sens inverse, cela au moins était évident : il y avait bien deux paires de traces qui menaient à la clairière et une seule qui retournait à la voiture. Il s'approcha de la Toyota et allongea le pas pour mettre les pieds dans les traces de son compagnon plus grand et pouvoir reconstituer ainsi tous ses mouvements : voilà, par là... et... *par là...*

Kelso s'arrêta, bras tendus, vacillant. L'Américain était indubitablement passé par ici, avait fait le tour de la Toyota, avait sorti sa mallette métallique du coffre — il voyait bien qu'elle n'y était plus —, puis semblait avoir été distrait par quelque chose, parce que, au lieu de retourner vers le campement, ses pas s'écartaient brusquement vers la droite, formant un angle droit par rapport au véhicule, et s'enfonçaient directement dans la forêt.

Il appela O'Brian, doucement d'abord. Puis, pris d'un spasme de panique, il arrondit les mains de part et d'autre de sa bouche et se mit à hurler son nom.

Et toujours cet effet assourdi, comme si les arbres aspiraient ses mots. Il s'avança prudemment.

Oh, mais qu'il détestait donc la forêt. Il détestait jusqu'aux bois qui entouraient Oxford, avec leurs puits, si poétiques, de lumière poussiéreuse, leur végétation moussue et la façon impromptue dont les choses vous volaient soudain à la figure ou s'éloignaient dans un bruissement d'ailes ! Les branches qui vous fouettaient le visage... *Pardon, pardon...* Oh oui, qu'on lui donne de l'espace découvert. Qu'on lui donne une montagne. Qu'on lui donne une falaise. Qu'on lui donne la mer étincelante !

« R. J. ? » Quel nom stupide à hurler, mais il le hurla plus fort encore tout de même. « R. J. ! »

Il n'y avait plus d'empreintes visibles. Le sol était accidenté. Il sentait l'odeur de pourriture d'un marais quelque part, aussi fétide qu'une haleine de chien, et il faisait sombre aussi. Il pensa qu'il fallait faire attention, qu'il fallait continuer à garder la piste exactement dans son dos, parce que s'il allait trop loin, s'il perdait ses repères et finissait par trop s'éloigner de la voiture, il ne lui resterait plus qu'à se coucher dans la neige et l'obscurité pour se laisser geler.

Il y eut soudain un grand bruit sur sa gauche, puis une succession de petits craquements, pareils à des échos. Cela faisait d'abord penser à quelqu'un en train de courir, mais il s'aperçut que ce n'était qu'une masse de neige qui se décrochait d'une branche et s'effondrait sur le sol.

Il mit ses mains en porte-voix.

« R. J. !... »

Puis il perçut un son humain. Un gémissement peut-être ? Un sanglot ?

Il s'efforça de localiser l'endroit d'où cela venait. Puis il l'entendit à nouveau. Plus près et derrière lui à présent, semblait-il. Il passa entre deux arbres très serrés et pénétra dans une minuscule clairière, où il découvrit la mallette de O'Brian qui gisait, ouverte, sur le sol, et, juste derrière, O'Brian lui-même, qui se balançait la tête en bas, suspendu par le pied gauche à une corde graisseuse, ses doigts effleurant à peine la surface de la neige.

CHAPITRE 26

La corde était fixée à la cime d'un haut plant de bouleau, plié pratiquement en deux par le poids de O'Brian. Le journaliste gémissait. Il était à peine conscient.

Kelso s'agenouilla près de sa tête. En le voyant, O'Brian se mit à s'agiter faiblement. Il ne semblait pas capable de former une phrase.

« Tout va bien », le rassura Kelso. Il s'efforçait de paraître calme. « Ne t'en fais pas. Je vais te descendre de là. »

Le descendre de là. Kelso ôta ses gants. Le descendre de là, mais avec quoi ? Il avait bien un couteau pour tailler son crayon, mais il était resté dans la voiture. Il tâta ses poches et y trouva son briquet. Il l'alluma et montra la flamme à O'Brian.

« On va te sortir de là. Regarde. Ça va aller. »

Il se redressa et leva les bras pour saisir O'Brian par les chevilles. Une boucle de corde fine s'était profondément incrustée dans le cuir de sa botte. Kelso dut s'accrocher de tout son poids afin d'abaisser suffisamment son compagnon pour pouvoir appliquer la flamme sur la corde tendue, juste au-dessus de la semelle. O'Brian avait les épaules dans la neige maintenant.

« Jalafu, répétait-il. Jalafu. »

La corde était mouillée. Une éternité sembla s'écouler avant que le briquet produise le moindre effet. Kelso dut s'interrompre pour le secouer. La flamme virait déjà au bleu et faiblissait quand les premiers brins commencèrent à se consumer. Heureusement, sous la tension, ils cédèrent rapidement. Le dernier filament se rompit et le bouleau fouetta brusquement l'air. Kelso s'efforça de soutenir les jambes de sa main libre, mais n'y parvint pas, et O'Brian s'écrasa lourdement dans la neige.

Le journaliste chercha désespérément à s'asseoir, parvint à se hisser sur les coudes, mais retomba en arrière. Il marmonnait toujours quelque chose. Kelso s'agenouilla près de lui.

« Tout va bien. Tu n'as rien. On va te sortir de là.

— Jalafu.

— Ja la fu ? »

Je l'ai vu.

« Vu qui ? Tu as vu qui ?

— Oh merde ! Putain de merde !

— Tu peux plier la jambe ? Elle n'est pas cassée ? »

Kelso se traîna sur les genoux jusqu'aux pieds de l'Américain et essaya de s'attaquer avec les ongles au nœud coulant incrusté dans sa botte.

« Fluke... » O'Brian tendait le bras, agitant désespérément les doigts. « Tu veux bien me tirer ? »

Kelso prit la main et tira jusqu'à ce que O'Brian soit complètement assis. Puis il passa le bras autour du torse massif du journaliste et l'aida à se mettre debout. O'Brian s'appuyait lourdement sur Kelso tout en essayant de faire porter le maximum de son poids sur sa jambe droite.

« Tu peux marcher ?

— Pas sûr. Je crois. » Il esquissa quelques pas incertains. « Donne-moi une minute. »

Il resta un moment immobile, tournant le dos à Kelso, fixant les arbres des yeux. Lorsqu'il parut respirer plus régulièrement, Kelso demanda : « Tu as vu *qui* ? »

« Je l'ai vu lui », répondit O'Brian en se retournant. Il avait à présent un regard affolé et craintif pour scruter les bois, derrière la tête de Kelso. « J'ai vu *le type.* Je l'ai vu qui me regardait, planqué derrière les arbres, à côté de la voiture. Bon Dieu. J'ai eu une de ces *trouilles.*

— Qu'est-ce que tu veux dire ? Quel type ?

— J'ai fait un pas vers lui, mains en l'air, ami-ami, homme-blanc-qui-vient-en-paix, et hop là ! il avait disparu. Je veux dire qu'il s'est vraiment volatilisé. Je ne l'ai plus bien revu après ça. Mais je l'ai entendu, et je l'ai comme qui dirait entrevu à un moment, qui se déplaçait à toute vitesse dans la forêt, un peu plus loin, vers la droite. Genre mal dégrossi, une carrure de footballeur américain, mais court sur pattes. Et rapide. Une rapidité incroyable. On aurait dit qu'il se déplaçait comme un singe. Et puis tout ce que je sais, c'est que je me suis retrouvé la tête en bas.

« Il m'a conduit là, Fluke, tu te rends compte de ça, hein ? Il m'a conduit tout droit sur ce putain de piège. Et il est sûrement là-dedans, en train de nous observer. »

Il récupérait rapidement, la peur lui redonnant des forces.

Il fit quelques pas vacillants et eut une grimace dès qu'il essaya de poser son pied gauche fermement sur le sol. Mais il pouvait le bouger et c'était déjà ça. Il n'était pas cassé, cela au moins était acquis.

« Faut qu'on se tire. Il faut qu'on se tire d'ici. » Il se pencha et ferma les loquets de sa mallette.

Kelso n'avait pas besoin de se le faire dire deux fois. Cependant, il conseilla d'avancer prudemment. Il fallait réfléchir. Ils étaient déjà tombés dans deux de ses pièges, un sur le sentier et un ici, et qui pouvait savoir combien d'autres avaient été posés. Avec toute cette neige, c'était impossible de voir quoi que ce soit.

« Peut-être, proposa Kelso, qu'on devrait essayer de suivre mes empreintes... »

Mais la neige qui tombait dru commençait déjà à les effacer.

« Qui il est, Fluke ? chuchota O'Brian tandis qu'ils retournaient sous le couvert des arbres. Enfin, je veux dire : Qu'est-ce qu'il est ? Et de quoi il a peur comme ça ? »

Il est le fils de son père, pensa Kelso, voilà ce qu'il est. C'est un psychopathe paranoïaque de quarante-cinq ans, en admettant que ça puisse être possible.

« Oh non, souffla O'Brian. Qu'est-ce que c'était ? »

Kelso s'immobilisa.

Il ne s'agissait pas d'une nouvelle avalanche de neige tombée d'un arbre, cela était certain. Cela durait beaucoup trop longtemps. Un bruissement sourd, continu, quelque part devant eux.

« C'est lui, fit O'Brian. Il recommence à se déplacer. Il veut nous entraîner quelque part. » Le bruit s'arrêta brusquement pendant qu'ils écoutaient, immobiles. « Qu'est-ce qu'il fait maintenant ?

— Il nous observe, j'imagine. »

Kelso plissa une fois encore les yeux pour fouiller la pénombre, mais en vain. Des sous-bois trop denses, de grandes zones obscures trouées çà et là par des torrents de neige... il ne pouvait se raccrocher à rien tant cet endroit ne ressemblait à rien de ce qu'il connaissait. Il transpirait maintenant, malgré le froid, et il sentait ses poils se hérisser.

C'est alors que le hurlement retentit, une plainte assourdissante, inhumaine. Il fallut à Kelso plusieurs secondes pour comprendre que c'était l'alarme de la voiture.

Alors il y eut deux coups de feux successifs, une pause, puis un troisième.

Et enfin le silence.

Kelso ne parvint pas à se rappeler par la suite combien de temps ils étaient restés ainsi. Il se souvint seulement de la terreur paralysante : d'une soudaine impossibilité de penser ou d'agir due à la certitude qu'il n'y avait rien à faire. Il — qui qu'il fût — savait où ils étaient. Il avait tiré sur leur voiture. Il avait piégé la forêt. Il pourrait les avoir quand il le voudrait. Ou il pouvait les abandonner à leur sort. Ils ne pouvaient compter sur aucune aide extérieure. Il était devenu le maître absolu. Invisible. Omniprésent. Omnipotent. Dingue.

Au bout d'un moment, ils se risquèrent à un conciliabule chuchoté. Le téléphone, s'inquiétait O'Brian. Que feraient-ils s'il avait abîmé le téléphone Inmarsat ? C'était leur seul espoir, et il se trouvait à l'arrière de la Toyota.

Peut-être qu'il ne savait pas à quoi ressemblait un téléphone satellite, avança Kelso. Peut-être qu'ils feraient mieux de rester là jusqu'à la nuit, puis d'essayer d'aller le récupérer...

Soudain, O'Brian lui saisit le coude avec force.

Un visage les observait à travers les arbres.

Kelso ne le remarqua pas tout de suite tant il se tenait parfaitement immobile, d'une immobilité si surnaturelle, si parfaite, qu'il fallut un moment à son esprit pour le repérer, pour séparer ses composantes des formes de la forêt puis pour les réassembler et décréter l'ensemble humain.

Des yeux sombres et impassibles qui ne cillaient pas. Des sourcils noirs et arqués. Une chevelure noire et hirsute retombant sur un front tanné. Une barbe.

Il y avait également une capuche faite de fourrure animale brune.

L'apparition toussa. Elle grogna.

« Cama-rades », articula-t-elle. La voix était rauque et le mot traînait en longueur, comme une bande enregistrée qui défile trop lentement.

Kelso sentit ses cheveux se dresser sur son crâne.

« Oh, bon Dieu, souffla O'Brian. Bon Dieu de bon Dieu de bon Dieu... »

Il y eut une nouvelle quinte de toux, et un raclement de glaires. Un jet de salive jaunâtre fusa dans le sous-bois. « Camarades, je suis un personnage grossier. Je ne peux pas le nier. Et je n'ai pas beaucoup fréquenté les hommes. Mais voilà. Alors ? Vous voulez que je vous tue. Oui ? »

Il sortit à découvert juste devant eux, avec vivacité, précision, faisant à peine remuer une brindille. Il était vêtu d'un grand pardessus de l'armée, rapiécé, effiloché au-dessus des genoux et resserré par une corde en guise de ceinture, et d'une paire de bottes de cavalerie dans lesquelles rentrait un pantalon bouffant. Il avait des mains immenses, et ne portait pas de gants. Dans l'une d'elles, il tenait un vieux fusil. Dans l'autre, la serviette contenant le cahier d'Anna Safanova et les papiers.

Kelso sentit l'étreinte de O'Brian s'intensifier sur son bras.

« Est-ce que c'est bien le livre ? Oui ? Et les do-cuments le prouvent ? » La silhouette se pencha vers eux, faisant rouler sa tête d'un côté, puis de l'autre, les examinant avec intensité. « C'est donc vous, hein ? Est-ce que c'est vraiment vous ? »

Il se rapprocha, les scrutant de ses yeux sombres, et Kelso perçut l'odeur épouvantable que dégageait son corps, une odeur aigre de vieille sueur.

« Ou peut-être que vous êtes des *traîtres* ? »

Il recula d'un pas et leva rapidement son arme, visant depuis la ceinture, le doigt posé sur la détente.

« Non, c'est bien nous », s'empressa d'assurer Kelso.

L'homme, étonné, haussa un sourcil. « Impérialistes ?

— Je suis un camarade anglais. L'autre camarade, ici, est américain.

— Bien, bien ! L'Angleterre et l'Amérique ! Et Engels était juif ! » Il se mit à rire, montrant ses dents noires, et cracha. « Mais vous ne m'avez demandé aucune preuve. Pourquoi ça ?

— Nous vous faisons confiance.

— “Nous vous faisons confiance.” (Il se remit à rire.) Impérialistes ! Toujours des paroles sucrées. Des paroles sucrées, et puis ils vous tuent pour un kopeck. Pour un kopeck ! Si c'était vraiment *vous*, vous demanderiez des preuves.

— Nous demandons des preuves.

— *J'ai* la preuve », répliqua-t-il avec un air de défi. Il dévisagea alternativement les deux intrus puis abaissa son fusil, fit demi-tour et se mit à marcher vers les arbres.

« Et maintenant ? chuchota O'Brian.

— Dieu seul le sait.

— On ne peut pas lui piquer son flingue ? A deux contre un ? »

Kelso le dévisagea avec stupéfaction. « N'y pense même pas.

— Putain, c'est vrai qu'il est rapide, hein ? Et complètement barjo. » O'Brian ricana nerveusement. « Regarde-le. Mais qu'est-ce qu'il fait maintenant ? »

Mais il ne faisait rien du tout. Il se tenait simplement debout, impassible, à la lisière des bois. Il attendait.

Ils n'avaient guère d'autre choix que de le suivre, ce qui était malaisé étant donné la vitesse avec laquelle il se déplaçait, le terrain accidenté et la jambe blessée de O'Brian. Kelso portait la mallette contenant la caméra. Une ou deux fois, ils crurent l'avoir perdu, mais jamais très longtemps. Il avait dû s'arrêter pour leur permettre de regagner du terrain.

Quelques minutes plus tard, ils retrouvèrent le sentier, mais un peu plus loin, à peu près à mi-chemin entre la Toyota abandonnée et le campement désert.

Il ne ralentit pas. Il traversa le sentier enneigé et s'enfonça dans les bois, de l'autre côté.

En voyant qu'ils quittaient la lumière grisâtre pour pénétrer à nouveau dans l'ombre, Kelso craignit que cela n'augurât rien de bon. Subrepticement, sans ralentir le pas, il plongea la main dans sa poche, arracha une page de son calepin jaune pour la rouler en boule et la laisser tomber à terre. Il recommença son manège tous les cinquante mètres environ. C'était le Petit Poucet, comme quand il était môme... seulement maintenant, il était grand et ce n'était plus un jeu.

« Bien vu », haleta O'Brian derrière lui.

Ils émergèrent dans une petite clairière au centre de laquelle se dressait une cabane en bois. Il l'avait construite avec soin, et récemment, à en juger par son aspect, en pillant du matériel dans le vieux campement. Kelso ne découvrit jamais pourquoi il avait fait cela. Peut-être l'autre lieu était-il trop peuplé de fantômes. Ou peut-être voulait-il un endroit plus isolé, plus facile à défendre. Kelso crut entendre un bruit d'eau courante, et il supposa qu'ils devaient se trouver non loin de la Dvina.

La cabane était constituée de ces grosses planches grises familières, avec une petite fenêtre et une porte assez basse installée à un mètre du sol et à laquelle on accédait par quatre marches. En bas de celles-ci, il prit une branche et l'enfonça dans la neige. Il y eut un petit jet blanc lorsque quelque chose se détendit et claqua. Il retira la branche. Un gros piège à loup s'accrochait à son extrémité, les dents de métal rouillé profondément plantées dans le bois.

Il le posa soigneusement de côté, gravit les marches jusqu'à la porte, ouvrit le cadenas et entra. Après un bref regard échangé avec O'Brian, Kelso le suivit, baissant la tête pour franchir l'entrée basse et pénétrer dans l'unique petite pièce. Il faisait froid et sombre, et la folie lui parut presque palpable ; il respira cette démence solitaire, aussi nette et aigre que l'odeur de la chair sale. Il porta la main à la bouche. Il entendit O'Brian se retenir de respirer derrière lui.

Leur hôte venait d'allumer une lampe à pétrole. Les crânes blanchis d'un ours et d'un loup luisaient dans l'ombre. Il posa le cahier sur la table, à côté d'une assiette encore à moitié pleine de poisson noir et hérissé d'arêtes, posa une cuvette métallique remplie d'eau sur la plaque du fourneau et se pencha pour rallumer le feu dans le vieux poêle froid, tout en gardant le fusil toujours à portée de main.

Kelso l'imagina une heure plus tôt : il avait dû percevoir le bruit lointain de leur voiture qui arrivait sur la piste, avait abandonné son repas et s'était emparé de son fusil avant de s'enfoncer dans la forêt, ayant éteint son poêle et mis en place son piège...

Il n'y avait pas de lit, juste un matelas mince, qui perdait sa garniture et qu'on avait roulé et maintenu par une corde. Un vieux transistor de fabrication soviétique, gros comme une valise, trônait entre le matelas et un antique gramophone au pavillon de cuivre terni.

Le Russe défit les courroies de la serviette et sortit le cahier. Il l'ouvrit à la photo de la jeune gymnaste défilant sur la place Rouge et la leur montra : voilà, vous voyez ? Ils hochèrent la tête. Il posa le cahier sur la table. Puis il tira sur une lanière de cuir graisseuse qui pendait à son cou et s'enfouissait dans les plis fétides de ses vêtements, jusqu'à ce qu'il finisse par en extraire un petit morceau de plastique transparent. Il le tendit à Kelso. L'objet gardait encore la chaleur de son corps. Il s'agissait de la même photo, mais pliée très petit afin de ne laisser paraître que le visage d'Anna Safanova.

« C'est bien vous, dit-il. Je suis celui que vous cherchez. Et maintenant : la preuve. »

Il baisa le médaillon de fortune et le glissa à nouveau contre sa poitrine. Puis il tira de la ceinture de son pardessus un poignard court, à lame large et manche de cuir. Il le tourna pour leur montrer le fil aiguisé de la lame et sourit de toutes ses dents. Puis il repoussa d'un coup de pied le bout de tapis, se laissa tomber à genoux et tira sur une trappe grossièrement aménagée dans le plancher.

Il plongea le bras dedans et en extirpa une grosse valise fatiguée.

Il présenta ses reliques comme un prêtre, disposant avec révérence chaque objet sur la grossière table de bois comme si c'était un autel.

Les textes sacrés vinrent en premier : les treize volumes des œuvres complètes et pensées de Staline, la *Sotchinenié* publiée à Moscou après la guerre. Il montra la page de titre de chaque livre à Kelso, puis à O'Brian. Ils portaient tous la même dédicace : « Au futur I. V. Staline », et tous avaient été de toute évidence lus et relus à l'infini. Certains tomes avaient le dos dépenaillé ou déchiré. Les pages semblaient avoir doublé de volume en raison des signets et des cornes multiples.

Ensuite vint l'uniforme, chaque partie soigneusement enveloppée de papier de soie jauni. Une tunique grise, repassée, ornée d'épaulettes rouges. Un pantalon noir, repassé lui aussi. Un pardessus. Une paire de bottes de cuir noir, rutilant comme de l'anthracite poli. Un képi de maréchal. Une étoile d'or dans un boîtier de cuir rouge portant un marteau et une faucille en relief. Kelso y reconnut l'ordre du Héros de l'Union soviétique.

Enfin vinrent les souvenirs. Une photographie (dans un sous-verre à cadre de bois) de Staline, debout derrière un bureau : dédiée, comme les livres, « Au futur I. V. Staline ». Une pipe Dunhill. Une enveloppe contenant une mèche de vigoureux cheveux gris. Enfin, toute une pile de vieux disques 78 tours, épais comme des assiettes et encore rangés dans leurs pochettes en papier d'origine : « Mère, les champs sont poussiéreux », « Je t'attends », « Rossignol de la taïga », « I. V. Staline : discours du Premier congrès pan-soviétique des Travailleurs de choc en fermes collectives, du 19 février 1933 », « I. V. Staline : rapport du Dix-huitième Congrès du Parti communiste d'Union soviétique du 10 mars 1939 »...

Kelso semblait paralysé. Il ne pouvait parler. Ce fut O'Brian qui réagit le premier. Il regarda le Russe, toucha sa propre poitrine, montra la table et obtint en retour un signe d'approbation. Il tendit alors la main pour prendre le sous-verre. Kelso comprit où il voulait en venir : la ressemblance était effectivement frappante. Pas exacte, bien sûr — nul n'était jamais le portrait à l'identique de son père —, mais il ne faisait aucun doute qu'il y avait là *quelque chose*, et ce en dépit de la barbe et des cheveux en bataille du fils. Dans le regard peut-être, ou la structure osseuse, ou même dans l'expression du visage : une sorte de mobilité pesante, comme une ombre génétique qui dépassait de loin l'art du meilleur acteur.

Le Russe adressa un nouveau sourire à O'Brian. Il désigna le couteau et montra le portrait, puis fit signe de se couper la barbe. Oui ?

Pendant un instant, Kelso ne fut pas sûr de très bien comprendre, mais O'Brian comprit, lui. O'Brian comprit tout de suite.

Oui. Il hocha vigoureusement la tête. Oh oui. Oui, je vous en prie.

Le Russe faucha aussitôt une grande touffe de poils noirs qu'il leur présenta avec une joie enfantine. Il répéta ensuite ce même geste, encore et encore, et il y avait quelque chose de choquant dans la façon dont il s'y prenait, dans la manière routinière avec laquelle il maniait cette lame aiguisée comme un rasoir, par ici, par là, sous la gorge, sans prêter attention à la mutilation qu'il s'infligeait. *Il n'y a rien*, songea Kelso avec un éclair de certitude, *il n'y a aucun acte de violence dont cet homme ne soit capable.* Le Russe passa la main derrière la tête, rassembla ses cheveux en queue-de-cheval et les coupa aussi près de la racine que possible. Alors il traversa la cabane en deux enjambées, ouvrit la lucarne du fourneau et jeta la masse de poils et de cheveux sur les bûches où ils s'enflammèrent brièvement avant de se réduire en poussière et fumée.

« Nom de Dieu », murmura Kelso. Il regarda, incrédule, O'Brian ouvrir la mallette de sa caméra. « Oh, non. Pas ça. Tu n'y penses pas sérieusement.

— Mais si.

— Mais il est fou.

— Comme la moitié des gens qu'on passe à la télé. » O'Brian introduisit une nouvelle cassette sur le côté de la caméra et sourit en l'entendant s'enclencher. « On tourne. »

Derrière lui, le Russe se tenait la tête penchée au-dessus de la cuvette d'eau chaude qui fumait sur le poêle. Il s'était déshabillé, ne gardant sur lui qu'un maillot de corps jaune sale, et savonné la figure. Le grattement de la lame sur sa peau fit frémir Kelso.

« Regarde-le, dit l'historien. Il ne sait sûrement même pas ce qu'est la télévision.

— Ça ne me gêne pas.

— Seigneur. » Kelso ferma les yeux.

Le Russe se tourna vers eux en s'essuyant sur sa chemise. Il avait le visage tout tacheté, couvert de perles de sang, mais il avait conservé une grosse moustache, aussi noire et luisante que des ailes de corbeau, et la transformation était saisissante. C'était le Staline des années 1920 : Staline dans la force de l'âge, une puissance animale. Qu'avait prédit Lénine, déjà ? « Ce Géorgien va nous servir un ragoût épicé. »

Il fourra ses cheveux sous le képi de maréchal, puis il enfila la tunique. Un peu ample au niveau de la poitrine peut-être, sinon elle lui allait comme un gant. Il la boutonna puis arpenta la pièce une ou deux fois, saluant modestement l'assemblée, d'un geste impérial de la main droite.

Il prit ensuite un volume des *Œuvres complètes*, l'ouvrit au hasard et le tendit à Kelso.

Puis il sourit, leva un doigt, toussa dans sa main, s'éclaircit la gorge et prit la parole. Et il se révéla parfait. Kelso s'en rendit compte instantanément. Il ne connaissait pas simplement les mots par cœur. C'était mieux que ça. Il devait avoir étudié les enregistrements heure après heure, année après année, depuis l'enfance. Il avait la diction familière, à la fois plate et impitoyable, la pulsation brutale et incantatoire. Il avait l'expression du sarcasme pesant, l'humour noir, la puissance, la *haine*.

« Ce ramassis d'espions, de meurtriers et de naufrageurs qu'étaient les Trotski-Boukharine, commença-t-il lentement, qui s'aplatissaient devant l'étranger, qui étaient possédés par l'instinct servile de ramper devant tous les gros bonnets étrangers et se montraient prêts à les servir en tant qu'espions (sa voix commençait à monter), cette poignée de gens qui n'ont pas compris que le plus humble des citoyens soviétiques, libéré des chaînes du capital, domine de la tête et des épaules n'importe quel gros bonnet étranger bien placé dont le cou porte encore la marque de l'esclavagisme capitaliste... (il criait à présent)... qui a besoin de cette bande misérable d'esclaves vénaux, de quelle valeur peuvent-ils être pour le peuple, et qui peuvent-ils démoraliser ? »

Il les foudroya du regard, les mettant tous au défi, Kelso avec le livre ouvert, O'Brian avec sa caméra collée contre son œil, la table, le poêle, les crânes, d'oser lui répondre.

Il se redressa, projetant son menton en avant.

« En 1937, Toukhatchevski, Iakir, Ouborievitch et autres ennemis furent condamnés à être fusillés. L'élection du Soviet Suprême de l'URSS se tint juste après. Et à ces élections, 98,6 % des votes allèrent au pouvoir soviétique !

« Début 1938, Rosengoltz, Rykov, Boukharine et autres ennemis furent condamnés à être fusillés. Les élections des Soviets de l'Union des Républiques se tinrent peu après. A ces élections, 99,4 % des votes allèrent au pouvoir soviétique ! Où sont les symptômes de la démoralisation, nous aimerions bien le savoir ? »

Il posa le poing sur son cœur.

« Telle fut la fin peu glorieuse des opposants à la ligne du Parti, qui finirent en ennemis du peuple ! »

« *Tonnerre d'applaudissements,* lut Kelso. *Tous les délégués se lèvent et encensent l'orateur. On crie : "Hourra au camarade Staline !",*

“Longue vie au camarade Staline !”, “Hourra au Comité central de notre Parti !” »

Le Russe se balança au rythme des applaudissements de la foule des fantômes. Il entendait les cris, le martèlement des pieds, les vivats. Il hocha modestement la tête. Il sourit. Il les applaudit à son tour. Le tumulte imaginaire résonna dans la cabane exiguë et roula dans la clairière enneigée pour fendre le silence des arbres.

CHAPITRE 27

L'avion de Felix Souvorine troua le plafond de nuages bas et vira à tribord, suivant la côte de la mer Blanche.

Une tache de rouille apparut dans le désert de neige, puis s'étendit. Souvorine commença à repérer des détails. Des grues abandonnées, des ateliers de construction de sous-marins vides, des hangars de chantiers délabrés... Il devait s'agir de Severodvinsk, la grande décharge nucléaire de Brejnev, sur la côte d'Arkhangelsk, là où, dans les années soixante-dix, on avait construit les grands sous-marins qui devaient mettre les impérialistes à genoux.

Il la contempla tout en remettant sa ceinture. Des revendeurs de la Mafia avaient fureté par ici, un an auparavant, pour essayer d'acheter une tête nucléaire pour les Irakiens. Il se souvenait parfaitement de l'affaire. Des Tchétchènes en pleine taïga ! Incroyable ! Pourtant ils finiraient bien par y arriver, un jour. Il y avait trop de matériel superflu, trop peu de surveillance, trop d'argent en jeu. La loi de l'offre et de la demande finirait par coller avec la loi des moyennes, et ils obtiendraient quelque chose, un jour ou l'autre.

Les volets frémirent au bord des ailes. Il y eut un crissement de câbles. Ils descendirent encore, faisant des embardées et de brusques chutes dans la tempête de neige.

Severodvinsk s'éloigna. Souvorine distinguait des ronds gris d'eau gelée, des marécages plats et vides, des arbres couronnés de blanc et encore des arbres, à l'infini. Qu'est-ce qui pouvait vivre là-dessous ? Rien, sûrement ? En tout cas personne. Ils atteignaient les confins de la terre.

Le vieux coucou poursuivit sa course pendant encore une dizaine de minutes, cinquante mètres à peine au-dessus de la forêt, puis Souvorine aperçut enfin, devant eux, des lignes de lumière dans la neige.

C'étaient celles d'un aérodrome militaire, abrité par les arbres, avec un chasse-neige posté en bordure de piste. Celle-ci venait visiblement d'être dégagée, mais une mince pellicule blanche commençait déjà à se reformer. Ils s'approchèrent en rase-mottes, pour repérer les lieux, puis prirent de l'altitude, faisant vrombir le moteur, pour virer et entamer l'approche finale. Souvorine eut une vision fugitive d'Arkhangelsk — des tours sombres et des cheminées crasseuses dans le lointain — puis il sentit l'avion toucher et rebondir par deux fois sur la piste avant de se poser en tournant, les hélices soulevant des tempêtes de neige miniatures.

Lorsque le pilote coupa le moteur, Souvorine découvrit une qualité de silence qu'il n'avait jamais connue jusqu'alors. A Moscou, il y avait toujours du bruit quelque part, même au cœur de la nuit : un peu de circulation, une dispute chez des voisins. Mais pas ici. Ici, le silence était absolu, et Souvorine détesta cela. Il se prit à parler juste pour le combler.

« Bon travail, lança-t-il au pilote. On y est quand même arrivés.

— Oh, c'est rien. Au fait, il y a un message de Moscou pour vous. Il faut que vous appeliez le colonel avant de partir. Ça vous dit quelque chose ?

— Avant de partir ?

— C'est ça. »

Avant de partir où ?

Il n'y avait pas assez de place pour se tenir debout ; Souvorine dut s'accroupir. Il aperçut, garés près d'un vaste hangar, toute une rangée de biplans au camouflage arctique.

La porte du fond de l'appareil s'ouvrit soudain. La température chuta d'au moins cinq degrés. Des flocons de neige s'engouffrèrent dans le fuselage. Souvorine attrapa son attaché-case et sauta d'un bond sur la piste. Un technicien en chapka lui montra un hangar. La grosse porte coulissante était ouverte d'un quart. Dans l'ombre, à côté d'une paire de jeeps, un comité d'accueil attendait, s'abritant de la neige : trois hommes en uniforme du MVD, armés de fusils d'assaut AK-74, un type de la milice et, très curieusement, une vieille dame en épais vêtements masculins, courbée comme un vautour, appuyée sur une canne.

Souvorine devina aussitôt qu'il s'était passé quelque chose et que cela n'avait rien de réjouissant. Il le sut dès qu'il eut tendu la main au soldat le plus gradé du ministère de l'Intérieur — un jeune type au cou de taureau et à la bouche maussade, le commandant Kretov — et reçu pour toute réponse un salut juste assez nonchalant pour paraître une insulte. Quant aux deux hommes de Kretov, ils ne prirent même pas la peine de remarquer son arrivée. Ils étaient bien trop occupés à décharger un petit arsenal de l'arrière d'une des jeeps : des chargeurs pour leurs AK-74, des pistolets, des fusées éclairantes et même un vieux RP46, un de ces gros fusils-mitrailleurs avec ses boîtes de bandes chargeurs et son bipied métallique.

« Vous vous préparez à quoi, ici, commandant ? demanda Souvorine en faisant un effort pour paraître aimable. Une petite guerre, ou quoi ?

— On discutera de ça en route.

— Je préférerais qu'on en discute maintenant. »

Kretov hésita. Il aurait de toute évidence volontiers envoyé paître Souvorine, mais ils avaient le même grade et il n'avait pas encore pu évaluer ce civil de l'armée aux coûteux vêtements occidentaux. « Bon, rapidement alors. » Il claqua des doigts avec irritation en direction du jeune milicien dégingandé. « Dites-lui ce qui s'est passé.

— Et vous êtes ? » s'enquit Souvorine.

Le milicien se mit au garde-à-vous. « Lieutenant Korf, mon commandant.

— Alors, Korf ? »

Le lieutenant fit son rapport rapidement, nerveusement.

Peu après midi, le quartier général de la milice de Moscou avait signalé à ses pairs d'Arkhangelsk que deux étrangers se trouvaient sûrement dans les alentours de la ville, cherchant très certainement à prendre contact avec une ou des personnes répondant au nom de Safanov ou Safanova. Il s'était chargé lui-même de l'enquête. Un seul citoyen répondant à ce critère avait été trouvé : le témoin Varvara Safanova (il désigna la vieille femme) que l'on avait emmenée moins de quatre-vingt-dix minutes après réception du télex de Moscou. Elle avait confirmé que deux étrangers étaient passés la voir, puis étaient repartis, à peine une heure plus tôt.

Souvorine adressa un sourire rassurant à Varvara Safanova. « Et qu'avez-vous pu leur dire, camarade Safanova ? »

Elle contempla le sol.

« Elle leur a dit que sa fille était morte, intervint Kretov avec impatience. Morte en couches il y a quarante-cinq ans après avoir eu son lardon. Un garçon. On peut y aller maintenant ? Je lui ai déjà fait cracher tout ça. »

Un garçon, pensa Souvorine. Il ne pouvait d'agir que d'un garçon. Une fille n'aurait guère compté. Mais un garçon. Un héritier...

« Et ce garçon vit ?

— Elle dit qu'il a grandi dans la forêt, comme un loup. »

Souvorine se détourna à contrecœur de la vieille femme silencieuse pour regarder le commandant : « Et Kelso et O'Brian sont partis dans la forêt à la recherche de ce “loup”, je suppose ?

— Ils ont environ trois heures d'avance sur nous. » Kretov avait déplié une carte à grande échelle sur le capot de la jeep la plus proche. « Voici la route, dit-il. Il n'y a pas d'autre voie d'accès et ils sont obligés de revenir par le chemin qu'ils ont pris à l'aller. Mais la neige va les coincer là-haut. Ne vous en faites pas. On les aura avant la tombée de la nuit.

— Et comment on fait pour y aller ? On peut avoir un hélicoptère ? »

Kretov adressa une œillade à l'un de ses hommes. « Je crains que le commandant ne soit de Moscou et n'ait pas suffisamment étudié notre terrain. La taïga n'est pas très bien pourvue en aires d'atterrissage pour hélicoptères. »

Souvorine fit un effort sur lui-même pour rester calme. « Comment fait-on pour y aller, alors ?

— En chasse-neige, répondit Kretov, comme si c'était évident. On peut tenir à quatre dans la cabine, ou trois si vous préférez ne pas mouiller vos jolis souliers. »

Une fois encore, et avec peine, Souvorine parvint à se maîtriser. « Bon, quel est le plan, alors ? On leur dégage un chemin pour qu'ils puissent rentrer en ville derrière nous, c'est ça ?

— Si cela s'avère nécessaire.

— Si cela s'avère nécessaire », répéta Souvorine, lentement.

Il commençait à comprendre, maintenant. Il plongea son regard dans les yeux froids et gris du commandant, puis examina les deux hommes du MVD qui avaient fini de décharger la jeep. « Mais qu'est-ce que vous foutez par ici, les mecs. Des escadrons de la mort, c'est ça. On se fait sa petite Amérique du Sud dans la neige ? »

Kretov commença à replier sa carte. « Il faut qu'on parte immédiatement.

— Il faut que j'appelle Moscou.

— On a déjà appelé Moscou.

— Il *faut* que j'appelle Moscou, commandant, et si jamais vous essayez de partir sans moi, je vous assure que vous passerez les quelques années à venir à construire des aires d'atterrissage pour hélicoptères.

— Cela m'étonnerait.

— Si l'on doit en arriver à une épreuve de force entre le SVR et le MVD, ne perdez pas de vue ceci : c'est le SVR qui gagne à tous les coups. » Souvorine se tourna vers Varvara Safanova et lui adressa un petit salut. « Je vous remercie de votre aide. » Puis il se tourna vers Korf, qui observait toute la scène avec des yeux ronds. « Reconduisez-la chez elle, je vous prie. Vous avez fait du bon travail.

— Je leur ai dit, s'exclama soudain la vieille femme. Je leur ai dit qu'il n'en sortirait rien de bon.

— Vous n'avez peut-être pas tort, concéda Souvorine. C'est bon, lieutenant. Allez-y. Et maintenant, dit-il à Kretov, où est ce putain de téléphone ? »

* * *

O'Brian avait insisté pour tourner encore une vingtaine de minutes. Par le langage des signes, il avait persuadé le Russe de ranger toutes ses reliques pour les sortir à nouveau, en montrant chaque objet à la caméra et en expliquant de quoi il s'agissait. (« Son livre. » « Son portrait. » « Ses cheveux. » Chaque relique dûment embrassée avant d'être disposée sur l'autel.)

Puis O'Brian lui fit comprendre qu'il voulait le voir assis derrière la table, fumant sa pipe et lisant le journal d'Anna Safanova. (« *Rappelle-toi les paroles historiques de Staline à Gorki :*

"Il incombe à l'Etat prolétaire de produire les ingénieurs de l'âme humaine"... »)

« Super, fit O'Brian en tournant autour de lui avec sa caméra. Génial. Tu ne trouves pas ça génial, Fluke ?

— Non, répliqua Kelso. C'est jamais que du cirque.

— Pose-lui une ou deux questions, Fluke.

— Certainement pas.

— Vas-y. Juste deux. Demande-lui ce qu'il pense de la nouvelle Russie.

— Non.

— Deux petites questions et on s'en va. Promis. »

Kelso hésita. Le Russe le dévisagea en se frottant la moustache avec le tuyau de sa pipe. Il avait les dents jaunes et pleines de chicots. Le dessous de sa moustache était humide de salive.

« Mon collègue voudrait savoir si vous avez entendu parler des grands changements qui sont intervenus en Russie, et ce que vous en pensez », demanda enfin Kelso.

Le Russe demeura un moment silencieux. Puis il se détourna de Kelso et se concentra directement sur l'objectif.

« L'une des caractéristiques de l'ancienne Russie, commença-t-il, ce sont les défaites répétées qu'elle a endurées. Tous la battaient parce que c'était un pays arriéré. On la battait parce qu'il était avantageux de le faire et que cela pouvait se faire en toute impunité. Telle est la loi des exploiteurs : battre les arriérés et les faibles. C'est la loi de la jungle du capitalisme. Si vous êtes arriéré, si vous êtes faible, alors vous avez tort ; on peut donc vous battre et vous réduire en esclavage. »

Il s'appuya contre le dossier de sa chaise, les yeux mi-clos, tirant sur sa pipe. O'Brian, caméra au poing, se tenait juste derrière Kelso, et ce dernier sentit sa main se poser sur son épaule pour le presser de poser une autre question.

« Je ne comprends pas, fit Kelso. Que voulez-vous dire ? Que la nouvelle Russie connaît la défaite et l'esclavage ? Mais la plupart des gens diraient certainement le contraire : que même si la vie est dure, ils jouissent au moins de la liberté maintenant ? »

Un sourire lent, directement adressé à la caméra. Le Russe retira sa pipe de la bouche et se pencha en avant pour en tapoter la poitrine de Kelso.

« Tout cela est très bien. Mais, malheureusement, la liberté seule ne suffit pas, loin de là. Quand il y a pénurie de pain, pénurie de beurre et de graisse, pénurie de tissu, quand les conditions de logement sont mauvaises, la liberté ne vous mène pas très loin. Il est très difficile, camarades, de vivre seulement de liberté. »

O'Brian chuchota : « Qu'est-ce qu'il dit ? Est-ce que ça se tient ou pas ?

— D'une certaine façon, ça se tient. Mais c'est étrange. »

O'Brian persuada Kelso de poser encore deux questions, chacune suscitant le même genre de réponses figées, puis, lorsque Kelso refusa de continuer à traduire, il insista pour aller filmer le Russe dehors.

Kelso les observa un instant par la petite fenêtre malpropre : O'Brian traçait une marque dans la neige puis marchait vers la cabane et revenait en désignant la ligne, essayant de faire comprendre au Russe ce qu'il attendait de lui. Kelso avait l'impression que le Russe n'avait attendu qu'eux. « *C'est donc vous, hein* ? avait-il demandé. *Est-ce que c'est vraiment vous...* »

« *C'est bien le livre...* »

Il avait visiblement reçu une instruction idéologique— le terme d'endoctrinement eût mieux convenu. Il savait lire. Il semblait avoir été élevé dans l'attente de sa destinée : la certitude messianique qu'un jour des étrangers apparaîtraient dans la forêt, porteurs d'un livre, et que, même s'ils étaient des impérialistes, *ce seraient eux...*

Le Russe paraissait de fort bonne humeur. Il approcha son index de son œil puis l'agita en direction de la caméra, il rit, se baissa et confectionna une boule de neige qu'il lança malicieusement sur le dos de O'Brian.

Homo sovieticus, pensa Kelso, en personne.

Il essaya de se remémorer quelque chose, un passage de la biographie de Volkogonov qui citait Sverdlov, ancien compagnon d'exil de Staline en 1914. Staline refusait de s'associer aux autres bolcheviks, et cela avait frappé Sverdlov. Il était là : inconnu à près de quarante ans, sans avoir jamais travaillé de sa vie, sans compétences, sans profession, et pourtant il partait toujours chasser et pêcher tout seul, et « donnait l'impression qu'il attendait que quelque chose se produise ».

La chasse. La pêche. *L'attente.*

Kelso se détourna de la fenêtre et remit rapidement le cahier dans la serviette, qu'il fourra sous sa veste. Il jeta un nouveau regard par la fenêtre puis s'approcha de la table et chercha parmi les *Œuvres complètes.*

Il ne lui fallut que deux minutes pour trouver ce qu'il cherchait : deux pages cornées dans deux tomes différents, deux passages lourdement soulignés au crayon noir. C'était bien ce qu'il pensait : la première réponse du Russe était une citation, mot pour mot, d'un discours de Staline — prononcé, pour être précis, à la Conférence pan-soviétique des Dirigeants de l'Industrie socialiste, le 4 février 1931 —, alors que la seconde était tirée d'une allocution adressée à trois mille stakhanovistes, le 17 novembre 1935.

Le fils reprenait les paroles du père.

Il entendit le bruit des bottes de Staline sur les marches de bois et replaça précipitamment les livres.

* * *

Souvorine suivit l'un des agents du MVD hors du hangar puis de l'autre côté de la piste, vers une construction basse voisine de la tour de contrôle. Le vent traversait son manteau. La neige mouillait le dessus de ses chaussures. Il était gelé lorsqu'ils atteignirent le bureau. Un jeune caporal leva vers eux un regard morne lorsqu'ils entrèrent. Souvorine commençait à en avoir plus qu'assez de ce trou pourri, de cette ville d'arriérés qu'on appelait Arkhangelsk. Il claqua la porte derrière lui.

« On ne vous a pas appris à saluer quand vous voyez entrer un supérieur, bordel ? »

Le caporal se leva si brusquement qu'il renversa sa chaise.

« Donnez-moi une ligne pour Moscou. Tout de suite. Et puis allez m'attendre dehors. Sortez tous les deux. »

Souvorine ne composa son numéro que lorsqu'ils furent sortis. Il redressa la chaise et s'assit lourdement. Un journal pornographique allemand était ouvert à la place qu'avait occupée le caporal, et un pied voilé d'un bas jaillissait de sous une pile de carnets de vol. Il entendit une sonnerie retentir faiblement. La ligne était encombrée de parasites.

« Sergo ? C'est Souvorine. Passez-moi le chef. »

La voix d'Arseniev se fit entendre un instant plus tard. « Felix, écoutez-moi. (La voix était tendue.) Il y a un moment que j'essaie de vous joindre. Vous savez ce qui s'est passé ?

— Je sais.

— Incroyable ! Vous leur avez parlé ! Vous êtes rapide.

— Oui, je leur ai parlé, et je vous demande ce que c'est que ce cirque, mon colonel. » Souvorine devait se boucher l'autre oreille avec l'index et hurler dans le combiné. « Qu'est-ce qui se passe ? J'atterris en plein bled, et là, quand je regarde par la fenêtre, je vois trois truands en train de bourrer un chasse-neige avec assez de matériel pour tenir tête à tout un bataillon de l'OTAN...

— Felix, l'interrompit Arseniev, nous n'y pouvons rien.

— Comment ça, nous n'y pouvons rien ? C'est le MVD qui nous donne des ordres, maintenant ?

— Ils ne sont pas du MVD, répondit tranquillement Arseniev. Ils font partie des Forces spéciales et portent l'uniforme du MVD.

— *Spetsnaz* ? » Souvorine porta la main à sa tête. *Spetsnaz*. Commandos. Groupe Alpha. Des tueurs. « Qui a pris la décision de les lâcher ? »

Comme s'il ne le savait pas.

« Devinez, répondit Arseniev.

— Son Excellence était-elle ivre, comme d'habitude ? Où était-ce lors d'un rare interlude de sobriété ?

— Vous vous oubliez, commandant ! » La voix d'Arseniev se faisait coupante.

Le gros moteur diesel du chasse-neige se mit à rugir. Les coups d'accélérateur firent vibrer les doubles vitres, étouffant parfois brièvement la voix d'Arseniev. De grands phares jaunes s'allumèrent et balayèrent la neige puis se mirent à avancer pesamment sur la piste, en direction de Souvorine.

« Alors, quels sont mes ordres, exactement ?

— Agir comme vous le jugerez bon, en utilisant toutes les forces nécessaires.

— Toutes les forces nécessaires pour obtenir quoi ?

— Ce que vous jugerez souhaitable.

— C'est-à-dire ?

— Que c'est à vous de décider. Je vous fais confiance, commandant. Je vous accorde toute liberté d'action sur... »

Oh, ça c'était un vrai roublard, non ? Le plus rusé de tous. L'instinct de survie chevillé au corps. Souvorine s'emporta.

« Alors, on est censés en tuer combien, colonel ? Un homme, c'est ça ? Deux ? Trois ? »

Arseniev fut choqué. Il tombait de toute évidence des nues. Si jamais l'enregistrement de leur conversation devait être entendu — ce qui serait le cas dès le lendemain —, son trouble serait évident pour tous. « Personne n'a jamais parlé de tuer qui que ce soit, commandant ! Quelqu'un a-t-il jamais dit une chose pareille ? L'ai-je fait ?

— Non, vous n'avez rien dit », rétorqua Souvorine, trouvant en lui des réserves de sarcasme et d'amertume qu'il ne se connaissait pas. « Donc, de toute évidence, je serai seul responsable de tout ce qui arrivera. Mes supérieurs ne m'auront donné aucune consigne. Et j'imagine qu'il en va de même pour l'exemplaire commandant Kretov ! »

Arseniev commença à dire quelque chose, mais sa voix se perdit dans le rugissement du moteur qu'on emballait à nouveau. Le chasse-neige se trouvait tout près de la fenêtre maintenant. Sa lame montait et retombait comme une guillotine. Souvorine vit Kretov aux commandes, qui se passait un doigt en travers de la gorge. L'avertisseur retentit. Souvorine leur adressa un geste d'impatience et leur tourna le dos.

« Répétez, colonel. »

Mais la ligne avait été coupée, et tous ses efforts pour la récupérer échouèrent.

Et c'est ce son que Souvorine garda ensuite dans les oreilles, alors qu'il se tenait assis, coincé sur le strapontin du chasse-neige qui tressautait à travers bois : le bourdonnement froid et implacable d'un numéro impossible à joindre.

CHAPITRE 28

La neige tombait moins dru et il faisait beaucoup plus froid ; la température avait dû chuter à – 3 °C ou – 4 °C. Kelso remonta sa capuche et marcha aussi vite qu'il put vers l'extrémité de la clairière. Devant lui, sous les arbres, ses boulettes de papier jaune s'épanouissaient tous les cinquante mètres sur la neige, telles des fleurs hivernales.

Il n'avait pas été facile de sortir de la cabane. Lorsqu'il avait annoncé qu'ils avaient besoin de retourner à la voiture (« Juste pour récupérer du matériel, camarade », s'était-il empressé d'ajouter), le Russe l'avait examiné d'un air tellement soupçonneux qu'il avait failli renoncer. Mais il avait réussi à soutenir son regard et, après un dernier coup d'œil inquisiteur, avait eu droit à un petit signe d'assentiment. Mais même après cela, O'Brian avait continué à traîner (« Tu sais, on pourrait prendre encore quelques images... ») jusqu'à ce que Kelso le saisisse sans ménagement par le coude et l'entraîne vers la porte. Le Russe les avait regardés partir, en tirant sur sa pipe.

Kelso entendait O'Brian trébucher derrière lui, le souffle court, mais il ne s'arrêta pour l'attendre que lorsqu'ils furent hors de vue de la cabane.

O'Brian demanda : « Tu as le cahier ? »

Kelso tapota le devant de sa veste. « Là.

— Oh, bien joué », commenta l'Américain. Il exécuta une petite danse victorieuse dans la neige. « Bon Dieu, quel reportage, pas vrai ? C'est le coup du siècle !

— Le coup du siècle », répéta Kelso. Mais il n'avait qu'une envie : s'éloigner. Il reprit sa marche, plus pressé que jamais, les jambes douloureuses à force de s'enfoncer dans la neige.

Ils atteignirent le sentier et découvrirent la Toyota une centaine de mètres plus loin, couverte d'une couche blanche et mouillée de trois bons centimètres, plus épaisse même à l'arrière qui se trouvait face au vent. Ils s'aperçurent en approchant que la neige commençait à se cristalliser en glace. La voiture penchait toujours vers l'avant, les pneus arrière touchant à peine la neige, et il leur fallut un moment pour repérer les dommages. Le Russe avait tiré trois balles. L'une avait pulvérisé le verrou du coffre. Une autre avait ouvert la portière côté conducteur. Une troisième avait traversé le capot du moteur, sans doute pour faire taire l'alarme.

« Quel fils de pute ! se lamenta O'Brian en contemplant les vilains trous. Une bagnole à quarante mille dollars... »

Il se glissa derrière le volant, mit la clé de contact et tourna. Rien. Pas même un déclic.

« Pas étonnant qu'il nous ait laissés revenir ici, commenta tranquillement Kelso. Il savait que nous n'irions nulle part. »

O'Brian avait repris une expression soucieuse. Il parvint à s'extraire de son siège et s'enfonça dans la neige pour gagner péniblement le coffre. Il souleva alors le hayon et laissa échapper un soupir de soulagement, son souffle formant une petite colonne de buée dans l'air glacé.

« Bon, Dieu merci, on dirait qu'il n'a pas abîmé l'Inmarsat. C'est déjà quelque chose. » Il regarda autour de lui en fronçant les sourcils.

« Quoi maintenant ? demanda Kelso.

— Les arbres, marmonna O'Brian.

— *Les arbres ?*

— Ouais. Le satellite ne se trouve pas exactement au-dessus de nous, tu te rappelles ? Il est au-dessus de l'Equateur. Ici, c'est le Grand Nord, alors il faut qu'on incline l'antenne sur un angle très bas pour envoyer le signal. Et les arbres, eh bien, s'ils sont trop près, eh bien... ils bouchent un peu le passage, quoi. » Il se tourna vers Kelso, et celui-ci se retint pour ne pas lui sauter dessus : pour ne pas effacer définitivement le sourire nerveux et embarrassé de cette grosse figure séduisante et stupide. « On va avoir besoin d'espace, Fluke. Désolé.

— D'espace ? »

Oui, d'espace. Ils allaient devoir retourner à la clairière.

O'Brian insista pour qu'ils prennent avec eux le reste de l'équipement. N'était-ce pas après tout ce que Kelso avait annoncé au Russe qu'ils allaient faire ? Ils ne voulaient surtout pas lui donner des soupçons, si ? Et puis O'Brian n'était certainement pas prêt à abandonner pour cent mille dollars de matériel électronique dans une Toyota bousillée au milieu de nulle part. Il n'était pas question de perdre tout cela de vue.

Ils rebroussèrent donc péniblement chemin, O'Brian devant avec l'Inmarsat, la plus grosse des valises et la batterie de la Toyota enveloppée dans une feuille de plastique noir et coincée sous son bras. Kelso portait, lui, le boîtier de la caméra et la machine de traitement de texte, et faisait de son mieux pour ne pas rester en arrière, mais il avait du mal. Ses bras le tiraient. La neige semblait l'aspirer. Bientôt, O'Brian s'enfonça dans les bois et disparut complètement alors que Kelso dut s'arrêter pour faire passer cette saloperie de traitement de texte d'une main dans l'autre. Il transpirait et jurait. En revenant à travers les arbres, il trébucha sur une racine dissimulée par la neige et tomba à genoux.

Lorsqu'il atteignit la clairière, O'Brian avait déjà branché son antenne satellite sur la batterie et s'efforçait de l'orienter dans la bonne direction. La trajectoire de l'antenne pointait directement sur la cime enneigée de certains conifères éloignés d'une cinquantaine de mètres, et l'Américain était courbé au-dessus, la mâchoire serrée par l'inquiétude, une boussole dans une main tandis que de l'autre il appuyait sur des touches. La neige s'était pratiquement interrompue, et l'air glacé semblait prendre une teinte bleutée. Derrière lui, se dessinant contre l'ombre des arbres, se dressait la cabane de bois gris, d'une immobilité absolue, apparemment déserte si l'on faisait abstraction du ruban de fumée qui s'élevait de son étroite cheminée métallique.

Kelso laissa tomber sa charge et se plia en avant, mains sur les genoux, pour essayer de retrouver son souffle.

« Quelque chose ? demanda-t-il.

— Rien. »

Kelso grogna.

C'est jamais que du cirque...

« Si ce truc ne marche pas, commenta-t-il, on est ici pour un moment. On va rester coincés ici jusqu'au mois d'avril sans rien d'autre à faire que d'écouter des extraits des *Œuvres complètes* de Staline. »

C'était une perspective tellement terrifiante qu'il se mit à rire, imité, pour la deuxième fois de la journée, par O'Brian.

« Putain de merde, lâcha-t-il enfin, ce qu'on ne ferait pas pour la gloire. »

Mais il ne rit pas longtemps, et la machine continua de se taire.

Et c'est dans ce silence que, trente secondes plus tard, Kelso crut à nouveau entendre un léger bruit d'eau. « La Dvina, je crois... »

Il était difficile de le distinguer du bruissement du vent dans les arbres. Mais c'était plus continu que le bruit du vent, plus profond aussi, et cela semblait provenir de derrière la cabane.

« On va voir », décréta O'Brian. Il défit les pinces-crocodile des pôles de la batterie et entreprit de rouler rapidement le câble. « C'est logique, quand on y réfléchit. Ce doit être comme ça qu'il se déplace. En bateau. »

Kelso reprit ses deux valises, mais O'Brian l'arrêta. « Fais attention, Fluke.

— Quoi ?

— Les pièges. Tu te souviens ? Il en a mis partout dans ce bois. »

Kelso se figea, les yeux rivés au sol, ne sachant plus que faire. Il revoyait le jet de neige, le claquement des dents de métal. Mais il se dit aussi qu'il ne servait à rien de s'inquiéter de ça, de la même façon qu'ils ne pourraient éviter de passer devant la porte de la cabane. Il attendit que O'Brian eût terminé de ranger l'Inmarsat, puis ils se mirent en marche ensemble, avançant à pas lourds.

Kelso sentait la présence du Russe partout maintenant : à la fenêtre de sa petite cabane, dans l'espace ménagé en dessous, derrière la pile de bûches dressée contre le mur du fond, dans le gros tonneau à eau humide et couvert de mousse, et dans l'obscurité des arbres tout proches. Il imaginait le fusil pointé sur son dos et prenait affreusement conscience de la fragilité de son épiderme, de sa vulnérabilité de bébé.

Ils atteignirent l'orée de la clairière et suivirent le périmètre de la forêt. Des sous-bois denses. Des troncs pourris, renversés. De gros champignons blancs évoquant d'étranges visages fondus. Et, de temps en temps, au loin, un gros craquement indiquant que le vent avait tourné et faisait dégringoler des masses de neige gelée. Il était bien difficile de voir quoi que ce soit au-delà de sa propre main. Ils ne parvenaient pas à trouver de sentier. Il n'y avait rien d'autre à faire que de s'enfoncer entre les arbres.

O'Brian passa le premier et eut la tache la plus difficile avec ses deux grosses valises et la batterie, obligé de tordre son corps massif de côté pour se faufiler le long de gouffres étroits, passant tantôt par la droite, tantôt par la gauche, plongeant abruptement, sans une main libre pour se protéger le visage des branches basses. Kelso essaya de suivre ses traces. Il ne lui fallut guère plus d'une dizaine de pas pour prendre conscience que la forêt se refermait sur eux comme une porte massive.

Ils trébuchèrent pendant quelques minutes dans la pénombre. Kelso aurait voulu s'arrêter pour faire passer la machine à traitement de texte dans l'autre main, mais il n'osait pas perdre de vue le dos de son compagnon, et bientôt, il ne pensait plus à rien d'autre qu'à la douleur dans son épaule gauche et à l'acidité qui lui rongeait les poumons. Des filets de sueur et de neige mêlées lui coulaient dans les yeux, brouillaient sa vision ; il essayait de lever un bras pour s'essuyer le front avec sa manche humide quand O'Brian poussa un cri et tituba en avant.

Et soudain — ce fut un peu comme de passer à travers un mur —, les arbres s'écartèrent et ils se retrouvèrent en pleine lumière, debout au bord d'une rive pentue qui s'enfonçait dans un courant tumultueux d'eau gris jaune et large d'au moins quatre cents mètres.

C'était un spectacle impressionnant, une œuvre divine, assurément, et les deux hommes, un peu comme s'ils venaient de découvrir une cathédrale en pleine jungle, demeurèrent un moment silencieux. Puis O'Brian posa ses valises, sa batterie, et sortit sa boussole. Il la montra à Kelso. Ils se trouvaient sur la rive nord de la Dvina, et étaient orientés presque exactement plein sud.

Dix mètres plus bas, à une centaine de mètres sur la gauche, un petit bateau avait été remonté au sec et abrité sous une bâche vert sombre. Il semblait bien qu'on l'avait rangé là pour l'hiver, ce qui, songea Kelso, paraissait assez logique étant donné que la glace commençait déjà à s'étendre au bord de l'eau, en une plaque d'une dizaine, voire d'une quinzaine de mètres qui paraissait s'élargir alors même qu'il la regardait.

Une même bande bordait l'autre rive, puis la ligne sombre des arbres reprenait possession des lieux. Kelso leva ses jumelles et inspecta le paysage pour essayer d'y trouver des traces d'habitation, mais il n'en vit aucune. Il n'y avait qu'une nature sombre et inhospitalière. Une forêt désertique.

Il abaissa ses jumelles. « Tu vas appeler qui ?

— L'Amérique. Et puis je leur dirai d'appeler le bureau de Moscou. » O'Brian avait déjà ouvert le boîtier de l'Inmarsat et assemblait la parabole. Il avait ôté ses gants et, dans le froid intense, ses mains semblaient à vif. « Quand la nuit va-t-elle tomber ? »

Kelso consulta sa montre. « Il est près de cinq heures, maintenant, dit-il. Peut-être dans une heure.

— Okay, soyons réalistes. Même si la batterie arrive à faire marcher ce truc, que j'obtiens les Etats-Unis et qu'ils nous envoient des secours... on est coincés ici pour la nuit. A moins d'entreprendre quelque chose de radical.

— C'est-à-dire ?

— On prend le bateau.

— Tu lui piquerais son bateau ?

— Je l'emprunterais, sans problème. » Il s'accroupit et sortit la batterie de son emballage, évitant soigneusement le regard de Kelso. « Oh, allez, me regarde pas comme ça. Où est le mal ? Il n'en aura pas besoin avant le printemps, de toute façon... pas si la température continue de chuter comme ça. Ce fleuve sera gelé dans moins de deux jours. Et puis il a bousillé notre voiture, non ? Alors on va se servir de son bateau. C'est normal.

— Et tu sais faire marcher un bateau ?

— Je sais faire marcher un bateau. Je sais faire marcher une caméra. Je sais faire des images qui volent dans les airs ; je suis Superman, mec. Mais oui, je sais piloter un bateau. On y va.

— Et lui ? Tu crois qu'il va rester là, bras croisés, pendant qu'on lui pique sa barque ? Qu'il nous fera au revoir, sur la rive ? » Kelso tourna la tête vers le chemin qu'ils avaient pris pour venir. « Tu te rends compte qu'il est probablement en train de nous observer ?

— D'accord. Alors tu vas l'occuper pendant que je prépare tout.

— Ah, merci bien, s'exclama Kelso. Vraiment, je te remercie, c'est trop sympa.

— Au moins, moi, j'essaie d'avoir des idées. Qu'est-ce que tu proposes ? »

Kelso dut reconnaître qu'il marquait un point.

Il hésita, puis braqua ses jumelles sur le bateau.

C'était donc ainsi que le Russe survivait, par ce moyen qu'il faisait d'occasionnelles incursions dans la civilisation. C'est avec ce bateau qu'il allait se procurer du pétrole pour sa lampe, du tabac pour sa pipe, des munitions pour ses armes, des piles pour sa radio. Avec quoi les achetait-il ? Faisait-il du troc avec les bêtes qu'il tirait ou prenait au piège ? Ou bien le campement monté dans les années cinquante recélait-il un trésor — l'or du NKVD — sur lequel ils avaient tous vécu depuis lors ?

Le bateau était dissimulé dans un petit creux, protégé du fleuve par un rideau d'arbres bas. On ne pouvait donc le voir depuis le fleuve. C'était une robuste embarcation, qui pouvait transporter, au besoin, quatre personnes. Elle était dressée sur la quille, maintenue par des rondins à bâbord et à tribord. Une protubérance à la poupe suggérait un moteur hors-bord. Si c'était le cas, et si O'Brian parvenait à le faire marcher, ils pourraient être à Arkhangelsk en deux heures — probablement moins avec le courant rapide et l'embouchure du fleuve qui allait en se rétrécissant.

Il pensa aux croix dans le cimetière, aux dates, aux visages effacés.

Il ne semblait pas que beaucoup de gens eussent jamais pu quitter cet endroit.

Cela valait la peine d'essayer.

« D'accord, concéda-t-il à contrecœur. On n'a qu'à le tenter.

— Voilà qui est raisonnable. »

Il repartit donc dans les bois, laissant O'Brian orienter son antenne par-delà la Dvina. Il n'était pas allé bien loin lorsqu'il perçut le son aigu et réconfortant de l'Inmarsat captant enfin son satellite.

* * *

Le chasse-neige avançait vite maintenant, à environ 60 km/h sur la piste, projetant un grand arc blanc qui partait s'écraser de chaque côté, sur les arbres. Kretov conduisait. Ses hommes s'entassaient contre lui, leurs armes sur les genoux. Souvorine s'accrochait aux supports métalliques du strapontin, à l'arrière de la cabine, le canon du RP46 lui rentrant dans la cuisse, les vibrations et les émanations de diesel le rendant nauséeux. Il s'émerveilla de ce que tant de complexité eût soudain envahi sa vie, et médita nerveusement le bien-fondé du vieux proverbe russe : « Nous naissons dans un champ dégagé et mourons dans une forêt obscure. »

Il avait eu tout loisir de réfléchir dans la mesure où aucun de ses trois compagnons ne lui avait adressé la parole depuis qu'ils avaient quitté l'aérodrome. Ils se passaient des chewing-gum et des cigarettes TU-144, et discutaient à voix basse, de sorte qu'il ne pouvait rien entendre avec le vacarme du moteur. Un trio qui se connaissait bien, pensa Souvorine : de toute évidence une association qui avait une histoire. Quelle avait été leur dernière affectation ? Grozny, peut-être, pour apporter la paix de Moscou aux rebelles tchétchènes ? (« *Les tireurs terroristes sont tous morts sur place...* ») Auquel cas cette affaire n'était pour eux qu'une vraie partie de plaisir. Un pique-nique dans les bois. Et qui leur donnait des ordres ? « *Devinez...* »

Blague signée Arseniev.

Il faisait chaud dans la cabine. L'unique essuie-glace effaçait les empreintes de neige avec une régularité soporifique. Il essaya de s'écarter de la mitrailleuse.

Serafima le tannait depuis des mois pour qu'il quitte son service et commence à gagner de l'argent. Son père connaissait quelqu'un à la direction d'un gros consortium privatisé spécialisé dans l'énergie (eh bien, disons simplement, mon cher Felix, que — comment dire ? — certaines faveurs sont encore dues). Et ça rapporterait combien, papa, exactement ? Dix fois son salaire officiel avec dix fois moins de travail. Qu'ils aillent tous se faire voir, à Iassenevo. Il était peut-être temps.

Une grosse voix masculine se mit à cracher dans la radio. Souvorine se pencha en avant. Il n'arrivait pas à comprendre exactement ce qu'elle disait. On aurait dit des coordonnées. Kretov tenait le micro dans une main, conduisant de l'autre, tendant le cou pour examiner la carte sur les genoux de son voisin et regardant la route. « Oui, oui, pas de problèmes. » Il raccrocha.

« Qu'est-ce que c'était ? demanda Souvorine.

— Ah ! s'exclama Kretov, jouant la surprise. Vous êtes toujours là. Tu as vu ça, Alexeï ? » Il s'agissait de l'homme à la carte. Puis, à l'adresse de Souvorine : « C'était la station d'écoute du lac Onega. Ils viennent d'intercepter une transmission satellite. »

« Vingt-cinq kilomètres, mon commandant. C'est juste sur le fleuve.

— Vous voyez ? fit Kretov en souriant à Souvorine dans le rétroviseur. Qu'est-ce que je vous avais dit ? Tout le monde à la maison avant la tombée de la nuit. »

CHAPITRE 29

Kelso sortit des bois et se dirigea vers la cabane. La neige avait gelé en surface et formait une mince croûte ; le vent avait forci et soulevait à travers la clairière de petites tornades de flocons. Le mince ruban de fumée brune qui s'élevait de la cheminée en fer dansait et sautait dans la bise.

« *Quand on s'approche de Lui, le faire ouvertement.* » Tel était le conseil de la servante. « *Il déteste qu'on arrive sans bruit près de Lui. Quand il faut frapper à une porte, frapper fort.* »

Kelso fit de son mieux pour faire résonner ses bottes en caoutchouc sur les marches de bois, puis il cogna vigoureusement sur la porte avec son poing ganté. Il n'y eut pas de réponse.

Que faire ?

Il frappa encore, attendit, puis souleva la clenche et poussa la porte. Immédiatement, l'odeur maintenant familière, froide, proche, *animale*, ajoutée aux relents de vieille pipe, le submergea.

La cabane était vide. Le fusil avait disparu. Il semblait que le Russe avait travaillé devant sa table : il avait disposé dessus des papiers et deux gros crayons.

Kelso resta un instant dans l'encadrement de la porte, les yeux rivés sur les papiers, essayant de déterminer ce qu'il convenait de faire. Il regarda par-dessus son épaule. Il n'y avait pas signe de mouvement dans la clairière. Le Russe se trouvait probablement au bord de la rivière, en train d'espionner O'Brian. C'était leur seul avantage tactique : comme ils étaient deux et que lui était tout seul, il ne pouvait les surveiller tous les deux en même temps.

L'historien s'approcha avec hésitation de la table. Il n'avait l'intention que de jeter un coup d'œil, pas plus d'une minute ou deux, et cela ne lui prit sans doute pas beaucoup plus ; juste le temps de faire courir ses doigts sur cet amoncellement.

Deux passeports, rouges, rigides, quinze centimètres sur dix, avec un lion imprimé sur la couverture, et les mots PASS et NORGE, délivrés à Bergen, en 1968 : un jeune couple, tous deux semblables : cheveux longs, blonds, style hippies, la fille plutôt jolie dans le genre délavé ; il ne retint pas leur nom ; entrés en URSS par Leningrad, en juin 1969...

Des papiers d'identité, à l'ancienne, soviétiques, trois hommes différents : le premier, un jeune type à grandes oreilles portant des lunettes, un étudiant visiblement ; le deuxième, âgé d'une soixantaine d'années, buriné, sûr de lui, peut-être un marin ; le troisième, sale, des yeux globuleux, apparemment un gitan ou un vagabond ; les noms se mélangeaient...

Et enfin une pile de feuillets constituée, en fait, comme il put s'en rendre compte en les compulsant rapidement, de six documents distincts de cinq ou six pages chacun, agrafées ensemble et rédigées au crayon ou à l'encre avec des écritures différentes — l'une bien nette, l'autre hésitante, cette autre encore désordonnée, affolée — mais portant toujours, en haut de la première page, en lettres cyrilliques soigneusement tracées, le même mot : *Confession.*

Kelso sentait l'air glacé qui venait de la porte ouverte lui hérisser les cheveux sur la nuque.

Il replaça soigneusement la pile et s'en écarta, les mains légèrement levées comme pour se protéger. Une fois sur le seuil, il se retourna et trébucha sur les marches. Il s'assit alors sur les planches délavées et leva ses jumelles pour scruter le tour de la clairière. Il s'aperçut qu'il tremblait.

Il demeura ainsi une ou deux minutes, cherchant à recouvrer son calme. Il lui vint à l'esprit que ce qu'il devait faire (la décision calme, logique et pondérée que prendrait tout historien sérieux refusant de sauter sur la première conclusion hystérique venue) était de retourner dans la cabane pour prendre les noms, qu'il pourrait vérifier plus tard.

Donc, lorsqu'il se fut assuré pour la vingtième fois qu'il n'y avait pas âme qui vive dans les bois environnants, il se leva et franchit à nouveau la porte basse. La première chose qu'il vit fut le fusil appuyé contre le mur, la seconde fut le Russe, assis à la table, parfaitement immobile et qui l'observait.

D'après son secrétaire, « *il possédait à un degré très développé le don du silence, et cela le rendait unique dans un pays où tout le monde parle beaucoup trop...* »

Il était toujours en grand uniforme, toujours en manteau et képi. L'étoile d'or de l'ordre des Héros de l'Union soviétique brillait, épinglée au revers de son manteau, à la lumière terne de la lampe à pétrole.

Comment avait-il fait ?

Kelso se mit à bredouiller dans le silence. « Camarade... vous... je suis surpris... je... vous cherchais... Je voulais... » Il se débattit avec la fermeture à glissière de son anorak et lui tendit la serviette. « Je voulais vous rendre les papiers de votre mère, Anna Mikhaïlovna Safanova... »

Le temps s'étira. Trente secondes s'écoulèrent, puis une minute, avant que le Russe ne prononce doucement « c'est bien, camarade », puis inscrive une note sur la feuille de papier posée devant lui. Il montra la table, et Kelso s'avança d'un pas pour déposer la serviette dessus, comme une offrande destinée à apaiser un dieu irritable et vengeur.

Un autre silence interminable s'ensuivit.

« Le capitalisme, déclara enfin le Russe en posant son bout de crayon et en prenant sa pipe, c'est le vol organisé. Et l'impérialisme est la pire forme du capitalisme. Il s'ensuit donc que les impérialistes sont les plus grands voleurs de l'humanité. Un impérialiste n'hésitera pas à voler des papiers à quelqu'un. Oh, sans problème ! Il vous prendra votre dernier kopeck dans votre poche ! Ou il volera un bateau, hein, camarade ? »

Il fit un clin d'œil à Kelso et continua de le dévisager pendant qu'il craquait une allumette et tirait sur sa pipe, soulevant des gerbes de flammes et de fumée.

« Fermez la porte, je vous prie, camarade. »

Il commençait à faire sombre.

Si nous devons passer la nuit ici, se dit Kelso, nous ne partirons plus jamais.

Mais qu'est-ce que foutait O'Brian ?

« Maintenant, reprit le Russe, et c'est la question décisive, camarade : comment se protéger de ces capitalistes, de ces impérialistes, de ces voleurs ? Et nous dirons que la réponse à cette question décisive se doit d'être tout aussi décisive. (Il éteignit l'allumette d'une secousse et se pencha en avant.) Nous ne pouvons nous protéger de ces capitalistes, de ces impérialistes, de ces voleurs puants et rampants de toute l'humanité qu'en observant la vigilance la plus féroce. Prenez les deux Norvégiens par exemple, avec leurs sourires de serpent, qui rampaient sur leur ventre grouillant de vers dans les fourrés et demandaient "des renseignements, camarade", s'il vous plaît ! Venus "marcher pour les vacances", s'il vous plaît ! »

Il brandit leurs deux passeports ouverts devant le visage de Kelso, qui aperçut à nouveau fugitivement les deux jeunes gens, le garçon portant un bandeau psychédélique autour du front...

« Serions-nous de tels imbéciles, demanda-t-il, de tels primitifs arriérés, que nous ne saurions pas reconnaître un espion de l'impérialisme capitaliste, un voleur qui se glisserait parmi nous ? Non, camarade, nous ne sommes pas de ces primitifs arriérés ! Et à ces gens, nous donnons une bonne leçon des réalités socialistes. J'ai leurs confessions écrites devant moi : ils niaient au début, mais ils ont fini par tout avouer à la fin, et il n'y a rien d'autre à dire sur eux. Ils sont exactement ce que Lénine avait prédit qu'ils deviendraient : de la poussière sur le fumier de l'histoire. Inutile aussi de dire quoi que ce soit sur lui ! » Il agita une liasse de papiers d'identité — ceux du vieux buriné. « Ni sur lui ! Ni sur lui ! » Les visages des victimes défilaient fugitivement. « Ça, s'écria-t-il, c'est la réponse décisive à la question décisive que nous posent tous les capitalistes, impérialistes et voleurs puants ! »

Il recula sur son siège, bras croisés, un sourire sinistre sur les lèvres.

Le fusil était presque à portée de main de Kelso, mais il ne fit pas un geste pour le prendre. Il pouvait très bien n'être pas chargé. Et même s'il était chargé, il ne saurait pas s'en servir. Et même s'il tirait, il savait qu'il ne parviendrait jamais à toucher le Russe : c'était une force surnaturelle. A un moment il était devant vous, l'instant d'après il était derrière ; il se trouvait dans les bois et, tout à coup, il était là, assis derrière sa table, en train d'étudier sa collection de confessions, ajoutant quelques notes par-ci par-là.

« Mais le pire, de loin, décréta le Russe au bout de quelques minutes, c'est le fléau du déviationnisme de droite. » Il ralluma sa pipe en en suçotant bruyamment le tuyau. « Et là, Goloub a été le premier.

— Goloub a été le premier », répéta Kelso d'un ton neutre.

Il se rappela la rangée de croix : T. I. Goloub, le visage rayé, mort le quelque chose novembre 1961.

Il se dit alors que l'essence de la réussite de Staline était en fait très simple, et partait d'une constatation qui se résumait en sept petits mots : *les gens ont peur de la mort.*

« Goloub a été le premier à succomber aux tendances classiques conciliationnistes du déviationnisme de droite. Bien sûr, je n'étais qu'un enfant à l'époque, mais ses jérémiades résonnent encore à mes oreilles : “Oh, camarades, on dit au village que le corps du camarade Staline a été retiré de la place qui lui revient, à côté de Lénine ! Oh, camarades, qu'allons-nous faire ? C'est sans espoir, camarades ! Ils vont venir et tous nous tuer ! Il est temps de renoncer !”

« Avez-vous déjà vu des pêcheurs quand un orage se prépare sur un grand fleuve ? J'en ai vu bien souvent. Face à l'orage, il y en a qui vont rassembler toutes leurs forces, s'encourager les uns les autres et sortir pour affronter la tempête : “Haut les cœurs, les gars, accrochez-vous à la barre, prenez les vagues par le travers et on s'en sortira !” Mais il y a aussi une autre sorte de pêcheurs... ceux qui, sentant l'orage, perdent tout courage, pleurnichent et sapent le moral de leurs compagnons : “Quelle horreur, un orage se prépare : couchez-vous dans le fond du bateau et fermez les yeux, les gars. Espérons que nous arriverons tout seuls à la rive.” »

Le Russe cracha par terre.

« Le soir même, Tchijikov l'a emmené dans la partie la plus sombre de la forêt et, au matin, il y avait une croix et c'en était fini de Goloub et des pleurnicheries des déviationnistes de droite ; même sa veuve, la vieille taupe, ne l'a plus ouverte après ça. Alors, pendant quelques années, le travail a continué avec assiduité autour de nos quatre slogans : le slogan du *combat contre le défaitisme et l'autosatisfaction,* le slogan de *la lutte pour l'autosuffisance,* le slogan selon lequel *l'autocritique constructive est le fondement de notre Parti,* et le slogan qui veut que *du feu sort l'acier.* Et c'est alors que le sabotage a commencé.

— Ah, fit Kelso. Le sabotage, bien sûr.

— Ça a commencé par l'empoisonnement des esturgeons.

C'était peu de temps après le procès des espions étrangers. A la fin de l'été. Nous sommes sortis un matin, et ils étaient là, tous ces ventres blancs qui flottaient dans la rivière. Et un nombre incalculable de fois, nous avons découvert que les appâts avaient disparu des pièges sans qu'un animal se soit pris dedans. Les champignons s'étaient ratatinés, immangeables — pas même un *poud*[1] à ramasser de toute l'année —, et ça non plus ne s'était jamais produit auparavant. Même les baies qui bordent le chemin sur deux verstes avaient disparu avant qu'on puisse les cueillir. J'ai discuté de cette crise avec le camarade Tchijikov, confidentiellement — j'étais plus âgé à ce moment-là, vous comprenez, et capable de donner un coup de main —, et son analyse était exactement la même que la mienne : il s'agissait d'un cas classique de vandalisme trotskiste. Enfin, on a surpris Iejov avec une lampe torche, sorti dehors après le couvre-feu : le porc, l'affaire était claire. Et ça (il brandit une épaisse liasse de feuillets couverts d'une écriture serrée, à peine lisible, et les frappa sur la table), c'est sa confession ; vous voyez, là, c'est son écriture... comment il recevait au moyen d'une lampe torche des signaux d'un complice avec qui il avait pris contact en allant à la pêche.

— Et Iejov... ?

— Sa femme s'est pendue. Ils avaient un enfant. (Il détourna les yeux.) Je ne sais pas ce qu'il est devenu. Ils sont tous morts à présent, bien sûr, même Tchijikov. »

Nouveau silence. Kelso se sentait comme Schéhérazade : tant qu'il pourrait continuer de discuter, il y avait une chance. La mort réside dans les silences.

« Le camarade Tchijikov, commença-t-il, ce devait être... (il faillit ajouter « un monstre »)... un homme formidable ?

— Un travailleur de choc, renchérit le Russe. Un stakhanoviste, un soldat et un chasseur, un expert du Parti, et un théoricien hors pair. (Il avait les yeux mi-clos. Sa voix n'était plus qu'un murmure.) Oh, et qu'est-ce qu'il a pu me battre, camarade. Il m'a battu et battu encore, jusqu'à ce que je pleure du sang. Il avait reçu des instructions pour ça de la part des plus hautes instances du pays : "Il faut lui donner une bonne raclée de temps en temps !" Et c'est lui qui m'a fait.

1. Mesure agraire équivalent à 16,38 kg.

— Quand le camarade Tchijikov est-il mort ?

— Il y a deux hivers. Il était devenu maladroit et à moitié aveugle. Il a marché dans un de ses propres pièges. La blessure a viré au noir. Sa jambe a viré au noir et s'est mise à puer comme de la viande avariée. Il avait le délire. Il enrageait. A la fin, il nous a suppliés de le laisser passer une nuit dehors, dans la neige. Il a crevé comme un chien.

— Et sa femme ? Elle est morte peu de temps après ?

— Dans la semaine qui a suivi.

— Elle devait être comme une mère pour vous ?

— C'est vrai. Mais elle était vieille. Elle ne pouvait plus travailler. Cela a été difficile de devoir faire ça... mais ça valait mieux.

« *Il n'a jamais aimé un être humain de sa vie,* disait un camarade d'école, Iremachvili. *Il était incapable d'éprouver de la pitié pour un homme ou pour une bête, et je ne l'ai jamais vu pleurer...* »

Difficile...

Ça valait mieux...

Il ouvrit un œil jaune.

« Vous êtes nerveux, camarade. Ça se voit. »

Kelso se sentait la gorge sèche. Il regarda sa montre. « Je me demandais ce que mon collègue a pu devenir... »

Il y avait maintenant plus d'une demi-heure qu'il avait laissé O'Brian sur la rive.

« Le Yankee ? Suivez mon conseil, camarade. Ne vous fiez pas à lui. Vous verrez. »

Il lui adressa un nouveau clin d'œil, posa un doigt sur ses lèvres et se leva. Il traversa alors la cabane avec une rapidité et une agilité extraordinaires — de la grâce pure : un, deux, trois pas, sans que la semelle de ses bottes parût jamais en contact avec le plancher —, puis ouvrit la porte d'un coup, révélant la présence de O'Brian.

Plus tard, Kelso aurait le loisir de se demander ce qui aurait pu arriver. La scène aurait-elle pu tourner à la plaisanterie macabre ? (« *Vos oreilles doivent battre comme des volets, par ce froid, camarade !* ») Ou O'Brian aurait-il été le prochain étranger dans cet Etat stalinien miniature à devoir signer une confession ?

Mais il était impossible de dire ce qui aurait pu arriver parce que, en réalité, le Russe tira soudain O'Brian sans ménagement à l'intérieur de la cabane puis se dressa seul devant la porte ouverte, la tête penchée de côté, les narines dilatées, humant l'air, l'oreille aux aguets.

* * *

Souvorine ne remarqua même pas la fumée. Ce fut le commandant Kretov qui la repéra.

Il freina et prit sa direction, passa le chasse-neige en première et parcourut encore deux cents mètres avant d'arriver à l'entrée du sentier. Un peu plus loin, le contour blanc et net du toit de la Toyota formait une tache claire contre l'ombre des arbres.

Kretov s'arrêta, fit une courte marche arrière et laissa tourner tranquillement le moteur pendant qu'il scrutait le chemin devant eux. Puis il tourna le volant, et le gros véhicule se remit en route, quittant la piste pour prendre le sentier, déblayant un passage jusqu'à la voiture vide. Là il coupa le moteur et, pendant quelques instants, Souvorine eut à nouveau conscience de ce silence surnaturel.

Il demanda : « Commandant, quels sont vos ordres, exactement ? »

Kretov était en train d'ouvrir la portière. « Mes ordres sont du pur bon sens russe. "Remettre le bouchon sur la bouteille en le coinçant le plus loin possible." » Il sauta avec agilité dans la neige et se retourna pour prendre son AK-74. Il fourra un chargeur supplémentaire dans sa veste et vérifia son pistolet.

« Et c'est ça, le plus loin possible ?

— Restez ici et gardez votre cul au chaud, d'accord ? On ne sera pas longs.

— Je refuse de participer à quoi que ce soit d'illégal », lança Souvorine. Les mots sonnèrent ridiculement guindés et officiels, même à ses propres oreilles, et Kretov n'y prêta aucune attention. Il commençait déjà à s'éloigner avec ses hommes. « Les Occidentaux au moins, cria Souvorine derrière eux, qu'il ne leur soit fait aucun mal ! »

Il resta immobile pendant quelques secondes, regardant les soldats se déployer sur le sentier. Puis, avec un juron, il poussa le siège avant et se glissa vers la portière. La cabine était beaucoup plus haute qu'il ne s'y attendait par rapport au sol. Il sauta et se sentit soudain retenu en arrière. Un bruit de déchirure se fit entendre. La doublure de son manteau s'était accrochée sur un bout de métal. Il jura à nouveau et se dégagea.

Il était difficile de ne pas se laisser distancer par les trois autres. Ils étaient entraînés et pas lui. Ils avaient des bottes de l'armée, et lui des chaussures de cuir. Il avait du mal à marcher dans la neige, et il ne les aurait jamais rattrapés s'ils ne s'étaient arrêtés pour inspecter quelque chose, au bord du sentier.

Kretov lissa la feuille de papier jaune froissée et la retourna. Il n'y avait rien dessus. Il en fit une nouvelle boulette qu'il laissa tomber à terre. Il introduisit alors un petit écouteur miniature, couleur chair et semblable à un appareil auditif, dans son oreille droite. Puis il tira de sa poche une cagoule de ski noire et l'enfila. Les autres firent de même. Kretov esquissa un mouvement du tranchant de sa main gantée en direction de la forêt, et ils se remirent en route : Kretov en tête, son fusil d'assaut en avant, se tournant alternativement à droite et à gauche, prêt à arroser les arbres d'une rafale de balles ; puis un soldat, puis l'autre, chacun d'eux observant la même étroite surveillance alentour, leurs visages semblables à des crânes sous les cagoules ; et enfin Souvorine, en tenue civile, glissant, trébuchant, en tous points ridicule.

* * *

Calmement, le Russe referma la porte et prit son fusil. Il tira une caisse en bois de sous la table et remplit ses poches de munitions. Toujours sans se presser, il roula le tapis, souleva la trappe et sauta, tel un chat, dans l'espace.

« Nous sommes pour la paix et soutenons la cause de la paix, dit-il. Mais nous n'avons pas peur de la trahison et sommes prêts à rendre coup pour coup aux fauteurs de guerre. Ceux qui tentent de s'attaquer à nous vont recevoir une bonne leçon, pour leur apprendre à ne pas venir mettre leur sale groin de porc dans notre jardin soviétique. Remettez le tapis en place, camarades. »

Il disparut en refermant la trappe derrière lui.

O'Brian contempla, bouche bée, le plancher, puis regarda Kelso.

« Qu'est-ce que c'est que ce bordel... ?

— Mais, merde, qu'est-ce que tu foutais ? » Kelso saisit la

serviette et la remit dans son anorak. « Ne t'occupe pas de lui, dit-il en replaçant le tapis. Mais dépêchons-nous de sortir d'ici. »

Mais avant que l'un ou l'autre ait pu faire un geste, un crâne apparut à la fenêtre de la cabane — deux trous pour les yeux et une fente pour la bouche. Une botte cogna contre le bois. La porte vola en éclats.

On les colla, brutalement, contre le mur de planches, et Kelso sentit le froid du métal s'enfoncer dans sa nuque. O'Brian ne réagit pas assez vite à l'ordre donné, aussi lui cogna-t-on le front contre les planches, pour lui apprendre les bonnes manières et lui inculquer un peu de russe.

On leur lia étroitement les poignets derrière le dos avec du filin de plastique.

Un homme demanda d'une voix brusque : « Où est l'autre ? » Il leva l'extrémité de son arme.

« Sous le plancher ! cria O'Brian. Dis-leur, Fluke, qu'il est sous ce putain de plancher !

— Il est sous le plancher », fit en russe une voix distinguée que Kelso pensa reconnaître.

De grosses bottes arpentèrent le plancher de bois. Tournant la tête, Kelso vit l'un des hommes masqués aller au bout de la cabane, pointer son arme vers le sol et tirer tranquillement. Le bruit assourdissant dans un espace si confiné lui fit fermer les yeux, et, lorsqu'il les rouvrit, l'homme marchait à reculons, tirant en rangs serrés sur le plancher, son arme tressautant dans sa main comme une perceuse pneumatique. Des éclats de bois jaillissaient, ricochaient, et Kelso sentit quelque chose lui heurter la nuque, juste sous l'oreille. Du sang se mit à lui couler dans le cou. Il se tourna de l'autre côté et pressa la joue contre le mur. Le bruit s'arrêta. Il y eut un cliquetis pendant qu'on introduisait un nouveau chargeur, puis le vacarme reprit avant de s'interrompre à nouveau. Quelque chose s'écrasa sur le sol. Une odeur de poudre lui remplit les narines. Une fumée âcre l'obligea à se frotter les yeux, et lorsqu'il put à nouveau ouvrir les paupières, il reconnut l'espion blondinet de Moscou. Qui secouait la tête avec dégoût.

L'homme qui avait tiré repoussa d'un coup de pied le tapis en lambeaux et souleva la trappe. Il braqua une torche électrique sur le nuage de poussière qui jaillissait du trou, puis descendit dedans et disparut. Ils l'entendirent se déplacer sous leurs pieds. Au bout de trente secondes, il réapparut à la porte de la cabane et retira sa cagoule.

« Il y a un tunnel. Il s'est tiré. »

Il sortit un pistolet qu'il donna au blondinet.

« Surveillez-les. »

Puis il fit signe aux deux autres, qui le suivirent à pas lourds dans la neige.

CHAPITRE 30

Souvorine se sentait mouillé. Il baissa les yeux et remarqua qu'il se tenait dans une mare de neige fondue. Son pantalon était trempé. De même que le bas de son pardessus. Un fragment de doublure de soie effiloché traînait par terre. Quant à ses chaussures... ses chaussures étaient complètement détrempées et éraflées... elles étaient *fichues*.

L'un des deux hommes attachés — le journaliste : O'Brian, c'était bien comme ça qu'il s'appelait, non ? — commença à se retourner en disant quelque chose.

« La ferme ! » aboya Souvorine, furieux. Il défit le cran de sûreté et agita son arme. « Taisez-vous et face au mur ! »

Il s'assit devant la table et passa sa manche humide sur son visage.

Complètement *fichues*...

Il remarqua Staline, qui le dévisageait. Il saisit la photo encadrée de sa main libre et la pencha vers la lumière. Elle était signée. Et c'était quoi, tout le reste ? Des passeports, des papiers d'identité, une pipe, de vieux 78 tours, une enveloppe contenant une mèche de cheveux... On aurait dit que quelqu'un avait essayé d'invoquer des esprits. Il renversa la mèche de cheveux dans sa main et les frotta entre le pouce et l'index. Les brins étaient secs, gris, épais, comme des soies de porc. Il les laissa tomber puis s'essuya les mains sur son manteau. Alors il posa le pistolet sur la table et se frotta les yeux.

« Asseyez-vous, dit-il d'une voix lasse. Qu'est-ce que ça peut faire ? »

Dehors, dans la forêt, de longues rafales de fusils d'assaut crépitaient.

« Vous savez, dit-il tristement à Kelso, vous auriez vraiment dû prendre cet avion. »

« Que va-t-il se passer, maintenant ? » demanda l'Anglais.

Ils avaient visiblement du mal à s'asseoir convenablement et se tenaient agenouillés près du mur. Le poêle s'était éteint et il commençait à faire très froid. Souvorine avait sorti l'un des disques de sa pochette en papier et l'avait posé sur la platine du vieux gramophone.

« C'est une surprise, annonça-t-il.

— Je suis membre accrédité du corps de presse international... », commença O'Brian.

Le tac-a-tac d'un tir rapide fut ponctué par une détonation plus forte.

« L'ambassadeur américain... », reprit O'Brian.

Souvorine remonta très vite la manivelle du gramophone — n'importe quoi pour couvrir le bruit qui venait du dehors — et posa l'aiguille sur le disque. Dans une tempête de crachotements, un tout petit orchestre entama un air trembloté.

Nouveaux bruits de fusillade. Quelqu'un hurlait au loin, dans les arbres. Deux détonations suivirent, coup sur coup. Les hurlements cessèrent et O'Brian se mit à gémir : « Ils vont nous tuer, ils vont nous tuer aussi ! » Il tira sur son filin de plastique pour essayer de se lever, mais Souvorine posa la pointe de sa chaussure mouillée sur la poitrine de l'Américain et le repoussa doucement.

« Essayons au moins d'agir en hommes civilisés », dit-il en anglais.

Ce n'est pas non plus ce que j'avais rêvé, avait-il envie d'ajouter. Je peux vous assurer qu'il n'entrait en aucun cas dans mes rêves d'avenir de me retrouver dans le taudis nauséabond d'un dément et de traquer celui-ci comme un animal. Honnêtement, je crois que vous pourriez me trouver plutôt agréable, en d'autres circonstances.

Il fit un effort pour suivre le mouvement de la musique, cherchant à conduire l'orchestre avec l'index, mais il ne parvint pas à trouver le moindre rythme. Le morceau semblait sans queue ni tête.

« Vous auriez mieux fait de venir avec une armée, commenta

l'Anglais, parce que à trois contre un, là-dedans, ils n'ont aucune chance.

— C'est ridicule, assura Souvorine avec patriotisme. Ils font partie des Forces spéciales. Ils vont l'avoir. Et puis, si cela s'avère nécessaire, oui, on enverra une armée.

— Pourquoi ?

— Parce que je travaille pour des hommes qui ont peur, docteur Kelso, certains d'entre eux étant juste assez vieux pour avoir touché de près le camarade Staline. » Il plissa le front en regardant le gramophone : quel boucan. On aurait dit des hurlements de chiens. « Savez-vous comment Lénine a appelé le tsarévitch quand les bolcheviks ont décidé du destin de la famille impériale ? Il a qualifié l'enfant d'"étendard vivant". Et Lénine a ajouté qu'il n'y avait qu'une seule façon d'agir avec un étendard vivant. »

Kelso secoua la tête. « Vous ne comprenez pas ce type. Croyez-moi (vous devriez le voir), c'est un fou dangereux. Il a probablement tué une bonne demi-douzaine de personnes au cours des trente dernières années. Il n'est l'étendard de personne. Il est juste fou à lier.

— Jirinovski a dit que tout le monde était fou, vous vous souvenez ? Sa politique étrangère envers les Etats baltes était d'enfouir des déchets nucléaires tout le long de la frontière lituanienne et d'envoyer toutes les nuits, grâce à des ventilateurs géants, des nuages de poussière contaminée sur Vilnius. Il a quand même obtenu 23 % des voix aux élections de quatre-vingt-treize. »

Souvorine ne put supporter plus longtemps cette musique étrange et bestiale. Il souleva l'aiguille.

Ils entendirent un coup de feu isolé.

Souvorine retint son souffle pour attendre la salve qui ne manquerait pas de suivre.

« Peut-être, fit-il sur un ton dubitatif, après un très long moment, que je devrais quand même faire venir cette armée... »

« Il y a des pièges, le prévint Kelso.

— Quoi ? »

Souvorine se trouvait à l'entrée de la cabane et essayait de fouiller la pénombre du regard. Il se retourna. Il leur avait passé une cordelette autour des poignets et les avait attachés au poêle refroidi.

« Il a posé des pièges. Faites attention où vous mettez les pieds.

— Merci. » Souvorine planta le pied sur la première marche. « Je reviens. »

Son plan — et il pensa que c'était le terme juste, qui sonnait bien : son plan — était de retourner au chasse-neige et de se servir de la radio pour demander des renforts. Il se dirigea donc vers l'entrée de la clairière, seul repère dont il disposait. Il y avait là de belles empreintes à suivre, même s'il commençait à faire sombre. Il devait se trouver à la moitié du sentier quand il sentit l'explosion avant même de l'entendre, une grosse masse de neige se précipitant à travers bois sous l'effet de l'onde de choc. Des cascades de cristaux tombèrent des plus hautes branches et rebondirent dans l'espace, laissant dans l'air de minuscules nuages de particules en suspens, semblables à des bouffées de bruine.

Il fit volte-face, étreignant son arme à deux mains, visant inutilement la direction d'où venait l'explosion.

C'est alors qu'il se laissa gagner par la panique et se mit à courir, silhouette comique, pareille à une marionnette désarticulée. Il s'efforçait en effet de lever les genoux le plus haut possible pour éviter de se laisser engluer par la neige trop collante. Sa respiration formait comme des sanglots dans sa gorge.

Il se concentrait tellement sur sa course qu'il faillit trébucher sur le premier corps.

Il s'agissait de l'un des soldats. Il s'était pris dans un piège — un piège énorme : un piège à ours peut-être —, si gros et si tendu que les dents métalliques étaient entrées dans l'os, juste au-dessus du genou. Il y avait beaucoup de sang tout autour, maculant la neige écrasée, du sang qui provenait de la jambe déchiquetée, mais aussi d'une grosse blessure à la tête qui béait, au dos de sa cagoule tricotée, comme une seconde bouche.

Le cadavre de l'autre soldat se trouvait à quelques pas. Contrairement au premier corps, il gisait sur le dos, bras étendus, jambes formant un 4 parfait. Il avait une mare de sang sur la poitrine.

Souvorine posa son arme, retira ses gants et vérifia le pouls des deux hommes, bien qu'il sût que cela ne servait à rien, écartant les couches de vêtements pour tâter leur poignet chaud encore mais déjà sans vie.

Comment avait-il pu les avoir tous les deux ?

Il regarda autour de lui.

Probablement comme ça : il avait dû poser un piège sur le sentier, enfoui sous la neige, et les avait attirés dedans. Le premier soldat était passé à côté, mais le second avait été happé, d'où le hurlement. Le premier s'était alors retourné pour lui venir en aide, mais avait trouvé leur proie derrière eux ; voilà l'astuce : ils ne s'y attendaient sûrement pas. C'est donc comme ça qu'il s'était pris une décharge en pleine poitrine, puis le second avait été tranquillement exécuté, façon bourreau, d'une balle tirée à bout portant dans la nuque. Enfin, il s'était emparé de leurs AK-74.

Mais de quel genre de créature s'agissait-il ?

Souvorine s'agenouilla près de la tête du premier soldat et lui retira sa cagoule. Il lui prit ensuite son écouteur et le pressa contre sa propre oreille. Il crut entendre quelque chose. Comme un bruissement. Il trouva le petit micro fixé à l'intérieur de la manche du mort, juste au-dessus de la main gauche.

« Kretov ? chuchota-t-il. Kretov ? » Mais la seule voix qu'il pu entendre était la sienne.

C'est alors que la fusillade reprit.

L'incendie faisait comme une aube rouge à travers les arbres, et lorsque Souvorine émergea sur le sentier, il sentit la chaleur du chasse-neige en flammes à plus de cent mètres de distance. Le réservoir d'essence avait dû exploser, et la fournaise avait fait fondre l'hiver tout autour. La machine flambait au cœur de son propre printemps calciné.

Des détonations sporadiques se faisaient entendre, mais ce n'était pas Kretov qui répliquait. Il s'agissait de boîtes de munitions qui explosaient dans la cabine. Kretov, lui, se tenait assis, plié en deux au milieu du chemin, à côté du RP46, aussi mort que ses compagnons. Il semblait qu'il avait été tué alors qu'il essayait de monter le fusil-mitrailleur. Il avait eu le temps de le fixer au bipied mais n'avait pu ouvrir la boîte de munitions.

Souvorine s'approcha de lui, le toucha au bras, et Kretov s'affaissa, ses yeux gris grands ouverts, une expression d'étonnement figée sur sa grande figure rose. Souvorine ne vit pas de blessure, enfin, pas tout de suite. Peut-être l'héroïque commandant des *Spetsnaz* était-il tout simplement mort de peur ?

Une nouvelle explosion lui fit lever les yeux en direction du feu, et il se vit soudain observé par le camarade Staline en grande tenue et képi de généralissime.

Le *Guensec* se trouvait un peu plus haut sur le sentier, debout devant le feu, la main gauche sur la hanche, la droite tenant un fusil presque nonchalamment, en travers de l'épaule. Son ombre paraissait longue par rapport à son torse ramassé. Elle vacillait et dansait sur la neige brûlée.

Souvorine crut qu'il allait s'étouffer de terreur. Ils se dévisagèrent. Puis Staline se mit en marche. C'était comme s'il avançait au pas vers Souvorine : rapidement, mais sans se presser, levant haut les bras devant sa poitrine massive, gauche-droite, gauche-droite. Ça a l'air de chauffer par là, camarade. Attendez, j'arrive !

Souvorine fouilla fébrilement dans sa poche, et se rappela qu'il avait laissé son arme sous les arbres, près des deux corps.

Gauche-droite ; gauche-droite, l'étendard vivant qui soulevait la neige à chaque pas...

Souvorine n'osa pas regarder un instant de plus. Il savait que sinon il ne pourrait plus bouger.

« Pourquoi ton regard est-il si fuyant, camarade ? lança la silhouette qui approchait. Pourquoi ne peux-tu regarder le camarade Staline dans les yeux ? »

Souvorine fit pivoter le canon du RP46, ses souvenirs le renvoyant vingt ans en arrière, à sa formation militaire obligatoire, lorsqu'il frissonnait sur un champ de tir paumé dans la banlieue de Vitebsk. *« Armez le fusil en tirant le levier d'armement en arrière. Tirez la base de la hausse en arrière et soulevez le couvre-culasse. Posez la bande, face ouverte en l'air, sur le plateau d'alimentation de sorte que la première cartouche soit en contact avec la butée, puis refermez le couvre-culasse. Pressez la détente et l'arme fera feu... »*

Il ferma les yeux et appuya de toutes ses forces sur la détente. Le fusil-mitrailleur bondit entre ses mains, envoyant deux bonnes douzaines de balles faucher les bouleaux sur vingt mètres. Lorsqu'il osa regarder à nouveau vers le sentier, le camarade Staline avait disparu.

Si les souvenirs de Souvorine ne le trompaient pas, la bande-chargeur du RP46 contenait deux cent cinquante cartouches, que le fusil crachait à un rythme d'environ six cents cartouches à la minute. Ainsi, vu qu'il en avait déjà tiré quelques-unes, il devait lui rester moins de trente secondes de puissance de feu pour couvrir 360 degrés de sentier et de forêt, avec la nuit qui tombait et une température qui ne manquerait pas de le tuer en moins de deux heures.

Il fallait qu'il sorte en terrain découvert, c'était évident. Il ne pouvait continuer ainsi à tourner et se retourner comme une chèvre attachée sur le territoire de chasse d'un tigre, en essayant de scruter l'obscurité des bois.

Il crut se souvenir de quelques cabanes abandonnées, tout au bout du sentier. Peut-être pourrait-il y trouver un abri. Il fallait qu'il puisse s'appuyer contre un mur, quelque part, il fallait qu'il puisse réfléchir.

Un loup hurla dans la forêt.

Il déboîta le fusil-mitrailleur de son bipied et hissa le long canon sur son épaule, la bande-chargeur pesant lourd sur son bras. Ses genoux vacillèrent sous la charge et ses pieds s'enfoncèrent plus profondément dans la neige.

Le hurlement se fit entendre à nouveau. Souvorine pensa qu'il ne s'agissait pas du tout d'un loup. C'était un homme ; le cri d'un homme triomphant : un cri sanguinaire.

Il entreprit de remonter le sentier, loin du chasse-neige en flammes, et il eut la sensation que quelqu'un marchait parallèlement à lui sous le couvert des arbres, avançant sans peine, se moquant de sa laborieuse tentative de fuite. On jouait avec lui, rien d'autre. On le laisserait arriver à quelques pas de sa destination, et puis on l'abattrait.

Il arriva cependant au bout du sentier, pénétra dans le campement abandonné et se dirigea vers la cabane de bois la plus proche. Il n'y avait plus de fenêtres, la porte avait disparu, il manquait la moitié du toit et la puanteur était difficilement supportable. Il posa le fusil et se tapit dans un coin, puis il traîna l'arme derrière lui, se cala contre le mur et pointa le canon vers la porte, le doigt sur la détente.

* * *

Kelso entendit la terrible explosion, les détonations, un long silence puis le crépitement sec et puissant d'une arme de plus gros calibre. O'Brian et lui s'étaient relevés à présent, essayant frénétiquement de trancher la corde qui les retenait à la cheminée du poêle. Chaque son en provenance de la forêt les incitait à des efforts plus désespérés. Le mince filet de plastique leur entrait dans la chair et le sang rendait leurs doigts glissants.

Il y avait du sang sur le Russe aussi lorsqu'il fit irruption dans la cabane. Il s'approcha d'eux en dégainant son couteau et Kelso vit le sang qui maculait son visage, sur le front et les joues, comme un chasseur qui s'est trempé les doigts dans la proie qu'il vient de tuer.

« Camarades, assura-t-il. Le succès nous étourdit. Il y en a trois de morts. Plus qu'un seul de vivant. Y en a-t-il d'autres ?

— D'autres vont arriver.

— Combien ?

— Cinquante, affirma Kelso. Cent. » Il tira sur la corde. « Camarade, il faut que nous quittions cet endroit ou bien ils nous tueront tous. Même vous, vous ne pourrez les arrêter tous. Ils vont envoyer une armée. »

* * *

D'après la montre de Souvorine, une quinzaine de minutes s'étaient écoulées.

La température chutait et l'obscurité tombait. Son corps commençait à trembler de froid, un tremblement violent et continu qu'il ne parvenait pas à maîtriser.

« Allez, murmura-t-il. Viens donc finir le travail. »

Mais personne ne vint.

La capacité du camarade Staline à réserver des surprises était décidément infinie.

* * *

Ce qui frappa ensuite l'oreille de Souvorine fut un cliquetis lointain, suivi d'un ronronnement.

Clic-vroum. Clic-vroum.

Qu'est-ce qu'il faisait à présent ?

Souvorine eut du mal à bouger. Le gel avait bloqué ses articulations et raidi ses vêtements mouillés. Il fut cependant debout à temps pour entendre les mystérieux déclics et ronronnements se muer soudain en crachements puis vrombissements de moteur.

Mais cela ne ressemblait pas à un moteur de voiture : non, un moteur de hors-bord plutôt...

Il resta un instant stupéfait, puis il comprit.

« *Vingt-cinq kilomètres, mon commandant. C'est juste sur le fleuve.* »

* * *

Bon, le RP46 était toujours aussi lourd, la neige toujours aussi impraticable, et il devait maintenant faire avec l'obscurité qui s'épaississait, mais il essaya. Il fit un bel effort.

« Salopard, salopard, salopard », psalmodia-t-il en courant, guidé, sur la cinquantaine de mètres de forêt qui séparaient le campement de pêcheurs déserté de la Dvina, par les vrombissements du moteur.

Il franchit la dernière haie de buissons et surgit au sommet de la rive abrupte qui s'enfonçait dans l'eau. Il s'avança en trébuchant le long du talus, vers l'amont. Du matériel électronique gisait, épars dans la neige. Une plaque de glace grise s'étendait au bord, puis l'eau noire se précipitait, hors d'atteinte et sur une étendue immense ; il ne voyait même pas les arbres sur la rive opposée. Déjà le canot se dirigeait vers le milieu du fleuve, puis il vira, projetant un grand arc d'écume blanche dans la nuit. Souvorine parvenait tout juste à distinguer trois silhouettes accroupies. L'une d'elles parut vouloir se redresser, mais une autre la retint.

Il tomba à genoux, posa le fusil-mitrailleur à terre et chercha maladroitement à refermer le couvre-culasse sur la bande-chargeur, qui se coinça aussitôt. Le temps qu'il la libère et soit prêt à tirer, le canot avait suivi le méandre du fleuve et n'était plus visible. Seul le bruit du moteur indiquait encore sa présence.

Souvorine lâcha l'arme et baissa la tête.

Près de lui, telle une sonde spatiale posée sur une planète hostile, une antenne parabolique était orientée au ras de la Dvina, vers l'horizon qui se dissipait. Une série de câbles reliait la parabole à une batterie de voiture, une autre la reliait à un petit boîtier gris sur lequel on pouvait lire : « Terminal portable de transmission audio et vidéo. » Pendant qu'il regardait, une rangée de dix zéros clignotèrent fugitivement sur un écran à affichage numérique, s'estompèrent puis s'éteignirent.

Accroupi sur la neige, Souvorine éprouva soudain une immense impression de vide, comme si une force malveillante avait jailli de cet endroit et s'était échappée à tout jamais, pareille à une comète semant les ténèbres derrière elle.

Pendant une trentaine de secondes, il écouta le son du moteur de hors-bord diminuer, et puis cela aussi s'évanouit et il se retrouva tout seul dans le silence absolu.

CHAPITRE 31

La silhouette que Souvorine avait vue essayer de se relever dans le bateau était celle de O'Brian (« *Mon matos !* s'écriait-il *Mes bandes !* ») et la silhouette qui l'avait retenue était celle de Kelso (« *Laisse tomber ton matos, et laisse tomber les bandes !* »). Durant un instant, l'embarcation tangua dangereusement et le Russe les insulta tous les deux. O'Brian gémit et finit par s'asseoir en se prenant la tête dans les mains.

Kelso ne parvint pas à repérer âme qui vive sur le bord tandis qu'ils s'éloignaient. Tout ce qu'il put voir fut l'embrasement du ciel au-dessus des conifères obscurs, là où quelque chose de volumineux brûlait férocement, puis, très vite, un méandre du fleuve lui cacha même cela et il n'eut plus conscience que de la vitesse, du vacarme du moteur et des rapides qui les emportaient à travers la forêt.

Tout lui apparaissait avec une grande clarté maintenant, les détails de sa vie ne comptant plus pour rien dans la mesure où tout se réduisait désormais à un seul et unique point : survivre. Et il lui semblait que la condition *sine qua non* était de mettre le plus de distance possible entre eux et cet endroit. Il ne savait pas combien d'hommes ils laissaient encore en vie derrière eux, mais il se dit que le mieux qu'ils puissent espérer serait qu'une expédition de secours ne se mette en route que le lendemain matin, le pire scénario étant que Blondinet ait pu lancer un appel radio et qu'Arkhangelsk soit déjà bouclé.

Il n'y avait ni eau ni nourriture dans le bateau, juste deux pagaies, un grappin, la valise du Russe, son fusil et un petit jerrycan qui sentait l'essence. L'obscurité était telle à présent qu'il dut approcher sa montre tout près des yeux pour voir l'heure. Il était six heures et demie passées. Il se pencha vers O'Brian et demanda : « A quelle heure tu as dis que le train de Moscou partait d'Arkhangelsk ? »

O'Brian leva juste assez la tête de son désespoir pour répondre : « Vingt heures dix. »

Kelso se tourna et cria pour couvrir le bruit du moteur et du vent : « Camarade, est-ce qu'on peut aller à Arkhangelsk ? » Il n'y eut pas de réponse. Il tapota sur sa montre. « Pourrions-nous être au centre d'Arkhangelsk dans une heure ? »

Le Russe ne parut pas avoir entendu. Il avait la main sur la barre et il regardait droit devant lui. Avec son col relevé et son képi enfoncé, il était impossible de deviner son expression. Kelso essaya de crier à nouveau, mais y renonça bientôt. Il songea que l'horreur avait pris une nouvelle forme dans la mesure où c'était à lui qu'ils devaient d'avoir la vie sauve, qu'il était maintenant leur allié, et que leur avenir était à la merci de son esprit insondable.

* * *

Ils se dirigeaient en gros vers le nord-ouest, et le froid les assaillait de toutes parts, le vent sibérien dans leur dos, l'eau glacée sous leurs pieds, le souffle de la vitesse sur leur visage. O'Brian restait peu loquace, inconsolable. La proue était équipée d'un phare, et Kelso se concentra sur ce chemin jaune et mouvant au milieu des remous noirs et visqueux qui commençaient à se solidifier.

Au bout d'une demi-heure, la neige se remit à tomber en gros flocons lumineux dans la nuit, comme une pluie de cendre. De temps à autre, quelque chose heurtait la coque, et Kelso repérait des blocs de glace qui dérivaient dans le courant. On aurait dit que l'hiver s'accrochait à eux, décidé à ne pas les laisser partir, et Kelso se demanda si c'était la peur qui expliquait le mutisme du Russe. Les assassins connaissaient la peur, comme n'importe qui, peut-être même plus que n'importe qui. Staline avait passé la moitié de sa vie dans la terreur : peur des avions, peur de se rendre au front, ne jamais rien manger qui n'eût été préalablement goûté par peur du poison, changer sans cesse de gardes, d'itinéraires, de lits. Quand on a assassiné tant de monde, on sait à quel point la mort vient facilement. Et il pensa qu'elle pourrait venir très facilement pour eux aussi. Ils pouvaient foncer dans un mur de glace alors que l'eau gelait derrière eux, et se trouver ainsi pris au piège ; la croûte de glace serait trop mince pour marcher dessus et ils mourraient, recouverts, par décence, d'un suaire de neige.

Il se demanda comment les autres réagiraient. Margaret... que dirait-elle quand elle apprendrait que le corps de son ex-mari avait été retrouvé en pleine forêt, à près de quinze cents kilomètres de Moscou ? Et ses fils ? Il lui importait de savoir ce qu'ils penseraient : il ne regretterait pas grand-chose, mais il regretterait ses garçons. Peut-être devrait-il essayer de leur griffonner un dernier message héroïque, tel le capitaine Scott en Antarctique : « Ces quelques mots et nos cadavres témoigneront... »

Il se dit qu'il n'avait peut-être pas aussi peur de mourir qu'il l'aurait cru, ce qui l'étonnait lui-même car il ne se connaissait guère de courage physique et pas de foi religieuse. Mais il aurait fallu être un véritable imbécile, n'est-ce pas ? pour avoir passé sa vie à étudier l'histoire sans avoir acquis au moins un certain recul par rapport à sa propre mortalité. Peut-être était-ce ce qui l'avait motivé, ce qui l'avait poussé pendant tant d'années à se consacrer aux morts du passé. Il n'y avait jamais réfléchi de cette façon.

Il essaya d'imaginer sa nécrologie : *« N'a jamais totalement satisfait aux espoirs de ses débuts... n'a jamais publié l'œuvre majeure dont on l'avait autrefois jugé capable... Les circonstances étranges de sa mort prématurée ne seront peut-être jamais complètement éclaircies... »* Les articles biographiques seraient peu ou prou les mêmes, et il connaissait chacun de leurs auteurs mesquins et opportunistes.

Le Russe mit encore un peu plus de gaz tout en marmonnant dans sa moustache.

* * *

Une autre demi-heure s'écoula. Kelso avait fermé les yeux, et c'est O'Brian qui le premier vit les lumières. Il donna un coup de coude à Kelso et tendit le doigt. Après une ou deux secondes, Kelso les vit aussi : de hautes lumières de signalisation fixées aux cheminées et aux grues de la grande usine de pâte à bois située sur la pointe, à la sortie de la ville. De nouvelles lumières commençaient à surgir de l'obscurité sur les deux rives, éclaircissant peu à peu le ciel nocturne devant eux. Qui sait, peut-être allaient-ils y arriver en fin de compte ?

Il avait les traits gelés. Il était difficile de parler.

« Tu as la carte d'Arkhangelsk ? » finit-il par demander.

O'Brian se tourna avec raideur. On aurait dit une statue de marbre qui s'animait et, dès qu'il remua, de petites plaques de neige gelée se brisèrent et tombèrent de son anorak pour s'écraser au fond du bateau. Il tira le plan de sa poche intérieure, et Kelso quitta la mince planche qui servait de banc, tomba à quatre pattes et s'avança maladroitement vers l'avant du bateau. Il approcha la carte de la lumière. La Dvina s'élargissait à l'entrée de la ville, et deux îles la scindaient en trois bras. Il fallait qu'ils prennent le plus au nord.

Il était huit heures moins le quart.

Il retourna vers l'arrière et parvint à crier « Camarade ! » Puis il montra tribord du revers de la main. Le Russe ne trahit nul signe qu'il avait compris, mais, une minute plus tard, lorsque la masse sombre de l'île émergea de la neige, il la dépassa par le nord. Kelso distingua bientôt une bouée rouillée et, au-delà, une rangée de lumières suspendues.

Il mit la main en pavillon contre l'oreille de O'Brian. « Le pont », expliqua-t-il. L'Américain baissa sa capuche et le fixa des yeux. « Le pont, répéta Kelso. Celui par lequel nous sommes arrivés ce matin. »

Il leva le bras, et, très vite, ils passèrent sous l'ouvrage, un double pont, moitié route, moitié voie ferrée : solide structure métallique d'où pendaient des stalactites de glace, dans une forte odeur d'égouts et de produits chimiques au son du martèlement des véhicules au-dessus. Et quand il se retourna, Kelso put voir les phares des voitures, très lentes dans la neige.

La forme familière de la capitainerie surgit devant eux à tribord, avec une jetée et des bateaux qui y étaient amarrés. Ils heurtèrent une pellicule de glace invisible qui projeta Kelso et O'Brian en avant. Le moteur cala. Le Russe le fit redémarrer et trouva un passage sans doute ménagé, plus tôt dans la soirée, par un bateau plus volumineux. La glace s'était reformée mais restait encore fine et cédait sous la pression de leur proue. Kelso regarda le Russe. Il s'était levé et examinait attentivement le couloir obscur, la main sur la barre pour les mener à bon port. Ils arrivèrent le long de la jetée et il mit le moteur en marche arrière pour ralentir, puis immobiliser l'embarcation. Il coupa enfin le moteur et sauta avec raideur sur la jetée de bois, une corde à la main.

O'Brian débarqua, suivi de Kelso. Ils piétinèrent les planches et se débarrassèrent de la neige qui les recouvrait, essayant de ramener la vie dans leurs membres engourdis. O'Brian commença à parler de chercher un hôtel, peut-être, d'appeler le bureau, mais Kelso l'interrompit.

« Pas d'hôtel. Tu m'écoutes ? Pas de bureau. Et pas de reportage non plus. On se tire d'ici. »

Il leur restait treize minutes pour prendre le train.

« Et lui ? »

O'Brian désigna le Russe d'un signe de tête. Celui-ci se tenait sagement derrière eux et les observait, sa valise à la main. Il avait l'air curieusement perdu, vulnérable même, maintenant qu'il n'était plus sur son territoire. Il comptait visiblement les accompagner.

« Nom de Dieu », marmonna Kelso. Il avait ouvert le plan et ne savait que faire. « On n'a qu'à y aller. » Il se mit à remonter la jetée en direction du quai. O'Brian le suivit.

« Tu as toujours le cahier ? »

Kelso frappa le devant de son anorak.

« Tu crois qu'il est armé ? » demanda encore O'Brian. Il jeta un coup d'œil en arrière. « Merde, il nous suit. »

Le Russe trottinait à une douzaine de pas derrière eux, fatigué et craintif, comme un chien égaré. Il semblait avoir laissé son fusil dans le bateau. Kelso se demanda ce qu'il pouvait bien avoir comme arme. Son couteau ? Il pressa autant qu'il put ses jambes raides.

« Mais on ne peut quand même pas le laisser...

— Oh que si », assura Kelso. Il réfléchit que O'Brian ne savait rien du couple norvégien ni des autres. « Je t'expliquerai plus tard. Mais tu peux me croire... on n'a aucune envie de l'avoir à côté de soi. »

Ils quittèrent la jetée presque au pas de course et débouchèrent dans la grande gare routière, devant la capitainerie — une morne étendue de neige, quelques lampes au sodium diffusant une triste lumière orangée pour éclairer les flocons de neige et personne alentour. Kelso prit vers le nord, glissant sur le verglas, s'accrochant à la carte. La gare se trouvait à un bon kilomètre et demi et ils n'arriveraient jamais à temps, pas à pied en tout cas. Il regarda autour de lui. Une Lada tassée, anonyme, couleur de sable, maculée de boue et de saleté, sortait lentement de la rue qui se trouvait sur leur droite. Kelso courut vers elle en agitant les bras. Dans toute la province russe, chaque voiture est un taxi potentiel, la plupart des conducteurs étant prêts à gagner quelques sous quand l'occasion se présente, et celui-ci ne fit pas exception. Il vint se ranger près d'eux dans une gerbe de neige sale tout en abaissant déjà sa vitre. Il semblait plutôt respectable, emmitouflé contre le froid ; un instituteur peut-être, ou un employé de bureau. Des yeux fatigués clignèrent en les regardant au travers de lunettes à montures épaisses. « Vous allez au concert ?

— Vous voulez bien nous rendre service et nous conduire à la gare ? demanda Kelso. Dix dollars américains pour vous si nous attrapons le train de Moscou. » Il ouvrit la portière du passager avant même de recevoir une réponse et abaissa le dossier du siège tout en poussant O'Brian sur la banquette. Puis, soudain, il prit conscience qu'ils avaient là une chance à saisir car le Russe, pris par surprise, était resté légèrement en arrière et avançait lentement dans la neige avec sa valise.

« Camarade ! » cria-t-il.

Kelso n'eut pas un instant d'hésitation. Il remit le dossier en place, s'engouffra dans la voiture et claqua la portière.

« Vous ne voulez pas..., commença le conducteur en regardant dans son rétroviseur.

— Non, assura Kelso. Roulez. »

La Lada démarra et il se retourna pour jeter un coup d'œil en arrière. Le Russe avait posé sa valise et les regardait partir, visiblement stupéfait, silhouette perdue dans la perspective toujours plus vaste de cette ville inconnue. Il diminua et se perdit dans la neige et la nuit.

« Je ne peux pas m'empêcher de plaindre ce pauvre type », commenta O'Brian, mais Kelso, lui, ne parvenait à ressentir que du soulagement.

« "La gratitude, fit-il en citant Staline, est une maladie de chien." »

* * *

La gare d'Arkhangelsk se trouvait au nord d'une grande place, juste en face d'un grand ensemble d'immeubles avec bouleaux courbés par le vent. O'Brian lança un billet de dix dollars au conducteur et ils pénétrèrent en courant dans la gare mal éclairée. Sept guichets de bois grillagés dont cinq fermés les attendaient, une immense queue s'allongeant devant les deux restés ouverts. Un bébé pleurait. Il y avait des étudiants, des routards, des militaires, des personnes de tous âges et de toutes races, des familles entières avec bagages de fortune — énormes cartons tenant avec de la ficelle — et des enfants qui couraient partout, glissant sur la neige fondue et sale.

O'Brian se fraya un chemin jusqu'à la tête de la première file, distribuant des dollars, jouant à l'Occidental : « Pardon madame, excusez-moi. Pardon, pardon. Laissez passer. Mille excuses. Il faut vraiment que je prenne ce train... »

Kelso eut l'impression de voir une fortune changer de mains — trois cents, peut-être quatre cents dollars, les murmures des personnes présentes — puis, moins d'une minute plus tard, O'Brian fendait à nouveau la foule en agitant une paire de billets et ils gravirent au pas de course l'escalier conduisant au quai.

S'ils devaient jamais être arrêtés, ce serait sûrement ici. Une bonne douzaine de miliciens montaient la garde, tous jeunes, tous portant leur képi en arrière, comme les soldats de l'Armée impériale qui partirent se battre en 1914. Ils regardèrent O'Brian et Kelso foncer à travers la gare, mais ce n'était rien de plus que le regard de franche curiosité que s'attiraient ici tous les étrangers. Ils n'esquissèrent pas un geste pour les arrêter.

L'alerte n'avait donc pas été donnée. *Celui qui conduit toute cette opération,* pensa Kelso en débouchant à l'air libre sur le quai, *doit nous croire déjà morts...*

On fermait les portes tout le long du grand train qui devait bien faire quatre cents mètres. Les lumières d'un jaune terne, la neige qui tombait, les amoureux qui s'embrassaient, les officiers qui traversaient rapidement le quai, une vilaine serviette à la main... Kelso se crut transporté soixante-dix ans en arrière, dans quelque tableau révolutionnaire. La gigantesque locomotive elle-même portait encore le marteau et la faucille soudés sur son flanc. Ils trouvèrent leur voiture, la troisième en partant de la locomotive, et Kelso garda la porte ouverte pendant que O'Brian traversait le quai à toute vitesse pour acheter de quoi manger à l'une des babouchki présentes. Elle avait une verrue grosse comme une noisette sur la joue. Il bourrait encore ses poches quand le coup de sifflet retentit.

Le train démarra si lentement qu'il semblait, au début, difficile de remarquer qu'il bougeait. Les gens avançaient le long du quai, tête baissée contre la neige, agitant leur mouchoir. D'autres continuaient de se tenir la main par les vitres baissées. Kelso eut soudain l'image d'Anna Safanova quittant ici sa mère, près de cinquante ans auparavant — « *J'embrasse ses joues si chères. Adieu ma mère, adieu mon enfance.* » — et, pour la première fois, il appréhenda réellement toute la tristesse, le déchirement de cette situation. Les gens qui marchaient le long du quai pressèrent le pas puis se mirent à courir. Il tendit la main et aida O'Brian à monter. Le train prit de la vitesse. La gare disparut.

CHAPITRE 32

Ils vacillèrent le long du couloir à moquette bleue jusqu'à ce qu'ils trouvent leur compartiment ; parmi les huit de la voiture, le leur se trouvait vers le milieu. O'Brian tira la porte coulissante en bois et ils se glissèrent à l'intérieur.

Ce n'était pas trop mal. Deux billets à mille roubles en classe « douce » vous valaient deux banquettes poussiéreuses rouges placées l'une en face de l'autre, un drap de nylon blanc, un matelas roulé et un oreiller soigneusement empilés sur chaque ; des parois de contreplaqué en imitation bois ; des lampes de chevet à abat-jour vert ; une petite table pliante ; un peu d'intimité.

Par la vitre, ils purent voir défiler les étais du pont de fer, mais lorsqu'ils eurent franchi la Dvina, il n'y eut plus rien de visible dans la tempête de neige que leur propre reflet dans la vitre : trempés, hagards, pas rasés. O'Brian tira les rideaux jaunes, déplia la tablette et posa la nourriture dessus — une miche de pain douteuse, du poisson séché, une saucisse, des sachets de thé — pendant que Kelso allait chercher de l'eau chaude.

Un samovar noirci trônait au bout du couloir, devant la cabine de l'employée des chemins de fer, *provodnitsa*[1] solide et taciturne qui faisait penser à une gardienne de camp dans son uniforme bleu-gris. Elle avait installé un petit miroir qui lui permettait de tout surveiller sans avoir à bouger de son tabouret. Il la vit le regarder pendant qu'il étudiait les horaires affichés

1. Contrôleuse-hôtesse.

sur le mur. Un voyage de plus de vingt heures les attendait, coupé de treize arrêts sans compter Moscou, qu'ils atteindraient juste après seize heures.

Vingt heures.

Quelles étaient leurs chances de tenir aussi longtemps ? Il essaya de faire un rapide calcul. En milieu de matinée au plus tard, Moscou saurait que l'opération dans la forêt avait échoué. Ils ne manqueraient pas alors d'arrêter le seul train à avoir quitté Arkhangelsk pour le fouiller. O'Brian et lui seraient peut-être plus avisés de descendre avant : à Sokol peut-être, qu'ils atteindraient vers sept heures du matin, ou, mieux encore, à Vologda (Vologda était une grande ville) ; oui, descendre à Vologda, trouver un hôtel et appeler l'ambassade américaine...

Il entendit une porte coulissante s'ouvrir derrière lui, et un homme d'affaires en costume bleu impeccable sortit de son compartiment pour aller aux toilettes. Kelso prit, par contraste, conscience de son allure bizarre (son gros anorak imperméable, ses bottes en caoutchouc) et il se dépêcha de remonter le couloir. Mieux valait se faire remarquer le moins possible. Il demanda deux tasses en plastique à la gardienne austère, les remplit d'eau bouillante et revint d'un pas mal assuré à leur compartiment couchettes.

Ils s'assirent l'un en face de l'autre, mâchant fermement leurs aliments rances et secs.

Kelso dit qu'à son avis ils feraient mieux de descendre du train assez tôt.

« Pourquoi ?

— Parce que je crois qu'il vaudrait mieux ne pas se faire prendre. Pas avant que des gens de chez nous sachent où on est. »

O'Brian mordit dans un bout de pain et médita un instant.

« Alors tu crois vraiment que... là-bas, dans la forêt... ils nous auraient descendus ?

— Oui, je le pense. »

O'Brian avait apparemment oublié sa panique. Il commença à discuter, mais Kelso l'interrompit avec impatience. « Réfléchis une seconde. Ça aurait pu être très facile. Il aurait suffi aux Russes de dire qu'on avait été pris en otages par une espèce de maniaque et qu'ils avaient envoyé une expédition pour nous délivrer. Il n'y avait plus qu'à faire en sorte que ce soit lui qui paraisse nous avoir tués.

— Mais personne n'aurait cru à une chose pareille...

— Bien sûr que si. Ce type est un psychopathe.

— Comment ça ?

— Oui, un psychopathe. C'est pour ça que je ne voulais pas l'emmener avec nous. La moitié des gens qui étaient dans le cimetière, c'est lui qui les y a mis. Et il y en a eu d'autres.

— D'autres ? » O'Brian avait cessé de manger.

« Au moins cinq. Un couple de jeunes Norvégiens, et trois pauvres mecs, des Russes qui avaient juste eu le malheur de passer par là. J'ai trouvé leurs papiers pendant que tu étais près du fleuve. Il les a tous forcés à confesser qu'ils étaient des espions, et puis il les a descendus. Je te dis que c'est un malade, grave. Je souhaite seulement de tout mon cœur ne plus jamais le voir. Tu devrais en faire autant. »

O'Brian semblait avoir du mal à avaler. Il avait des fragments de poisson coincés entre les dents. D'une voix très calme il demanda : « Qu'est-ce qui va lui arriver, d'après toi ?

— J'imagine qu'ils vont finir par le choper. Ils vont cerner Arkhangelsk et fouiller jusqu'à ce qu'ils le retrouvent. Et franchement, ce n'est pas moi qui m'y opposerai. Tu imagines ce que Mamantov et sa bande pourraient faire s'ils mettaient la main sur un type qui a la tête de Staline, qui parle comme Staline, et qui arrive avec la preuve qu'il est le fils de Staline ? Ils auraient de quoi s'en donner à cœur joie, non ? »

O'Brian s'était renversé sur son siège, les yeux fermés, les traits crispés, et Kelso éprouva en le regardant comme un début de malaise. Les événements s'étaient succédé à un tel rythme qu'il en avait oublié Mamantov. Son regard passa de O'Brian au porte-bagages métallique, où la serviette se trouvait toujours soigneusement enveloppée dans son anorak.

Il s'efforça de réfléchir, mais n'y parvint pas. Son esprit se dérobait. Il y avait trois jours qu'il n'avait pas dormi convenablement — la première nuit s'était passée à discuter avec Rapava, la deuxième s'était terminée dans les cellules du QG de la milice moscovite, et il avait passé la troisième dans la voiture, sur la route d'Arkhangelsk. L'épuisement le faisait défaillir. Il ne put rien faire d'autre que retirer ses grosses bottes et faire rapidement son lit.

« Je suis vanné, dit-il. On trouvera une solution demain matin. »

O'Brian ne répondit pas.

Par précaution toute relative, Kelso verrouilla la porte.

Une vingtaine de minutes s'écoulèrent avant que O'Brian ne se décide à bouger. Kelso avait alors tourné son visage contre le mur et dérivait entre éveil et sommeil. Il l'entendit délacer ses bottes, pousser un soupir et s'allonger sur la banquette. La lampe de chevet s'éteignit et le compartiment fut plongé dans l'obscurité, à l'exception de la veilleuse au néon bleu qui grésillait au-dessus de la porte.

Le train interminable oscillait lentement dans la neige en filant vers le sud, et Kelso dormit d'un sommeil agité. Les heures s'écoulaient et les bruits du voyage se mêlaient à ses mauvais rêves : les chuchotements animés des compartiments voisins ; le *slop, slop, slop* traînant des savates d'une babouchka qui remontait le couloir ; le son lointain, minuscule, d'une voix de femme dans un haut-parleur lorsqu'ils s'arrêtaient dans des gares perdues tout au long de la nuit — Niandoma, Konocha, Iertsevo, Vojega, Kharovsk — et les gens qui s'amassaient pour monter ou descendre du train ; la lumière blanche et crue des néons sur les quais, qui traversait les rideaux trop minces ; O'Brian s'agitant à un moment, se déplaçant dans la cabine.

Il n'entendit pas la porte s'ouvrir. Tout ce qu'il sentit, c'est quelque chose bruire dans la cabine pendant une fraction de seconde, puis une masse de chair se plaquer vigoureusement sur sa bouche. Ses yeux s'ouvrirent brusquement quand la pointe d'un couteau se posa sur sa gorge, à l'endroit où la chair du maxillaire inférieur rejoint la trachée artère. Il se débattit pour se redresser, mais la main l'en empêcha. Ses bras semblaient prisonniers du drap entortillé. Il ne parvenait à voir personne, mais une voix chuchotait tout contre son oreille, si près qu'il respirait l'humidité chaude d'un souffle : « Un camarade qui abandonne un camarade n'est qu'un chien puant de trouille, et un tel chien ne mérite qu'une mort de chien, *camarade*... »

Le couteau s'enfonça.

Kelso se réveilla en sursaut, un cri coincé dans la gorge, les yeux écarquillés, le mince drap bouchonné et serré entre ses mains trempées de sueur. Le compartiment qui oscillait doucement était vide au-dessus de lui, et la pénombre bleutée se teintait de gris. Il resta un instant immobile. Il entendait O'Brian respirer profondément, et, lorsqu'il finit par se retourner, il le vit, tête renversée, bouche ouverte, un bras pendant presque jusqu'au sol, l'autre posé en travers du front.

Il lui fallut encore deux bonnes minutes pour que sa panique s'apaise. Il leva le bras au-dessus de sa tête pour soulever un coin du rideau et regarder sa montre. Il se croyait encore au milieu de la nuit, mais il découvrit avec surprise qu'il était déjà sept heures passées. Il avait dormi pendant pratiquement neuf heures.

Il se souleva sur un coude et écarta un peu plus le rideau pour voir aussitôt la tête de Staline flotter vers lui, isolée dans l'aube pâle, au bord de cette voie ferrée. Elle arriva au niveau de la fenêtre puis s'éloigna rapidement.

Kelso resta devant la fenêtre, mais ne vit plus rien d'autre, juste la terre pelée au-delà des rails et le faible éclat des lignes électriques qui semblaient plonger et se soulever, plonger et se soulever entre les pylônes, au rythme du train qui avançait encore. Il ne neigeait pas ici, mais le ciel naissant présentait comme un vide froid et décoloré.

Il comprit alors que quelqu'un avait dû brandir un portrait. Brandir un portrait de Staline.

Il laissa retomber le rideau et balança d'une secousse ses jambes hors de la couchette. Doucement, afin de ne pas réveiller O'Brian, il enfila ses bottes en caoutchouc et ouvrit prudemment la porte sur le couloir désert. Il regarda des deux côtés : personne. Il ferma le loquet derrière lui et se dirigea vers l'arrière du train.

Il traversa une voiture vide identique à celle qu'il venait de quitter, sans cesser de jeter des coups d'œil sur le paysage qui défilait, puis la classe « douce » céda la place à la « dure ». Le train devenait soudain beaucoup plus peuplé : deux rangées de couchettes dans des compartiments ouverts d'un côté du couloir, une seule rangée dans le sens de la longueur de l'autre. Soixante personnes par voiture. Des bagages entassés partout. Des passagers assis, en train de bâiller, les yeux rouges. D'autres en train de ronfler, insensibles au réveil général. Des gens qui faisaient la queue devant les toilettes nauséabondes. Une mère qui changeait la couche sale de son bébé (il sentit l'odeur aigre des selles lactées en passant). Des fumeurs qui se pressaient devant les fenêtres ouvertes, tout au bout du wagon. Le parfum âcre du tabac sans filtre. La fraîcheur bienfaisante de l'air qui s'engouffrait.

Il traversa ainsi quatre voitures « dures » et se trouvait au seuil de la cinquième, ayant décidé que ce serait la dernière (il avait conclu qu'il s'était inquiété pour rien et qu'il devait avoir rêvé puisque la campagne était déserte), quand il vit un autre portrait. Ou plutôt, comme il ne tarda pas à s'en apercevoir, il vit deux portraits s'avancer vers lui, l'un de Staline, l'autre de Lénine, brandis par un couple de vieillards, l'homme bardé de médailles, qui se tenait sur un talus. Le train ralentissait pour l'entrée en gare, et Kelso les vit très distinctement : deux visages tannés, ridés, presque bruns, épuisés. Puis, deux secondes plus tard, il les vit se tourner, soudain rajeunis de plusieurs années, souriant et saluant quelqu'un qu'ils venaient de repérer dans la voiture où Kelso se préparait à entrer.

Le temps parut ralentir avec le train, comme dans un rêve. Une rangée de cheminots en veste matelassée, appuyés sur leurs pics et leurs pelles, levèrent leur poing ganté en signe de salut. La voiture s'assombrit lorsqu'elle s'approcha du quai. Kelso entendit de la musique, étouffée par le crissement métallique des freins : à nouveau le vieil hymne national soviétique...

Parti de Lénine !
Parti de Staline !

... et un petit orchestre en uniforme bleu pâle dériva devant la fenêtre.

Le train s'immobilisa dans un soupir de pneumatiques, et Kelso put lire une pancarte : VOLOGDA. Sur le quai, des gens lançaient des acclamations. D'autres accouraient.

Il ouvrit la porte de la voiture et là, juste en face de lui, à moins de douze pas, il trouva le Russe, endormi, toujours vêtu de l'uniforme de son père, sa valise hissée sur le porte-bagages au-dessus de sa tête. Les voyageurs s'étaient respectueusement écartés pour lui faire de la place, et l'observaient.

Le Russe commençait à se réveiller. Sa tête bougea. Il écarta quelque chose de sa figure d'un mouvement de la main et ouvrit brusquement les yeux. Voyant qu'on l'observait, il se redressa lentement, prudemment. Quelqu'un se mit à applaudir et tout le monde l'imita dans la voiture, puis sur le quai, où la foule s'agglutinait à la fenêtre pour voir. Le Russe regarda autour de lui, la lueur affolée se muant dans ses yeux en une expression de stupéfaction. Un homme lui adressa un signe de tête pour l'encourager. Il souriait et applaudissait. Le Russe lui rendit lentement son signe de tête, comme s'il commençait peu à peu à comprendre quelque rituel étranger, et il se mit lui aussi à applaudir, doucement, ce qui ne fit qu'accroître le volume des acclamations. Il hocha modestement la tête, et Kelso se dit qu'il avait dû passer trente ans à rêver à ce moment. Son expression semblait dire : *Vraiment, camarade, je suis comme vous — un homme simple, fruste même — mais si le fait de me vénérer peut vous faire plaisir...*

Il n'avait pas conscience du regard de Kelso sur lui ; l'historien n'était qu'un visage parmi les autres dans la foule. Au bout de quelques secondes, ce dernier fit demi-tour et dut se frayer un passage dans la bousculade pour repartir en sens inverse.

Son esprit était dans la plus totale confusion.

Le Russe avait dû monter dans le train à Arkhangelsk, une minute ou deux après eux... c'était concevable s'il les avait imités en hélant une voiture. Jusque-là, il pouvait comprendre.

Mais ça ?

Il se cogna contre une femme qui remontait avec peine le couloir, se débattant avec deux grands sacs, un drapeau rouge et un vieil appareil photo.

Il lui demanda : « Qu'est-ce qui se passe ?

— Vous n'avez pas entendu ? Le fils de Staline est parmi nous ! C'est un miracle ! » Elle ne pouvait s'arrêter de sourire. Elle avait des dents en métal.

« Mais comment le savez-vous ?

— C'était à la télévision, répondit-elle, comme si cela expliquait tout. Toute la nuit ! Et quand je me suis réveillée, il y avait toujours les images et on disait qu'on l'avait vu dans le train de Moscou ! »

Quelqu'un la poussa par-derrière et elle se cogna dans Kelso. Elle se retrouva tout près de son visage. Il essaya de se dégager, mais elle s'accrocha soudain à lui, le regardant droit dans les yeux.

« Mais vous, s'exclama-t-elle, vous savez déjà tout ça ! Vous étiez à la télé et vous disiez que c'était vrai ! » Elle l'entoura de ses gros bras. Ses sacs lui rentraient dans le dos. « Merci. Merci. C'est un miracle ! »

Il aperçut une lumière blanche, très vive, qui se déplaçait sur le quai, derrière la tête de la femme, et il se dépêcha de passer. Un projecteur de télévision. Des caméras de télévision. De gros micros gris. Des techniciens qui marchaient à reculons, se bousculant les uns les autres. Et, au milieu de cette mêlée, marchant vers sa destinée, parlant avec assurance parmi toute une phalange de gardes du corps en veste noire, il y avait Vladimir Mamantov.

Il fallut à Kelso plusieurs minutes pour réussir à fendre la foule. Lorsqu'il ouvrit la porte de leur compartiment, O'Brian lui tournait le dos et regardait par la fenêtre. Au bruit que fit Kelso en entrant, il fit volte-face, mains en l'air, paumes ouvertes : déjà coupable, contrit.

« Je ne savais vraiment pas que ça allait tourner comme ça, Fluke. Je te jure...

— Qu'est-ce que tu as fait ?

— Rien...

— *Qu'est-ce que tu as fait ?* »

O'Brian cilla et marmonna. « J'ai transmis le reportage.

— Tu as quoi ?

— J'ai transmis le reportage, répéta-t-il avec une nuance de défi cette fois-ci. Hier, au bord de l'eau, pendant que tu lui parlais dans la cabane. J'ai monté trois minutes quarante d'images, préparé un commentaire et j'ai converti tout ça en numérique pour l'envoyer par satellite. J'ai failli te le dire, hier soir, mais je n'ai pas voulu te mettre dans tous tes états.

— *Me mettre dans tous mes états ?*

— Allez, Fluke, je n'étais même pas sûr que le reportage soit bien passé. La batterie aurait pu lâcher. Le matériel aurait pu ne pas marcher... »

Kelso faisait un effort pour suivre tout ce qui arrivait, le Russe dans le train, l'excitation générale, Mamantov. Il remarqua qu'ils n'avaient toujours pas quitté Vologda.

« Ces images... à quelle heure ont-elles pu passer ici ?

— Vers vingt et une heures, peut-être.

— Et combien de fois sont-elles passées ? Quoi ? Souvent ? Toutes les heures ?

— J'imagine.

— Pendant onze heures alors ? Et sur d'autres chaînes aussi ? Est-ce qu'on les aura vendues aux chaînes russes ?

— On les a sûrement données aux Russes, à partir du moment où on y a cru. C'est de la bonne publicité, tu sais ? CNN les a certainement reprises. Sky. BBC World... »

Il ne pouvait s'empêcher d'avoir l'air satisfait.

« Et tu t'es aussi servi de mon interview, au sujet du cahier ? »

Les mains se levèrent à nouveau, sur la défensive.

« Oh, mais ça, je n'en sais rien du tout. Enfin, oui, bien sûr, ils avaient les images. Je les avais montées et expédiées avant de quitter Moscou.

— Espèce de petit saligaud irresponsable, articula lentement Kelso. Tu sais que Mamantov est dans le train ?

— Oui. Je viens juste de le voir. (Il lança un coup d'œil nerveux en direction de la fenêtre.) Je me demande ce qu'il fait là. »

Mais il y avait quelque chose dans sa façon de le dire, un ton un peu faux, une désinvolture feinte, qui figea Kelso. Après un long silence, il demanda, d'une voix calme : « Est-ce que c'est Mamantov qui t'a mis sur ce coup ? »

O'Brian hésita, et Kelso eut conscience de vaciller imperceptiblement, comme un boxeur près d'aller au tapis, ou un ivrogne.

« Bordel de Dieu, tu m'as complètement mené en bateau...

— Non, protesta l'Américain. Ce n'est pas vrai. D'accord, je reconnais que Mamantov m'a appelé une fois — je t'ai dit que je l'avais déjà rencontré. Mais tout le reste, trouver le cahier, monter jusqu'ici, tout ça c'est nous, je te le jure. Toi et moi. Je ne savais pas du tout ce qu'on allait trouver. »

Kelso ferma les yeux. Il était en plein cauchemar.

« Quand a-t-il appelé ?

— Tout au début. C'était juste un tuyau. Il n'a pas parlé de Staline ni de quoi que ce soit.

— Au tout début ?

— Le soir d'avant que je me pointe au symposium. Il m'a dit : “Allez donc à l'Institut du marxisme-léninisme avec votre caméra, monsieur O'Brian (tu sais comment il parle), trouvez le docteur Kelso et demandez-lui s'il veut faire une déclaration.”

C'est tout ce qu'il m'a dit. Il m'a raccroché au nez. Enfin, comme ses tuyaux sont toujours intéressants, j'y suis allé. Bon sang (il rit), pourquoi crois-tu que je serais allé là-bas sinon ? Pour filmer une bande d'historiens en train de parler des archives ? Tu me fais rire !

— Espèce de petit salaud irresponsable et hypocrite... »

Kelso avança d'un pas dans le compartiment, et O'Brian recula. Mais Kelso ne lui prêta aucune attention. Il avait mieux à faire. Il tira son anorak du porte-bagages.

« Qu'est-ce que tu fais ? demanda O'Brian.

— Ce que j'aurais fait dès le début si seulement j'avais su la vérité. Je vais détruire ce cahier de merde. »

Il sortit la serviette de la poche intérieure de la veste.

« Mais tu vas tout gâcher, protesta O'Brian. Pas de cahier, pas de preuve, pas de reportage. On va passer pour des cons.

— Tant mieux.

— Je ne suis pas sûr de pouvoir te laisser faire ça...

— Essaie donc de m'arrêter... »

La surprise du choc, tout autant que sa violence, le fit tomber. Le compartiment se renversa, et il se retrouva couché sur le dos.

« Ne m'oblige pas à te frapper encore, supplia O'Brian, penché au-dessus de lui. Je t'en prie, Fluke. Je t'aime bien, moi. »

Il tendit la main, mais Kelso roula sur lui-même. Il n'arrivait pas à reprendre son souffle. Il avait la figure dans la poussière. Il sentait sous ses mains les fortes vibrations de la locomotive. Il porta les doigts à sa bouche et se toucha la lèvre. Elle saignait un peu et il avait un goût salé dans la bouche. La locomotive s'emballa à nouveau, comme si le conducteur en avait assez d'attendre, pourtant le train ne bougeait toujours pas.

CHAPITRE 33

A Moscou, le colonel Iouri Arseniev se débattait maladroitement avec la technologie, un combiné téléphonique coincé entre son épaule et son oreille, et une télécommande de téléviseur entre ses mains replètes. Il le pointait sur le gros poste qui occupait un coin de son bureau et essayait désespérément de monter le son, déréglant d'abord la luminosité puis le contraste avant de pouvoir entendre ce que disait Mamantov.

« ... tout de suite pris l'avion à Moscou dès que j'ai appris la nouvelle. Je monte donc dans ce train pour offrir ma protection, et celle du mouvement Aurora, à ce personnage historique, et nous défions le grand usurpateur fasciste du Kremlin d'essayer de nous empêcher d'atteindre ensemble le siège passé et futur du pouvoir soviétique... »

Les douze dernières heures avaient déjà été riches en émotions pénibles pour le chef de la Direction générale du RT, mais celle-ci dépassait tout. D'abord, à vingt heures, le soir précédent, il avait reçu un appel affolé indiquant que le QG du *Spetsnaz* avait perdu toute communication avec Souvorine et ses hommes dans la forêt. Puis, une heure plus tard, on avait commencé à diffuser les premières images télévisées du dingue en train de délirer dans sa cabane (« *Telle est la loi du capitalisme : battre les faibles et les démunis. C'est la loi de la jungle du capitalisme...* »). La nouvelle que l'on avait vu l'homme dans le train de nuit de Moscou était parvenue à Iassenevo juste avant l'aube, et l'on avait rassemblé à la va-vite des unités de la milice et du MVD pour arrêter le train à Vologda. Et maintenant ceci !

Bon, liquider un type en pleine nuit dans des gares paumées comme Konocha ou Iertsevo, c'était une chose. Mais prendre un train d'assaut en plein jour, devant les médias, dans une grande ville comme Vologda avec V. P. Mamantov et ses sbires d'Aurora sous la main pour déclencher une bagarre... c'en était une tout autre.

Arseniev avait appelé le Kremlin.

Il entendait donc deux fois les phrases pesantes de Mamantov, une fois par la télévision de son bureau et une autre fois, avec une fraction de seconde de décalage, par le combiné de son téléphone, filtrées par la respiration difficile du dirigeant malade. En bruit de fond, à l'autre bout de la ligne, quelqu'un criait, puis il y eut des bruits de panique générale et de mouvements. Il entendit un tintement de verre, puis le son d'un liquide qu'on verse.

Oh, s'il vous plaît, pensa-t-il. *Pas de la vodka quand même. S'il vous plaît. Pas si tôt le matin...*

Sur l'écran, Mamantov s'était retourné et montait dans le train. Il saluait les caméras. L'orchestre jouait. Les gens applaudissaient.

Sainte Mère...

Arseniev sentait son cœur pétarader dans sa poitrine, ses bronches se contracter. Il lui devenait aussi difficile d'aspirer l'air dans ses poumons que d'aspirer de la boue avec une paille.

Il donna deux pressions sur son inhalateur.

« Non », grogna la voix familière à l'oreille d'Arseniev, puis la ligne fut coupée.

« Non », siffla Arseniev en faisant signe, rapidement, à Vissari Netto.

« Non », répéta Netto, qui était assis sur le canapé et tenait lui aussi un combiné téléphonique branché sur un circuit de protection militaire pour parler au responsable du MVD à Vologda. « Je répète, ne bougez pas. Retenez vos hommes. Laissez partir le train. »

« C'est la bonne décision, commenta Arseniev en raccrochant. Il aurait pu y avoir des coups de feu. Ça aurait fait mauvais effet. »

Faire bon effet, c'était tout ce qui importait à présent.

Pendant un moment, Arseniev ne dit rien tandis qu'il examinait, avec un malaise croissant, ce dernier embranchement dans la route de sa vie. Une voie, lui semblait-il, le conduisait à la retraite avec pension et datcha, l'autre à un renvoi presque certain, une enquête officielle pour tentative illégale d'assassinat et, très probablement, à la prison.

« Abandonnez toute l'opération », dit-il.

Le stylo de Netto commença à courir sur son calepin. Pareils à deux cerises dans de la pâte, profondément enfoncés dans leurs orbites charnues, les petits yeux d'Arseniev cillèrent précipitamment.

« Non, non, non, surtout pas ! N'écrivez rien de tout cela ! Contentez-vous de le faire. Arrêtez toute surveillance de l'appartement de Mamantov, abandonnez la protection de la fille, annulez tout.

— Et Arkhangelsk, mon colonel ? Nous avons toujours un avion qui attend le commandant Souvorine là-bas. »

Arseniev se tripota le cou pendant quelques secondes. Son esprit perpétuellement fertile commençait déjà à esquisser un communiqué anonyme à l'intention des médias étrangers : *« Rapports de fusillade dans la forêt d'Arkhangelsk... incident regrettable... un officier isolé a pris sur lui de... désobéir aux ordres les plus stricts... issue tragique... profondes excuses... »*

Pauvre Felix, songea-t-il.

« Qu'il rentre à Moscou. »

* * *

On aurait dit que le train avait été retenu trop longtemps, de sorte que, lorsque l'on desserra enfin les freins, il fit un bond en avant puis stoppa abruptement, projetant O'Brian, comme un battant de cloche, d'un côté, puis de l'autre du compartiment. La pochette lui échappa des mains.

Très lentement, avec craquements et gémissements, reprenant la même vitesse infinitésimale qu'au départ d'Arkhangelsk, la locomotive commença à les éloigner de Vologda. Kelso était toujours par terre.

« Pas de cahier, pas de preuve, pas de reportage... »

Il plongea vers la pochette et l'attrapa d'une main tout en accrochant de l'autre la poignée de la porte pour essayer de se relever. Mais il sentit O'Brian le saisir par les jambes pour tenter de le retenir. La poignée bougea, et la porte coulissa, lui permettant de sortir, tête la première sur la moquette du couloir, sans cesser de battre frénétiquement des talons pour faire lâcher prise à son assaillant. Il sentit avec satisfaction le caoutchouc rigide heurter la chair et le crâne, déclenchant un hurlement de douleur. La botte lui sortit du pied et il l'abandonna, comme un lézard renonce au bout de sa queue. Il courut alors dans le couloir, boitillant sur son pied en chaussette.

L'étroit passage était alors encombré de passagers inquiets de la classe « douce » (« *Vous avez entendu ?* » « *Est-ce que c'est vrai ?* ») et il était impossible de progresser rapidement. O'Brian le poursuivait. Kelso entendait ses cris. Au bout de la voiture, la vitre de la porte était baissée et il envisagea fugitivement de lancer la pochette sur les rails. Mais le train n'avait pas encore complètement quitté Vologda et avançait beaucoup trop lentement : le cahier risquait d'atterrir intact, serait même certainement retrouvé...

« Fluke ! »

Il pénétra en courant dans la voiture suivante et prit conscience trop tard qu'il fonçait vers les classes « dures », qu'occupaient Mamantov et ses sbires. D'ailleurs, l'un des hommes de Mamantov arrivait vers lui, poussant les gens sur son passage.

Kelso saisit la poignée de porte la plus proche. C'était fermé à clé. Mais la poignée suivante tourna, et il faillit tomber dans le compartiment vide avant de fermer fébrilement la porte derrière lui. La pénombre régnait à l'intérieur, les rideaux étaient tirés, les couchettes défaites et des relents de transpiration masculine froide flottaient dans l'air ; ceux qui avaient occupé la cabine étaient sans doute descendus à Vologda. Il essaya d'ouvrir la fenêtre, mais elle resta coincée. Le type d'Aurora martelait la porte de coups et lui criait d'ouvrir. La poignée s'agitait furieusement. Kelso ouvrit la pochette, en sortit le contenu, et commençait tout juste à y porter la flamme quand le loquet céda.

* * *

Les stores de l'appartement de Zinaïda Rapava étaient tirés. Les lumières étaient éteintes. L'écran de télévision clignotait dans un coin de son appartement minuscule comme un âtre froid et bleuté.

Un type en civil avait monté la garde toute la nuit sur le

palier, d'abord Bounine, puis quelqu'un d'autre, et une voiture de la milice était restée garée avec ostentation en face de l'entrée de l'immeuble. C'était Bounine qui lui avait conseillé de baisser les stores et de ne pas sortir. Elle n'aimait pas Bounine et elle savait qu'il le lui rendait bien. Quand elle lui avait demandé combien de temps elle devrait rester comme ça, il avait haussé les épaules. Etait-elle prisonnière, alors ? Il avait encore haussé les épaules.

Elle s'était recroquevillée en position fœtale sur son lit et était restée ainsi pendant près de vingt heures, à écouter les voisins rentrer du travail puis, pour certains, ressortir pour la soirée. Plus tard, elle les avait entendus se préparer à se coucher. Et elle avait découvert, allongée dans l'obscurité, que tant qu'elle gardait les yeux fixés sur quelque chose elle arrivait à ne pas voir son père : elle parvenait ainsi à occulter l'image de la silhouette mutilée sur le chariot. Elle avait donc regardé la télévision toute la nuit. Et à un moment, zappant entre un jeu et un film américain en noir et blanc, elle était tombée sur les images de la forêt.

« ... La liberté seule ne suffit pas, loin de là... Il est très difficile, camarades, de vivre seulement de liberté... »

Elle avait regardé, hypnotisée, à mesure que la nuit s'écoulait, ce reportage faire tache d'huile sur toutes les chaînes au point qu'elle pouvait le réciter par cœur. Il y avait d'abord le garage de son père, puis le cahier, puis Kelso en train de le feuilleter (*« ... C'est authentique... J'en donnerais ma tête à couper. »*). Il y avait la vieille femme en train de montrer un point sur une carte. Il y avait ce drôle de type qui marchait dans une clairière et qui regardait la caméra bien en face quand il parlait. Il débitait un discours chargé de haine qui parut au début réveiller quelque chose dans sa mémoire, jusqu'à ce qu'elle se souvienne que son père lui en avait parfois passé un disque quand elle était enfant.

(*« Tu devrais écouter ça, petite... tu apprendrais quelque chose. »*)

Il était effrayant, ce type, comique et sinistre à la fois, comme Jirinovski, ou Hitler, et quand on avait annoncé qu'il se trouvait dans le train de Moscou, elle avait presque eu l'impression qu'il venait pour elle. Elle l'imaginait sans peine en train d'arpenter le hall des grands hôtels, ses bottes martelant le marbre, son manteau flottant derrière lui, fracassant les vitrines des boutiques de luxe et sortant les étrangers sur le trottoir, sans cesser de la chercher. Elle l'imaginait au Robotnik en train de renverser le bar, de traiter toutes les filles de putes et de leur crier d'aller se couvrir. Il masquerait les enseignes occidentales, briserait les néons, viderait les rues, fermerait l'aéroport...

Elle savait qu'ils auraient dû détruire le cahier.

C'est plus tard, alors qu'elle se trouvait dans la salle de bains, torse nu, en train d'asperger d'eau froide ses yeux rougis, qu'elle entendit prononcer par le commentateur le nom de Mamantov. Sa première pensée fut, naïvement, qu'on l'avait arrêté. Après tout, n'était-ce pas ce que Souvorine lui avait promis ?

« Et puis on va retrouver les gens — le type qui a massacré votre père et on va l'enfermer. »

Elle saisit une serviette et fonça vers l'écran en se séchant rapidement la figure. Alors elle l'examina, ce type, et oh oui, elle sut que c'était bien lui, que cela n'avait rien d'étonnant de sa part : il avait bien l'air d'un salaud froid et impitoyable, avec ses lunettes cerclées de métal et ses lèvres minces et dures, son chapeau et son pardessus à la soviétique ; il avait l'air capable de tout.

Il disait quelque chose à propos de « l'usurpateur fasciste du Kremlin », et il fallut à Zinaïda une minute pour comprendre qu'en fait on ne l'avait pas arrêté du tout. Au contraire : on le traitait avec déférence. Il avançait vers le train. Il montait dedans. Personne n'allait l'arrêter. Elle vit même un couple de miliciens qui le regardaient faire. Il se retourna sur les marches du wagon et leva la main. Les flashs crépitèrent. Son sourire de bourreau étira ses lèvres, puis il disparut à l'intérieur du train.

Zinaïda garda les yeux fixés sur l'écran.

Elle fouilla dans les poches de sa veste pour trouver le numéro que Souvorine lui avait donné.

La sonnerie retentit. Personne ne répondit.

Elle raccrocha, plutôt calmement, enroula la serviette autour de son buste et ouvrit la porte. Il n'y avait personne sur le palier.

Elle referma la porte et alla soulever le store.

La voiture de la milice avait, elle aussi, disparu. Il n'y avait que la circulation normale du samedi matin qui commençait à s'intensifier autour du marché Izmaïlovo.

Par la suite, plusieurs témoins viendraient déclarer l'avoir entendue pleurer, et ce malgré les bruits de la rue animée.

* * *

Kelso fut maîtrisé avec une facilité humiliante. Il fut repoussé sur la banquette et délesté des documents et de la pochette avant que la porte coulissante ne soit refermée, le jeune homme en blouson de cuir noir prenant la banquette opposée et tendant la jambe en travers du passage pour empêcher son prisonnier de bouger.

Il baissa la fermeture à glissière de son blouson juste assez pour que Kelso pût voir son baudrier d'épaule, et c'est alors que l'historien le reconnut enfin : le garde du corps personnel de Mamantov dans l'appartement moscovite. C'était un grand garçon au visage de bébé, avec une paupière gauche tombante et une grosse lèvre inférieure molle, et il y avait quelque chose, dans la manière dont il laissa sa botte reposer contre la cuisse de Kelso pour le pousser vers la fenêtre, qui suggérait que faire mal aux autres devait être son plaisir dans la vie : qu'il avait besoin de violence comme un nageur a besoin d'eau.

Kelso se rappela le corps de Papou Rapava qui tournait lentement sur lui-même, et il se mit à transpirer.

« C'est Viktor, c'est bien ça ? »

Pas de réponse.

« Combien de temps suis-je censé rester coincé ici, Viktor ? »

Toujours pas de réponse et, au bout de deux autres tentatives peu convaincues pour lui demander de le laisser partir, Kelso abandonna. Il entendit un bruit de bottes dans le couloir, et il eut l'impression que le train tout entier était maintenant sous leur contrôle.

Il ne se passa ensuite pas grand-chose pendant plusieurs heures.

A 10 h 20, ils s'arrêtèrent comme prévu à Danilov, et d'autres supporters de Mamantov déferlèrent.

Kelso demanda s'il pouvait au moins aller aux toilettes.

Pas de réponse.

Plus tard, dans la banlieue de Iaroslavl, ils passèrent devant une usine abandonnée ornée d'un Ordre de Lénine rouillé fixé sur son mur aveugle. Sur le toit, une rangée de jeunes gens se découpait contre le ciel, le bras levé bien haut en un salut fasciste.

Viktor regarda Kelso et sourit. Kelso détourna les yeux.

* * *

A Moscou, l'appartement de Zinaïda Rapava était vide.

Les Klim, qui habitaient l'appartement du dessous, jurèrent ensuite qu'ils l'avaient entendue sortir peu après onze heures. Mais le vieux Amossov, qui réparait sa voiture dans la rue, juste en face de l'immeuble, assura qu'il était un peu plus tard : pas loin de midi, d'après lui. Elle passa près de lui sans prononcer un mot, mais ce n'était pas la première fois (elle gardait, raconta-t-il, la tête baissée et portait des lunettes noires, un blouson de cuir, un jean et des bottes) et elle se dirigea vers la station de métro Semionovskaïa.

Elle n'avait pas sa voiture : celle-ci était restée garée devant l'appartement de son père.

Le deuxième témoignage authentifié la signale une heure plus tard, à treize heures, lorsqu'elle se présenta à l'entrée de service du Robotnik. Une femme de ménage, Vera Ianoukova, la reconnut et la laissa entrer. Zinaïda se rendit directement au vestiaire, où elle récupéra un sac en cuir avec bandoulière (elle montra son ticket ; il n'y avait pas d'erreur). La femme de ménage lui ouvrit la porte de devant, mais elle préféra repartir par où elle était venue, évitant ainsi les détecteurs de métaux qui se mettaient en marche dès que la porte était déverrouillée.

D'après la femme de ménage, elle était nerveuse en arrivant, mais une fois qu'elle eut récupéré son sac, elle parut rassérénée, calme et maîtresse d'elle-même.

CHAPITRE 34

Kelso finit-il par s'endormir ? Il se demanda ensuite si cela avait été le cas, car il ne gardait aucun véritable souvenir de ce long après-midi jusqu'au moment où il avait entendu des pas dans le couloir puis quelques coups légers frappés à la porte. Ils atteignaient les abords de la banlieue nord de Moscou, et la lumière terne d'octobre déclinait déjà sur l'infinie étendue urbaine de métal et de béton.

Viktor retira nonchalamment son pied de la banquette et se leva en rajustant son pantalon. Il retira le couteau qui coinçait le mécanisme de la serrure et entrouvrit la porte, puis il la fit coulisser complètement et se mit aussitôt au garde-à-vous, laissant Vladimir Mamantov s'engouffrer dans le compartiment, nimbé de cette même odeur bizarre de camphre et de phénol que Kelso se rappelait avoir sentie dans son appartement. La même touffe de poils bruns nichait au creux de son menton.

Il fut tout excuses et sourires factices : il regrettait tant que Kelso eût pu être gêné en quoi que ce fût, et c'était tellement dommage qu'ils n'aient pu se voir plus tôt pendant le voyage, mais il avait eu tant de questions urgentes à régler. Il était certain que Kelso comprenait.

Son pardessus était ouvert et son visage luisait de sueur. Il laissa tomber son chapeau sur la banquette en face de celle de Kelso et s'assit à côté. Puis il prit la serviette, en retira les documents et fit signe à Viktor de s'asseoir près de Kelso, tout en appelant son deuxième garde du corps pour qu'il referme la porte et ne laisse entrer personne.

Ce n'était plus le Mamantov que Kelso avait rencontré sept

ans plus tôt, à sa sortie de prison. Ce n'était même plus le Mamantov du début de la semaine. C'était un Mamantov à nouveau dans la force de l'âge. Un Mamantov rajeuni. Mamantov *redux*.

Kelso regarda ses gros doigts feuilleter le cahier et les rapports du NKVD.

« Bien, fit-il brièvement, excellent. Tout est là, je pense. Dites-moi : vouliez-vous vraiment détruire tout ceci ?

— Oui.

— Tout.

— Oui. »

Il regarda Kelso avec stupéfaction et secoua la tête.

« Vous êtes pourtant celui qui plaide toujours pour la nécessité d'ouvrir toutes les archives historiques !

— J'aurais tout détruit quand même. Dans le simple but de vous arrêter. »

Kelso sentit le coude de Viktor s'enfoncer dans ses côtes, et il savait que le jeune homme n'attendait que la première occasion pour lui faire mal.

« Ah ! L'histoire n'est donc autorisée que quand elle sert les intérêts subjectifs de ceux qui détiennent les archives ? (Mamantov sourit à nouveau.) Le mythe de la prétendue "objectivité" occidentale a-t-il jamais été plus complètement menacé ? Je vois que je vais donc devoir reprendre ces documents pour les préserver.

— Reprendre ? » demanda Kelso. Il ne parvenait pas à retirer l'incrédulité de sa voix. « Vous voulez dire que vous les avez déjà eus entre les mains ? ! »

Mamantov inclina gracieusement la tête.

Effectivement.

Mamantov avait replacé les papiers dans la serviette et serré les courroies. Mais il ne se décidait visiblement pas à partir. Pas encore. Il avait attendu ce moment tellement longtemps. Il voulait que Kelso sache. Il y avait quinze ans que Iepichev lui avait parlé pour la première fois de ce « cahier à couverture de toile cirée noire », et depuis il n'avait jamais perdu l'espoir de le découvrir. Et puis, comme un miracle, et aux heures les plus sombres de sa cause, qui apparut sur les listes des membres d'Aurora sinon le même Papou Rapava dont le nom était si souvent revenu dans les dossiers du KGB ? Mamantov l'avait fait venir. Et à la fin — d'abord avec hésitation, à contrecœur, mais, au bout du compte, par loyauté pour son nouveau maître —, Rapava lui avait fait le récit de la nuit de l'attaque de Staline.

Mamantov avait été le premier à l'apprendre.

Cela se passait un an plus tôt.

Il lui avait fallu neuf mois pleins pour pénétrer dans le jardin de la maison de Beria, rue Vspolnii. Et savez-vous ce qu'il avait dû faire, au bout du compte ? Non ? Il avait dû monter une société immobilière — Moskprop — et acheter cette fichue baraque à ses propriétaires, l'ex-KGB. Mais cela n'avait heureusement pas été trop difficile parce que Mamantov avait encore plein d'amis à la Loubianka qui, contre un pourcentage, étaient ravis de vendre les biens de l'Etat pour une fraction de leur valeur réelle. Certains appelleraient cela de la corruption, ou même du vol. Il préférait le terme occidental de « privatisation ».

Les Tunisiens avaient fini par être congédiés à la fin de leur bail, au mois d'août, et Rapava l'avait conduit à l'endroit exact, dans le jardin. La boîte à outils avait été déterrée.

Mamantov avait lu le cahier, avait pris l'avion pour Arkhangelsk et avait suivi exactement le même parcours que Kelso et O'Brian jusqu'au cœur de la forêt. Il avait tout de suite compris le potentiel de cette affaire. Mais il avait aussi eu le bon sens — le génie, comme il l'appellerait bien volontiers, mais il préférait laisser cette appréciation aux autres —, l'esprit disons, de pressentir ce que Kelso venait tout juste d'illustrer, à savoir que l'histoire n'était en fait qu'une question d'objectivité et de subjectivité.

« Imaginez que je sois rentré à Moscou avec notre ami commun, que j'aie convoqué une conférence de presse et annoncé qu'il était le fils de Staline. Que se serait-il passé ? Je vais vous le dire : rien. On m'aurait ignoré. Ridiculisé. Accusé de faux et usage de faux. Et pourquoi ? (Il pointa sur Kelso un doigt accusateur.) Parce que les médias sont à la merci des forces cosmopolites qui méprisent Vladimir Mamantov et tout ce qu'il représente. Oh, mais si le docteur Kelso, ce chéri des cosmopolites... ah oui, si Kelso annonçait au monde : "Attention, je vous présente le fils de Staline", là, cela devenait une tout autre histoire. »

Le fils avait donc reçu pour instruction d'attendre quelques semaines de plus, jusqu'à ce que des étrangers se présentent avec le cahier.

(Cela expliquait beaucoup de choses, pensa Kelso : la curieuse impression qu'on les attendait, qu'il avait plusieurs fois éprouvée à Arkhangelsk, avec le représentant communiste, Varvara Safanova et le fils lui-même. « *C'est vous, c'est bien vous ; et je suis celui que vous cherchez...* »)

« Mais pourquoi moi ? s'étonna-t-il.

— Parce que je me souvenais de vous. Je me souvenais comment vous aviez réussi à obtenir de me voir à ma sortie de Lefortovo après le coup... de votre sale arrogance, de votre certitude que vous et les vôtres aviez gagné et que j'étais fini. La merde que vous avez pu écrire sur moi... Qu'a dit Staline déjà : "Choisir sa victime, préparer minutieusement son plan, assouvir une vengeance implacable, et puis aller se coucher... il n'y a rien de plus doux au monde." Doux. C'est cela. Rien de plus doux au monde. »

* * *

Zinaïda Rapava arriva à la gare Iaroslavl de Moscou à seize heures passées de quelques minutes. (Ce qu'elle avait fait exactement pendant les trois heures qui suivirent sa visite au Robotnik, les autorités ne purent jamais le déterminer, quoiqu'il y eût des témoignages non confirmés signalant qu'une femme correspondant à sa description avait été vue au cimetière de Troiekourovo, où étaient enterrés sa mère et son frère.)

Quoi qu'il en soit, à 16 h 05, elle s'adressa à un employé des chemins de fer russes. Il ne put dire ensuite pourquoi il l'avait ainsi remarquée alors qu'il y avait tellement de monde, ce jour-là : c'était peut-être à cause de ses lunettes noires, malgré la pénombre qui régnait perpétuellement sous les arches couvertes du terminus.

Comme tout le monde, elle voulait savoir sur quel quai allait arriver le train d'Arkhangelsk.

La foule commençait déjà à se rassembler, et le service d'ordre d'Aurora faisait de son mieux pour éviter les débordements. On avait ménagé une allée délimitée par des cordes. Une estrade avait été dressée pour les caméras. On distribuait des drapeaux, l'aigle tsariste, le marteau et la faucille, l'emblème d'Aurora. Zinaïda prit un petit drapeau rouge, et c'est peut-être ça, à moins que ce ne fût le blouson de cuir noir, qui lui donna l'allure d'une parfaite militante d'Aurora. Quoi qu'il en soit, elle parvint à atteindre les toutes premières places, contre la corde, et personne ne lui demanda rien.

On l'entrevoit à plusieurs reprises sur la vidéo de la foule filmée avant l'arrivée du train : calme, solitaire, en train d'attendre.

* * *

Le train passait devant les petites gares de banlieue. Des curieux venus faire leurs courses du samedi après-midi regardaient, pour voir ce qui provoquait une telle agitation. Un homme brandit son enfant qui faisait de grands gestes, mais Mamantov était trop occupé à parler pour lui prêter attention.

Il décrivait la façon dont il avait attiré Kelso en Russie, et c'est de cela, ajouta-t-il, qu'il était le plus fier : il avait eu recours à une ruse digne de Iossif Vissarionovitch lui-même.

Il s'était arrangé pour qu'une société écran qu'il possédait en Suisse (respectable, une affaire de famille : elle exploitait les ouvriers depuis des siècles) prenne contact avec Rossarkhiv pour offrir de sponsoriser un symposium sur l'ouverture des archives soviétiques !

Mamantov, de bonheur, se donna une claque sur la cuisse.

Au début, Rossarkhiv n'avait pas voulu inviter Kelso — vous imaginez ! Ils trouvaient qu'il n'occupait plus une « position suffisante dans la communauté universitaire » ; mais Mamantov, par l'intermédiaire de ses sponsors, avait insisté et, deux mois plus tard, le voilà qui se retrouvait à Moscou, avec chambre d'hôtel à disposition, tous frais payés, un vrai porc dans sa fange, venu se vautrer dans *notre* passé, jouir de *sa* supériorité, et *nous* dire de nous sentir coupables quand sa seule raison d'être là n'était depuis le début que de faire revivre le passé !

Et Papou Rapava, demanda Kelso, qu'avait-il pensé de ce plan ?

Pour la première fois, le visage de Mamantov s'assombrit.

Rapava avait assuré que le plan lui convenait. C'était ce qu'il avait dit. Cracher dans la soupe des capitalistes, et puis les regarder la manger ? Oh, oui, camarade colonel, s'il vous plaît : l'idée avait beaucoup plu au camarade Rapava. Il était censé raconter à Kelso toute son histoire dans la nuit, puis le conduire directement à la vieille demeure de Beria, où ils auraient déterré ensemble la boîte à outils. Mamantov avait tuyauté O'Brian, qui avait promis de venir le lendemain matin avec ses caméras à l'Institut du marxisme-léninisme. Le symposium devait former la rampe de lancement parfaite. Quel scoop ! Ils se précipiteraient tous dessus. Mamantov avait tout prévu.

Mais alors : rien. Kelso était passé chez Mamantov dans l'après-midi du lendemain, et c'est comme cela que ce dernier avait appris que Rapava lui avait fait faux bond : qu'il avait bien débité son histoire comme prévu, mais qu'il s'était enfui ensuite.

« Pourquoi ? (Mamantov plissa le front.) Vous lui avez parlé d'argent, sans doute ? »

Kelso acquiesça. « Je lui ai proposé une part des bénéfices. »

Une expression de mépris passa sur le visage de Mamantov. « Que *vous* puissiez chercher à vous enrichir... ça, je m'y étais attendu : c'est encore une raison pour laquelle je vous avais choisi. Mais *lui* ? (Il secoua la tête, dégoûté.) L'être humain, murmura-t-il. Il vous laisse toujours tomber.

— Il a peut-être pensé la même chose de vous, intervint Kelso. Vu ce que vous lui avez fait subir. »

Mamantov adressa un coup d'œil à Viktor, et quelque chose passa en cet instant entre l'homme d'âge mûr et le plus jeune : un regard qui frôlait l'intimité sexuelle. Kelso sut aussitôt qu'ils avaient torturé Papou Rapava ensemble. Il y avait peut-être eu d'autres personnes présentes, mais ces deux-là avaient été au centre des opérations : c'étaient l'artisan et son apprenti.

Kelso se sentit transpirer à nouveau.

« Mais il n'a pas avoué où il avait dissimulé le cahier », remarqua-t-il.

Mamantov fronça les sourcils, comme s'il essayait de se rappeler quelque chose. « Non, prononça-t-il doucement. Non. C'était un roc. Je dois lui reconnaître ça. Bien que cela n'ait eu aucune importance. Il nous a suffi de vous suivre le lendemain matin, vous et la fille, et de vous regarder récupérer les documents. Au bout du compte, la mort de Rapava n'a rien changé. J'ai tout maintenant. »

Silence.

Le train avait ralenti au point d'avancer presque au pas. Au-delà des toits plats, Kelso voyait se dresser le mat de la tour de la Télévision.

« Le temps presse, commenta soudain Mamantov, et le monde attend. »

Il prit la serviette et son chapeau. « J'ai réfléchi à votre cas, dit-il à Kelso tout en se levant et en commençant à boutonner son pardessus. Mais je ne vois vraiment pas comment vous pourriez nous faire du tort. Vous pouvez toujours retirer votre authentification des documents, bien sûr, mais cela ne fera pas grande différence maintenant, à part vous faire passer pour un imbécile : ils sont authentiques, cela sera établi par des experts indépendants dans un jour ou deux. Vous pourrez également délirer autant que vous voudrez sur la mort de Papou Rapava, il n'existe aucune preuve. » Il se pencha pour s'examiner dans le petit miroir placé au-dessus de la tête de Kelso et rajusta le bord de son chapeau avant d'affronter les caméras. « Non. Je pense que le mieux que je puisse faire est de tout simplement vous laisser regarder ce qui va arriver.

— Rien ne va arriver, rétorqua Kelso. Souvenez-vous que j'ai parlé à votre espèce de créature... dès qu'il ouvrira la bouche, les gens vont rire.

— Vous voulez parier ? (Mamantov présenta sa main.) Non ? Vous faites bien. Lénine a dit : “Le plus important dans toute entreprise, c'est de s'impliquer dans la lutte, et d'apprendre de cette façon comment agir ensuite.” Eh bien c'est ce que nous allons faire maintenant. pour la première fois en près de dix ans, nous allons pouvoir entamer la lutte. Et quelle lutte. Viktor ! »

A contrecœur, et avec un dernier regard mauvais à l'adresse de Kelso, le jeune homme se leva.

Le couloir grouillait de silhouettes en blouson de cuir noir.

« C'était par amour, lança Kelso alors que Mamantov était déjà à moitié sorti.

— Quoi ? » Mamantov se retourna pour le dévisager.

« Rapava. C'est pour ça qu'il ne m'a pas mené aux documents. Vous avez dit que c'était pour l'argent, mais je ne pense pas qu'il voulait d'argent pour lui. Il en voulait pour sa fille. Pour se faire pardonner. C'était par amour.

— Par amour ? » répéta Mamantov avec incrédulité. Il retournait le mot dans sa bouche comme s'il lui était inconnu : le nom de quelque nouvelle arme meurtrière, peut-être, ou d'une toute nouvelle conspiration capitalo-sioniste. « Par amour ? » Non. C'était inutile. Il secoua la tête et haussa les épaules.

La porte coulissante se referma et Kelso s'effondra sur le siège. Une ou deux minutes plus tard, il entendit un bruit semblable à un grand coup de vent dans les bois, et il pressa son visage contre la vitre. Loin devant, au-delà des rails, il distingua une masse de couleurs qui se précisa peu à peu, à mesure qu'ils avançaient le long du quai : des visages, des pancartes, des drapeaux, une estrade, un tapis rouge, un podium, des caméras, des gens qui s'agglutinaient derrière des cordes, Zinaïda...

Elle le repéra au même instant et, pendant un long moment, leurs regards s'unirent. Elle le vit commencer à se lever, articuler quelque chose et lui faire des signes, mais alors il fut emporté et disparut. La procession des voitures verdâtres, maculées de boue après le long voyage, passa lentement dans un bruit métallique, puis s'immobilisa dans une grande vibration, et la foule, qui se montrait joyeusement bruyante depuis plus d'une demi-heure, se calma brusquement.

Des jeunes en blouson de cuir sautèrent du train juste devant elle. Elle vit l'ombre d'un képi de maréchal bouger derrière l'une des fenêtres.

L'arme était déjà sortie de son sac, dissimulée à l'intérieur de son blouson, et Zinaïda sentait le froid réconfortant de la crosse contre sa paume. Il y avait comme une boule très dense coincée dans sa poitrine, mais ce n'était pas de la peur. C'était plutôt une tension qui ne demandait qu'à être déchargée.

Mentalement, elle le voyait très clairement, chacune des marques qui mutilaient son corps étant une preuve de son amour pour elle.

« Qui est ton seul ami en ce monde, ma fille ? »

Il y eut un mouvement à l'entrée de la voiture. Les deux hommes sortaient ensemble du train.

« Soi-même, papa. »

Ils s'immobilisèrent ensemble sur la première marche, saluant la foule, tellement près qu'elle aurait pu les toucher.

Les gens poussaient des acclamations. La foule affluait derrière elle. Elle ne pouvait pas rater son tir.

« Et qui d'autre ? »

Elle sortit le pistolet très rapidement et visa.

« Toi, papa. Toi... »

Cet ouvrage a été imprimé par la
SOCIÉTÉ NOUVELLE FIRMIN-DIDOT
Mesnil-sur-l'Estrée
pour le compte des Éditions Plon
en avril 1999

Photocomposition : Nord Compo
59650 Villeneuve-d'Ascq

Imprimé en France
Dépôt légal : avril 1999
N° d'édition : 13050 - N° d'impression : 46590